DIE KRÄUTERSAMMLERIN
UND DER JUNGE FLÖSSER

Heidrun Hurst, geboren 1966 in Kehl am Rhein, ging schon als Kind gern mit Hilfe von Büchern auf Reisen in fremde Welten. Ihr Verlangen nach geschriebenen Abenteuern wurde schließlich so groß, dass sie sich selbst dem Schreiben widmete. Seitdem veröffentlicht sie historische Romane. Sie ist Mitglied bei »HOMER«, »DELIA« und dem »AutorenNetzwerk Ortenau-Elsass« und verfügt über eine Facebook- und eine Instagram-Seite.
www.heidrunhurst.de

Heidrun Hurst

Die
Kräuter-
sammlerin

und der junge
Flößer

HISTORISCHER
SCHWARZWALDKRIMI

emons:

Bibliografische Information der Deutschen Nationalbibliothek
Die Deutsche Nationalbibliothek verzeichnet diese Publikation
in der Deutschen Nationalbibliografie; detaillierte bibliografische
Daten sind im Internet über http://dnb.d-nb.de abrufbar.

© Emons Verlag GmbH
Alle Rechte vorbehalten
Umschlagmotiv: Nina Schäfer mit einem Motiv von Frischknecht
Patrick/agefotostock.com
Gestaltung Innenteil: DÜDE Satz und Grafik, Odenthal
Lektorat: Christiane Geldmacher, Textsyndikat Bremberg
Druck und Bindung: CPI – Clausen & Bosse, Leck
Printed in Germany 2022
ISBN 978-3-7408-1358-1
Historischer Schwarzwaldkrimi
Originalausgabe

Unser Newsletter informiert Sie
regelmäßig über Neues von emons:
Kostenlos bestellen unter
www.emons-verlag.de

Dieser Roman wurde vermittelt durch die
litmedia.agency, Mühlhausen-Ehingen.

Für meine Leser. Schön, dass es euch gibt!

PROLOG

Ein schwerer grauer Himmel öffnete sich über Johanna, als sie auf die Lichtung des Bergwaldes trat. Die knorrigen Äste der uralten Bäume waren mit Schnee bedeckt, der so leicht und warm wie die Daunenfedern einer Gans aussah, obwohl er diesem Vergleich nicht standhalten konnte. Dichte Wolken gebaren ein weites Meer aus weißen Flocken. Flüsternd rieselten sie herab. Legten sich in die Spuren, die Johanna auf der freien Fläche hinterließ.

Ein ungutes Gefühl stieg in ihr auf. Es war nicht das richtige Wetter, um sich hier oben herumzutreiben. Aber dennoch hatte sie es getan. *Hoffentlich hört es bald wieder auf. Ich will keine einzige Nacht hier verbringen.* Sie blinzelte die feuchten Tröpfchen fort, die an ihren dunklen Wimpern klebten. Ein Ast, der unter der drückenden Schneelast ächzte, knackte in der winterlichen Stille. Außer ihrem keuchenden Atem und dem gelegentlichen Krächzen der Raben vernahm sie keinen Laut. Hier oben war es so einsam, als befände man sich auf dem Grund eines tiefen Sees, dessen gefrorene Eisdecke alles Leben in sich einschloss.

Der Weg war nicht nur beschwerlich gewesen, er hatte sie auch ein gutes Stück von Schiltach weggeführt. Doch nun lag das kleine Bauernhaus vor ihr. Wie ein geducktes Reh stand es am Rand der Lichtung, fast verschmolzen mit der Bergkuppe hinter ihm. Kräuselnder Rauch durchbrach die dicke weiße Decke auf dem weit nach unten gezogenen Dach. An der Giebelseite stach das Holz der Wände dunkel und klamm darunter hervor. Die Läden hatte man zum Schutz gegen die Kälte verschlossen.

Mit tauben Fingern klopfte Johanna an die Tür und freute sich auf die Wärme des Feuers, das sie drinnen erwartete.

»Wer ist da?«, erklang die zittrige Stimme der Hausherrin.

»Ich bin's, Johanna. Deine Tochter hat nach mir geschickt.«

»Komm herein.«

Warme, abgestandene Luft mit einem Aroma aus feuchter Wolle und Rauch schlug Johanna entgegen, als sie der Aufforderung nachkam. Ein leises Flattern fuhr durch ihren Magen, streifte sie wie die Erinnerung an einen Nachtmahr nach dem Erwachen. Sie kannte es von früheren Besuchen. Angestrengt schluckte sie. Die Düsternis des Raumes ließ sie kaum etwas erkennen.

Niemand kam, um sie zu begrüßen. Ihre Augen wanderten umher und entdeckten den Umriss einer weiblichen Gestalt, die sich vor dem Herdfeuer die Hände wärmte.

»Gott zum Gruße, Gertrud. Was fehlt dir?«

Eigentlich hatte Johanna damit gerechnet, die Frau krank darniederliegend auf ihrem Lager anzutreffen. Ihre Tochter war nicht sehr gesprächig gewesen, und so hatte sie vorsorglich die Dinge in ihren Beutel getan, die ihr sinnvoll erschienen. *Ist es erneut geschehen?* Johanna zwang den Kloß hinunter, der sich in ihrem Hals zu bilden begann.

Gertrud sagte nichts, wandte ihr nur schweigend das Gesicht zu.

Mit der zunehmenden Schärfe ihrer Augen, die sich an das dämmrige Licht gewöhnten, erkannte Johanna die geschwollenen Gesichtszüge der Frau, die sie voller Wehmut ansah. »Du lieber Himmel! Hat *er* dir das angetan?«

Gertruds Blick war nüchtern. »Wer denn sonst?«

»Schon wieder?«

Es war mehr eine Feststellung als eine Frage. Johanna kannte Etzels Brutalität, mit der er Frau und Tochter zu demütigen pflegte. In letzter Zeit schien sich die überwältigende Art seiner Zuwendung allerdings zu häufen. Wiederholt hatte sie einen gebrochenen Knochen richten und Salbe für die Striemen herstellen müssen, die seine Schläge hinterlassen hatten. Hier oben war er der unangefochtene Herrscher seiner Familie, und niemand störte ihn bei dem, was er für richtig hielt.

»Wo ist er jetzt?«, fragte sie, während ein pelziger Schauder ihren Rücken hinaufkroch, als ob eine fette Ratte zwischen ihren Schultern säße.

»Fort. Holz machen, nachdem er einen Teil seiner Wut an mir ausgelassen hatte. Vermutlich wird er erst wiederkommen, wenn die Nacht anbricht.«

Johanna atmete leise auf. »Und deine Tochter?«

»Ist im Stall bei den Tieren.«

Die Familie hielt ein paar Kühe, einen Zugochsen und eine Herde der anspruchsloseren Ziegen. Gertrud und ihre Tochter Martha, ein Mädchen von vierzehn Jahren, kümmerten sich um sie, während Etzel für die Holzwirtschaft zuständig war. Sie verrichteten die Stallarbeit, trieben die Tiere im Sommer auf die Weiden, holten das Heu für den Winter ein, molken und stellten Käse her. Ab und an kamen sie in der warmen Jahreszeit ins Städtle, wie die Schiltacher ihre kleine Stadt liebevoll zu nennen pflegten, und verkauften ihn dort. Auch den Garten mit Gemüse, etwas Obst und Kräutern bestellten sie. Ihre abgelegene Lage zwang sie, das meiste, was sie aßen, selbst anzubauen. Nur das Korn gedieh hier oben nicht. An und für sich wäre es ein gutes Leben. Doch die Umstände schienen nicht nur für das Getreide eine Herausforderung zu sein. Einen Knecht oder eine Magd gab es schon lange nicht mehr. Sie waren samt und sonders davongelaufen, nachdem sie die ungezügelte Wut ihres Herrn kennengelernt hatten.

Johanna trat näher und begutachtete Gertruds Gesicht. »Deine Nase ist gebrochen.«

Die Frau seufzte. »Ich weiß. Kannst du sie richten?«

»Ich werde es versuchen. Setz dich neben das Feuer. Dort ist das Licht am besten.«

Johanna legte ihren Mantel ab und schüttelte die feuchten goldbraunen Locken aus. Behutsam strich sie mit den Fingern über Kiefer, Jochbeine und Stirn der etwa dreißigjährigen Frau. Das Tuch, unter dem sie ihr schönes volles Haar verbarg, ließ die geschwollenen Verfärbungen deutlich hervortreten. Die Knochen darunter fühlten sich beruhigend fest an. Gertruds Oberlippe war aufgeplatzt. Johanna entdeckte das Fehlen eines

Schneidezahns, der vermutlich Etzels Faust zum Opfer gefallen war. Die Nase hatte es ebenfalls arg erwischt. Trotz der Schwellung erkannte sie deutlich den Vorsprung, der sie verunzierte, außerdem stand sie ein wenig schief. Gertrud zuckte mit einem schmerzerfüllten Zischen zurück, als Johanna mit den Fingerkuppen die scharfe Kante des Bruchs ertastete. So blieb ihr nichts anderes übrig, als unverhofft an der Nasenspitze zu ziehen, bis ein leises Knirschen ertönte.

Gertrud schrie auf. Sie konnte es ihr nicht verdenken.

»Schon gut, nun ist alles an seinem richtigen Platz«, sagte sie, während ihre Finger noch einmal flugs über das Nasenbein huschten. »Bald wirst du wieder so hübsch sein wie zuvor.« Auch wenn dies in ihrem derzeitigen Zustand kaum vorstellbar war.

»Das wird mir kaum etwas nützen«, näselte Gertrud. Resigniert senkte sie den Kopf.

Johanna fühlte, wie heiße Wut in ihr aufstieg. »Du solltest ihn verlassen«, zischte sie. »Nimm deine Tochter und lauf davon.«

»Und was käme dabei heraus?« Gertruds Stimme klang schroff. »Abgesehen davon, dass er uns überall finden wird. Von was sollen wir leben?«

Johanna kannte Gertruds Bedenken. Für sie ging es lediglich darum, zwischen zwei Übeln zu wählen – wobei das größere ihrer Ansicht nach immer noch Etzel war. »Wenn du hierbleibst, schlägt er dich eines Tages tot.«

In diesem Moment quietschten die Angeln der Haustür. Der Schneefall hatte aufgehört, und die Sonne lugte schüchtern zwischen einem Spalt in den Wolken hervor. In der unerwarteten Helligkeit, die das blendende Weiß reflektierte, zeichnete sich Etzels kräftige Gestalt im Rahmen ab. Doch es war der Ausdruck in seinem Gesicht, der Johannas Herz stocken ließ. Er war immer noch wütend wie ein Bär, den man aus dem Winterschlaf geweckt hatte, und nicht weniger imposant. Das Blut schoss in ihre Glieder. Jede Faser ihres Körpers drängte sie zur Flucht.

»Was hat dieses Weib hier zu schaffen?« Der Hüne warf

Johanna einen vernichtenden Blick zu. Mit jedem Schritt, der die Distanz zwischen ihm und den beiden Frauen verringerte, wurde er zorniger. »Habe ich dir nicht gesagt, dass du dein Maul halten sollst? Dass es niemanden etwas angeht, was in meinen eigenen vier Wänden geschieht? Was ist es, das dich einfach nicht gehorchen lässt? Bist du dumm oder taub?« Sein tiefer Bass hallte bedrohlich durch den Raum.

»Sie hat nur nach der Hilfe verlangt, die sie benötigt.« Mutig trat Johanna zwischen ihn und Gertrud, obwohl sie am ganzen Leib zitterte.

Etzels Antwort bestand aus einer Bewegung seines Armes, mit der er sie wie eine Schmeißfliege zur Seite wischte. Sie prallte mit dem Rücken so heftig gegen die Wand, dass das langstielige Kochgeschirr schepperte, das dort an mehreren Haken hing. Den Schmerz, den das harte Eisen verursachte, spürte sie kaum. Atemlos beobachtete sie, wie Etzel über seinem Weib aufragte und erneut auf sie eindrosch. Wenigstens schlug er ihr dieses Mal nicht ins Gesicht.

Doch es waren nicht nur die brutalen Schläge, die auf Gertrud niedergingen. Es war die Demütigung, die Johannas Blut zum Kochen brachte. Blind vor Zorn griff sie nach hinten. Eine schiere Wut auf alle Männer, die ihre Frauen mit gefühlloser Härte zu beherrschen versuchten, schoss durch ihre Adern – und sie hatte weiß Gott schon genug gesehen!

Im Nu hatte Johanna eine langstielige Pfanne in der Hand. Mit dem Schrei einer Kriegerin sprang sie vor und schlug das harte Eisen auf Etzels Schädel, der ihr immer noch den Rücken zudrehte.

Der bullige Mann hielt abrupt inne. Sein Kopf drehte sich in ihre Richtung, und ein erstaunter Blick traf sie. Er schien vergessen zu haben, was ihn in Rage versetzt hatte, was seinen Körper auf den Beinen hielt. Seine Knie gaben nach. Dann brach er zusammen.

Dies und der spitze Aufschrei in ihrem Rücken brachten Johanna zur Besinnung. Er stammte von Martha, die den Aufruhr im Stall gehört haben musste. Die Pfanne glitt aus Johannas Hand. »Du lieber Gott, was habe ich getan!« Rasch beugte sie sich über den Verletzten. Schlaff und ohnmächtig lag er auf den Dielen. Blut troff aus einer Wunde an seinem Hinterkopf, doch er atmete in gleichmäßigen Zügen. »Er lebt!«, hauchte sie erleichtert.

Gertrud stand wie versteinert da. Johannas Worte ließen sie aus ihrer Starre erwachen. Nach einem Moment der Sprachlosigkeit ergriff sie den Pfannenstiel. Ihre geschwollenen Lippen pressten sich trotz des Risses entschlossen zusammen. Sie schien die Pein nicht zu spüren. Stattdessen holte sie aus und schmetterte das schwere Kochgerät mit einem wuchtigen Schlag auf Etzels Kopf.

Johannas Herz tat einen erschrockenen Satz. »Was tust du?« Sie merkte nicht, dass sie schrie. Ihre Stimme überschlug sich vor Entsetzen.

Gertrud hörte sie nicht. Noch einmal schlug sie kräftig zu. Ihr zerschlagenes Gesicht verzerrte sich zu einer wütenden Grimasse.

Martha kam zögernd näher. Wortlos nahm sie die Pfanne aus der Hand ihrer Mutter. Ein stummes Einverständnis lag in den Augen der beiden. Ihr schlanker Körper streckte sich und versetzte dem Mann, der sie gezeugt hatte, einen letzten gnadenlosen Hieb.

Johannas Kiefer klappte nach unten. »Das könnt ihr nicht machen«, flüsterte sie. »Ihr bringt ihn um!«

»Er ist bereits tot«, stellte Martha fest. Ihr Fuß stieß in die Seite ihres Vaters, der all seiner Kraft beraubt auf dem Boden lag.

Johanna erkannte, dass sie recht hatte. Etzels Augen starrten blicklos ins Leere. Sein Hinterkopf war eine unförmige Masse, und das Blut, das aus ihm herausströmte, schwoll zu einer beängstigend großen Pfütze an. Mit einem Mal wirkte er alles andere als gefährlich.

»Was habt ihr getan?«, krächzte Johanna. Sie konnte es nicht fassen. Fast glaubte sie zu träumen. Doch nichts erlöste sie von der grauenvollen Wirklichkeit.

»Du hast damit angefangen«, verteidigte sich Gertrud. »Erinnere dich an den Rat, den du mir erteilt hast. Es war der einzige Weg, uns von seiner Tyrannei zu befreien.«

»Aber ich wollte ihn nicht töten!« *Was hat mich nur zu diesem Irrsinn getrieben?*, tönte es in ihr. Im Grunde wusste sie es ganz genau. Es war die Ungerechtigkeit dieser Welt, die sie erzürnte. Das abgrundtiefe Unrecht, das sich viel zu oft gegen das weibliche Geschlecht richtete. Dennoch hätte sie Etzel niemals vorsätzlich umgebracht – auch wenn sie zugeben musste, dass sie für einen kurzen Moment die Kontrolle verloren hatte. »Ihr – ihr wart es!« Anklagend hob Johanna den Finger. »Ihr habt ein fürchterliches Verbrechen begangen!«

»Wer weiß schon, welcher Streich tödlich gewesen ist«, stellte Gertrud mit kalter Stimme fest. »Vielleicht genügte bereits der erste, um ihm das Licht auszublasen?«

»Danach hat er noch gelebt«, flüsterte Johanna.

»Für wie lange? Kannst du beschwören, dass er nicht daran gestorben wäre? Womöglich nach einem qualvollen Siechtum, das ihm auf diese Weise erspart geblieben ist?«

Johanna schluckte hart. Ihr ganzer Körper fühlte sich taub an. Die Gedanken wirbelten durch ihren Kopf wie Herbstlaub im Wind. Eine unendliche Schwere erfüllte ihre Brust. Alles in ihr schrie danach, diesem unglückseligen Ort zu entfliehen.

Gertrud stemmte die Hände in ihre Hüften. »Du bist genauso schuldig wie wir«, erklärte sie pragmatisch. »Falls du vorhast, uns zu verraten und der Schlinge des Henkers zu übergeben, wirst du ebenfalls hängen. Es wird keine da sein, die für dich spricht.« Ein kleines Lächeln umspielte ihre Lippen. »Doch du musst dich nicht ängstigen. Niemand wird von Etzels Tod erfahren – und du wirst uns helfen, ihn zu beseitigen.«

Johanna wusste, was das bedeutete: Der Pakt war besiegelt. Falls jemals herauskäme, was sich in dem Bauernhaus abgespielt hatte, würden sie alle die Verantwortung dafür tragen.

1. KAPITEL

Schiltach, 1344

Ein Geräusch riss Johanna aus dem Schlaf. Abrupt öffnete sie ihre Augen. Sie schlief nicht tief in letzter Zeit. Das erste graue Licht des Morgens kroch durch die Fugen der Läden und durchbrach nur unzureichend die Dunkelheit. Sie horchte in die Stille, die von den gleichmäßigen Atemzügen Idas durchbrochen wurde. Ihr kindlicher Leib lag warm und tröstlich neben ihr. Das Mädchen schlief wie ein Stein. Die Wölfin war fort.

Johanna erinnerte sich, wie sie ihr heute Nacht die Tür geöffnet hatte, damit sie zum Jagen in den Wald gehen konnte. Nur wenn sie Hunger hatte, verließ sie Ida, deren treue Gefährtin sie war.

Ein weiteres Geräusch drang von draußen herein. Es klang wie ein kurzes Schaben oder ein leises Scharren, das von Krallen stammen mochte. *Das Tier ist gewiss zurückgekehrt*, dachte Johanna, während sie ihre Beine aus dem Bett schwang. Ihre Haut zog sich fröstelnd zusammen. Die Luft in dem kleinen Häuschen, in dem sie wohnte, war kalt. Das Feuer der gemauerten Herdstelle in einer Ecke des Raumes war über Nacht zu einem Häufchen Glut zusammengeschrumpft. Es war Ende März, und obwohl der Winter seine Kraft verlor, klammerte sich seine Schärfe an jeden Stein in der nächtlichen Finsternis. Beherzt stellte sie ihre Füße auf den Boden, der sich lausekalt anfühlte.

Die Wärme des Bettes vermissend, eilte Johanna zur Tür und entriegelte sie, während sie an ihre erste Begegnung mit der weißen Wölfin dachte, die ihr deutlich vor Augen stand. Damals hatte sie es nicht fassen können, dass das wilde Tier einfach so hereinspaziert war, als wäre es nichts Besonderes.

Ein leichter Wind hauchte die feuchte Morgenluft durch

das dünne Gewebe ihres Hemdes. Doch war es nicht das, was ihr eine heftige Gänsehaut über den Rücken jagte. Johanna fuhr erschrocken zurück. Der Türsturz vor ihren Augen begann zu wanken. Sie schloss die Lider, um den Schwindel zu beschwichtigen, der in ihrem Kopf wirbelte.

Als Johanna sie erneut öffnete, um einen zweiten Blick in das eisengraue Zwielicht zu wagen, das nun deutlich die Oberhand gewann, war die Krähe, die auf der Höhe ihres Gesichts baumelte, immer noch da. Sie erkannte sofort, dass der Vogel tot war. Seine Federn wirkten struppig und stumpf. Der Schnabel hing kraftlos nach unten. Jemand hatte dem Tier einen dünnen Strick um den Hals gebunden und es an den Nagel über der Tür gehängt, an dem Johanna am Johannistag einen Strauß aus Beifuß, Gundermann und anderen Kräutern befestigt hatte. Sein Kopf war derart verdreht, dass das Genick gebrochen sein musste.

Johanna durchfuhr es heiß und kalt. Krähen waren Todesboten, und diese hier hatte man wie einen Unhold gehenkt. Was hatte das zu bedeuten? Wollte man ihr drohen, dass ihr Leben ebenfalls gewaltsam enden könnte? Ihr Herz zog sich vor Angst zusammen. Wie versteinert stand sie da. Nur ihre Augen huschten umher, auf der Suche nach dem Quell dieses Schreckens. Sie konnte niemanden entdecken. Wahrscheinlich waren der oder die Übeltäter längst über alle Berge. Oder war es der Streich dummer Jungen, die nun in den Büschen hockten und krampfhaft ihr Lachen unterdrückten?

Die Gedanken trippelten wie Mäuse auf einem Heuboden durch ihren Kopf. Und ehe sie sich's versah, begannen sie dort einen wilden Reigen zu tanzen. Konnte es sein, dass man ihnen auf die Schliche gekommen war? Etzels Tod, der sich etliche Wochen zuvor zugetragen hatte, saß wie ein Stein in ihrer Brust. Immer wieder krochen die schrecklichen Bilder in ihrem Innern empor: die Gnadenlosigkeit, mit der Gertrud und Martha zugeschlagen hatten. Etzels grässlich lädierter Kopf. Sein dunkles Blut, das sich in einer klebrigen Pfütze gesammelt hatte. Der leere, starre Blick – und sie hatte damit angefangen!

Die Schuld lag wie ein schwerer Mantel über Johanna, dessen unsichtbares Gewicht sie schier zu erdrücken drohte, obwohl sie sich damit tröstete, dass sie es nicht gewesen war, die ihn getötet hatte. Wieder und wieder bemühte sie sich, jeden einzelnen jener schicksalhaften Augenblicke in dem Bauernhaus heraufzubeschwören, und erinnerte sich daran, dass Etzel nach ihrem Schlag noch gelebt hatte. Aber konnte sie mit Gewissheit sagen, dass er die Folgen überstanden hätte? Dass der Hieb, den sie ihm in ihrer blinden Wut versetzte, am Ende nicht doch zu seinem Tod geführt hätte? Sie würde es nie erfahren.

Damals war sie kaum in der Lage gewesen, darüber nachzudenken, wie man den verräterischen Leichnam am besten beseitigte. Ganz im Gegensatz zu Gertrud und Martha, die äußerst nüchtern dabei vorgegangen waren. Schließlich hatte man sich darauf geeinigt, den Toten zu verbrennen. Es schien fast eine Fügung zu sein, dass der Schneefall aufgehört hatte. In aller Eile hatten sie mit einem Teil des Holzes, das sich im Schutz der Seitenwände des Hauses unter dem herabgezogenen Dach stapelte, einen Scheiterhaufen errichtet.

Johanna war nicht wohl dabei gewesen, aber Gertrud hatte sie beruhigt. Um diese Jahreszeit kam selten jemand den Berg herauf. Der Weg, der zu dem einsamen Haus führte, war anstrengend, und im Winter nahm man ihn nur auf sich, wenn es einen triftigen Grund dafür gab. Trotzdem hatte Johanna während der Zeit, in der Etzels Kleidung Feuer fing, mit ängstlichen Augen die Umgebung abgesucht. Sie hatte niemanden bemerkt. Hatte sie sich getäuscht? *Vielleicht ist doch jemand zufällig des Weges gekommen und hat sich versteckt, als ihm schwante, was dort oben vor sich ging?*

Es dauerte lange, bis der Leichnam richtig brannte. Noch bevor Etzel zu Asche zerfiel, hatte sie sich auf den Heimweg gemacht, um halbwegs bei Tageslicht das Tal zu erreichen. Die beiden Frauen hatten ihr versprochen, sich um alles zu kümmern und die Überreste an einem sicheren Ort zu vergraben. Johanna wollte gar nicht wissen, wo sie sie hingebracht hatten. Bisher hatte sie jede weitere Begegnung mit den beiden vermieden.

Als der Schnee schmolz und sich das Ende des Winters abzeichnete, hatte sie im Städtle das Gerücht aufgeschnappt, dass Gertrud seit Wochen ihren Mann vermisste. Eines Tages sei er in den Wald gegangen und nicht mehr zurückgekehrt.

Die tragische Geschichte wurde in Schiltach zum Stadtgespräch, bei dem man den Hinterbliebenen großes Mitgefühl entgegenbrachte. Vermutlich kannte kaum einer Etzels wahres Gesicht, das in der Einsamkeit des Einödhofes ein anderes war als unten im Tal. Und Johanna zog es vor, darüber zu schweigen. Doch Unfälle geschahen immer wieder. Man stellte sogar einen Suchtrupp zusammen, um wenigstens Etzels Gebeine zu finden. Alle gingen davon aus, dass ihm beim Holzmachen etwas zugestoßen sei und sein Leichnam unter der Last eines gefällten Baumes oder eines schweren Astes, der den großen Mann erschlagen hatte, begraben lag. Doch niemand fand ihn. Und kein Einziger kam auf den Gedanken, dass er kaltblütiger Rache zum Opfer gefallen sein könnte. Man tröstete sich damit, dass eine unwegsame Stelle den Toten verbarg. Eventuell hatten sich wilde Tiere an seinem Fleisch gütlich getan und seine Glieder in alle Winde verschleppt. Das Leben auf den Höhen hatte seine Tücken. Es war durchaus möglich, dass er für immer verschwunden blieb.

Johanna hoffte inständig, dass diese Vermutung sich erfüllte und ihr Geheimnis niemals aufgedeckt würde. Auch wenn sie seinen Tod nicht verschuldet hatte, hatten Gertrud und Martha sie skrupellos zur Mittäterin gemacht.

Der Vogel an ihrer Tür konnte durchaus darauf hindeuten, dass es einen weiteren Mitwisser gab, der sie bei der Beseitigung der Spuren beobachtet hatte. Auch wenn sie sich dessen nicht sicher war. Wütend und ängstlich zugleich nahm sie das Tier ab. Noch einmal sah sie sich um. Der kleine Hof aus gestampfter Erde, die Büsche, die ihn begrenzten, selbst der Weg, der zu ihm führte, waren menschenleer. Nicht einmal die Wölfin, an deren Gegenwart sie sich gewöhnt hatte, war zurückgekehrt. Sorgsam schloss sie die Tür und trug das tote Tier nach drinnen. Sein kleiner Körper fühlte sich kalt und steif an.

Ida drehte sich murmelnd auf die Seite und schlief weiter. Erleichtert atmete Johanna auf. Sie konnte jetzt keine Gesellschaft gebrauchen. Sie musste erst einmal nachdenken.

Die weiße Wölfin streifte durch den Wald. Es kümmerte sie nicht, dass es langsam hell wurde. Sie war ruhelos. Sie blutete, und sie wusste, dass sie anders roch. Das Mädchen, das sie normalerweise begleitete, war vergessen. Sie brauchte einen Rüden! Jeder paarungswillige männliche Wolf im Umkreis würde sie wittern. Würde ihrer Fährte nachgehen, bis er sie gefunden hatte – nur um sich danach abzuwenden, sobald er sie sah.

Etwas schien sie zu verstören und dafür zu sorgen, dass sie zur Fortpflanzung nicht in Frage kam. Sie wusste nicht, dass es an ihrer Farbe lag, die ihre Artgenossen dazu veranlasste, sie zu meiden. Doch der Ruf der Natur war stark, und so machte sie sich auf. Jedes Jahr aufs Neue, um einen Vater für ihre ungeborenen Welpen zu finden. Ihr blieb nicht viel Zeit. Bald würde der drängende Wunsch, der ihr ganzes Sein ausfüllte, an Intensität verlieren, bis er schließlich verschwand, um am Ende eines jeden Winters erneut hervorzubrechen.

Plötzlich blieb sie stehen, duckte sich. Horchte, witterte. Etwas bewegte sich vor ihr im Unterholz. Schlich mit leisen Pfoten heran. Ihre Muskeln spannten sich, während sie mit den Ohren dem Rascheln folgte. Der Rückenwind verwehrte ihr, eine Fährte aufzunehmen, doch die Geschmeidigkeit der Schritte deutete auf einen Artgenossen hin.

Und dann sah sie ihn. Einen mächtigen Wolf, zweifellos ein Rüde. Stumm musterte sie sein grau geflecktes Fell, die langen, kräftigen Beine, den großen Kopf und den unergründlichen Blick seiner gelben Augen. Bewachte jede seiner Bewegungen. All ihre Sinne schärften sich. War er ihr freundlich gesinnt? Oder war er gekommen, um sein Territorium zu verteidigen?

*Normalerweise vermied sie es, in fremde Gebiete einzudrin-
gen, doch vielleicht hatte sie in ihrer Hitze eine Grenze aus
Kot und Urin nicht bemerkt, die ein Rudel aufrechterhielt.
Dazwischen gab es Bereiche, auf die keiner ein Vorrecht hatte.
Wölfe ohne Rudel durften sie durchwandern, ohne dass ihnen
Gefahr drohte.
Langsam kam der Rüde näher. Er schien sich nicht an ihrer
Fremdartigkeit zu stören. Mit neugierig aufgestellten Ohren
trat er dicht an sie heran. Er blieb wachsam, doch nichts deutete
auf ein aggressives Verhalten hin. Bedächtig umkreisten sie
sich, schnüffelten ausgiebig aneinander. Er roch ausnehmend
gut, und die Signale, die er sendete, gefielen ihr. Sein Interesse
schien echt zu sein.*

Bevor Ida erwachte, hatte Johanna bereits ihre hellbraune
Cotte samt grünem Surcot über das Hemd gezogen. Das frisch
entfachte Feuer verbreitete eine angenehme Wärme. Johanna
verdrängte den Gedanken an duftende Hafergrütze mit etwas
Milch oder Butter und einer Handvoll getrockneter Beeren,
die vom Winter übrig waren. Es war immer noch Fastenzeit.
Ein überdrüssiges Seufzen kam über ihre Lippen. Die vier-
zig Tage, an denen zur Vorbereitung auf das Osterfest weder
Milch, Fleisch oder Eier gegessen werden durften und der
kärgliche Rest nur einer abendlichen Mahlzeit diente, kamen
ihr unendlich lang vor. Ein Kräutersud, der ein wenig den
Hunger dämpfte, musste reichen.

Sie schob ihr lockiges Haar in den Nacken und wand es
dort zu einem Zopf, bevor sie Wasser in einen kleinen Kessel
füllte und ihn über die Flammen hängte.

Von draußen drang Vogelgezwitscher herein. Ein Hahn begrüßte mit lautem Krähen den Tag, und zwei Hunde stimmten
heulend mit ein. Alles ging seinen gewohnten Gang, wenn
man von ihren erfolglosen Überlegungen einmal absah. Bisher war sie zu keinem Ergebnis gekommen, wer hinter dem
üblen Schelmenstreich stecken mochte. Sie würde abwarten
müssen, was als Nächstes geschah.

Johanna streckte ihren Rücken und schickte sich an, die Fensterläden zu öffnen. Helles Licht flutete in den Raum. Als sie zum Feuer zurückkehrte, sah sie, wie Idas Hand über das Schaffell fuhr, das ihr als Unterlage diente. Verblüfft hielt das Mädchen inne und setzte sich auf. Sie mochte wohl an die neun Jahre zählen. Ihr genaues Alter kannte selbst Ida nicht. Eines Tages hatte man sie verletzt im Wald gefunden. Johannas Freundin Elen hatte sich keinen anderen Rat gewusst, als das stumme Kind zu ihr zu bringen. Ida hatte fürchterlich ausgesehen. Die speckige, zerlumpte Cotte, die von ihren Schultern hing, konnte man kaum noch als Kleidung bezeichnen. Ihr struppiges Haar und der Dreck, der sie wie einen kleinen bösartigen Waldgeist aussehen ließ, machten es nicht besser. In ihrem ganzen Leben hatte Johanna kein derart verwahrlostes Geschöpf gesehen, das offensichtlich in der Wildnis lebte. Doch dabei sollte es nicht bleiben. Noch in derselben Nacht war die Wölfin bei ihr aufgetaucht. Sie hatte nicht lange gebraucht, um zu erkennen, dass die beiden zusammengehörten. Die folgende Zeit hatte ihre Tücken. Doch als die große Wunde an Idas Schenkel verheilt war, hatte sich ein zartes Band der Zuneigung zwischen ihnen gebildet. Und so blieben das Mädchen und die Wölfin bei ihr.

Idas schwarze, vom Schlaf zerzauste Haare hingen wirr um ihr Gesicht, dessen Züge in den letzten Wochen etwas weicher geworden waren. »Wo ist Wölfin?« Noch immer fiel es ihr schwer, in ganzen Sätzen zu sprechen.

Johanna zuckte mit den Schultern. »Ich weiß es nicht.« Auch sie war beunruhigt. In all der Zeit, in der Ida und die Wölfin bei ihr lebten, war das Tier spätestens im Morgengrauen zurückgekehrt.

Noch eine Sorge mehr, dachte sie bekümmert. Sie hoffte inständig, dass der Fähe nichts zugestoßen war. Schon einmal hatte es wegen ihrer Anwesenheit in der Schiltacher Vorstadt einen Aufruhr gegeben. Nur mit Mühe war es Johanna damals gelungen, ihre aufgebrachten Nachbarn zu beruhigen. Seither hatten sich die Leute an das Tier gewöhnt. Jedenfalls hatte sie dies angenommen. Vielleicht war das Maß nun voll, ohne dass sie etwas davon mitbekommen hatte? Hatten sie die Wölfin getötet? Ein eisiger Schauder zog über ihren Rücken. *Diente die Krähe an meiner Tür als Warnung, in Zukunft die Finger von wilden Tieren zu lassen?*

Allerdings hatte Johanna bemerkt, dass die Wölfin blutete. Es war durchaus möglich, dass sie dem Ruf der Natur gefolgt war. So oder so würde es Ida das Herz brechen, wenn ihre treue Freundin nicht mehr da wäre. In den vergangenen Monaten waren sie sich nähergekommen. Im Grunde ähnelte ihre kleine Gemeinschaft der einer Familie. Aber es war offensichtlich, dass Ida und das Tier eine besondere Verbindung zueinander hatten, die sie außen vor ließ. Und es entsprach nicht ihrem Wesen, sich dazwischenzudrängen.

»Ich suchen gehen.« Mit einem Satz war Ida auf den Beinen. Energisch streifte sie das kittelförmige Hemdkleid über ihren Kopf. Noch immer schlief sie nackt und schien kaum zu frieren. Das Kleid, das sie trug, war – außer einem dicken Umhang im Winter – das Einzige, was sie an ihrem sehnigen Körper duldete.

»Das dachte ich mir.«

Johanna wusste, dass sie Ida nicht davon abhalten konnte. Das Mädchen war von jeher sonderbar gewesen. Ihre wahre Identität lag weiter im Dunkeln. Sie erzählte nichts über ihre Vergangenheit. Manchmal war sich Johanna nicht sicher, ob sie ihr früheres Leben vergessen hatte oder es bewusst verschwieg. Man musste Ida eben so nehmen, wie sie war. Außer ihrer Freundschaft zu der Wölfin schaffte sie es nur selten, sich auf jemanden einzulassen. Selbst auf sie, obwohl Johanna wusste, dass Ida sie mochte.

»Du solltest wenigstens einen heißen Sud trinken, bevor du dich auf den Weg machst.«

Idas Blick huschte zu dem Kessel hinüber. Ihr Mund verzog sich zu einem halben Lächeln, ehe sie nickte.

»Ich gehe rasch die Ziege melken.«

Johanna warf ein paar Kräuter in den Kessel, schnappte sich

den Melkkübel und den restlichen Vorrat an Wasser. Dann ging sie in den Stall, der durch eine Holzwand vom Hauptraum des Häuschens getrennt wurde. Zwei braune Ziegen, Mutter und Tochter, meckerten ihr freudig entgegen. Sie kannten das, was sie erwartete, von unzähligen Malen zuvor. Johanna goss frisches Wasser in den Trog, legte der Zicke einen Strick um den Hals und band sein Ende um einen in der Wand eingelassenen eisernen Ring. Seufzend setzte sie sich auf den kleinen dreibeinigen Melkschemel und ließ die Milch aus dem Euter in den Kübel strömen, während das Tier soff.

Das karge Winterfutter sorgte für einen dünnen, schaumig weißen Strahl. Trotz der Fastenzeit musste die Mutterziege gemolken werden, damit ihre Milch nicht versiegte. Ihre Tochter war nun schon über ein Jahr alt und würde bald selbst ein oder zwei Zicklein bekommen. Johanna hatte sie decken lassen. Ein wachsender Haushalt erforderte mehr Milch und Käse. Auch um etwas Fleisch wäre sie froh gewesen. Doch zuerst musste der Nachwuchs auf der Welt sein, dann würde man sehen, ob es Mehrlinge waren und welches Geschlecht sie hatten.

Bald war sie fertig. Johanna warf etwas Heu in die Krippe. Die Tiere meckerten unwillig, sie wollten nach draußen. Doch es war noch zu früh im Jahr, um sie auf die Weide zu lassen.

Sobald die Ziegen versorgt waren, verließ Johanna den Stall und trug ihre Ausbeute zu einem eingefassten Geviert im Boden des Raumes, in dem sie wohnten. Dort ließ sie sich auf die Knie nieder, räumte die Dielen beiseite und enthüllte einen gemauerten Hohlraum unter der Erde. Hier war es stets kühl, weshalb ihre Vorräte länger frisch blieben. Sie wuchtete ein irdenes Gefäß nach oben und goss die Milch hinein. Wenn sie genug beisammenhatte, würde sie den Rahm abschöpfen und Butter herstellen. Das Osterfest rückte näher. Bald würden sie davon essen können.

Der Rauch des Feuers hing in der Luft. Nur langsam zog er nach oben durch die Luke ab, doch er hielt auch die Schädlinge fern, die das Holz des Häuschens zerstören würden. Nichts deutete auf ein zwischenzeitliches Erscheinen der Wölfin hin. Dafür hatte Ida die tote Krähe entdeckt, die neben dem Feuer lag. Johanna hatte sie vergraben wollen, es bisher aber nicht fertiggebracht. Irgendetwas hinderte sie daran, das arme Tier zu beseitigen. So lag es immer noch da, ein gebrochenes schwarzes Auge anklagend auf die Flammen gerichtet.

»Totenvogel«, bemerkte Ida. Ihre Miene war so unergründlich wie die Tiefe eines Brunnenlochs.

Die Härchen auf Johannas Unterarmen stellten sich auf. Bestimmt hatte die Kleine den Begriff irgendwo aufgeschnappt. »Hast du eine Ahnung, wer ihn vor unsere Tür gehängt haben könnte?«

Ida schüttelte den Kopf.

Johanna holte tief Luft, um die Schwere in ihrer Brust zu vertreiben. »Nun gut, dann lass uns etwas trinken.« Nachdem sie sich an den Tisch gesetzt hatten, der von zwei Bänken flankiert wurde, sprach Johanna ein Dankgebet und schloss im Stillen die Bitte um Schutz und Hilfe mit ein. Ida war dergleichen inzwischen gewohnt. Sie wusste, dass sie so lange warten musste, bis sie zugreifen konnte.

»Wirst du allein zurechtkommen?«, fragte Johanna, nachdem der Kräutersud das flaue Gefühl in ihrem Magen vertrieben hatte. »Ich muss im Städtle nach den Kranken sehen.«

Schiltach war in der Tat nicht groß. Umrahmt von bewaldeten Höhen lag es an der engsten Stelle des Kinzigtales, einem wichtigen Knotenpunkt für Reisende. In den Behausungen sowohl vor als auch hinter der Mauer, die lediglich den inneren Stadtkern umschloss, gab es einige, die zurzeit von quälenden Leiden geplagt wurden. »Mette, die junge Magd des Wagners, liegt mit Fieber darnieder und hustet Blut. Elens Mutter hat es ebenfalls erwischt. Und den Flößer Leutwin plagen Schmerzen in den Händen, die es ihm kaum noch ermöglichen zu arbeiten.«

»Ich allein zurechtkommen«, echote Ida. Im Grunde kannte sie sich im Wald besser aus als Johanna. Schließlich hatte sie einige Zeit darin gelebt.

Johanna schenkte ihr ein dankbares Lächeln. »Dann geh

und such deine Freundin. Ich hoffe, du findest sie.« Verdutzt hielt sie inne. »Da fällt mir ein, ich wollte die Salbe für Leutwin fertigstellen, bevor ich ihn besuche. Das hatte ich in all der Aufregung ganz vergessen!« Ihr Blick huschte zu der Feuerstelle, an deren Rand aus gemauerten Feldsteinen eine Pfanne mit fettigem Inhalt stand. Als sie den Kopf wendete, sah sie gerade noch Idas Rücken, die ohne ein Wort verschwand. Johanna schaute ihr mit verkniffenen Lippen hinterher. *Ob sie wohl jemals ihre Wildheit ablegen und ein normales Leben führen wird?*

Dann glitten ihre Gedanken zu den Arzneien, die sie heute benötigte, und Ida war vergessen. Zum Glück galten die Speisevorschriften nicht für die Kranken, obwohl man ihnen kaum etwas Besseres vorsetzte.

2. KAPITEL

Ida überquerte den breiten gerodeten Streifen aus Wiesen und Feldern, den man rings um das Städtle angelegt hatte. Tief sog sie die klare Luft in ihre Lungen, während ihre Augen die angrenzenden Berge hinaufwanderten. Ein frostig weißer Schimmer überzog die Höhen. Dort oben lag noch Schnee. Hier unten war es milder. Wie Flaum auf dem Kopf eines Säuglings lugten die Schösslinge der Wintergerste aus der schweren braunen Erde hervor. Sanfte Sonnenstrahlen verliehen ihnen eine sattgrüne Farbe. Die Wärme würde den jungen Pflanzen guttun, obwohl gestern noch ein kurzer Schneeschauer über sie hinweggezogen war.

Ein paar Schritte vor Ida lief ein Schweinehirte, der sich mit dem Rest derer, die nicht der winterlichen Schlachtung zum Opfer gefallen waren, zu einem der brachliegenden Feldern aufmachte. Sie ging dem Mann aus dem Weg, so gut sie konnte. Aufatmend stellte sie fest, dass er sie kaum beachtete. Er hatte alle Hände voll zu tun, damit die Tiere nicht durch die Hecken brachen, die die Felder umzäunten, um sich an dem saftig sprießenden Grün der neuen Saat zu laben. Nach der langen, harten Winterzeit gelüstete es auch sie nach der zarten Frische jungen Lebens.

Bald darauf erreichte Ida den Saum des Waldes und tauchte in sein grünes verborgenes Reich ein. Etwas Befreiendes strömte durch ihren Körper. Sie wusste, dass in der kaum gezähmten Wildnis aus unzähligen Bäumen und Pflanzen, die sich über die schroffen Berge zogen, Gefahren lauerten. Doch im Vergleich zu den Häusern des Städtle, und obwohl es ihr bei Johanna gut ging, fühlte sie sich hier wohler. Nach wie vor kam sie mit der Natur besser zurecht als mit anderen Menschen. Die Feuchtigkeit, die von den Bäumen tropfte, machte ihr nichts aus. Sie war Nässe, Kälte und Dreck gewöhnt. Zwar wusch sie sich, wenn Johanna es von ihr forderte, und hielt gehorsam still, sobald diese ihr Haar kämmte. Aber dies tat sie nur, um ihre Freundin nicht zu erzürnen. Es war nicht wichtig.

Das Fernbleiben der Wölfin hingegen war etwas, das ihre Gedanken mehr als alles andere beschäftigte. Sie war ihr sehr zugeneigt. Außer ihr und Johanna gab es nichts, das in Idas Leben eine größere Bedeutung gehabt hätte. Zwar kam es immer wieder vor, dass das Tier sich von ihr trennte, um einer Fährte nachzugehen oder zu jagen. Doch jedes Mal kam es nach einer Weile zurück. Nie war die Wölfin derart lange fortgeblieben. Idas kleines Herz zog sich vor Furcht zusammen. Die Vorstellung, dass sie verletzt oder gar getötet worden war, raubte ihr den Atem. Ihre Augen hefteten sich auf den weichen Untergrund unter ihren nackten Füßen, auf der Suche nach einer Spur.

Überall dort, wo das Geäst der Laubbäume genug Licht hindurchließ, war der Boden mit einem Teppich aus Scharbockskraut und Buschwindröschen übersät. Die kleinen Blüten reckten zum ersten Mal ihre Köpfchen und leuchteten wie gelbe und weiße Sterne. An anderen Stellen lagen die verstreuten Zapfen von Fichten und Tannen in einem Bett aus abgestorbenen Nadeln. Sie war weit gewandert, als Stimmen sie plötzlich aufhorchen ließen. Alles Leben um sie herum erstarrte, genau wie sie. Behutsam hob Ida den Kopf und lauschte. Spähte in die Richtung, aus der nun auch das Knarzen von Karrenrädern zu vernehmen war. Etwa dreißig Schritte vor ihr beschrieb der Weg eine Biegung und verschwand hinter einer mit Moos und Bäumen bewachsenen Erhebung. Überall lagen dicke Gesteinsbrocken umher. Ihr moosiger Überzug sah aus wie ein Bart, der ihnen im Lauf der Zeit gewachsen war.

Auf dem Pfad dahinter schienen sich mehrere Leute zu unterhalten. Bald verstand sie jedes Wort. Kein Zweifel. Sie kamen geradewegs auf sie zu. Mit geübtem Blick sah Ida sich um. Sie verspürte nicht die geringste Lust auf Gesellschaft. Hastig schlüpfte sie hinter einen mächtigen Felsbrocken, der ihre kleine Gestalt vollkommen verdeckte. Gerade noch rechtzeitig, denn schon hörte sie die Stimmen nur wenige Schritte entfernt. All ihre Sinne schärften sich. Sie war wie ein Tier vor dem Sprung. Jederzeit bereit, sich davonzumachen, falls es nötig sein sollte.

»Wie ich diese verfluchte Plackerei hasse«, maulte eine Frau. »Hoffentlich finden wir bald einen geeigneten Lagerplatz.«

»Nichts lieber als das«, seufzte eine jüngere. »Ich bin schrecklich müde.«

»Du und müde?«, wies sie eine weitere weibliche Stimme streng zurecht. »Vielleicht solltest du die Nacht mit Schlafen zubringen, anstatt etwas anderes zu treiben. Das hat schon so mancher geholfen.«

Der erdige Geruch des Mooses vor ihrem Gesicht kitzelte Ida in der Nase. Doch sie hielt ganz still. Erst als die Geräusche sich entfernten, lugte sie hinter dem Felsbrocken hervor. Sie entdeckte eine Gruppe Fahrender, die den holprigen Weg entlangschritt. Zerlumpte Gestalten, die mit zweirädrigen Karren unterwegs waren. Zwei mit dicken Bündeln beladene Gefährte wurden von einem Gespann aus großen zotteligen Hunden gezogen, deren Fell sie wie mächtige Schafe wirken ließ. Drei weitere von Frauen und Kindern, die vorn und hinten mit anpackten, während die Männer müßig hinterdreinschlenderten. Plötzlich drehten die beiden letzten sich um, als ob sie ahnten, dass man sie beobachtete.

Schnell wie eine Schlange zuckte Ida zurück und duckte sich tief hinter das Gestein. Doch sie hatte den Ausdruck in den Gesichtern der Kerle gesehen. Es lag keine Freundlichkeit darin. *Hoffentlich ziehen sie rasch weiter*, dachte sie beklommen. Zum Glück hatte sie den Pelz der Wölfin nirgends entdeckt. Der Gedanke erleichterte sie ein wenig, obwohl sie immer noch keine Spur von ihr gefunden hatte. Jetzt, wo die Truppe vorüber war, konnte sie endlich ihre Suche fortsetzen.

Ein Geräusch ließ Ida nach hinten blicken. Der Schreck fuhr wie ein Blitz durch ihre Glieder. Nur ein paar Schritte entfernt bewegte sich ein magerer halbwüchsiger Bursche auf sie zu. Sein dunkles struppiges Haar und die Kleidung, die er trug, machten denselben Eindruck wie die der Fahrenden. Es war offensichtlich, dass er zu ihnen gehörte. Der Junge sah tief in Gedanken versunken zu Boden. Offenbar hatte er sie noch nicht bemerkt. Doch dann stutzte er. In dem Moment, in dem er den Kopf hob, sprang Ida auf. Seine Lider weiteten sich ebenso erschrocken wie ihre. Er sagte kein Wort, starrte sie nur an. Sie hätte ihre Beine in die Hand nehmen und davonrennen sollen, aber etwas hielt sie zurück. Vielleicht waren es seine Augen, so grün wie das tiefe Wasser eines Bergsees, die ihr das Gefühl gaben, auf den Grund seiner Seele blicken zu können. Vielleicht der verletzliche Zug um seinen Mund. Sie wusste es nicht. Ein paar Herzschläge lang stand sie einfach nur da und betrachtete ihn mit der gleichen Intensität, mit der er sie musterte. Dann drehte sie sich weg und hastete davon.

Johanna schickte sich an, die Salbe anzufertigen, die sie Leutwin geben wollte, band sich eine Schürze um und wendete sich der Feuerstelle zu. Das sanfte Licht, das durch die geöffneten Fensterläden hereinfiel, beleuchtete die tote Krähe, die wie ein stummer Wächter danebenlag. Ein ungemütliches Gefühl stieg in ihr auf.

Lass dich nicht beirren!, tönte plötzlich die Stimme ihrer Mutter in ihrem Kopf. *Erlaube es nicht, dass man dich einschüchtert, sonst wirst du Fehler machen, weil du nicht recht bei der Sache bist. Konzentriere dich auf das Wesentliche!*

Mutter war ebenfalls eine Heilerin gewesen. Die Menschen hatten ihr vertraut, bis sie vor über einem Jahr gestorben war. Bis zu diesem Zeitpunkt hatte sie Johannas gesamte Familie dargestellt. Ohne viel Aufhebens hatte sie Johanna durch ihre Kindheit getragen und den Vater ersetzt, der sie sitzen gelassen hatte. All ihr Wissen stammte von dieser tapferen, unerschütterlichen Frau, die lange Zeit der Mittelpunkt ihrer Welt gewesen war. Im Grunde hätte sie sich kein besseres Vorbild wünschen können. War es ihre eigene Phantasie, die ihr das Gefühl gab, dass ihre Mutter zu ihr sprach? Inzwischen geschah es immer seltener, aber dennoch zu Zeiten, in denen sie nach einer Lösung suchte oder nicht weiterwusste. Und den Worten in ihrem Innern mangelte es nie an Weisheit. Auch dieses Mal hatte sie recht.

Johanna atmete aus tiefster Seele ein, packte den Vogel bei seinen Federn und ging hinaus, um ihn im Garten zu begraben. Zufrieden klopfte sie die Erde von Schürze und Händen. Jetzt würde sein Anblick sie nicht mehr stören.

Von neuem Mut erfüllt widmete sie sich ihrer Aufgabe. Leutwin hatte ihr ein Töpfchen mit Schmalz mitgegeben, in der Hoffnung, er würde am nächsten Tag die fertige Arznei erhalten. So hatte sie vor dem Zubettgehen zwei Beinwellwurzeln zerkleinert – sie waren ein Teil der gesammelten Schätze des vergangenen Herbstes – und diese in ein wenig Fett geröstet. Manche nannten die Pflanze Wallwurz, weil mit ihrer Hilfe gebrochene Knochen und Wunden besser zusammenwuchsen.

Doch es gab Dinge, die gewöhnlichen Menschen verborgen blieben. Wissen, das von einer Heilerin an die nächste weitergegeben wurde. Vermutlich versuchte jede, die Methode zu verfeinern, so wie sie selbst. Und es gab noch so viel mehr, das sie gern erforscht hätte. Johannas Stirn kräuselte sich. Die Spanne ihres Lebens würde nicht ausreichen, um alle Geheimnisse der Schöpfung zu verstehen.

Wenigstens hatte sich die Salbe als gut erwiesen. Nach dem Rösten hatte sie den Rest des Schmalzes löffelweise hinzugetan und so lange mit der Masse verrührt, bis sich alles verbunden hatte. Nun, da sie über Nacht gezogen war, erhitzte sie diese ein zweites Mal.

Während sie darauf wartete, dass das flüssige Fett ein wenig abkühlte, trat sie zu den Regalborden an der Wand. Tiegel, Spanschachteln und kleine Säckchen voller Kräuter befanden sich hier, die sie zuvor sorgsam getrocknet hatte. Etwas mehr als die Hälfte davon hatte sie schon verbraucht, doch sie fand die Sommertriebe des Schachtelhalms, dessen Wuchs an junge Tannenbäumchen erinnerte. Ein Sud würde Leutwin gute Dienste leisten. Johannas Lippen verzogen sich zu einem

Lächeln. Als Kind hatte sie die Pflanze Katzenschwanz genannt, und sie war längst nicht die Einzige gewesen.

In einem weiteren Säckchen fand sie Brennnesselsamen. Die Kuppe ihres Zeigefingers betastete sanft die braungrünen Körnchen. Immer wieder erstaunte es sie, dass die winzigen Kügelchen nicht dieselbe Feindseligkeit wie der Rest der Pflanze zeigten. Und obwohl sie so kümmerlich wirkten, kräftigten sie den Körper, wenn man sie zu sich nahm. Würden sie Mette das zurückgeben, was sie bereits verloren hatte?

Die junge Magd bereitete ihr die größte Sorge. Vor ein paar Tagen hatte sie ihr getrocknete Salweidenblätter vorbeigebracht und einen Sud daraus zubereitet. Sie konnte nur hoffen, dass er angeschlagen hatte. Für Elens Mutter würde sie jungen Spitzwegerich pflücken. Auch er war ein gutes Mittel gegen Krankheiten der Atemwege, woran diese ebenfalls litt. Obwohl es ein anderes Leiden als bei Mette war. Vorsorglich packte sie noch ein Säckchen zerstoßene Weidenrinde in ihren Korb.

Nachdem sich das Schmalz derart abgekühlt hatte, dass es noch flüssig, aber nicht mehr kochend heiß war, seihte Johanna es durch ein Leintuch in Leutwins Töpfchen zurück und presste das Gewebe gut aus. Endlich lag alles in ihrem Korb, und so machte sie sich auf den Weg.

Johannas Häuschen befand sich am Rand der Vorstadt, ein wenig abseits von den anderen. Die Wohnstätten der Flößer, Gerber und Müller schlossen sich in einiger Entfernung an. Rauch kräuselte sich über den Dächern und zog in einen freundlichen Himmel empor. Weiden, Holunder, Ebereschen und Walnussbäume, deren Blattknospen sich in unterschiedlichen Stadien der Reife befanden, umstanden sie wie Wächter. Bald würde ihnen ein dichter grüner Schopf wachsen, der im Sommer für angenehm kühlen Schatten sorgte.

An die meisten der einfachen Behausungen grenzte ein Gemüsegarten an, der von Hagebutten- und Schlehenhecken gesäumt war, die die Pflanzen vor unliebsamen Räubern schützten. Johanna mochte die sommerlichen rosafarbenen

Blüten der Hagebutten. Darüber hinaus würde bald ein weißes Blumenmeer an den weitverzweigten Ästen der Schlehen prangen, das sie harmloser aussehen ließ, als sie waren. Der Kontakt mit ihren langen, mit einem Widerhaken versehenen Dornen führte oft zu entzündeten Wunden. Das beständige Glucksen von im Dreck scharrenden Hühnern drang an ihre Ohren. Ein stattlicher Hahn stand auf der Spitze eines Misthaufens, reckte seinen Kopf und krähte stolz, während seine Hühnerschar friedlich vor sich hin pickte. Kinder rannten einem bellenden Hund hinterher.

Ein jedes ging seinen gewohnten Gang, und sie alle vereinte das Leben vor den Toren der Stadtmauern, nur ein paar Schritte von der Kinzig entfernt. Das Wasser des Flusses gurgelte leise, als Johanna an seinem Ufer entlangschritt. Sie grüßte ihre Nachbarn, die ihr freundlich zunickten. Hier und da bückte sie sich, um die schmalen, lanzenförmigen Blätter des Spitzwegerichs zu pflücken und in ihren Korb wandern zu lassen. Er wuchs an jedem Wegesrand und war ein wahrer Meister der Heilung vieler Krankheiten. Besonders jener der Lunge. Jetzt waren seine Triebe noch jung, und sie musste genau hinsehen, um sie an den langen, geradlinigen Adern zu erkennen. Doch die Wirkung würde umso kräftiger sein. *Ich werde Mette auch etwas davon bringen*, beschloss sie. *Selbst wenn die Salweide angeschlagen hat. Eine Kombination der beiden Kräuter wird nicht schaden. Man sollte nichts unversucht lassen.*

Auch die kleinen glänzenden Blätter des Scharbockskrauts sammelte Johanna, das zu den ersten Pflanzen gehörte, die sich nach dem Winter aus der Erde wagten. Hier und da griff sie beherzt zu, um junge Brennnesseltriebe zu pflücken, deren Bisse weniger brannten, wenn man nicht allzu zaghaft mit ihnen umging. Auch Gänseblümchen, Gundermann, Schafgarbe und Vogelmiere landeten in ihrem Korb. Sie würde eine Suppe daraus kochen, die neue Kraft gab und die bleierne Müdigkeit vertrieb, die nach dem Winter in ihren Gliedern nistete.

Der Geruch faulenden Fleisches und bitterer Lohe stach ihr in die Nase. Mit dem Einsetzen des Frühjahrs hatten die Gerber ihre Arbeit nach draußen verlegt, doch das Wasser der Kinzig, das sie zum Waschen und Spülen ihrer Häute verwendeten, war eiskalt. Die karge Kost des Winters und das anschließende Fasten taten ein Übriges. So blieb es nur eine Frage der Zeit, bis weitere Kranke ihre Hilfe beanspruchten. Den Scharbock, den die kalte Jahreszeit hervorbrachte, wussten sie selbst zu bekämpfen. Die gleichnamige Pflanze mit den gelben sternförmigen Blüten eignete sich hervorragend dazu, und auch die Suppe, die sie für sich und Ida kochen würde, war den meisten bekannt.

Leutwin saß vor seinem Haus und ließ sich von der Sonne bescheinen. »Johanna! Wie gut, dass du kommst.« Der etwa vierzigjährige hagere Mann, dessen hellbraunes Haar in letzter Zeit immer dünner wurde, schien auf sie gewartet zu haben. Seine ledrige Gesichtshaut warf zahlreiche Fältchen, als er lächelte.

Johanna erwiderte seine freundliche Miene. »Ich grüße dich. Wie geht es dir heute?«

Das Lächeln in Leutwins Gesicht verschwand, während er einen tiefen, bekümmerten Atemzug nahm. »Nicht gut. Meine Hände schmerzen fürchterlich.« Er betrachtete seine knotigen Finger, von denen einige deutliche Fehlstellungen aufwiesen. Besonders die Gelenke der Ring- und Mittelfinger waren betroffen. Leutwin seufzte, während Sorge in seine Augen trat. Wie die meisten Flößer arbeitete er im Winter als Holzhauer in den ausgedehnten Waldgebieten des Schwarzwaldes. Die Kälte hatte ihm nicht gutgetan. Seine Krankheit plagte ihn schon seit Jahren, und das Wasser der Kinzig verstärkte sie noch. Doch in den letzten Monaten hatte sie sich deutlich verschlechtert. »Wenn das so weitergeht, werde ich nicht mehr arbeiten können.«

Johanna verzog beklommen den Mund. Sie verstand, was ihn bedrückte. Glücklicherweise hatte er zwei erwachsene Söhne, die ebenfalls Flößer waren und die Eltern unterstützen konnten, falls er dazu nicht mehr in der Lage war. Dennoch würden sie alle den Gürtel enger schnallen müssen.

»Am besten tust du gleich Salbe darauf. Sie ist noch warm. Spare nicht damit. Ich habe genügend Beinwell übrig.«

Sie holte das Säckchen mit dem Schachtelhalm aus ihrem Korb. »Ich habe dir noch Kräuter für einen Sud mitgebracht. Dein Weib soll sie zerkleinern und einen guten Löffel davon mit zwei Bechern kaltem Wasser ansetzen. Danach muss das Ganze eine Weile kochen. Wenn der Sud etwas abgekühlt ist, trinkst du ihn schluckweise. Tu dies zweimal am Tag. Er sollte jedes Mal frisch zubereitet werden.« Sie schenkte ihm einen aufmunternden Blick. »Ich hoffe, deine Beschwerden werden dadurch gelindert.«

Leutwin nickte. »Geh nur hinein und sag es ihr selbst. Sie wartet schon auf dich.«

Nachdem dies getan war, machte sich Johanna in die Richtung des Stadttores auf. Der Himmel leuchtete in einem hellen Blau, in dem ein paar harmlose Schäfchenwolken träge dahinzogen. Trotz des Leids, dem sie sich stellen musste, schenkte ihr sein Anblick einen Moment tiefen Friedens. Wärme und die Geräusche von Vögeln und den ersten Insekten erfüllten die Luft. Das Wetter würde nicht halten, aber endlich war der Winter vorüber. Der Kreislauf der Natur begann von Neuem. Nach all der Entbehrung würde bald eine Zeit der Fülle folgen.

Kurz darauf schritt sie durch die geöffneten Flügel des unteren Tores, das in einem steinernen Bogen die hohe Wehrmauer durchbrach. Die ansteigende Gasse führte sie direkt zu dem dreieckigen Marktplatz, der von den Gebäuden der Gaststätten und Handwerker gesäumt war. Ihr Fachwerk bildete einen hübschen Kontrast zu den meist frisch geweißten Wänden. Alles stand für die Neuankömmlinge bereit.

Schiltach war schon immer eine ideale Rast für Reisende gewesen, die vom Kinzigtal ins Neckartal unterwegs waren oder umgekehrt. Auch heute sah sie Menschen, zumeist mit trittsicheren Maultieren, obwohl der Hochbetrieb noch nicht begonnen hatte. Auf den Höhen lag immer noch Schnee. Mit schweren Wagen konnte man sie nicht passieren. Selbst zu Fuß oder zu Pferd war es nicht nur beschwerlich, sondern auch ebenso gefährlich. Nur wenige wagten den frühzeitigen Aufstieg.

Vom Marktplatz stieg der Weg steil an und führte an der Burg vorbei, die hoch über der Stadt auf dem Sporn des Schlossbergs thronte. Johannas Augen glitten die Steige hinauf. Von hier unten war die Feste gut zu sehen. Hermann III., Herzog von Teck, wohnte hinter den dicken Mauern, ohne dass man ihn jemals zu Gesicht bekäme. Nicht dass sie etwas dagegen gehabt hätte. In den allermeisten Fällen bedeutete es nichts als Ärger, wenn man auf die Burg gerufen wurde. Darauf verzichtete sie gern. Seine Schwester Herzogin Beatrix, deren Kinder und ihr Gatte Reinhold von Urslingen lebten ebenfalls dort. Der alte Tecker war vor Kurzem gestorben.

Ein leiser Schauder jagte über Johannas Rücken, als sie an ihre Begegnung mit dem Urslinger im letzten Jahr dachte. Er war nicht das, was man als angenehmen Menschen bezeichnen konnte. Auch seinem Schwiegervater hatte es an jenem Edelmut gemangelt, den man von einem Mann seines Standes erwartete. Sie schätzte, dass Beatrix erleichtert aufgeatmet hatte, nachdem ihr Gatte vor Monaten als Soldritter nach Italien gezogen war. Gewiss hatte er sie spüren lassen, dass sie ihm dieses Mal nur eine Tochter geboren hatte. Obwohl auch er die in ihn gesetzten Erwartungen nicht immer erfüllte. Man munkelte, dass er des Öfteren knapp bei Kasse war. Bisher war er nicht zurückgekehrt. Ein aufwendiger Lebensstil hatte eben seinen Preis.

Bald werden die Einnahmen wieder fließen, dachte Johanna grimmig. *Der Zoll wird eine gewaltige Menge Münzen in die leeren Truhen spülen.*

Allzu lange würde es nicht mehr dauern. An Georgi, dem 23. April, begann nicht nur die Flößerei aufs Neue. In aller Regel war dann der letzte Schnee geschmolzen und machte die Höhen zugänglicher. Bis dahin liefen die Geschäfte im

Städtle eher gemächlich. Die Wirtshäuser hatten nur wenige Gäste und die Handwerker nicht viel zu tun.

Mette, die Nächste auf ihrer imaginären Liste, arbeitete bei Roland und seinem Weib Hille. Seine Werkstatt lag ebenfalls am Rand des Marktplatzes. Im Grunde war sie Mädchen für alles, wobei ihr Zustand im Moment nicht einmal die einfachsten Tätigkeiten erlaubte.

Sie entdeckte den Wagner bei dem benachbarten Schmied, dessen Tor zu seiner Esse weit offen stand. Mit großen Zangen holten die beiden gerade einen mächtigen eisernen Reif aus dem Feuer. Johanna blieb stehen und beobachtete fasziniert, was dort vor sich ging. Wagner und Schmied ließen sich davon nicht stören. Mit konzentrierten Mienen legten sie das rot glühende Eisen über die hölzerne Felge eines fertigen Wagenrades. Es schien kaum größer als der äußere Rand des Radkranzes zu sein, und es bedurfte flinker, geschickter Hände, bis es ihn ordentlich umschloss. Gekonnte Hammerschläge trieben es an die richtige Stelle. Ruprecht, Rolands Geselle, half ihnen dabei.

Nach einem Nicken des Wagners goss er den Inhalt der bereitgestellten Wasserkübel darüber. Es zischte, brodelte und dampfte. Rasch verlor das Metall seine leuchtende Farbe, die sich in ein stumpfes schwärzliches Grau verwandelte. Roland nahm ein Tuch von seinem Gürtel und trocknete sich die schweißtriefende Stirn. »Der Reif zieht sich ordentlich zusammen«, stellte er nach einer kurzen Überprüfung fest. Anscheinend war er zufrieden mit seiner Arbeit.

Seine Aufmerksamkeit richtete sich auf Johanna, die immer noch das dampfende Rad betrachtete. Entgegen ihrer Befürchtung war es nicht verbrannt. Doch ihr leuchtete ein, dass das Eisen einen beträchtlichen Schutz für das weichere Holz des Rades darstellte. Mit seiner Hilfe würde es gegen die Widrigkeiten der Straße besser gewappnet sein. »Sei mir gegrüßt, Johanna«, riss der Wagner sie aus ihren Überlegungen. »Geh nur hinein. Hille erwartet dich bereits.«

Sie schlenderte die wenigen Schritte zu dem schmalen zweistöckigen Gebäude hinüber, das wie alle Häuser, die an den Marktplatz grenzten, von einigem Wohlstand kündete. Ein mit prächtigen Schnitzereien verzierter Türsturz umrahmte den Eingang. Johanna ergriff den schweren Klopfer und musste nicht lange warten, bis die Hausfrau öffnete.

»Wie gut, dass du kommst.« Hille, eine dralle Frau, die ihrem Mann schon etliche Kinder geboren hatte, wirkte besorgt.

»Wie geht es Mette?«

»Schlecht.« Hille runzelte bedeutungsvoll die Stirn. »So wird sie jedenfalls nicht arbeiten können. Dabei gäbe es eine Menge zu tun.« Wie zur Bestätigung erklang ein erboster Aufschrei von oben, der von Getrappel und den lautstarken Stimmen zweier Jungen abgelöst wurde, die alles andere als freundlich klangen. Schließlich kreischte ein Mädchen schmerzerfüllt auf.

Hille warf einen nervösen Blick die Treppe hinauf. Die Decke über ihnen erbebte. Nur einen Atemzug später polterte es, als ob eine wilde Rauferei im Gange wäre. »Geh schon einmal vor. Du weißt ja, wo sie liegt.« Sie raffte die Röcke ihres Gewandes und eilte die Stufen hinauf.

Auf dem Weg zur Küche, wo man der Magd ein Lager neben dem Feuer bereitet hatte, fragte sich Johanna, ob es ihrer Herrin mehr um ihre Arbeitskraft als um ihr Leben ging. Normalerweise schlief Mette in einer Dachkammer, wo es im Winter kalt und im Sommer heiß war. Bei ihrem letzten Besuch hatte sie das Mädchen dort oben angetroffen und sofort veranlasst, dass man sie an einen wärmeren Ort brachte. Die dünnen Schindeln, die die Holzkonstruktion des Daches bedeckten, boten nicht viel Schutz. Als sie allein waren, hatte Mette ihr zugeflüstert, dass oft der Wind durch die Ritzen ziehe und die oberste Schicht ihrer Zudecke im Winter nicht selten gefroren sei, sobald sie erwache. Ein Gefühl der Empörung regte sich in Johannas Brust, als sie daran dachte. War es da ein Wunder, wenn Mette erkrankte? Nicht einmal sie musste unter solchen Bedingungen leben.

Wenigstens jetzt hatte das Mädchen es warm, obwohl Hille es nun ein wenig übertrieb. Johanna brach der Schweiß aus, als sie die Küche betrat. Die junge Magd lag auf einem Strohsack in der Nähe der Feuerstelle und keuchte. Ihre Zudecke hatte sie von sich geschoben. Die Beckenknochen, die sich unter dem Hemd abzeichneten, stachen erschreckend scharf hervor. Sie war siebzehn und viel zu mager für ihr Alter. Sie bedeckte sich hastig, als sie Johanna bemerkte. Dies löste einen Hustenanfall aus. Das Tuch, dass sie mit zitternder Hand vor den Mund hielt, verhüllte nicht das Blut, das daraus hervorquoll.

Johanna verbarg mit Mühe ihre Sorge, die bei diesem Anblick in ihr aufstieg. »Ich grüße dich, Mette. Wie geht es dir heute?«

Das Mädchen rang nach Luft. Ihre aschfahle Haut ließ ihre hellblauen Augen noch größer erscheinen. Das hübsche Gesicht wirkte ausgezehrt. Eine kleine Stupsnase ragte spitz daraus hervor. Schließlich zuckte sie mit den Schultern, die ebenso knochig wie ihr Becken waren. »Nicht besonders gut. Ich fürchte, es geht mit mir zu Ende.«

Tränen brannten plötzlich in Johannas Augen. Fast war es um ihre Beherrschung geschehen, als sie begriff, dass diese Vermutung nicht abwegig war. Offensichtlich verfiel Mette mit jedem Tag mehr. Und obwohl die junge Magd beharrlich darüber schwieg, wurde sie das Gefühl nicht los, dass sie schon eine ganze Weile unter dieser Krankheit litt und sie, aus Angst, ihre Stellung zu verlieren, bisher verheimlicht hatte. Sanft legte sie eine Hand auf Mettes Stirn. »Du darfst nicht aufgeben, hörst du?« Ihre Haut fühlte sich unverändert an. Das Fieber war nicht hoch, aber immer noch da. »Haben die Salweidenblätter geholfen?«

Mette schüttelte deprimiert den Kopf.

»Ich habe dir frische Spitzwegerichblätter mitgebracht. Wir werden einen Sud daraus zubereiten, den du abwechselnd mit dem Salweidensud trinkst.« Um ihren Kummer zu vertreiben, fischte sie eifrig einen Teil der Blätter aus dem Korb an ihrem Arm.

Hille kam derweil mit hochroten Wangen zur Tür hereingerauscht. »Diese beiden Bengel bringen mich noch um den Verstand!«, schimpfte sie.

Johanna quittierte ihren Ausbruch mit einem mitleidlosen Lächeln. Sie konnte froh sein, dass die fünf- und sechsjährigen Buben vor Leben sprühten. Mette hätte vermutlich nichts lieber getan, als den Disput der beiden Streithähne zu schlichten, anstatt todkrank darniederzuliegen. Doch sie würde ihr nicht helfen, wenn sie ihre Herrin verärgerte. So verbarg sie ihr Temperament, das hin und wieder für Ärger sorgte, und erklärte Hille, was sie mit dem Spitzwegerich anstellen sollte.

»Hast du noch Weidenrinde gegen das Fieber?«

»Keine einzige Krume.«

»Ich habe frische mitgebracht. Nimm dir ein paar Löffel davon. Den Rest sollte ich wieder mitnehmen. Oh, und noch etwas.« Sie wandte sich an Mette. »Wie steht es mit deinem Appetit?«

»Sie isst wie ein kleines Vögelchen«, antwortete Hille statt ihrer.

Johanna drehte den Kopf in die Richtung der Frau. »Versuche es mit warmer Milch und Honig. Für Mette gelten die Fastengebote nicht«, erklärte sie, obwohl sie davon ausging, dass Hille genug Münzen in ihrem Beutel hatte, um die verbotenen Speisen durch gleichwertige zu ersetzen. Wieder kramte sie in ihrem Korb und förderte die Brennnesselsamen zutage. »Gib täglich zwei Löffel voll davon hinein. Das wird sie stärken.«

Zum Abschied beugte sie sich noch einmal über Mette und drückte die schlaffe Hand. »Es ist wichtig, dass du alles zu dir nimmst, was ich mitgebracht habe, verstehst du?«

Die Miene des Mädchens verkrampfte sich.

»Du darfst jetzt nicht die Hoffnung verlieren. Ich schaue morgen wieder vorbei.«

Mette verzog die Lippen zu einem pflichtschuldigen Lächeln und nickte wie ein Kind, dem man befahl, einen Regenwurm zu essen.

Hille begleitete sie hinaus. »Wird sie wieder gesund?«
Johanna bemühte sich, nicht allzu bekümmert dreinzublicken. »Ich weiß es nicht. Hoffen wir, dass die Arznei anschlägt. Wenn nicht, kann nur ein Wunder sie heilen.«
Hilles Augen füllten sich mit Tränen. Zum ersten Mal gewann Johanna den Eindruck, dass ihr etwas an dem Mädchen lag. »Sie ist doch noch so jung. Kann ich denn gar nichts tun?«
»Bete für sie, ermuntere sie zu essen und gib ihr regelmäßig ihre Arznei. Am Ende ist es der Herr, der das letzte Wort hat.«
Dies zu akzeptieren fiel Johanna ebenso schwer wie Hille. Auch sie hatte begreifen müssen, dass sie nicht allen helfen konnte. Selbst wenn sie es noch so sehr wollte. Das Leben konnte grausam sein, und nicht gegen jedes Leiden war ein Kräutlein gewachsen, obwohl ihre Mutter in dieser Hinsicht eine andere Meinung hatte. *Gott lässt keine Krankheit entstehen, ohne ein entsprechendes Kraut dafür wachsen zu lassen. Es muss nur gefunden werden*, war ein gern zitierter Spruch von ihr. Und doch war sie ebenfalls gestorben wie schon so viele vor ihr.

Draußen stieß Johanna auf Genefe, die Schankmagd des »Hirschen«, einem Gasthaus, das auf der gegenüberliegenden Seite des Marktplatzes lag.

»Wie geht es Mette?« Die junge Frau sah sie mit sorgenvollen Augen an. Sie war ein oder zwei Jahre älter als Mette und ausnehmend hübsch.

Johanna schüttelte stumm den Kopf. »Besuche sie, wenn du kannst, und mach ihr Mut. Sie benötigt jedes Quäntchen davon.«

»Ich werde sehen, was ich tun kann.« Genefes Aufmerksamkeit richtete sich auf die Eingangstür der Gaststätte, über der ein prächtiges Hirschgeweih prangte.

Johanna ahnte, was das zu bedeuten hatte. Der Hirschwirt war ein unnachgiebiger Brotgeber. Er verlangte viel von seinen Bediensteten, obwohl ihr nie zu Ohren gekommen war, dass er sie schlug. Doch außer einer weiteren Magd, die doppelt so alt wie Genefe sein musste, gab es niemanden, der die Arbeit in Haus und Gaststätte verrichtete. Besonders im Sommer war dies eine große Belastung, die lediglich dem Geiz des Wirtes geschuldet sei, wurde allgemein behauptet. Er brauche eben eine Frau, munkelten einige. Die würde schon dafür sorgen, dass im »Hirschen« alles seine Richtigkeit hatte. Aber der Wirt, der seit dem Tod seines Weibes zu den begehrtesten Junggesellen zählte, lehnte jedes Angebot, erneut den Bund der Ehe zu schließen, ab.

Er wird wohl seine Gründe dafür haben, dachte Johanna, als sie sich von Genefe verabschiedete und zu Elens Mutter aufbrach, die als Letzte an die Reihe kam.

Ida streifte ziellos durch den Wald. Weder die verschwundene Wölfin noch die Begegnung mit dem seltsamen Burschen ließen sie los. Wer war er? Obwohl sie den Kontakt mit den meisten Menschen mied, hätte sie gern mehr über ihn erfahren. Sie war derart in ihre Gedanken versunken, dass sie vor Schreck zusammenfuhr, als die Wölfin plötzlich zu ihr aufschloss und mit anmutigen Schritten neben ihr herlief. Verdutzt blieb Ida stehen und kraulte die vertraute Freundin hinter den Ohren, froh, das blasse, fast weiße Fell wieder unter ihren Fingern zu spüren. Ihr prüfender Blick glitt über den geschmeidigen Körper, dem die Zartheit eines Weibchens innewohnte. Sie schien nicht verletzt zu sein.

Wo bist du gewesen?, dachte Ida. Es war unnötig zu reden. Sie hatten sich nie mit Worten verständigt. Die schlichten Signale, die ihre Körper aussendeten, genügten. Man musste sie nur verstehen. Die bernsteinfarbenen Augen der Wölfin ruhten auf ihr. Ida sah die Rastlosigkeit darin, hörte das unstete Hecheln. Irgendetwas stimmte nicht. Doch das Wissen darum blieb ihr verschlossen. Zum ersten Mal seit Langem hatte sie keine Ahnung, was ihre tierische Freundin beschäftigte. Fast erschien es ihr, als ob es sie nichts anginge.

Während sie weiterschlenderten, betrachtete sie das Tier von der Seite. Die Fähe blieb stehen und hob witternd die Nase. Unwirsch wedelte Ida mit der Hand, um ihr zu bedeuten, dass sie ihr folgen solle. Doch die Wölfin hatte ihren eigenen Kopf. Sie drehte sich um und verschwand, nur um gleich darauf wieder vor ihr zu stehen, als ob sie nicht so recht wüsste, was sie tun wollte. Gab es etwas Wichtigeres als das unsichtbare Band, das sie jahrelang fest miteinander verknüpft hatte? Noch nie hatte sie Derartiges bemerkt. Ihr Herz wurde schwer, als die Wölfin erneut entschwand. Dieses Mal blieb sie eine ganze Weile fort. Doch als Ida den Waldrand erreichte, war sie auf einmal da und folgte ihr wie immer zu Johannas Häuschen, das nun auch ihr Zuhause war.

Jetzt wird alles wieder gut, dachte Ida erleichtert, und Freude durchflutete ihr kleines Herz.

3. KAPITEL

Lukas schwitzte, obwohl sich der Himmel über ihm immer mehr zuzog. Der schwere Stein, den er aus dem Bett der Kinzig hob, ließ die Adern an Hals und Armen anschwellen. Seine Muskeln brannten vor Anstrengung. Ächzend beförderte er ihn ans Ufer, wo bereits eine ganze Ansammlung störender Brocken lag. Ein Blick nach hinten zu der Stelle, an der er gearbeitet hatte, zeichnete ein zufriedenes Lächeln auf seine Lippen. Nun konnte das Wasser ungehindert fließen.

Die anstrengende Schufterei konnte seine gute Laune nicht verderben. Er war jung und stark und brauchte niemanden, der ihn antrieb. Schließlich war er ein Flößer, die zu den verwegensten Kerlen des Kinzigtales zählten. Da durfte man nicht zimperlich sein. Der Ruf seines Standes erfüllte ihn mit Stolz. Es war sein eigener Wunsch gewesen, sich diesen Männern anzuschließen, und er kannte nichts, was er lieber getan hätte, als mit ihnen das schwere Holz die Kinzig hinabzutransportieren. Doch es bedurfte einiger Vorarbeiten, damit es überhaupt dazu kam.

Die Reinigung des Flussbetts vor dem Beginn der Flößerzeit, die von Georgi bis Martini dauerte, war eine davon. Schon seit dem Morgen arbeitete er zusammen mit neun weiteren Flößern an einem bewaldeten Abschnitt im Herrschaftsgebiet der Schiltacher Burgherren. Der Winter hatte seine Spuren hinterlassen. Sie beseitigten sperrige Äste und frische Versandungen, Steine und einiges mehr, das das Schmelzwasser nach unten befördert hatte und den ohnehin oft niedrigen Wasserstand weiter absinken ließ. Oder ihm den Weg versperrte. Die Kinzig war kein weiter Strom, und sie benötigten jeden Fußbreit, den sie dem Flussbett abringen konnten. Während des Jahres kam das Auslichten wuchernder Büsche und Bäume am Ufer hinzu.

Gurgelnd floss das klare Wasser um Lukas' hohe Stiefel, in

denen dunkle Beinlinge steckten. Die Ärmel seines Hemdes hatte er zurückgerollt. Der Rest des ungefärbten Leinens war mit feuchten braunen Flecken übersät. Im Grunde sah er nicht besser aus als alle anderen, die schleppend und schaufelnd gegen Hindernisse und Strömung ankämpften.

Es war Mitte April, eine Woche nach Ostern. Endlich konnte man sich wieder richtig satt essen. Und mit dem Frühling schwoll das Leben wie Hefe in einem Teig. Der Duft von würzigem Waldknoblauch erfüllte die Luft. Die von den Korbflechtern gestutzten Kopfweiden begannen ein neues Geflecht aus Zweigen und Blättern zu bilden. An den Ufern der Kinzig sah man die samtigen Blüten der Weidenkätzchen zwischen austreibenden Holunder- und Haselnusssträuchern. Weiße Gänseblümchen vermischten sich mit gelben Sumpfdotterblumen und betupften das Ufergras. Die ersten Bienen wagten sich hervor, um sich an süßem Nektar zu laben. Angesichts der Sonne, die ein ums andere Mal hinter dunklen Wolken verschwand, waren es nicht sehr viele.

Lautes Fluchen riss Lukas aus seiner Betrachtung. Jecklin, ein großer, breitschultriger Bursche, ebenso alt wie er selbst, rieb sich über den entblößten Unterarm. Zähneknirschend beäugte er ein Nest aus Brennnesseln. Vermutlich hatte er sie in einem Moment der Unachtsamkeit gestreift.

»Bist wohl nicht ganz bei der Sache«, bemerkte Symon. Der kräftige Familienvater, der als Bremser auf den Flößen eingesetzt wurde, konnte sich ein Grinsen nicht verkneifen. Letztes Jahr hatte er bei einem Unfall auf dem Wasser eine schwere Kopfverletzung erlitten. Es war vor allem Johannas Geschick zu verdanken, dass sie ohne bleibende Schäden verheilt war.

»Unser Jecklin hat wohl eine gefunden, die einen Narren an ihm gefressen hat«, neckte Nickel, ein drahtiger Mann, der trotz seiner geringen Körpergröße über beachtliche Kraft verfügte. »Vermutlich hat sie ihm den Kopf verdreht.«

»Das arme Mädchen! Es muss fast blind sein.« Thomas, ein Mann in mittleren Jahren, strich feixend das tiefschwarze Haar aus seiner Stirn. »Wer ist es? Die liebliche Elen, die üppige Cecilia oder die Milchmagd mit dem Höcker auf der Nase?« Keine der drei Jungfern konnte man als hübsch bezeichnen, und Cecilia schielte so sehr, dass sie immer nur ein Auge für einen übrig hatte.

Ein tiefes Lachen aus zahlreichen Männerkehlen schreckte ein Reh aus dem Gebüsch. Mit wilden Sprüngen jagte es davon, während sich Jecklins Gesicht dunkel verfärbte. Sein kantiges Kinn spannte sich an.

Thomas griente zufrieden. Es war wohl seine Art, dem Burschen heimzuzahlen, dass er sein Weib eine hässliche Kuh genannt hatte. Zwar hatte Jecklin dies hinter vorgehaltener Hand getan, aber Thomas war es trotzdem zu Ohren gekommen.

»Das geht dich nichts an«, erwiderte Jecklin würdevoll. Als er den Mund öffnete, sah man die Lücke eines Schneidezahns, der ihm bei einer Keilerei abhandengekommen war. Trotzig spuckte er ins Wasser.

Lukas überließ sie ihren derben Scherzen und träumte von Johanna. Noch immer gab es keine Frau, die sich mit ihr messen konnte. Seine Liebe zu ihr war mehr als nur bloßes Begehren und ging weit über eine Freundschaft hinaus. Auch wenn sie bisher nicht zugestimmt hatte, sein Weib zu werden. Eine tiefe Sehnsucht packte ihn. Würde er jemals bekommen, was er begehrte? Wenigstens hatte sie nichts gegen seine Besuche einzuwenden, und seine Küsse schienen ihr zu gefallen. Doch zu mehr war sie nicht bereit. Er sah sie deutlich vor sich: ihre üppigen goldbraunen Locken, den kleinen Fleck knapp über dem rechten Mundwinkel, die von dunklen Rauchringen umgebenen Augen, so grün wie das sommerliche, von Bäumen überschattete Wasser des Flusses. Ihre schlanke, wohlgeformte Figur. Johanna war alles, was ein Mann sich wünschen konnte – bis auf ihr Zögern, mit dem sie ihn fast in den Wahnsinn trieb.

Er war so in Gedanken versunken, dass er zunächst gar nicht bemerkte, dass es in der Ferne leise grollte. Bald zuckten Blitze durch das Geäst.

»Ein Gewitter um diese Jahreszeit?«, fragte Nickel neben ihm verblüfft. Das grelle, gezackte Leuchten trieb sie aus dem Wasser, während das Grollen in ein bedrohliches Krachen überging, das Lukas bis in die Knochen spürte. Schlagartiger Regen setzte ein, der sie binnen kurzer Zeit bis auf die Haut durchnässte.

»Lasst uns einen Unterschlupf suchen und warten, bis es vorüber ist«, rief Thomas, dem es kaum gelang, das tosende Wetter zu übertönen.

Sie hielten danach Ausschau, während sie in ihre Kittel aus gewalktem Wollstoff schlüpften. Ein aussichtsloses Unterfangen, was den Schutz vor Nässe betraf, aber wenigstens würden sie wärmen. »Dort vorn liegen Äste und Tannenzweige«, schrie einer der Männer. »Damit können wir ein behelfsmäßiges Dach bauen.«

Lukas rieb sich das Wasser aus den Augen, das wie ein Sturzbach auf sie niederprasselte. Er verfluchte seinen Leichtsinn, der ihn dazu getrieben hatte, seinen Hut zu Hause zu lassen.

Der Flößer deutete mit dem Finger auf einen hohen Haufen aus langen Tannenästen, die man erst vor Kurzem von einem der darüber aufragenden Bäume abgehauen haben musste. Da er sich fast nahtlos in die wuchernde Wildnis einfügte, war er zuvor niemandem aufgefallen.

»Die hat schon jemand vor uns gebraucht.« Thomas wirkte erleichtert. Die Luft kühlte merklich ab. Ihre Kittel boten zwar einen gewissen Schutz, aber ein Dach über dem Kopf war weitaus besser, selbst wenn es nicht ganz dicht sein sollte.

Rasch eilten sie in diese Richtung. Lukas zog die Nase kraus, als er einen flüchtigen unangenehmen Geruch bemerkte. Mit jedem Schritt nahm er ihn deutlicher wahr. In den Gesichtern der anderen entdeckte er die gleiche Reaktion. Seine Augen versuchten, das dichte Geäst zu durchdringen. Er suchte nach einem Tier, das sich zum Sterben dorthin verkrochen hatte und in der fruchtbaren Erde vermoderte, doch die Decke aus Zweigen und Nadeln war undurchdringlich.

Jecklin kam als Erster bei dem Haufen an. Mit raschen Griffen schob er das Geäst auseinander, während sich eine böse Ahnung in seine Miene zeichnete. »Ich glaube, da liegt etwas Totes darunter.«

Lukas half ihm, die oberen Äste zu entfernen. Auch ihn hatte ein ungutes Gefühl ergriffen, das wuchs. Er versuchte, flacher zu atmen, doch seine Augen konnten dem unheilverkündenden Anblick nicht entgehen. Trotz Regen und Kälte brach ihm der Schweiß aus. Wie gebannt starrte er auf einen Schuh, der zum Vorschein gekommen war. Dann ein weiterer. Eine zierliche Fessel ragte daraus hervor, die in einen dunkel verfärbten Unterschenkel mündete.

Keiner sprach ein Wort. Doch er sah das Entsetzen in den Augen aller. Schweigend arbeiteten sie sich durch die harzigen Schichten, deren Geruch die Verwesung leicht überdeckte. Die Fetzen eines einfachen Gewandes hatten sich zwischen den Zweigen verfangen. Nickel befreite sie so behutsam, als handelte es sich um ein Neugeborenes und nicht um die Röcke einer Frau, an deren Tod es keinerlei Zweifel gab. Endlich lag ihr Körper bis zur Brust vor ihnen.

Lukas schluckte heftig. Ein frostiger Schauder kroch ihm den durchnässten Rücken herauf. Die Verwesung hatte ihren Leib aufgebläht. Noch im Tod hatte sie die Finger in das zerrissene Gewand gekrallt. Vielleicht hatte sie es vor lauter Qual auch selbst zerfetzt. Ihre Hände verbargen kaum die großen Schnitte, die Haut und Fleisch auseinanderklaffen ließen. *Vermutlich sind es eher Stiche, die tief in sie eingedrungen sind*, dachte Lukas betroffen.

Er blinzelte, als ihm ein neues Detail ins Auge stach. Täuschte er sich? Keiner der anderen schien es zu bemerken.

»Du lieber Himmel!«, entfuhr es Thomas. Er wandte sich ab und würgte einen Schwall Erbrochenes ins Gras.

Lukas schmeckte bittere Galle in seinem Mund. Er zwang sie tapfer hinunter. Wie alle anderen starrte er in das verfärbte Gesicht, das nun sichtbar wurde. Trotz der Unannehmlichkeiten des Todes hatte es sich kaum verändert. Regen prasselte auf die längst erkalteten Züge. Es donnerte und blitzte, ohne dass einer der Männer Notiz davon nahm.

»Das ist die Schankmagd des ›Hirschen‹.« Symons Stimme spiegelte sein Grauen wider.

»Mein Gott, du hast recht«, stieß Nickel schaudernd hervor. Sie kannten sie alle. Jedes männliche Wesen im Städtle hatte der auffallend hübschen Frau mehr als nur einen flüchtigen Blick geschenkt.

Und nun hatte ihr junges Leben ein schreckliches Ende gefunden.

Johanna machte sich auf den Weg zu Krankenbesuchen im Städtle. Nichts, was von Bedeutung gewesen wäre. Die Leute litten an Schnupfen, leichtem Fieber und Halsweh. Sie hatte ihnen Kräuter gebracht, die gewöhnlich für eine rasche Besserung der Beschwerden sorgten. Ganz genau wusste man es jedoch nie.

Kaum etwas deutete darauf hin, dass vor einiger Zeit ein heftiges Gewitter gewütet hatte. Eine milde Abendsonne strahlte aus dem freundlichen Himmel, an dem sich kein Wölkchen mehr zeigte. Allerdings war es recht frisch. Die Nässe des Grases kroch in das weiche Leder ihrer Schuhe und verschonte auch ihre Röcke nicht.

Ein haltloses Gefühl schlich sich in Johannas Brust, als sie am Haus des Wagners vorbeikam. Erfüllte sie mit dem Wissen über die Grenzen ihrer Arbeit und ihre eigene Sterblichkeit. Trotz aller Bemühungen hatte sie Mette nicht helfen können. Binnen zweier Tage hatte das arme Mädchen kaum noch Luft bekommen. Am Ende hatte sie den Kampf verloren.

Es gab viele, die jung starben. Der Tod nahm keine Rücksicht auf Kinder, Halbwüchsige, frischgebackene Mütter oder Säuglinge. Dennoch schmerzte es Johanna, dass die Magd nur siebzehn Jahre alt geworden war. Ein Leben, das wie so viele zu Staub zerfiel, bevor es richtig begonnen hatte.

Der dreieckige Marktplatz empfing sie mit mehr Besuchern als noch vor zwei Wochen. Das anhaltend gute Wetter hatte die Mutigen früher als erwartet ins Städtle geführt, obwohl es immer noch weniger waren, als es gegen Ende des Monats sein würden. Die Ruhe des Winters zerstob unter dem emsigen Treiben. Pferde und Wagen bevölkerten den Platz, Handwerker priesen ihre Güter an. Johannas Magen knurrte, als sie die mit gepökeltem Fleisch und Würsten bestückte Auslage des Knochenhauers betrachtete. Der Duft nach gegarten Speisen, der aus den Wirtshäusern herüberwehte, verstärkte ihren Hunger noch. Rasch wendete Johanna sich ab. Auch wenn man es nun wieder essen durfte, war Fleisch ein teures Gut und für sie nur selten möglich. Sie versuchte, sich auf das Werben der Schankmägde zu konzentrieren, die das gute Bier der Wirte anpriesen und den Wein in den Kellern lobten. Knechte kümmerten sich um Pferde und andere Zugtiere. Und überall sah man schmutzige, erschöpfte Männer, die froh um eine Rast waren. Nur der »Hirsch« lag seltsam tot da. Anscheinend hatte er immer noch nicht geöffnet.

Auch die Marktweiber waren fast vollzählig erschienen. Laut boten sie die auf Tüchern ausgelegten Waren an. Die meisten hockten auf dem kalten Boden dahinter, was Johanna dazu veranlasste, im Geiste zu überschlagen, welche Kräuter sich um diese Jahreszeit zur Behandlung von Blasenentzündungen eigneten.

Am Rand entdeckte sie ihre Freundin. Die junge Frau lächelte, als sie näher trat.

»Ich grüße dich, Elen!« Johannas Mundwinkel hoben sich wie von selbst. Vor Elens Liebenswürdigkeit gab es kein Entrinnen. Diese und ihre ausdrucksvollen honigfarbenen Augen stachen aus dem wenig schmeichelhaften Rest ihrer Erscheinung hervor. Sie war so alt wie Johanna, doch ihr Gesicht war nicht das, was man als ebenmäßig bezeichnen konnte. Die Haut an ihrem Hals erschlaffte immer deutlicher zu einem Doppelkinn, und die spitze Nase störte jede Harmonie.

Johanna ließ ihre Augen über die wenigen Brote gleiten, die vor ihrer Freundin lagen. »Wie ich sehe, hast du gut verkauft.«

»Wie man es nimmt. Wir haben nicht so viele gebacken, wie

wir es in der Hauptreisezeit tun. Den Rest …«, Elens Blick glitt zum Himmel, an dem die Sonne immer tiefer sank, »werde ich wohl nicht mehr los.«

Johanna grinste. »Ich werde dir auf jeden Fall eines abnehmen. Ich hatte schon befürchtet, ich könnte leer ausgehen.«

»Wähle eines aus, ich schenke es dir.«

»Das kommt nicht in Frage.« Johanna war alles andere als reich, aber sie hatte ihren Stolz. Außerdem war Elen nicht besser dran als sie. Sie nahm sich eines der Brote und zahlte den üblichen Preis von zwei Pfennigen.

»Wie geht es deiner Mutter?«

Elen zog einen schiefen Mund. »Gut genug, um jeden herumzukommandieren, der ihr in die Quere kommt.«

»Dann ist sie wieder ganz die Alte.«

Ein tiefes Gefühl der Befriedigung durchflutete Johanna. Wenigstens hier hatte sie helfen können. Leutwins Beschwerden waren ebenfalls zurückgegangen. So wie es aussah, konnte er bald wieder ein Floß besteigen, obwohl es keine Hoffnung auf eine vollständige Heilung gab. Nächstes Jahr würde er im Winter als Wieder arbeiten müssen, die feste Stränge aus präparierten Ruten herstellten. Um die Stämme eines Floßes miteinander zu verbinden, wurde eine große Menge dieser Holzseile benötigt, deren Herstellung Zeit und Geschicklichkeit erforderte. Zwar war dies nicht ganz so anstrengend wie das Fällen und Zurichten der Stämme, aber auch diese Arbeit hatte ihre Tücken. Sie konnte nur hoffen, dass sie Leutwin nicht allzu viele Beschwerden bereitete.

Ein Aufruhr ließ Johanna nach hinten schauen. Zu ihrem Erstaunen entdeckte sie Lukas, der mit anderen Flößern den Marktplatz betrat. Sie sahen mitgenommen aus. Anscheinend waren sie in das Gewitter geraten, das sie bis auf die Knochen genässt haben musste. In ihrer Mitte hielten sie ein großes tropfendes Bündel. Bei näherer Betrachtung sah es wie eine behelfsmäßige Trage aus. Eine aufgeregte Menschenmenge folgte dem seltsamen Aufmarsch und blieb in respektvollem Abstand stehen, als sie ihre Last vor dem »Hirschen« auf dem

Boden absetzten. *Was hat das zu bedeuten? Ist einer von ihnen verletzt?* Sie konnte ihre Erleichterung darüber, dass Lukas gesund und munter danebenstand, kaum verbergen.

»Ich sollte hinübergehen«, erklärte sie Elen, die interessiert den Hals reckte. »Es wäre möglich, dass man mich braucht.« Rasch packte sie das Brot in ihren Korb.

Ihre Freundin, von dem Ereignis ebenso angezogen wie sie, folgte ihr wie eine nervöse Hummel.

Lukas bemerkte sie schon von Weitem und winkte sie mit einer drängenden Geste heran. Er machte einen durch und durch erschütterten Eindruck.

Als sie bei ihm ankam, erkannte sie den Grund seiner Bestürzung. »Du lieber Gott!« Ein erschrockenes Keuchen entwich ihrem Mund.

Elen schnappte hinter ihr nach Luft.

Auf der Trage lag ein Leichnam. Obwohl die Flößer ihn gnädig mit Tannenzweigen bedeckt hatten, sah man genug, um zu ahnen, worum es sich handelte. Ein unangenehmer Fäulnisgeruch kroch in Johannas Nase und zog gierig summende Fliegen an, die sich nur mit Mühe verscheuchen ließen. Es war eindeutig eine Frau, deren Gesicht die Männer mit einem Tuch bedeckt hatten. »Wer ist die Tote?«

Lukas schluckte so angestrengt, dass sein Adamsapfel auf und ab hüpfte. »Die Magd des ›Hirschen‹.«

»Die Ärmste!«, sagte Elen so mitfühlend, wie es ihre Art war.

Johanna nahm schützend die Hand vor den Mund, um dem Geruch zu entgehen. »Genefe? Was ist ihr zugestoßen?«

Lukas sah sich nach allen Seiten um und beugte sich so dicht an ihr Ohr, dass sein Atem kitzelnd darüberstrich. »Ihr wurde Gewalt angetan«, flüsterte er. »Du solltest es dir ansehen, aber nicht hier. Ihr Anblick ist zu schrecklich.«

Johanna wurde mit einem Schlag so übel, als ob sie speien müsse. *Nicht noch ein Verbrechen!* Ihre eigene Verfehlung drückte ihren Magen wie die Greifer einer Zange. Jetzt, da sie selbst auf diese eigentümliche Weise damit Bekanntschaft gemacht hatte, war sie nicht mehr so begierig darauf, einen Schuldigen zu finden wie beim letzten Mal. Ihr Urteil über Missetäter war hart gewesen. Jetzt musste sie sich eingestehen, dass Schuld weder schwarz noch weiß sein mochte, sondern dass es mehr Grauzonen gab, als sie angenommen hatte. Was den Schuldigen aber keineswegs von seiner Verantwortung entband.

»Ich dachte, du kennst dich am besten damit aus. Ich habe es nicht gewagt, weiter nachzusehen«, flüsterte Lukas, nicht ahnend, was in ihr vorging. Nicht einmal ihm hatte sie von der grausamen Tat im Bauernhaus berichtet, obwohl sie schon ein paarmal kurz davorgestanden hatte.

In diesem Moment stürmte Wernher, der Wirt des »Hirschen«, in all seiner körperlichen Pracht aus der Tür. »Was wollt ihr hier?«

Obwohl er etwa fünfzig Jahre auf dem Buckel hatte, hielt er sich gerade. Er war groß und so kräftig, dass man ihn als korpulent bezeichnen konnte. Dennoch alterte er auf eine Weise, die den wenigsten vergönnt war. Sein nachtschwarzes Haar erschien etwas blasser als früher, aber weder hatte es sich gelichtet, noch zeigte sich ein einziger grauer Faden darin. Auch sein Gesicht war so gut wie faltenlos. Man konnte vor Neid erblassen, wenn man ihn so sah. Doch das Auffälligste an ihm war ein charmantes altersloses Lächeln, von dem gerade allerdings nichts zu sehen war.

»Ich fürchte, wir haben schlechte Nachrichten.« Thomas, der als Floßlenker das Wort führte, senkte den Kopf. »Wir haben deine Magd im Wald gefunden.«

»Genefe?« Die Augen quollen ihm fast aus den Höhlen, als Wernher zur Trage blickte, wo Thomas das Tuch über dem Gesicht des Leichnams lüftete. Ein entsetztes Keuchen drang aus seiner Kehle. Die Menge war näher getreten und wich beim Anblick der verfärbten Haut erschrocken zurück.

»Aber … aber, das ist doch nicht möglich!«, stotterte der Wirt. Sein für gewöhnlich zur Schau getragenes Selbstvertrauen schien sich in Luft aufzulösen.

»Sie muss schon eine Weile tot sein. Wann hast du sie das letzte Mal gesehen?«, wollte Thomas wissen.

Wernher überlegte nicht lange. »Karsamstag. Kurz bevor sie ging.«

Ein Raunen wogte wie das Rauschen von Schwellwasser, das den Floßweiher füllte, durch die Menge.

»Genefe wollte ihre Mutter besuchen. Sie arbeitet auf einem der Hofgüter, die dem Tecker gehören. Ich wundere mich schon eine Weile, warum sie nicht wiederkommt, schließlich kann sie nicht einfach tun und lassen, was sie will! Ich hatte sogar einen Boten losgeschickt. Es ist höchste Zeit, das Wirtshaus zu öffnen, und ich brauche ...« Er rang seine großen Hände. »Ich meine, die Schenke braucht sie. Ohne eine Schankmagd ist die Arbeit nicht zu bewältigen.«

»Was hat der Bote berichtet?«, mischte sich Jecklin ein.

»Er kam vor ein paar Stunden zurück, um mir mitzuteilen, dass er Genefe nicht angetroffen habe.«

»Und da bist du nicht misstrauisch geworden?« Lukas musterte ihn scharf.

Der Wirt zuckte mit den Schultern. »Was sollte ich denn tun?«, gab er bissig zurück. »Ich dachte, sie trödelt herum und macht noch irgendwo einen Besuch. Noch hatte ich die Hoffnung nicht aufgegeben, dass sie zurückkommen würde.«

Lenz, Schultheiß und Wirt des »Weißen Rössel«, einer beachtlichen Schildwirtschaft auf der gegenüberliegenden Seite des Platzes, drängte sich durch die Menge. »Lasst mich durch!«, gebot er den Umstehenden, die angesichts seines Amtes eine Schneise bildeten. Kurz darauf stand er vor dem Wirt des »Hirschen« und sah ihn fragend an. Wobei er nach oben schauen musste, da sein Kopf lediglich bis zu Wernhers Schultern reichte. Immerhin war sein wohlgenährter Bauch größer als der des Hirschwirts. »Was ist geschehen?«

»Meine Magd. Sie ist *tot*.«

Lenz warf einen Blick auf den Leichnam und fuhr sich nachdenklich über das ergraute Haar. »Wir sollten sie nach drinnen bringen.« Offensichtlich wollte er die genauen Umstände ihres Todes nicht hier draußen erörtern, um weiteren Klatsch zu vermeiden.

Wernhers Nicken veranlasste die Flößer, ihre Last erneut aufzunehmen.

»Komm mit«, raunte Lukas Johanna zu.

Sie senkte unschlüssig die Lider und starrte zu Boden. Mit einer unbewussten Geste krallte sie ihre Finger in den Henkel des Korbes an ihrer Armbeuge, bis die Knöchel weiß hervortraten.

»Was ist mit dir?« Er legte seine schwielige Hand über ihre verkrampften Finger. »Möchtest du nicht wissen, was Genefe zugestoßen ist?«

»Ich weiß nicht ...«

Sie bemerkte, wie er stutzte und sie intensiv musterte, als könnte er auf diese Weise ergründen, was sie beschäftigte. »Du solltest es dennoch tun. Es gibt etwas, über das ich Gewissheit haben muss. Es wäre ein möglicher Grund, weshalb man sie umgebracht hat, verstehst du?«

Seine Worte weckten ein vages Interesse in Johanna und eine Regung, dass sie seine Bitte nicht abschlagen durfte. »Nun gut, ich komme mit.«

Sie nickte Elen zu und folgte Lukas. Sie kamen bis zur Tür.

»Was wollt *ihr* denn hier?«

Lenz sah alles andere als erfreut aus. Wahrscheinlich erinnerte er sich an das letzte Verbrechen, das im Schiltacher Wald stattgefunden hatte. Die Art, mit der die beiden die Sache verfolgt hatten, war nicht nach seinem Geschmack gewesen.

Lukas legte schützend eine Hand auf Johannas Schulter. Obwohl sie ihre Angelegenheiten lieber selbst regelte, strich seine Geste tröstlich über ihr Herz. »Lass sie durch. Sie kann am ehesten etwas dazu sagen.«

»Zu was?« Lenz runzelte misstrauisch die Stirn.

»Du wirst schon sehen.«

Der Schultheiß sah ihn mit hochgezogenen Brauen an, dann ließ er sie mit einem barschen Wink durch.

Sie folgten den anderen, die Genefe in die weitläufige Schankstube gebracht hatten und ihre Trage eben auf den Boden legten. Ein bräunliches Rinnsal, von Trittspuren durchbrochen, zeigte ihnen den Weg. Nickels Gesicht war ernst, als er die Zweige vom Körper der Toten nahm. Alle starrten auf ihren geschundenen Bauch. Niemand wagte zu sprechen. Die Stille zog sich hin und war so dicht, dass man sie hätte schneiden können.

Der Anblick ließ Johanna erschaudern. Nur mit Mühe unterdrückte sie das Beben, das durch ihre Glieder fuhr. Sie war froh, dass Elen dies erspart blieb. *Wie grauenvoll die Ärmste aussieht!*

Das war es, was alle dachten, selbst wenn sie es bereits gesehen hatten.

»Großer Gott!«, murmelte Lenz schließlich.

Ein Schluchzen riss ihnen die Köpfe empor. Die zweite Magd des Hirschwirts war so leise eingetreten, dass niemand sie bemerkt hatte. Ihre Augen ließen den Leichnam nicht los, als sie entsetzt die Hand vor den Mund schlug.

»Heul nicht rum und schleich dich«, fuhr Wernher die ältere Frau an, deren Haar schon ergraut war.

Ohne ein Wort zog sie des Weges.

»Was für ein Unmensch hat das getan?« Der Hirschwirt schüttelte ungläubig den Kopf. »Seht euch nur diese Verletzungen an.«

Die Männer blieben in respektvollem Abstand stehen, als ob der aufgeblähte Bauch der Toten jeden Moment bersten könnte. Lukas berührte Johannas Arm und wies mit seinem Kinn auf eine bestimmte Stelle. Sie hatte noch nie in das Innere eines menschlichen Bauches geblickt. Schon gar nicht auf diese Weise. Der Anblick schreckte sie ab und zog sie zugleich an. Dennoch begriff sie sofort, was Lukas meinte. Sie musste näher heran.

Mit klopfendem Herzen beugte Johanna sich über die Tote. Die klaffenden Wunden hatten Teile der Eingeweide freigelegt. Hier und da sah sie seltsames Gewürm, das sich bereits darin eingenistet hatte. Doch es war ein sichelförmiger Einschnitt, aus dem etwas herauslugte, das ihr besonderes Interesse weckte. Es sah nicht aus wie das Stück eines Darmes, obwohl es natürlich zu einem der inneren Organe gehören konnte. Die kleine Erhebung erinnerte eher an die winzige Ferse eines Säuglings, der noch längst nicht ausgereift war. »Ist das ein Fuß?«

»Wie kommst du darauf?«, blaffte der Hirschwirt.

Johanna war sich nicht vollkommen sicher, doch Wernhers brüske Frage machte eher den Eindruck, dass man solch eine Vermutung auf keinen Fall in Erwägung ziehen sollte. Und sie ahnte auch, weshalb. Allein dies ließ sie ihren Ekel überwinden. Ehe der Hirschwirt protestieren konnte, zog sie behutsam daran. Die Leichenstarre war längst vorüber, und so glitt etwas mit einem feuchten Geräusch heraus, das fünf winzige Zehen hatte und dem ein schmaler Unterschenkel folgte.

»Sie hatte ein Kind in ihrem Bauch«, stellte Lenz ungläubig fest. Seine Augen richteten sich auf den Hirschwirt. »Wusstest du davon?«

»Ich hatte keine Ahnung«, erwiderte Wernher energisch.

»Bist du dir sicher?«, argwöhnte Lenz.

»Willst du andeuten, dass ich mich über meine Magd hergemacht habe?«

Wernher blähte sich zu seiner vollen Größe auf wie ein Frosch seinen Kehlsack, was den Schultheißen noch ein wenig kleiner wirken ließ. Dann sackte er zusammen, als wäre ihm jeder Halt genommen worden. Die Flößer starrten ihn an. Ihre Mienen verrieten, dass sie nicht wussten, was sie denken sollten.

»Schon gut«, gab Lenz klein bei. »Kennst du jemanden, der als Vater in Frage käme?«

»Was weiß denn ich, mit wem sie rumgehurt hat!«

Lenz kratzte sich nachdenklich den ergrauten Schädel. »Ihr Tod wirft Fragen auf. Wir werden mit dem Begräbnis warten, bis man ihre Mutter benachrichtigt hat. Gewiss wird sie dabei sein wollen. Du wirst sie so lange in deinem Eiskeller deponieren, damit die Verwesung nicht weiter voranschreitet.« Seine

Stimme ließ keinen Widerspruch zu. Wahrscheinlich war er froh, dass es dieses Mal nicht sein Keller sein würde, der eine Tote beherbergen musste.

Langsam wurde es dunkel. Ida gab der Wölfin zu verstehen, dass es Zeit war, nach Hause zurückzukehren. Schon seit etlichen Stunden waren sie im Wald unterwegs, hatten verborgene Plätze aufgesucht, an denen sie sich stets wohlgefühlt hatten. Ida gab die Hoffnung nicht auf, dass alles wieder so werden könnte wie zuvor. Doch die Wölfin hatte ihr seltsames Verhalten nicht abgelegt. Selbst wenn sie zusammen unterwegs waren, verschwand sie plötzlich, was nicht ungewöhnlich war. Doch manchmal kehrte sie erst nach Stunden zurück, ohne dass Ida wusste, wo sie sich aufgehalten hatte.

Was hast du nur?, fragte sie stumm. Sie fühlte keine Antwort. Die Signale des Tieres verrieten nur das Nötigste. Die Wölfin schnüffelte angespannt, witterte, als ob sie etwas vermisste, und urinierte häufig. Ida fühlte den Schmerz in ihrer Brust wie eine blutende Wunde. Sie waren so lange ein ungleiches Paar gewesen. Wie Mutter und Tochter hatten sie zusammengelebt – hatten überlebt! Ein Rudel, das nur der Tod zu trennen vermochte. Nie wäre sie auf die Idee gekommen, dass dem Tier etwas fehlte, doch nun spürte sie immer stärker, wie die Wölfin sich von ihr entfernte. Wie sich das Band zwischen ihnen löste, auch wenn es nicht ganz durchschnitten war. Aber es gab etwas, zu dem sie keinen Zugang hatte, denn sie war eben nur ein Mensch.

Ein intensiver bernsteinfarbener Blick traf sie. Lange standen sie so da, hielten sich mit den Augen fest. Ida konnte das Verlangen des Tieres fast mit Händen greifen. Mit der bloßen Kraft ihres Willens wollte sie es dazu zwingen, bei ihr zu bleiben. Mehrere Herzschläge lang schien es ihr zu gelingen. Dann drehte die Wölfin sich um und trabte mit geschmeidigen Schritten davon. Eine überwältigende Trauer stieg in Ida auf, trieb ihr die Tränen in die Augen. Sie hatte sie verloren.

Elen war verschwunden, als Johanna vor die Tür des »Hirschen« trat.

»Warte, ich bringe dich heim«, rief Lukas hinter ihr, der es den anderen überließ, den Leichnam in den Eiskeller zu hieven. Mit einer galanten Geste nahm er ihr den Korb ab, um ihn für sie nach Hause zu tragen. »Ein grausamer Mörder läuft frei herum. Ich will nicht, dass du ihm in die Hände fällst.«

»Und was mache ich, wenn du fort bist?«, neckte sie ihn.

Er schenkte ihr ein verschmitztes Lächeln. »Ich könnte über Nacht bleiben. Aber ich will nicht verleugnen, dass es deine Tugend erheblich gefährden könnte.«

Sie kniff überlegend ein Auge zu. »Das stimmt. Und wenn ich es recht bedenke, sind Ida und die Wölfin Schutz genug. Du kannst also getrost nach Hause gehen, nachdem du mich dort abgeliefert hast.« Trotz der ernsten Umstände, die hinter ihnen lagen, belustigte sie das enttäuschte Erschlaffen seiner Mundwinkel.

Zur Strafe knuffte er sie leicht in die Rippen. Sie ließen das Stadttor hinter sich und schlenderten an der Kinzig entlang.

»Wie lange sie wohl schon tot sein wird?«, überlegte Lukas laut, den das Ganze ebenso wenig losließ.

»Sieben Tage?«

Lukas betrachtete sie skeptisch von der Seite. »Wie kommst du darauf?«

»Ich kann rechnen«, erwiderte Johanna, was ihr einen weiteren Knuff einbrachte.

»Das kann ich auch«, entgegnete Lukas entrüstet.

»Dann wirst du zu dem gleichen Schluss kommen wie ich. Gestern vor einer Woche war Ostermontag. Ich schätze, dass sie sich letzten Dienstag auf den Rückweg gemacht hat, damit sie keinen Ärger mit Wernher bekommt. Also muss es vor einer Woche passiert sein.«

»Oder es geschah am Karsamstag, vor dem Besuch bei ihrer Mutter ...«

»... wo sie nie angekommen ist«, schlussfolgerte Johanna.

»Man kann nur hoffen, dass es nicht so war und die beiden sich wenigstens ein letztes Mal gesehen haben.«

Eine Weile schwiegen sie im Gleichklang ihrer Gedanken. »Der Zustand ihres Körpers deutet jedenfalls darauf hin, dass sie schon länger tot ist. Nicht erst seit gestern oder vorgestern. Die Verwesung hat schon begonnen.« Der gehenkte Dieb vor drei Jahren kam Johanna in den Sinn, den der Henker zur Abschreckung am Galgen hatte hängen lassen, bis kaum noch etwas von ihm übrig war.

Lukas zog die Nase kraus, als ob ihn der Ekel von Neuem zu übermannen drohte. »Daran könnte das Frühjahr schuld sein. Wärme und Feuchtigkeit lassen nicht nur alles sprießen, sondern auch Totes schneller verrotten.«

»Damit könntest du durchaus recht haben.« Sie hielt inne. »Es ist entwürdigend, auf diese Weise den Blicken anderer preisgegeben zu sein. Findest du nicht?«

»Der Tod ist nie eine schöne Sache.« Lukas' Mundwinkel zogen sich nach unten.

»Das stimmt, aber noch unschöner ist es, wenn andere dabei zusehen, wie man von Würmern zerfressen wird. Es hat schon seine Richtigkeit, dass dergleichen unter der Erde geschieht. Vor allen Blicken verborgen. Nur auf diese Weise kann man den Toten als die Person in Erinnerung behalten, die er zu Lebzeiten war.«

Die Dämmerung setzte ein, als die beiden Johannas Häuschen erreichten.

»Darf ich einen Moment hereinkommen?« Ein unschuldiger Hundeblick aus haselnussbraunen Augen traf sie.

Johanna schenkte Lukas ein verheißungsvolles Lächeln und öffnete die Tür. Wachsam spähte sie nach drinnen. »Scheint niemand da zu sein.« Womit sie Ida und die Wölfin meinte.

»Umso besser.« Ein Hauch von Genugtuung lag in seiner Stimme. Rasch folgte er ihr in den einfachen Raum.

»Denkst du, der Hirschwirt ist der Vater?«, fragte Johanna, während sie die Tür schloss. »Oder spricht er die Wahrheit, und es gibt einen anderen?«

»Zutrauen würde ich es ihm. Er hat seinen Mägden schon immer viel abverlangt, da wäre es keine Überraschung, wenn er noch mehr wollte.«

»Von der Schwangerschaft schien er nichts gewusst zu haben, obwohl ihm das nicht entgangen sein dürfte, wenn er bei ihr … gelegen hätte.«

»Vielleicht hat er uns in dieser Sache getäuscht?«, mutmaßte Lukas.

»Das mag sein, aber er wirkte sehr überzeugend in seiner Bestürzung über ihren Tod. Und dass sein Wirtshaus immer noch geschlossen ist, zeugt davon, dass er auf sie gewartet hat.«

Lukas nickte grimmig. »Den Eindruck hatte ich auch.«

»Weshalb sollte er dann nicht zugeben, dass er der Vater ihres Kindes ist?«

Ein spöttisches Grinsen umspielte seine Lippen. »Soll er wegen einer Toten seinen guten Ruf riskieren? Die Leute würden mit dem Finger auf ihn zeigen, und er müsste sich vor dem Priester verantworten.«

»Womöglich ist sie der Grund, weshalb er nicht mehr geheiratet hat.«

Lukas zuckte mit den Schultern. »Gut möglich. Aber selbst wenn sie einen anderen Liebhaber hatte: Der Vater des Kindes könnte durchaus der Mörder sein. Manch ein verheirateter Mann ist schon auf die Idee gekommen, sein Liebchen verschwinden zu lassen, wenn sein heimliches Treiben durch eine Schwangerschaft aufgeflogen wäre. Als ich letzten Sommer in Offenburg war, habe ich von einem ähnlichen Fall gehört. Ein Meier hatte die Magd eines benachbarten Hofes erwürgt, weil sie zu verraten drohte, dass er sie geschwängert hatte. Doch die Sache flog auf, und der Mann kam an den Galgen.«

Johanna schluckte angestrengt und schüttelte den Kopf. »Wie erbärmlich, seine Taten auf diese Weise vertuschen zu wollen.« Das Bild von Etzel stieg vor ihrem inneren Auge auf. Wie die Flammen an ihm leckten und Frau und Tochter mit unbeweglichen Mienen dabei zusahen. *Du bist nicht besser,* tönte es in ihr. Sie zwang sich, den Gedanken beiseitezuschieben. »Wer käme noch dafür in Frage?«

Lukas musste nicht lange überlegen. »Jeder Mann im Städtle. Sie war ein ansehnliches Weib.«

Johanna hob die Brauen. »Du auch?«

Lukas trat näher und schloss sie in die Arme. »Natürlich nicht. Ich will nur dich.«

Er war jetzt ganz nah. Sie spürte die tröstliche Wärme, die von ihm ausging. Das Kribbeln, als sein Mund den ihren berührte. Sie mochte seine Zärtlichkeit, die nie weiterging, als es schicklich war, auch wenn seine Worte so manches Mal in eine andere Richtung liefen. Lukas war ein durch und durch anständiger Mann, was sie besonders an ihm schätzte. Seine Gefühle zu ihr waren ehrlich, dennoch tat sie sich mit einer endgültigen Entscheidung schwer.

Im Moment genügte es ihr, mit ihm zu tändeln und gelegentlich geküsst zu werden. Ihre Aufgabe als Heilerin füllte sie aus. Sie war es gewohnt, die Dinge allein zu regeln, und noch immer scheute sie davor zurück, ihr Leben in seine Hände zu legen. Obwohl dies einen nicht zu unterschätzenden Schutz bedeutet hätte.

Mit aller Macht schob sich das Bild der toten Krähe in ihr Bewusstsein. Hatte man Genefe ebenfalls ein solches Tier vor die Tür gehängt? Vermutlich würde sie es nie erfahren, aber falls es so wäre, könnte sie die Nächste sein.

Gott hat uns nicht den Geist der Furcht gegeben, sondern der Kraft, der Liebe und der Besonnenheit! Es war die Stimme ihrer Mutter, die zu ihr sprach. Sie machte ihr Mut. Und plötzlich spürte sie weder Angst noch Schuld und konnte sich ganz dem sanften Kuss hingeben, den Lukas ihr bot.

4. KAPITEL

Zwei Tage später trug man Genefe zu Grabe. Ihre Mutter, ein altes gebeugtes Weib, traf nur wenige Stunden nachdem sie die schreckliche Nachricht erhalten hatte, im Städtle ein. Der verheerende Anblick ihrer Tochter, das Leid und die bitteren Tränen, die sie dabei vergoss, verbreiteten sich wie ein Lauffeuer in Schiltach. In dieser Nacht ließ der Hirschwirt sie in seinen Räumen übernachten. Es blieb sein Geheimnis, ob dies aus Rücksicht auf die Trauernde geschah oder weil er nicht anders konnte.

Nun, da er dem Leichnam hinterherlief, der auf einem Totenbrett ruhte und von vier benachbarten Knechten getragen wurde, wirkte er zwar erschüttert, aber nicht krank vor Leid. Keine Regung in seinem beherrschten Gesicht wies auf einen tiefgreifenden Verlust hin. *Ob er tatsächlich so wenig fühlt, wie er vorgibt?*, fragte sich Johanna.

Die halbe Stadt folgte dem Zug aus der Kirche zu dem von Obstbäumen beschatteten Gottesacker, anders als bei Mette, an deren Grab sich nur wenige Trauernde eingefunden hatten. Die Menge hielt direkt daneben vor einer frischen Grube, neben der schwere braune Erde lag. Niemand hätte vermutet, dass die gesunde Genefe die Nächste sein könnte, die hier ihre letzte Ruhestätte fand.

Johanna unterdrückte ein Seufzen, als sie den Hunger nach aufregenden Neuigkeiten in den Gesichtern der Menschen sah. Doch dann begann sie sich zu fragen, weshalb sie selbst hierhergekommen war, während sie den üblen Geruch zu ignorieren versuchte, der in ihre Nase drang. Die Verwesung hatte sich selbst im Eiskeller des »Hirschen« nicht mehr aufhalten lassen. Ihr Gestank war entsetzlich. Sogar Kuno, der Priester, kämpfte um Haltung, als er den in ein Leintuch gewickelten Leichnam mit Weihwasser besprengte.

War es Sensationslust, die dich zu dieser Trauerfeier trieb?

Ein abschließender Gruß, weil du Genefe gekannt hast? Oder weil du mehr über ihren Tod herausfinden willst? Vermutlich war es Letzteres, obwohl ihr immer noch unwohl dabei war und sie einen hohen Preis für die Aufklärung eines Verbrechens gezahlt hatte, das Monate zurücklag. Damals war sie nur knapp dem Tod entronnen. Die Ereignisse des Winters waren ebenfalls nicht dazu angetan, es ein weiteres Mal zu versuchen. *Du solltest deine Finger davon lassen*, mahnte sie eine innere Stimme.

Nach dem Begräbnis zerstreute sich die Ansammlung auf dem Gottesacker. Der Totengräber machte sich daran, sein abschließendes Werk zu verrichten. Das Blatt seiner Schaufel knirschte leise, als er es mit dem Fuß in die Erde trieb, um sie über Genefes vergängliche Hülle zu schichten und das Kind in ihr, das nie das Licht der Welt erblicken sollte. Ein paar Frauen zogen sich unter einen benachbarten Baum zurück, wo sie sein Tun mit unheilschwangeren Augen verfolgten, während ihr eifriges Gewisper bis an Johannas Ohren zischelte. Die meisten aber eilten nach Hause.

Johanna ignorierte das Geflüster und ging zum Grab ihrer Mutter, die hier ebenfalls ihre letzte Ruhestätte gefunden hatte. *Ich hoffe, es geht dir gut, Mama!*, sandte sie ihre Gedanken durch den mit Gras bewachsenen Hügel.

Als sie den Blick hob, steuerte Genefes Mutter auf den Einlass in der Mauer zu, die den Friedhof umschloss. Mit schleppenden Schritten trottete sie davon. Hier gab es nichts mehr für sie. Wahrscheinlich wartete ihr Brotgeber schon sehnsüchtig darauf, dass sie endlich wieder an die Arbeit ginge.

Nachdenklich folgte Johanna ihr und blieb neben der Einfassung des Tores stehen. Die Frau sah nicht danach aus, als ob sie jemals ein einfaches Leben gehabt hätte.

»Das arme Weib! Jetzt hat sie niemanden mehr. Keiner wird sie beweinen, wenn sie eines Tages selbst vor unseren Schöpfer treten muss.«

Johanna zuckte zusammen. Sie hatte nicht bemerkt, dass Lenz hinter sie getreten war. »Hat Genefe sie an Ostern besucht?«

Der Schultheiß nickte.

Das Gewicht in Johannas Brust lockerte sich ein wenig.

»Wenigstens wurde ihr diese Gnade gewährt. Wusste sie, dass ihre Tochter ein Kind erwartete?«

Lenz konnte sich ein schiefes Grinsen nicht verkneifen. »Bist du schon wieder dabei, deine Nase in anderer Leute Angelegenheiten zu stecken?«

Johanna schüttelte den Kopf. »Dieses Mal nicht, Lenz. Ich bin nur neugierig.«

Der kurze Moment, in dem sich seine Lider weiteten, ließ erkennen, dass ihre Antwort nicht überzeugend klang. »Sie hatte nicht einmal die leiseste Ahnung von der Schwangerschaft. Anscheinend konnte Genefe ihren Zustand gut verbergen – und wir sollten das auch tun«, fügte er hinzu. »Ich habe nicht vor, das Ansehen einer Toten zu beschädigen. Alles, was ihrer Mutter auffiel, war die Trauer über den Tod ihrer Freundin.«

»Mette.«

Jetzt war es Lenz, der fragend die buschigen Brauen hob, die etwas dunkler als sein graues Haar waren.

»Die junge Magd des Wagners. Sie ist kurz vor Ostern einer Krankheit erlegen.«

»Ach ja, das arme Ding«, sagte Lenz zerstreut, »ich hörte davon. Wenigstens ist sie einen normalen Tod gestorben.«

Der auffrischende Wind zauste das Frühlingsgras des Gottesackers wie seidiges Kinderhaar. Ein Anblick der beiden jungen Frauen verwehrt bleiben würde, wie Johanna bedauernd feststellte. »Ich schätze, es gibt keinen Anhaltspunkt, wer der Täter sein könnte?«

»Nicht den geringsten. Vermutlich war es ein Fremder. Genefe muss ihrem Mörder auf dem Heimweg in die Arme gelaufen sein. Wie ich hörte, war sie allzu vertrauensselig. Das wurde ihr zum Verhängnis.« Lenz' Augen schweiften von ihr zu der alten Frau, die noch nicht weit gekommen war. Ihr Kummer drückte sie wie eine bleierne Last nieder.

Johanna, die seinem Blick folgte, grübelte darüber nach,

wer Lenz zu seiner Meinung verholfen hatte. Vermutlich handelte es sich um Wirtshausgäste, die den »Hirschen« regelmäßig besuchten. Falls der viel beschäftigte Mann sich um mehrere Ansichten bemüht hatte. Der Nachdruck, den er in seine Worte legte, überzeugte sie nicht. Manchmal fragte sie sich, warum Lenz überhaupt Schultheiß geworden war. Die Zahl der Gäste in seinem Wirtshaus »Zum weißen Rössel« war in den warmen Monaten beachtlich. Ebenso der Bedarf an Zugtieren, die er vermietete, um die schweren Wagen die Steigung hinaufzuziehen. Da wurden alle Hände gebraucht. War es am Ende lediglich der Hirschwirt gewesen, den Lenz befragt hatte? Sie betrieben beide dasselbe Gewerbe. Da spuckte man sich nicht gegenseitig in die Suppe. Es wäre für Werner ein Leichtes, Lenz von seiner Unschuld zu überzeugen.

Sie verabschiedete sich, schlenderte an der Kinzig entlang, pflückte hier und da etwas, das ihr ins Auge stach, und langte schließlich vor ihrem Häuschen an. Prüfend sah sie an den dunklen Holzwänden empor. Der Giebel stand ein wenig schief, doch das hatte er schon immer getan. Wie gut, dass die moosbewachsenen Schindeln auf dem Dach alle an Ort und Stelle saßen, sonst würde sie hinaufklettern müssen, um sie zu erneuern. Wenn man allein war, musste man sich eben auch um solche Dinge kümmern. Es sei denn, Lukas bot sich an, derlei handwerkliche Arbeiten für sie zu erledigen.

Ida war fort, als sie eintrat, was Johanna nicht weiter verwunderte. *Wahrscheinlich sucht sie immer noch nach der Wölfin.* An jenem Abend, an dem man Genefes Leichnam ins Städtle gebracht hatte, war das Mädchen allein aus dem Wald zurückgekehrt. Johanna erinnerte sich an ihre Überraschung. Etwas Derartiges war zu solch später Stunde noch nie vorgekommen. Normalerweise begaben sich die beiden gemeinsam zur Ruhe, bevor die Wölfin in der Dunkelheit zum Jagen aufbrach. Und auch dies tat sie nicht jede Nacht.

Lukas, den das Eintreffen des Mädchens verstimmt hatte, da es seinen Küssen Einhalt gebot, bemerkte ebenfalls sofort, wie bedrückt Ida war. Ein Anflug von Trauer zog die Mundwinkel in ihrem kleinen wilden Gesicht nach unten und spiegelte sich in ihren tiefdunklen Augen. Ein grauenvoller Verdacht stieg in Johanna auf. War dem Tier etwas zugestoßen? Lukas' Gedanken schienen in eine ähnliche Richtung zu gehen. Ida und die Wölfin waren auf eine Weise miteinander verbunden, bei der man sich die eine ohne die andere schwerlich vorstellen konnte.

All ihren Fragen zum Trotz war es Johanna nicht gelungen, etwas über den Verbleib der Wölfin zu erfahren. Stattdessen hatte sich Ida schweigend in eine dunkle Ecke des Häuschens zurückgezogen, wie es nun einmal ihre Art war. Erst als Lukas sie verließ, kroch sie wieder daraus hervor.

Johanna wusste, dass sie nicht zu sehr in das Mädchen dringen durfte. Zwar war sie offener geworden, doch wenn sie Kummer hatte, zog sich Ida wie in ein Schneckenhaus zurück. An jenen unbekannten Ort, an den ihr niemand folgen konnte. Johanna hatte gelernt zu warten, bis sie von selbst auf sie zukam. Mit der Zeit würden Zuneigung und eine verlässliche Umgebung ihr vielleicht dabei helfen, die Zurückhaltung zu überwinden, die wie eine schützende Mauer zwischen ihr und anderen Menschen stand. Aber sie musste beharrlich sein und konnte nur hoffen, dass das Verschwinden der Wölfin nicht wieder alles zunichtemachte, was sie bisher erreicht hatte.

Man konnte es durchaus als Fortschritt bezeichnen, dass es nur eine Nacht gedauert hatte, bis Ida ihre Sorge in Worte fassen konnte. Am nächsten Morgen weihte sie Johanna in der ihr eigenen Art ein.

Die Erleichterung darüber, dass die Wölfin allem Anschein nach noch lebte, hatte die letzten Spuren der Müdigkeit aus Johannas Augen vertrieben. Dennoch war sie aus den Worten des Mädchens nicht schlau geworden. Was hatte die Wölfin dazu bewegt fortzugehen? Wurde es ihr in dem kleinen Häuschen zu eng? Schließlich war sie schon einmal von ihrer nächtlichen Jagd nicht zurückgekehrt. Aber warum erst jetzt? Hatte sie eingesehen, dass Ida hier ein neues Zuhause gefunden hatte?

Dumpf erinnerte Johanna sich daran, dass die Fähe vor einiger Zeit geblutet hatte. Sie war läufig gewesen. Doch die Blutung hatte aufgehört. Hatte sie bei einem ihrer Streifzüge einen Rüden getroffen?

Da sie keine Antwort auf das Rätsel fand, hatte sie Ida in den Wald begleitet, um nach dem Tier zu suchen. Der hoffnungsvolle Blick der Kleinen trübte sich mit jeder Stunde, in der sie nicht die geringste Spur fanden. Am Ende waren sie ohne Ergebnis heimgekehrt. Bei Anbruch des Tages hatte sich Ida allein auf den Weg in den Wald gemacht. *Hoffentlich hat sie heute mehr Glück! Ich ertrage es nicht, die Kleine derart traurig zu sehen.*

Ein Pochen an der Tür holte sie in die Wirklichkeit zurück. Alheit, eine dünne Frau, die langsam auf die dreißig zuging, stand davor und sah sie fragend an. Die übergroßen Augen in ihrem verhärmten Gesicht erinnerten an ein aus dem Nest gefallenes Vögelchen. »Hast du's?«, fragte sie hoffnungsvoll.

Johanna schluckte. Argwöhnisch sah sie nach draußen und vergewisserte sich, dass niemand in der Nähe war. »Komm rein.« Rasch zog sie Alheit in das Häuschen. Eine Geruchsmischung aus Rauch, Schweiß und Vergorenem stieg von der Kleidung der Frau auf. Das Tuch ihres Surcots war an Brust und Schulter beschmutzt. Vermutlich handelte es sich um Essensreste von Gesicht und Händen eines Kleinkindes. »Du weißt, wie gefährlich es ist. Es könnte mich in große Schwierigkeiten bringen.« Mit einem Mal ging Johanna auf, dass Genefe nie mit solch einer Bitte an sie herangetreten war. *Womöglich wäre sie dann noch am Leben.*

»Nur, wenn es ins falsche Ohr geflüstert wird. Und das wird nicht geschehen«, entgegnete Alheit. Sie drückte den Rücken durch und richtete sich zu ihrer vollen Größe auf, um zu demonstrieren, dass sie durchaus vertrauenswürdig war.

Johanna holte zitternd Luft. »Dein Mann könnte es bemerken.«

Alheit gab ein kurzes, trockenes Lachen von sich. »Der ganz gewiss nicht. Außer seinem Vergnügen interessiert den nichts.

Für die Folgen bin ich zuständig.« In den dreizehn Jahren ihrer Ehe war sie fast ständig schwanger gewesen. Die Mühen, die damit verbunden waren, die Geburten und das Stillen hatten ihre Spuren an Alheits Körper hinterlassen. Sie war so mager, dass man ihre Brüste unter den Schichten ihrer Kleidung nur erahnen konnte. »Hilf mir, ich bitte dich! Ein weiteres Kind ertrage ich nicht. Es wird mich umbringen!«

Damit lag sie vermutlich nicht falsch. Es waren nicht nur die Schwangerschaften, die sie auslaugten. Das Versorgen der überlebenden Kinder, die schwere Arbeit in Haus, Hof und Garten, das Essen verteilt auf zu viele Münder taten ihr Übriges. Eigentlich hätte Alheits Mann so vernünftig sein sollen, das Leben seiner Frau zu schonen, indem er sie wenigstens für eine Weile in Ruhe ließ, doch offenbar dachte er nicht daran. Sein Vergnügen war ihm wichtiger. Obendrein gehörte es zu den ehelichen Pflichten eines Weibes, ihrem Mann im Bett zur Verfügung zu stehen.

Er war ein Lohmüller, der die Rinde von Eichen und Fichten einsammelte. Die Holzfäller entfernten die für die Gerber so wichtige Zutat, bevor die geschlagenen Stämme über lange Holz- oder Erdrinnen, die Riesen, ins Tal schossen. Anschließend trocknete und zerkleinerte er die Rinde in seiner Mühle. Um die Familie über Wasser zu halten, betrieb er zusätzlich einen kleinen Bauernhof, dessen anfallende Arbeiten vor allem von seiner Frau und den größeren Kindern übernommen wurden.

Auch die Kirche begrüßte den beinahe jährlichen Kindersegen und verurteilte jegliche Art der Empfängnisverhütung. Wie die Familien die unzähligen Mäuler stopfen sollten und dass die meisten Säuglinge verhungerten, wenn ihren Müttern die Milch versiegte, interessierte nur wenig. Hin und wieder hatte die Natur ein Einsehen und verhinderte, dass die Frauen nach kurzer Zeit erneut schwanger wurden. Doch galt dies nicht für alle. In ihrer Not griffen die Frauen heimlich zu Tränken und Salben, Amuletten, gefüllt mit Hasendreck, und magischen Sprüchen. Meist nützte es nur wenig.

Manche verschlossen ihren Mutterschoß mit Gras oder Steinen. Ein erstaunlich wirksames Mittel, das aber zu hässlichen Entzündungen führen konnte, die sich nur schwer kurieren ließen. Hin und wieder, trotz Johannas Bemühungen, mit einem tödlichen Ausgang.

Da sie selbst eine Frau war, gelang es ihr nicht, so zu tun, als ob sie dies alles nichts anginge. Tatsächlich hatte sie schon einigen Müttern geholfen, ungewollte Schwangerschaften zu verhindern oder sie wenigstens hinauszuzögern. Doch wohl war ihr nicht dabei. Das, was sie tat, galt als große Sünde, und das Risiko blieb, dass sich nicht alle Ehemänner an der Nase herumführen ließen. Oder die Information eines Tages in das falsche Ohr gelangte. Ein Einziger, der es mit dem Glauben allzu genau nahm, genügte, um den Priester darüber zu informieren. Dies würde drakonische Strafen nach sich ziehen, an die sie gar nicht denken wollte.

Dennoch war sie in regelmäßigen Abständen bei den Zeidlern gewesen, die ihre Beuten in starke Waldbäume geschlagen hatten. Hoch genug, um sie vor honigsuchenden Bären zu schützen. Sie hatte ihnen Bienenwachs abgekauft und behauptet, dass sie es zum Abdichten ihrer Gefäße benötigte. Nicht zu viel und immer woanders, damit keiner misstrauisch wurde, aber genug, um daraus wirkungsvolle Barrieren herzustellen, die dem männlichen Samen den Weg in den Mutterschoß versperrten. Der Erfolg gab ihr recht. Obendrein rief das Wachs, das sich durch seine Weichheit dem Körper anpasste und ebenso leicht wieder entfernen ließ, keine Entzündungen hervor. Da war es nicht weiter verwunderlich, dass diese Methode weitergetuschelt wurde und die ein oder andere gequälte Frau an ihrer Türschwelle erschien.

Johanna seufzte. »Setz dich und warte einen Moment.«

Während Alheit sich auf einer der Bänke niederließ, umrundete sie den Tisch und begab sich zu ihrer Vorratsgrube, in der nicht nur verderbliche Lebensmittel lagerten. Auch für das, was nicht für neugierige Augen bestimmt war, gab es hier einen Platz. Sie holte eine kleine Spanschachtel hervor und verschloss die Grube wieder. Dann setzte sie sich auf die gegenüberliegende Bank und legte die Schachtel zwischen sich und Alheit auf den Tisch.

»Hier ist es.« Johanna öffnete den Deckel, griff hinein und förderte ein rundes, gewölbtes Gebilde zutage, etwa so dick wie ihr Finger.

Andächtig nahm Alheit es in ihre Hände und betrachtete es. »Ein kleines Ding mit großer Wirkung.«

Johanna lächelte. »Du solltest wissen, dass es sich dabei um kein Allheilmittel handelt. Ich weiß nicht, woran es lag, aber zwei Frauen sind dennoch schwanger geworden.« Vielleicht hatte ein unvorsichtiger Fingernagel ein winziges Loch in die geschmeidige Masse gedrückt? »Du musst dein Inneres gut damit verschließen und dich zuvor vergewissern, dass nicht der geringste Schaden daran entstanden ist. Am besten eine Zeit lang, bevor ... du weißt schon.«

Alheit nickte verstehend, während sich ihr Mund zu einem Strich formte. Sie schien keinerlei Freude über ihre ehelichen Verpflichtungen zu empfinden. *Ist ihre Leidenschaft mit den Kindern abhandengekommen, oder empfand sie nie welche für ihren Mann?*, überlegte Johanna. Viel zu viele Frauen, die sie kannte, benahmen sich so. *Wird es mir auch so ergehen, wenn ich eine Weile mit Lukas verheiratet bin?* Der Gedanke löste ein seltsames Gefühl in ihrem Magen aus.

»Geh behutsam damit um«, vertrieb sie ihre Zweifel. »Es sollte so lange wie möglich halten. Lass es noch eine Weile danach an Ort und Stelle. Dann merkt auch dein Mann nichts davon. Manche bestreichen es zusätzlich mit Honig in der Hoffnung, dass der Same daran kleben bleibt.« Die Idee war nicht schlecht, doch da Honig teuer war, lag es an den einzelnen Frauen, ob sie genügend Geld dafür erübrigen konnten. »Danach reinigst du es mit frischem, warmem, aber nicht heißem Wasser.«

Alheit äugte immer noch fasziniert auf das Gebilde in ihren Händen. »Keine Angst. Ich werde es *sehr sorgsam* behandeln.«

Sie dehnte die Worte bedeutungsvoll. »Ich bringe dir ein Säckchen Mehl dafür vorbei. Ist dir das recht?«

Johanna nickte. Bienenwachs war ebenfalls teuer, und sie musste essen.

Als Alheit gegangen war, machte Johanna ein Feuer. Es wurde Zeit, sich um das Spätmahl zu kümmern. Ida war immer noch nicht zurück, und so setzte sie sich für einen Moment und schaute in die goldgelben Flammen, die einen aromatisch holzigen Duft verbreiteten. Ein gänzlich anderer Brand kam ihr in den Sinn und vermischte sich mit dem, was sie Alheit mitgegeben hatte. Auch dies glich einem Mord. Zumindest für die Kirche und ihre Gelehrten, da der männliche Same ihrer Ansicht nach bereits den fertigen kleinen Menschen enthielt. Die Barriere aus Bienenwachs verhinderte, dass er in den Mutterschoß vordringen konnte, wo er bis zur Geburt ernährt und versorgt werden musste. Die Last der Fruchtbarkeit trug allein die Frau. Selbst wenn eine Ehe kinderlos blieb und Johanna schon Fehlgeburten gesehen hatte, die nicht menschlich aussahen, machte man lediglich das weibliche Geschlecht dafür verantwortlich.

Genefes geschwollener Bauch tauchte vor Johannas innerem Auge auf. Die tiefen Wunden der Zerstörung, die darin klafften. Hier musste ein Mann zu Werke gegangen sein. Sie glaubte nicht, dass eine Frau so etwas zustande brachte. *Auch die hübsche Genefe hatte unter der männlichen Dominanz zu leiden.* Bitterkeit stieg in Johanna auf. War es da ein Wunder, dass Frauen Ränke schmiedeten? Und wer sollte ihnen helfen, wenn nicht sie? Obwohl sie das, was in den Bergen geschehen war, immer noch nicht gutheißen konnte. Was den unerwünschten Kindersegen betraf, so würde sie vermutlich wieder in den Wald gehen und einen der Zeidler um Wachs bitten.

So viele Sünden, dachte Johanna. *Und wie viele werden wohl noch hinzukommen?* War es möglich, eine Schuld gegen die andere aufzuwiegen? Konnte man ein Unrecht begehen, damit ein weitaus schlimmeres verhindert werden konnte?

Und wer, außer Gott, konnte mit Bestimmtheit sagen, was richtig und was falsch war? Das Herz wurde ihr schwer. Je länger sie darüber nachdachte, desto deutlicher schälte sich ein Name aus den Wirren ihrer aufgescheuchten Gedanken: *Pius! Ich muss unbedingt mit Pius reden.*

5. KAPITEL

Das Gras war noch feucht vom Tau, als Ida in die kühle grüne Höhle des Waldes eintauchte. Ein verzweifeltes Sehnen zog sie dorthin, füllte ihre Brust mit dem besorgten Flattern ihres Herzens. Trotz Johannas Fürsorge vermisste sie die Wölfin so sehr, als ob man ihr ein Bein abgetrennt hätte. Und nun schmerzte es derart heftig, dass sie das Gefühl hatte, ohne sie keinen Schritt mehr gehen zu können. Und doch war sie nicht bereit, die Suche nach ihrer tierischen Freundin aufzugeben.

»Hast du eine Ahnung, weshalb sie fortgelaufen ist?«, hatte Johanna gefragt.

Davon abgesehen, dass Ida dies selbst nicht wusste, entsetzte es sie, dass die Wölfin sie ohne ersichtlichen Grund im Stich gelassen hatte. Die junge Heilerin würde die Lücke nicht vollständig schließen können, die die Wölfin hinterließ. Sie brauchte beide, um glücklich zu sein. Jede war ein Teil der Geborgenheit, die Ida umhüllte. Doch die Verbundenheit mit dem Tier bestand schon zu lange und ging zu tief, um sie abzulegen wie ein zu klein gewordenes Kleid.

Zornig stampfte sie auf. Grub für einen Moment ihre nackten Zehen in den weichen Waldboden. Warum konnte nicht alles so bleiben wie bisher? Es war doch schön gewesen, zu dritt unter einem Dach zu leben. Nachdem sie Lukas und Elen letztes Jahr dabei geholfen hatte, Johanna aus den Fängen ihres Häschers zu befreien, hatte sie ein tiefes Gefühl des Friedens empfunden, ihre Freundinnen an ihrer Seite zu wissen. Es gab niemanden, der ihr mehr bedeutet hätte als diese beiden, auch wenn sie das nicht so ausdrücken konnte wie andere.

Johanna hatte sie nie daran gehindert, in den Wald zu gehen, wenn ihr und der Wölfin der Sinn danach stand. Es lag ihr fern, sich ihnen in den Weg zu stellen. Hatte die Wölfin dies nicht ebenso empfunden? Hatte sie die Wildnis so sehr vermisst, dass sie beschlossen hatte zu gehen? *Aber weshalb ist sie dann so lange geblieben?* Es war Monate her, seit sie bei Johanna eingezogen waren. Und bis zu jener denkwürdigen Nacht, in der sie nicht von der Jagd zurückgekehrt war, hatte Ida nie das Gefühl gehabt, dass ihr etwas fehlte.

»Sie ist ein Tier und kein Mensch«, hatte Johanna zu ihr gesagt. Ida sah an sich hinunter. Ihr sehniger Körper ließ keinen Zweifel daran, welcher Art sie angehörte. Doch was ihr Inneres betraf, so war sie sich nicht sicher. Eines wusste Ida allerdings genau: Sie musste wenigstens eine Spur von der Wölfin finden. Es drängte sie zu erfahren, ob es ihr gut ging. Und vielleicht konnte sie das Rätsel lösen, was sie in die Ferne trieb.

Angestrengt runzelte Ida die Stirn unter ihrem dichten schwarzen Haar, das noch nie ein Zopf gebändigt hatte. Ihr Blick glitt über Büsche und Bäume, suchte den Boden nach einer Fährte ab. Die Wölfin schien wie vom Erdboden verschluckt zu sein. So als ob es sie nie gegeben hätte. *Liegt es an mir, dass sie gegangen ist?* Der Gedanke kam so plötzlich, dass Ida der Atem stockte. Hatte sie einen Fehler gemacht? Doch sosehr sie sich das Hirn zermarterte, sie konnte sich an nichts dergleichen erinnern. Oder steckte etwas ganz anderes dahinter? War die Wölfin krank geworden und hatte sich zum Sterben zurückgezogen? Ida schluckte hart, während Furcht ihr Herz zum Stolpern brachte. Das durfte sie nicht zulassen. Sie würde so lange nach ihr suchen, bis sie das Tier gefunden hatte. Falls ihr etwas fehlte, würde Johanna sie heilen. Sie musste es einfach tun! Hoffentlich kam sie nicht zu spät! Wenn sie nur endlich eine Spur fände. Irgendein Zeichen, das auf die Freundin hinwies.

Plötzlich stutzte Ida. Die Laute, die an ihr Ohr drangen, stammten weder von einem Wolf noch von anderen Tieren. Genau genommen kannte sie nur eine einzige Art, die sich derart geräuschvoll verhielt: Menschen. Neugierig schlich sie näher. Auf leisen Sohlen, wie sie es von ihrer Gefährtin gelernt hatte. Jetzt war sie ein wildes Wesen, das verborgen blieb. Behutsam kroch sie zwischen Büschen und Bäumen hindurch. Unsichtbar für andere. Die Stimmen mehrerer Personen schlängelten sich durch das Geäst. Sie schienen sich zu unterhalten, doch kamen sie nicht auf sie zu. Sie blieben an Ort und Stelle.

Ein spitzer Stein, der sich unter altem Laub verborgen hatte, bohrte sich schmerzhaft in ihre Fußsohle. Abrupt zog Ida ihren Fuß zurück, biss sich auf die Lippen und unterdrückte den Schmerzenslaut, der aus ihrem Mund kommen wollte. Die hektische Bewegung reichte aus, um einen Tannenhäher aufzuschrecken. Der schnarrende Warnruf des dunkelbraunen Vogels ertönte, dessen Federkleid mit weißen Tupfen übersät war. Wie erstarrt blieb Ida stehen. Die Gespräche verstummten. Rasch duckte sie sich tiefer hinter eine Ansammlung junger Nadelbäume und wartete. Kurz darauf erklang das Lachen einer Frau. Erleichtert atmete sie auf. Nur ein paar Wimpernschläge später stimmten andere mit ein, und die sorglose Plauderei setzte sich fort. Das fröhliche Kreischen einiger Kinder gesellte sich hinzu. Behutsam ging Ida weiter, ohne es zu versäumen, hin und wieder einen sorgsamen Blick auf den Boden zu heften. Die Stimmen vernahm sie nun immer deutlicher, obwohl sie kein Wort verstand. *Jetzt sind sie ganz nah!* Ihr Schall hörte sich merkwürdig an, als ob er sich von weiter unten in die Höhe schraubte.

Ihre Augen strichen forschend über das Gelände. Da erkannte sie es. Wenige Schritte vor ihr fiel der Untergrund jäh ab und entzog sich ihren Blicken. Sie hätte an die längst überwachsene Abbruchkante treten müssen, um zu der Stelle zu sehen, an der sich die Verursacher der Geräusche befanden. Doch dann hätte man sie bemerkt.

Stattdessen huschte sie hinter die Wurzel eines umgefallenen Baumes, die darüber aufragte. Die hölzernen Stränge an ihrem Rand krallten sich wie Finger in den Boden. Doch taten sie es derart erfolglos, dass der Rest sein dunkles Reich verlassen hatte, um sich Luft und Sonne entgegenzurecken. Vermutlich hatte dies dazu geführt, dass der Baum abgestorben war. Sein borkiger Stamm war von Pilzen und kleinen Lebewesen bevölkert, die ihn langsam in seine Einzelteile zerlegten.

Vorsichtig lugte Ida durch das riesige Gerüst aus verschlungenen Strängen, das der Regen ausgewaschen hatte. Sie hatte Glück. An einigen Stellen verästelte es sich, bis es zur Lücke wurde. Dahinter senkte sich der Boden zu einem kleinen Talkessel ab, als ob ein Riese in grauer Vorzeit zu fest mit dem Fuß aufgestampft hätte.

Und im Zentrum der geschützten Senke entdeckte Ida das Lager der Fahrenden, die sie schon einmal beobachtet hatte. Sie waren immer noch da, und so wie es aussah, würden sie wohl bleiben. Im Schutz von Bäumen und Gestein standen Hütten aus Ästen und geflochtenen Zweigen, die das ärgste Wetter fernhielten. Da es ohnehin auf den Sommer zuging, würden sie genügen.

Auf der Lichtung in der Mitte der Senke zählte Ida fünf Männer, einer davon schien ziemlich alt zu sein. Ebenso viele, meist blutjunge Frauen, einen Jüngling und drei Kinder. Die Erwachsenen scharten sich um ein Feuer, dessen Rauch in Idas Nase kroch. Ein großer Hund lag neben einem der Männer und genoss es, hinter den zotteligen Ohren gekrault zu werden. Die drei anderen dösten friedlich im Gras und schienen sich nicht am Geschrei der Kinder zu stören, die umherrannten und Fangen spielten.

Nur ein Einziger hockte etwas abseits. Ida hatte ihn sofort erkannt. Es war der Junge, der ihr schon einmal begegnet war. Sie hatte ihn nicht vergessen. Jener kurze, sonderbare Moment weckte ein Interesse in ihr, wie sie es nur selten für andere Menschen erübrigte. Ihre Augen ruhten auf ihm, versuchten zu ergründen, was so besonders an ihm war.

Irgendwie schien er nicht richtig dazuzugehören. Weder beteiligte er sich am Spiel der Kinder noch an den Gesprächen der Erwachsenen, dabei war er fast so groß wie sie. Die Fahrenden benahmen sich so, als ob dies nicht ungewöhnlich wäre. Er hatte das Kinn auf die angezogenen Knie gestützt und starrte ins Leere, hin zu einer Wirklichkeit, die nur er sehen konnte. Ida beschlich das Gefühl, dass sie etwas verband, das sie in ihren Gedanken nicht in Worte zu fassen vermochte.

Einer der Hunde hob plötzlich den Kopf, witterte und sah in ihre Richtung. Ein kurzes, tiefes Bellen ertönte. Hatte er sie bemerkt? Leise und so rasch sie konnte, machte Ida, dass sie wegkam. Sie verspürte nicht die geringste Lust, das abgerissene Völkchen dort unten näher kennenzulernen – höchstens den seltsamen Jungen.

Doch war sie aus einem anderen Grund in den Wald gekommen, der wesentlich wichtiger war. Und die Zeit drängte!

Johanna stellte ein schlichtes irdenes Gefäß auf den Tisch, das etwa so viel wie ein Weinkrug fasste. Einst hatte es Schmalz enthalten, das sie als Lohn für ihre Arbeit bekommen hatte. Nun musste es einem anderen Zweck dienen. Wenigstens für eine Weile.

Mettes früher Tod ging ihr nicht aus dem Kopf. Ihr Leiden war heimtückisch gewesen. Vermutlich gab es nichts, das sie vollständig geheilt hätte. Doch gab es zu viele, die an Lungenkrankheiten litten. Jeden Winter kamen Neue hinzu. Es war noch gar nicht so lange her, seit sie sich geschworen hatte, gegen all diese Leiden anzukämpfen. Sie wollte nach Lösungen suchen und experimentieren, bis sie geeignete Heilmittel gefunden hatte. Doch die Ereignisse des letzten Sommers hatten dazu geführt, dass sie dieses Ziel aus den Augen verlor. All die toten und vermissten Mädchen, deren Schicksal ihr keine Ruhe ließ und sie selbst an den Rand des Todes gebracht hatte. Es hatte seine Zeit gedauert, bis sie sich von dem, was ihr der Schiltecker Ritter angetan hatte, vollständig erholen konnte. Doch nun stand dem nichts mehr im Wege.

Vor Tagen hatte sie an einer trockenen, sonnigen Stelle einen großen Fleck voller Huflattich entdeckt. In der von Rüsseln durchwühlten Erde der ehemaligen Sauweide schien er gut zu gedeihen. Die Schweine waren dieses Jahr weitergezogen, so blieb ihr etwas Zeit, sich darum zu kümmern. Ohnehin war es besser, wenn die jungen Triebe noch ein paar Tage wuchsen. Mette würde er nicht mehr helfen können, aber vielleicht nützte er anderen. Schon in der Früh war Johanna hinausgegangen und hatte die buttergelben Blüten gepflückt. Die langstieligen, hufförmigen Blätter, die dem Kraut seinen Namen gaben, bildeten sich erst dann, wenn sie verblühten. Doch auch die Blüten eigneten sich zur Heilung von Lungenleiden. Bei ihrem Anblick war Johanna eine Rezeptur in den Sinn gekommen, die ihre Mutter einst hergestellt hatte. Nur, dass sie ein anderes Heilkraut benutzt hatte. In ihrem Kopf befand sich eine ganze Reihe an Mixturen und Salben, die sie im Lauf der Jahre auswendig gelernt hatte. Allerdings hatte sie auch manche davon vergessen, bis sie wie ein Fingerzeig Gottes wieder hervorkamen. So war die Zubereitung der süßen Arznei in ihr aufgeflammt, als wäre es erst gestern gewesen. Und ein weiteres Mal vermeinte sie, die Stimme ihrer Mutter zu hören, wie sie es vor Jahren erklärte:

Sammle zwei Handvoll der Blätter des Spitzwegerichs und schneide sie in Streifen. Schichte sie anschließend in ein irdenes Gefäß und zerdrücke sie behutsam mit einem Stößel. Sie sollten frisch sein. Am besten pflückst du sie morgens, solange es noch kühl ist. Danach bedeckst du das Ganze mit Honig, bis du am Rand des Topfes angelangt bist.

Rasch fasste sie ihre goldbraunen Locken zusammen und band sich ein Tuch darum. Dann befolgte sie den Rat ihrer Mutter. Da das Gefäß recht groß war, hatte sie die doppelte Menge der langen, schlanken Spitzwegerichblätter gesammelt. Sie schnitt sie in Streifen und zerdrückte sie leicht auf dem Boden des Gefäßes, streute jedoch die Huflattichblüten darüber. Anschließend bedeckte sie das Ganze mit goldgelbem Honig, den sie dem Zeidler abgekauft hatte. Der herzhafte Geruch der Kräuter vermischte sich mit seiner duftenden Süße. Mutters Mischung war gut. Womöglich würde sie auf diese Weise noch besser werden.

Nachdem der Topf bis oben hin voll war, bestrich Johanna seinen Rand mit erwärmtem Bienenwachs und verschloss ihn mit einem hölzernen Deckel. Dann nahm sie ihn mit in den Garten. Jetzt musste sie nur noch in einer Ecke, wo er nicht weiter störte, ein Loch graben. Sie stellte den Topf hinein, überprüfte, ob der Deckel festsaß, damit es Würmern und Käfern nicht gelang, sich an seinem Inhalt zu laben, und deckte ihn mit Erde zu. Zufrieden klopfte sie den Schmutz von ihren Händen. Zwei bis drei Monate sollten reichen, um das Ganze zum Reifen zu bringen. Eine lange Zeit, besonders, wenn man nicht sehr geduldig war.

Spätestens im Winter werde ich wissen, ob ich mit meiner Vermutung richtigliege, tröstete sie sich.

Da für sie keine weiteren Verpflichtungen anstanden, machte sie sich auf den Weg zu Pius. Wie Ida musste sie dazu in den Wald. Der dichte Bewuchs schützte Johanna vor dem Wind, der das junge Grün von Wiesen und Feldern gebeugt hatte, die sie zuvor überqueren musste. Lautes Vogelgezwitscher empfing sie, obwohl es unter den Bäumen noch merklich kühl war. Die frische, nach Erde und Moos riechende Luft jagte eine Gänsehaut über ihren Körper. *Du hättest deinen Mantel überziehen sollen*, schalt sie sich. Der geflochtene Weidenkorb, den sie mitgenommen hatte, nützte ihr in dieser Hinsicht wenig.

Ida wird es nicht einmal bemerken. Ein Lächeln wanderte über Johannas Lippen, als sie daran dachte, wie unempfindlich die Kleine gegen die äußeren Einflüsse von Hitze und Kälte war. Sie war fast nackt gewesen, als man sie fand. Mehr ein wildes Tier als ein Mensch.

Wenn ich es mir recht überlege, steckt immer noch viel davon in ihr. Selbst wenn es nicht mehr so deutlich nach außen dringt. Ob sie jemals wieder wahrhaft menschlich werden kann?

Gewiss, sie hatte Fortschritte gemacht, aber man sah ihr an, wie schwer es ihr fiel. Ihr einfaches Hemdkleid trug sie nur, weil es schlicht unmöglich gewesen wäre, nackt durch die Gegend zu laufen. Selbst was ein gewaschenes Gesicht, eine halbwegs anständige Frisur, das Benehmen bei Tisch anging, so hätte sie mit Freuden darauf verzichtet, wenn Johanna ihr eine Wahl gelassen hätte. Ihren Löffel nahm sie immer noch unbeholfen zur Hand. Zwar hatte das Mädchen gelernt, damit umzugehen, aber die hölzernen Bewegungen und der Ausdruck ihrer Miene verrieten das Unwohlsein, das sie dabei empfand. Am liebsten hätte sie sich wohl über ihre Schale gebeugt und ihr Essen wie ein Tier in sich hineingeschlabbert, so wie sie es früher getan hatte.

Johanna runzelte die Stirn. *Kann sie unter diesen Umständen überhaupt jemals glücklich sein?*

Und nun hatte sie auch noch ihre Gefährtin verloren. Den Kummer über das Verschwinden der Wölfin sah man Ida immer deutlicher an. Selbst wenn sie kaum darüber sprach. Doch in der Dunkelheit der Nacht fühlte Johanna, wie sich Ida auf dem Bett so eng an sie schmiegte, als wäre ihr ein dichtes weißes Fell gewachsen. Ein verzweifeltes Sehnen lag in dieser Geste, von der sie wusste, dass sie das Tier nur unzureichend ersetzen konnte. Doch die kindlichen Arme umschlangen sie mit einer Intensität, als ob sie verhindern wollten, dass auch sie eines Tages verschwand, um niemals wiederzukehren.

»Ich hoffe, du findest sie«, flüsterte Johanna. Stumm schickte sie ein Stoßgebet gen Himmel. Viel mehr konnte sie nicht tun. Wenn sich die Wölfin nicht zeigte, würde es Ida unmöglich sein, sie aufzuspüren. Für diese Tiere war es ein Leichtes, sich vor neugierigen Blicken zu verbergen. Ein Mensch bekam sie so gut wie nie zu Gesicht. Nur ihr Heulen drang bisweilen nachts durch die festen Wände der Behausungen.

Johannas Blick glitt suchend über den Boden. Hier und da blieb sie stehen, um Schlüsselblumen, deren lieblich gelbe Blüten sich eben erst hervorwagten, behutsam in ihren Korb zu legen. Fast tat es Johanna leid, sie pflücken zu müssen. Aber auch sie lösten zähen Schleim in Lunge und Nase. Einige der Pflanzen grub sie mit den Wurzeln aus. Später würde sie diese trocknen. Bei starken Magenschmerzen waren sie unerlässlich. Wie schon beim Huflattich achtete sie darauf, nicht alles zu ernten, damit sich der Bestand wieder erholen konnte. Schließlich wollte sie nächstes Jahr wiederkommen, um frische Vorräte anzulegen.

Johannas Weg führte an einer kleinen Siedlung vorbei, die idyllisch an einem plätschernden Bach lag. Beim Anblick der hohen Palisaden, die sie von der Außenwelt abschirmten, wurde ihr das Herz schwer. Die Leprosen, die hier wohnten, führten ein Leben weitab der Normalität. Natürlich hatte auch diese ihre Tücken, aber es war immer noch besser, als bei lebendigem Leib zu verfaulen. Ganz zu schweigen davon, dass ihnen jeglicher Umgang mit Gesunden verwehrt blieb.

Johanna mochte Michel, den Vorsteher der kleinen Gemeinschaft. Im Lauf der Zeit hatte sie ihm und den Seinen verschiedene Salben gebracht, die sie auf die betreffenden Stellen streichen sollten. Leider waren sie bisher ohne Wirkung geblieben, oder der Erfolg war nur gering und obendrein von kurzer Dauer.

Ein leiser mitleidiger Laut entfuhr ihr. *Was würde ich darum geben, wenn ich endlich ein geeignetes Mittel fände, das diesen armen Menschen hilft!*

Bald darauf stieß sie auf eine Lichtung. Nicht mehr als ein kleines ovales Rund. Frischer Farn trieb unter den Buchen aus, die es säumten. Seine gerollten Spitzen thronten wie Schneckenhäuser auf den hellgrünen Zweigen. Johanna lief das Wasser im Mund zusammen. Junge Farntriebe gehörten zu den ersten frischen Wildgemüsen. Sie würde welche pflücken, falls ihr Zeit übrig blieb, jedoch nicht hier. Schließlich musste Pius ebenfalls essen.

An der Stirnseite der Lichtung erhob sich der kahle Fuß eines Berges. Ein Loch klaffte in der düsteren Wand, der Eingang eines verlassenen Stollens, den einst Bergmänner geschaffen hatten. Seit geraumer Zeit beanspruchte ihn ein gänzlich anderer Mann. Zumindest hatte er sich inmitten der abweisenden Wände einquartiert. Auch wenn er im Moment nirgends zu sehen war.

Johannas Augen richteten sich auf den kleinen Hügel am Rand der Lichtung, während sie über zartes Frühlingsgras schritt. Ein schlichtes Holzkreuz ragte aus der mit Laub und jungen Pflanzen bedeckten Erde. Dort ruhte Clewin, der einen bitteren Preis für ihre Rettung bezahlt hatte, obwohl er an ihrer Gefangenschaft ebenso viel Schuld trug. Sein bunter Spielmannswagen stand noch immer in der Nähe, von Bäumen und Zweigen verdeckt. Die Natur hatte das Ihrige dazugetan und ihn so gut wie unsichtbar gemacht. Nur wenn man genau wusste, wo er sich befand, konnte man hier und da einen bunten Fleck zwischen all dem Grün erkennen.

Das Pferd hatte Lukas an einen Durchreisenden verkauft, dessen eigenes Tier sich das Bein gebrochen hatte und getötet werden musste. Man konnte es Zufall nennen, dass er genau zur rechten Zeit hinzugeraten war, oder eine göttliche Fügung. Den Erlös hatte er mit Pius, Elen und ihr geteilt. Falls Clewin Angehörige hatte, so waren sie ihnen nicht bekannt. Sie kannten nicht einmal den Ort, an dem er geboren war. Pius hatte die Münzen anfangs abgelehnt, bis sie ihn davon überzeugen konnten, sie wenigstens als Notgroschen aufzubewahren. Was Johanna betraf, so hatte sie schon die ein oder andere Zutat für eine Arznei, wie das Wachs und den Honig, damit erstanden. Jedoch niemals so viel, dass es aufgefallen wäre.

Sie war jetzt vor der Höhle angelangt. Noch konnte sie Pius nirgends entdecken. »Ist jemand zu Hause?«, rief sie in den klaffenden Schlund des Eingangs, vor dem sie höflich stehen blieb.

Kein weiteres Mal würde sie ohne eine Aufforderung in das Innere treten. Sie hatte Pius' Vertrauen schon einmal missbraucht und nicht vor, diese unrühmliche Erfahrung zu wiederholen. Obendrein war es überflüssig, denn von drinnen ertönte ein eigentümliches Schaben, das von den Wänden des langen Gangs widerhallte. Kurz darauf entdeckte sie Pius' Kehrseite. Er hatte sich nach vorn gebeugt und zog rückwärtsgehend etwas über den Boden.

»Ich komme!«, rief er. Wenige Schritte später hatte er den gefüllten Sack, der ihm als Nachtlager diente, ins Freie befördert. »Wurde höchste Zeit, das Heu auszulüften«, bemerkte er, während er ihn in die Sonne legte. Der muffige Geruch, der von dem schmutzigen Laken ausging, gab ihm recht. Zufrieden zupfte er ein paar entfleuchte Halme von seinem schwarzen, zerschlissenen Habit, der ihn als Benediktiner auswies. Auch wenn er schon lange nicht mehr in einem Kloster lebte. »Gott zum Gruße, Johanna.« Er musterte sie blinzelnd. Ein kleines verschmitztes Lächeln umspielte seine Lippen. »Wie ich sehe, hast du den Winter gut überstanden.«

Pius' Worte erinnerten Johanna daran, wie lange sie nicht mehr hier gewesen war. Doch das kalte, schneereiche Wetter lud nur selten zu einem Spaziergang ein. Es brauchte schon einen guten Grund, weswegen man sich in die Höhe kämpfte. *Eine verprügelte Bäuerin zum Beispiel*, schoss es ihr in den Sinn. Augenblicklich pochte ihr Herz schneller. »Das habe ich«, erwiderte sie rasch, um auf andere Gedanken zu kommen. »Und wie ist es dir ergangen?«

»Es gibt keinen Grund zu klagen.« Pius schien ihre Befangenheit nicht zu bemerken. Er wies mit der Hand zu Boden. »Setz dich doch. Ich will nur rasch Feuer machen. Es wird Zeit, dass ich etwas Warmes in den Magen bekomme.« Das Gras, auf dem sie sich niederließ, milderte die Härte des Bodens, der sich feucht unter ihren Händen anfühlte. Der grobschlächtige, muskulöse Mann, dessen breite Brust ihn mehr wie einen Krieger denn wie einen Mönch erscheinen ließ, scherte sich nicht um Annehmlichkeiten.

Johanna beobachtete, wie er aus einer Ledertasche an seinem Gürtel eine Zunderbüchse hervorholte. Ihr Inhalt bestand aus getrocknetem Feuerschwamm, der aus der Rinde von Bäumen hervorwuchs. Ein Stück Feuerstein und ein Schlageisen kamen ebenfalls hinzu. Geschickt schlug Pius das Eisen gegen die scharfe Kante des Flints. Die hervorsprühenden Funken ließ er auf ein Häufchen Zunder fallen. Sanft blies er hinein, bis sie wie Sterne am Nachthimmel aufleuchteten.

Die aufkeimenden Flämmchen, auf die er trockenes Moos und feine Holzspäne legte, beleuchteten sein Gesicht. Die langen Winter in der zugigen Höhle mit ihren kalten, klammen Wänden und einem nur unzureichend wärmenden Feuer ließen seine Haut ledrig und seine Gesichtszüge hart erscheinen. Doch hinter dieser Fassade steckte ein warmherziger Mensch. Man sah ihm die Zufriedenheit an, die sich in den kantigen

Zügen und vor allem in seinen Augen spiegelte, wie Johanna zugeben musste.

Trotz der kräftezehrenden Bedingungen schien Pius das Los eines Einsiedlers zu lieben, das eine noch stärkere Hinwendung zum Mönchtum darstellte. Im Grunde bedeutete es ein entbehrungsreicheres Leben, als es in einem Kloster der Fall gewesen wäre, größere Einsamkeit und eine Vielzahl von Gebeten. Manche erachteten es als die höchste Form mönchischen Lebens. Im Städtle gab es einige, die Pius wie einen Heiligen verehrten.

Bald umzüngelten Flammen die trockenen Äste, die über dem leuchtend warmen Nest wie eine Glucke auf ihrer Brut ruhten.

Pius erhob sich. »Warte. Ich bin gleich zurück.«

Johanna tat wie geheißen und reckte ihr Gesicht der Sonne entgegen, die auf die Lichtung schien. Die Wärme prickelte angenehm auf ihrer winterbleichen Haut. Der Wind war verstummt. Es roch nach Frühling, den Verheißungen eines schönen Sommers und den dünnen Rauchschwaden, die sich kräuselnd gen Himmel zogen.

Kurze Zeit später kam Pius mit einer langstieligen Pfanne, einem Löffel und einer kleinen hölzernen Schale zurück, in der er drei Eier balancierte. »Eine Frau, die meinen Rat suchte, hat sie mir gebracht.« Ein Sträußchen frischer Waldknoblauch lag ebenfalls darin. »Schon eine ganze Weile läuft mir bei dem Gedanken an dieses Mahl das Wasser im Mund zusammen.« Was darauf schließen ließ, dass er das würzige Kraut selbst gepflückt hatte.

Pius stellte die Pfanne, in der sich etwas Fett befand, ins Feuer, sank auf die Knie und riss die schlanken Blätter in kleine Stücke. »Was gibt es Neues im Städtle?«, fragte er, während es nach erwärmtem Schmalz zu riechen begann und Pius die Eier am Rand der Pfanne aufschlug. Rasch verteilte er den Waldknoblauch darauf und verrührte das Ganze.

Johanna lächelte, als sie seinen begehrlichen Blick bemerkte, mit dem er das Gericht nicht mehr aus den Augen ließ.

»Am besten bereitest du erst einmal deine Mahlzeit zu. Nicht dass dir noch etwas anbrennt.«

Pius hob überrascht die Brauen. »Ist es denn so schlimm?«

Johanna nahm einen tiefen Atemzug. »Hat dir die Frau nichts erzählt?«

Der Mönch gab ein vages Brummen von sich. »Sie kam nicht aus Schiltach.«

»Welch große Ehre«, bemerkte Johanna anerkennend. »Sogar von weit her kommen die Leute nun schon, um bei dir Rat einzuholen und deine Gebete zu erflehen.«

Pius blickte demütig zu Boden. »Wenn dies der Wille des Herrn ist, will ich beides gern tun.« Die Eier waren fertig. Er holte sie vom Feuer und stellte sie vor sich auf den Boden.

»Im Namen des Vaters und des Sohnes und des Heiligen Geistes, amen«, beendete er sein Dankgebet und schlug das Kreuzzeichen vor seiner Brust. Dann zückte er seinen Löffel, begann zu essen und verdrehte dabei genießerisch die Augen.

»Nun erzähl, was sich seit unserem letzten Treffen ereignet hat«, sagte er zwischen zwei Bissen.

Johanna tat ihm den Gefallen und berichtete von dem Mord an Genefe.

Pius keuchte erschrocken auf. »Gott sei ihrer Seele gnädig!« Ein Bröckchen Ei klebte ihm am Kinn, das er in seiner Bestürzung nicht einmal bemerkte.

»Der Schultheiß geht davon aus, dass es ein Fremder gewesen ist, der zufällig des Weges kam und in Genefe ein geeignetes Opfer gefunden hatte. Welcher anständige Schiltacher sollte schon so etwas tun?« Unverkennbarer Hohn schwang in ihrer Stimme mit.

»Du bist nicht seiner Meinung?«, fragte Pius, dem dies ebenfalls nicht entgangen war.

Johanna schüttelte den Kopf. »Möglicherweise steckt der Vater ihres ungeborenen Kindes dahinter«, begann sie ihre eigenen Schlüsse in dieser Sache ziehen. Auch das Verhalten des Hirschwirts ließ sie nicht aus.

Pius zog verdrießlich seine Mundwinkel nach unten. »Ich

hoffe, du bist nicht erneut dabei, dich in ernste Schwierigkeiten zu bringen.«

Johanna spürte das bittere Lächeln, das sich in ihre Miene zeichnete. »Ich gebe mir Mühe.«

»Dann wollen wir hoffen, dass es dir dieses Mal gelingt.«

»Eigentlich bin ich gekommen, um dich etwas zu fragen«, lenkte sie das Thema auf den tatsächlichen Grund ihres Besuches.

Der skeptische Blick, den er ihr aus hochgezogenen Brauen zuwarf, trieb Johanna eine schamhafte Röte ins Gesicht. Sie wusste nicht so recht, wie sie anfangen sollte. »Kann es sein, dass Sünde nicht gleich Sünde ist?«, brach es schließlich aus ihr heraus.

Pius' Brauen schossen noch ein wenig höher. »Was willst du damit sagen?«

Johanna stieß ihren angehaltenen Atem durch die Nase aus. »Ich meine: Gibt es verschiedene Arten der Sünde? Welche, die, obwohl sie nicht richtig sind, Gutes hervorbringen, selbst wenn sie die Kirche nicht gutheißt?«

»Der Sold der Sünde ist der Tod«, antwortete er in aller Logik.

Ein ungutes Gefühl breitete sich in Johannas Magen aus, während ihr Blick in die Ferne glitt. Hin zu jenem verhängnisvollen Tag. »Gut und Böse liegen nah beieinander«, sagte sie leise. »Das, was für den einen gut ist, kann für einen anderen das genaue Gegenteil bedeuten. Findest du nicht?«

Pius' Augen schienen sie wie die Hitze des Fegefeuers zu versengen, als sie sich ihm wieder zuwendete. »Das, was du mir zu erklären versuchst, ist Blasphemie. Lass das nur ja nicht den Priester hören.«

Johanna schluckte hart bei dem Gedanken an all die anderen Dinge, die er nicht erfahren durfte.

Pius hatte sein Mahl beendet. Er stellte die Pfanne beiseite, ohne Johanna aus den Augen zu lassen, streckte die Beine und lehnte sich mit dem Rücken gegen einen großen Stein, der hinter ihm aus der Erde ragte.

»Deshalb bin ich mit meinen Fragen zu dir gekommen.« Johanna rutschte ungemütlich auf dem Boden herum, bevor sie sich in ihrer Suche nach Hilfe weiter in Pius' Richtung beugte. »Gibt es denn keine Möglichkeit, die eine Schuld gegen die andere aufzuwiegen? Muss ein Unrecht gesühnt werden, wenn man damit ein weitaus schlimmeres verhindern konnte? Welcher liebende Gott würde zulassen, dass eine Not größer wird – so unerträglich, dass sie kaum noch auszuhalten ist.« Sie dachte an Alheit, Gertrud, Martha und all die Frauen, die sich in ihrer Not an sie gewandt hatten. Nicht zum ersten Mal fragte sie sich, ob sie überhaupt eine andere Wahl hatten.

Pius seufzte leise. »Wo Gott Not zulässt, wird er auch die Kraft schenken, sie zu überwinden.«

»Dennoch zerbrechen manche daran.« Johanna sah ihm tief in die Augen und verschwieg dabei, dass sie so einige Gebete kannte, deren verzweifelter Wunsch nie in Erfüllung gegangen war. »Auch du bist einst fast zerbrochen.«

Pius' Mund verzog sich zerknirscht. »Das stimmt, aber der Herr hat mir geholfen, meinen Kopf über den Rand der dunklen Grube zu schieben, in die meine Seele gefallen war.«

»Wird er dann nicht auch unterscheiden, welche Sünde schwerer wiegt? Sollte Gottes Weisheit nicht groß genug sein, denen, die nicht deine Stärke haben, eine andere Lösung zu bescheren? Schließlich ist er voller Erbarmen für all die Kranken und Schwachen – und für die Sünder.«

Zumindest predigte der Priester das. Und nach der Beichte erlegte er eine angemessene Buße auf, damit das, was sie ihm vor Gott gestanden hatte, vergeben werden konnte. Allerdings hatte Johanna es nicht gewagt, ihm das anzuvertrauen, was ihr die größte Sorge bereitete.

Pius musterte ihr Gesicht, als ob er darin lesen wolle. »Willst du mir nicht sagen, was dich bedrückt?«, fragte er mitfühlend.

Seine Frage erinnerte sie an jene, die sie Ida für gewöhnlich stellte, wenn es ihr nicht gut ging, und wie das Mädchen behielt sie die Antwort für sich. Was sollte sie Pius auch sagen? *Etwa, dass ich nichts getan habe, um einen Mord zu verhindern? Ja, dass ich es war, die diesen Wahnsinn überhaupt erst entfacht hat? Dass ich Frauen dabei helfe, die Segnungen einer Ehe zu verhüten?* Pius würde sie nicht verraten, das wusste sie, denn auch er hielt sich an das Beichtgeheimnis. Aber würde er sie noch mögen, wenn sie all dies preisgäbe? *Würde ich es tun, wenn ich an seiner Stelle wäre?* Sie hatte nicht viele Freunde, doch seine Freundschaft war ihr kostbar. »Ich muss jetzt gehen«, sagte sie schließlich und stand rasch auf, um weitere Fragen zu verhindern.

Sie spürte Pius' nachdenkliche Blicke in ihrem Rücken, nachdem sie sich von ihm verabschiedet hatte und die Lichtung verließ. Seltsamerweise war ihr leichter, auch ohne seinen Rat. Obwohl sie nur einen Teil dessen, was sie beschäftigte, ausgesprochen hatte, betrachtete sie das Geschehene nun mit anderen Augen. Anscheinend war es gar nicht nötig gewesen, Pius damit zu belasten. Ihre Gedanken klärten sich wie der Nebel an einem sonnigen Morgen.

Vor seinem Tod waren Etzels Wutanfälle immer schlimmer geworden. Das bewies allein schon die Zahl der Behandlungen, die sie an Gertrud und Martha durchgeführt hatte. Früher oder später hätte er die beiden Frauen in der Einsamkeit des Berges erschlagen, ohne dass man etwas über die Umstände ihres Todes erfahren hätte. Genau genommen blieb ihnen gar keine andere Möglichkeit, sich gegen die Brutalität des Ehemanns und Vaters zu wehren, dem sie schutzlos ausgeliefert waren. Niemand bekam etwas von dem mit, was über eine übliche Tracht Prügel hinausging. Niemand außer ihr, aber sie war auch nur eine Frau. Ihre Aussage hatte kein Gewicht. Selbst der Schultheiß würde müde abwinken. Sein Weib zu züchtigen war nicht verboten. Es war dem Manne unterstellt, hatte zu gehorchen und ihm zu dienen. Und was Alheit und ihre Leidensgenossinnen betraf, so ging das starke Geschlecht davon aus, dass der männliche Teil der Arbeit nach der Zeugung getan war.

Vor Johannas innerem Auge tauchte Lukas auf. Sein jungenhaftes Lachen und das durch und durch freundliche Gesicht.

Würde seine Liebenswürdigkeit verschwinden, sobald er bekommen hatte, was er wollte? Würde er wie die Ehemänner und Väter werden, die sich einen Dreck um das Wohl ihrer Frauen scherten? Vermutlich wurden sie nie von irgendwelchen Gewissensbissen geplagt.

Du solltest dir ein Beispiel daran nehmen, dachte sie halb belustigt. Auf jeden Fall nahm sie sich vor, den Frauen zu helfen, ohne sich schuldig zu fühlen, wenn es schon sonst keiner tat. Zwar hatte sie nicht vor, in eine weitere Tötung verwickelt zu werden, aber sie würde schweigen, damit Gertrud und Martha nicht dafür bezahlen mussten, dass sie in ihrer Not keinen anderen Ausweg fanden, um sich zu schützen. Irgendwie musste man sich ja gegen die männliche Selbstgerechtigkeit behaupten. Und hatte sie sich nicht geschworen, nie die Sklavin eines solchen Mannes zu werden?

6. KAPITEL

Johannas Heimweg führte am Friedhof vorbei, der wie die Kirche auf einem Ausläufer des Kirchbergs außerhalb der Stadtmauern lag. Man erzählte sich, dass sie lange vor der Gründung des Städtle hier gestanden hatte. Den Tecker und den Urslinger störte es wohl nicht, sie vor den Toren Schiltachs zu wissen, denn bisher hatten sie davon abgesehen, im Schutz der Mauern eine neue zu erbauen. Vermutlich fehlte ihnen das Geld dafür. So kam es, dass das Gotteshaus nur ein paar Steinwürfe von den Behausungen der Gerber, Flößer und Müller entfernt in der Vorstadt lag.

Inzwischen fühlte sich Johanna erheblich wohler. Dennoch war sie in Eile. Unterwegs hatte sie jungen Farn gepflückt, hier und da noch andere essbare Pflanzen entdeckt und darüber die Zeit vergessen. Es war spät geworden. Die Sonne, die sich während ihres Heimwegs immer mehr senkte, war am westlichen Horizont untergegangen. Ein Gemisch aus dunklen und hellen Blautönen zog sich über den Himmel. An den Rändern waren sie fast weiß, was die schwarzen Silhouetten der Berge deutlich hervorhob. Ein wunderschönes Bild, doch bald würde es Nacht sein. Auch die Einfriedung des Gottesackers war nur mehr ein finsteres, scharf abgegrenztes Gebilde. Johanna hob den Kopf und stutzte, als sie in einiger Entfernung daran vorbeischritt. *Was war das?*

Sehen konnte sie nichts. Die Mauer aus Feldsteinen reichte bis über ihre Augen. Stattdessen hörte sie ein leises Schnüffeln, das sowohl von einem Schwein als auch von einem Hund stammen konnte. Ohne Zweifel kam es aus der Richtung der Gräber. *Hat sich ein Tier Einlass verschafft und wühlt nun darin herum? Nicht auszudenken, wenn so etwas geschähe!* Eigentlich konnte das nicht sein. Jeder Besucher wusste, dass er das Tor hinter sich schließen musste, damit keine Wildschweine oder anderes Getier die Totenruhe störten. Ihr Blick

89

huschte zu dem Einlass in der Mauer. Nicht ein Spalt, der auf eine Öffnung hinwies, war zu sehen.

Nur ein paar Schritte weiter hörte Johanna etwas, das nicht von einem Tier stammen konnte: ein Schluchzen. Sie blieb wie angewurzelt stehen. *Wer um alles in der Welt ist jetzt noch auf dem Friedhof?* Sie selbst lief zwar auch noch durch die Gegend, aber sie war spät dran. Die meisten saßen um diese Zeit in ihren Häusern und ließen sich das Spätmahl schmecken. Ganz gewiss unternahm keiner einen einsamen Spaziergang zum Gottesacker, munkelte man doch, dass unerlöste Seelen des Nachts aus ihren Gräbern kämen und ruhelos umherirrten. Bei dem Gedanken daran fuhr Johanna ein gruseliger Schauder über den Rücken. Neugier und Grauen fochten einen Kampf in ihr. Sollte sie nachsehen, wer dort am Werke war, oder es lieber lassen? Am Ende siegte die Neugier.

Sie duckte sich, hoffte, dass das dämmrige Licht sie verschluckte, und lief dicht an die Mauer, bevor ihr jegliche Sicht genommen wurde. Leise Klagelaute drangen an ihr Ohr. Johanna schickte ein Stoßgebet gen Himmel, dass sie nicht von einem Geist stammen mögen. Lukas und Pius würden sie schelten, sollten sie davon erfahren. Schon immer war sie waghalsiger als andere gewesen, auch wenn die jüngsten Ereignisse sie etwas zurückhaltender werden ließen. Sie stellte sich auf die Zehenspitzen und wagte einen kurzen Blick über den Rand der Feldsteine. Das Zwielicht enthüllte eine in einen Umhang gekleidete Gestalt. Johannas Lider weiteten sich vor Verblüffung. Rasch ging sie wieder in die Knie und in den Schutz der Mauer zurück.

Wer mag das sein? Sie lehnte die Stirn an den rauen, kühlen Stein. Es war eindeutig ein Mensch. So viel stand fest. Diese Erkenntnis erleichterte sie ein wenig, obwohl sie nicht wusste, um wen es sich handelte. Eine Kapuze bedeckte den Kopf, sodass sie das Gesicht nicht erkennen konnte. Das Verblüffendste jedoch war, dass er vor Genefes Grab kauerte.

Ohne dass sie es merkte, glitten ihre Finger an den unregelmäßigen Konturen des Gesteins entlang, bevor sie sich ein weiteres Mal nach oben schob und über die Mauer äugte. Die Gestalt lag auf den Knien. Ihr Oberkörper beugte sich wie unter Schmerzen. Der Körperbau und die Art, wie sie vor dem mit frischer Erde aufgehäuften Hügel hockte, deuteten auf einen Mann hin. Doch es war nicht Wernher. Der große, stämmige Hirschwirt hätte in einem Umhang wesentlich plumper ausgesehen. Dieser hier erschien ihr schmaler, kräftig und dennoch grazil. *Er ist noch jung*, schoss es Johanna durch den Kopf.

Doch was tat er hier? Die Schultern des Mannes bebten. Es wurde immer offensichtlicher, dass er weinte. Genefe hatte keine Angehörigen im Städtle. War es möglich, dass ihr Mörder an ihr Grab zurückgekehrt war? Wollte er sich davon überzeugen, dass die Erde ihren grausigen Anblick für immer verborgen hatte? Fühlte er Schuld wegen dem, was er getan hatte? *Sieh genau hin*, flüsterte eine innere Stimme ihr zu. Wäre die Situation nicht so ernst gewesen, hätte Johanna gelächelt, als sie den warmen Tonfall ihrer Mutter darin erkannte. *Was soll ich tun? Mich ihm nähern? Ihn fragen, was er hier will?*, fragte sie stumm in die zunehmende Dunkelheit hinein.

Wenn sie weiter hier verharrte, würde sie das Rätsel nicht lösen. Der Mann würde gehen und in der Schwärze der Nacht verschwinden, ohne dass sie ihn erkennen könnte. Sie musste handeln! Den Einwand, dass sie sich dieses Mal nicht in die Umstände eines Mordes einmischen wollte, schob sie beiseite. War es nicht schon längst zu spät dafür? Die Stimme der Vernunft in ihrem Kopf verstummte. Ohne einen Laut eilte Johanna zum Tor. Ihr Herz klopfte wie ein Schmiedehammer, als sie es vorsichtig öffnete. Das leise Quietschen des Scharniers ging in einem gequälten Schluchzen unter.

Behutsam schlich sie zu Genefes Grab, darauf achtend, dass ihr der Mann den Rücken zudrehte. Sein Umriss grenzte sich noch gut vom letzten Licht des Tages ab. Sorgsam tastete sie durch die weichen Sohlen ihrer Schuhe den Boden ab. Kein Geräusch sollte ihn verschrecken. Schweiß perlte in ihrem Nacken angesichts der Gefahr, in die sie sich begab. Wenn der Mann sich ertappt fühlte, könnte er einen weiteren Mord begehen, um Zeugen zu beseitigen. *Du bist eine Närrin*, schalt sie sich. Und doch konnte sie es nicht lassen, einen Schritt vor den anderen zu setzen. Das Bild des Jammers, das sich ihr bot, passte nicht so recht zu einem kaltblütigen Mörder. Das traurige Weinen klang vielmehr nach jemandem, der Genefe sehr vermisste.

Sie war jetzt so nah, dass sie hörte, wie der Unbekannte die Nase hochzog. Beherzt trat sie hinter ihn und legte ihm tröstend eine Hand auf die Schulter. Der Mann zuckte zusammen, als ob sie ihn mit heißem Wasser übergossen hätte. Er packte ihren Unterarm und sah auf. Die Kapuze rutschte aus seinem Gesicht, und da erkannte Johanna ihn.

»Ruprecht!«, rief sie aus.

Sein Griff wurde fester. »Sei still, oder willst du das ganze Städtle zusammenschreien? Am Ende denken die Leute noch, ich will dir etwas antun.« Seine Stimme klang verschnupft.

»Es würde schon helfen, wenn du meinen Arm loslassen würdest.« Seine Finger umschlossen ihn so schmerzhaft wie eine Eisenklammer.

Ruprecht stieß die Luft aus, während er seine Hand fortnahm.

Johanna sank neben ihm auf die Knie und stellte ihren Korb ab. Ihr Kinn wies zu Genefes Grab. »Du hast sie wohl sehr geliebt?«

Ruprecht nickte stumm, offenbar darum bemüht, weitere Tränen zu unterdrücken, jetzt, wo er nicht mehr unbeobachtet trauern konnte. »Wir waren ein Paar. Ich hätte sie geheiratet, wenn der Meister nicht …« Sein Jammer schien ihn erneut zu übermannen.

Johanna wusste, was er sagen wollte. Ruprecht war der Geselle des Wagners. In der Zeit, in der sie Mette besucht hatte, war er ihr immer wieder über den Weg gelaufen. Auch bei der Herstellung des Eisenrings für ein Wagenrad war er dabei gewesen. Roland war ein tüchtiger Mann, aber wie alle Meister achtete er sorgsam darauf, dass es denen, die ihm unterstanden, nicht zu wohl wurde. »Er hat dir nicht erlaubt zu heiraten.«

Mit einem zittrigen Geräusch atmete Ruprecht ein. »Zumindest hielt er die Zeit noch nicht für gekommen. Er wollte nicht mal wissen, welches Mädchen ich mir ausgesucht hatte. Ich sei zu jung – alles nur Geschwätz«, setzte er hämisch hinzu. »In Wahrheit wollte er, dass ich ledig bleibe. Er beutet mich aus, damit er mehr für sich und seine Familie hat. Für die Kammer neben der Werkstatt und die Verpflegung muss ich fast die Hälfte meines Lohns bezahlen. Dabei verdiene ich nur wenig!«

»Und so habt ihr euch heimlich getroffen?«

Ruprecht nickte. »Es war nicht einfach. Niemand sollte etwas davon mitbekommen. Meist taten wir es nachts, wenn alle anderen schliefen.«

Johanna wagte einen weiteren Vorstoß. Der junge Mann neben ihr dürfte etwa so alt wie Lukas sein. Nicht älter als ein- oder zweiundzwanzig Jahre. Es war ihr peinlich, dieses Thema anzuschneiden, und da war auch noch Lenz, der nicht daran interessiert war, dass es an die Öffentlichkeit gelangte. Dennoch war es wichtig, die Wahrheit zu erfahren. »Dann war es dein Kind, das sie unter ihrem Herzen trug?«

Ruprecht erstarrte, als ob urplötzlich der Winter hereingebrochen wäre. »Sie war *schwanger*?« Er brauchte einen Moment, um diese Nachricht zu verdauen. »Dann hat sich dieser Sauhund wohl doch mehr geholt, als ihm zustand.«

Johanna wurde hellhörig. »Wen meinst du?«

»Na, den Hirschwirt natürlich. Ich ahnte, dass da etwas lief. Manchmal gelang es ihr nicht, sich nachts für eine oder zwei Stunden davonzuschleichen, ohne dass er es bemerkt hätte. Ich fand das damals schon merkwürdig, aber sie hat es immer abgestritten. Wahrscheinlich fürchtete sie, ich würde sie nicht mehr wollen, wenn ich wüsste, dass er sie entehrt hat.«

Mette!, schoss es Johanna in den Sinn. *Vielleicht war sie die Einzige, der Genefe all dies anvertrauen konnte. Doch dann war dieser Trost mit ihr gestorben. Und nun hat der Tod die beiden wieder vereint.*

»Das arme Ding!«, jammerte Ruprecht neben ihr. »Was hat sie alles durchmachen müssen! Na warte, dem werde ich –«

»Gar nichts wirst du«, unterbrach sie ihn barsch. »Oder willst du dich noch unglücklicher machen? Außerdem war auch der Hirschwirt in dieser Sache vollkommen ahnungslos.«

»Woher weißt du das?« Ruprechts Stimme klang erstaunt.

»Ich war dabei, als es ... bekannt wurde.« Die genauen Umstände wollte sie ihm ersparen. Er sollte Genefe so in Erinnerung behalten, wie er sie gekannt hatte. Allerdings erklärte Ruprechts Unwissenheit, dass sie ihre Schwangerschaft tatsächlich gut versteckt hatte. Und dass außer ein paar keuschen Küssen nichts zwischen ihnen geschehen war. Sonst hätte er Genefes wachsenden Bauch bemerken müssen. Doch was war mit Werner? Hatte er die Augen davor verschlossen? Oder war er so ahnungslos, wie er vorgab? *Es kann durchaus möglich sein.* Nicht einmal Johanna war bei der letzten Begegnung mit der jungen Frau eine Veränderung ihres Körpers aufgefallen.

Sie blickte zu dem schlichten Kreuz, auf dem Genefes Name stand. Eigentlich waren es zwei, die dort in der Erde ruhten, doch das Kind wurde mit keinem Wort erwähnt. Ruprechts Überlegung, dass sie Angst hatte, verlassen zu werden, sobald er dahinterkam, war nicht abwegig. Früher oder später wäre es dennoch herausgekommen.

»Ich hab sie nicht angerührt. Jedenfalls nicht ... so«, bekräftigte Ruprecht ihre Gedanken. »Ich hätte nie etwas getan, das ihrem Ruf schadet.«

Johanna fühlte freundschaftliche Zuneigung in sich aufkeimen. »Du bist ein anständiger Mann«, entgegnete sie aufrichtig. Er hatte es nicht verdient, solch ein Unglück zu erleiden. Und wieder kam ihr in den Sinn, dass das, was einem gebührte, mit dem, was tatsächlich geschah, selten in Einklang zu bringen war. »Tu bitte nichts Unüberlegtes. Du schadest dir damit nur selbst.«

Ruprecht zog wieder vernehmlich die Nase hoch. »Und was schlägst du vor?« Die Verzweiflung war seiner Stimme deutlich anzuhören.

»Man sollte den wahren Schuldigen finden. Derjenige, der

ihr das angetan hat, hat sie vielleicht auch umgebracht. Ich werde sehen, ob ich etwas herausbekomme.«

Die Fledermäuse kamen aus ihrem Versteck und flatterten durch das fahle Licht der anbrechenden Nacht. Und ehe sie sich's versah, hatte sie etwas versprochen, das sie eigentlich vermeiden wollte.

Ida war bereits zu Hause, als Johanna eintraf. Der Anflug eines schlechten Gewissens durchzuckte sie, als ihr klar wurde, dass sie längst ein Spätmahl hätte kochen sollen. Wenigstens hatte Ida das Feuer geschürt und es in Gang gebracht. Ihr Anblick bot keinen Grund zur Freude. Mit hängenden Schultern saß sie auf einer der Bänke und blickte traurig auf die Tischplatte. Johanna brauchte sich nicht umzusehen. Es war offensichtlich, dass die Wölfin nicht mitgekommen war. *Noch jemand, der einen anderen schmerzlich vermisst*, dachte sie bekümmert.

»Wieder nichts gefunden?«

Ida schüttelte stumm den Kopf.

»Das tut mir leid.« Johanna konnte den Schmerz des Mädchens beinahe körperlich spüren. »Ich habe frisches Wildgemüse mitgebracht. Ein voller Bauch wird dich auf andere Gedanken bringen«, meinte sie fürsorglich. In ihrer Stimme lag eine Zuversicht, die ihr bei all dem Herzeleid abhandengekommen war. »Am besten fange ich gleich damit an, es zuzubereiten.«

Rasch stellte sie ihren Korb ab, eilte zu ihrer Vorratsgrube und holte ein Töpfchen Schmalz hervor, das sie als Lohn für ihre Dienste erhalten hatte. Sie gab etwas davon in ihren Kochkessel und hängte ihn über das Feuer. Dann holte sie die jungen Farntriebe aus ihrem Korb, zusammen mit Gänseblümchen, Geißfuß, Brennnessel, Gundermann und Waldknoblauch. Mit einem Messer schnitt sie das Gemüse klein und warf es in das heiße Fett. Den Rest ihrer erbeuteten Schätze würde sie später versorgen.

Um Ida ein wenig aufzuheitern, erzählte sie mit munteren Worten, was sie alles gefunden hatte. Selbst ihren Besuch bei

Pius ließ sie nicht aus. Ida zeigte keine Reaktion, auch nicht, als der Duft des Knoblauchs das kleine Häuschen zu erfüllen begann. Grübelnd rührte Johanna um. *Was soll ich nur tun?* Vor lauter Trübsinn würde das Mädchen noch krank werden. Allmählich fiel das Gemüse zusammen. Sie gab Wasser hinzu und etwas von dem groben Mehl, das ihr Alheit gebracht hatte. Danach wartete sie, bis das Ganze köchelte, und rührte noch einmal alles gut durch. Es würde dauern, bis die Brühe sich langsam verdickte. Zeit genug für klärende Worte.

Mit wenigen Schritten war Johanna beim Tisch und setzte sich auf die Bank. Behutsam nahm sie eine der kleinen Hände Idas in die ihren. Ihr mitfühlender Blick ruhte auf dem Mädchen.

»Ich mache mir ebenso große Sorgen wie du. Aber dennoch besteht die Möglichkeit, dass sie vollkommen unbegründet sind.«

Langsam hob Ida den Kopf. Die tiefdunklen Augen musterten sie. All der Schmerz der letzten Tage spiegelte sich darin. »Warum?«, brach es aus ihr hervor.

»Es kann gut sein, dass die Wölfin dem Ruf der Natur gefolgt ist. Jedes Tier will sich fortpflanzen. Möglicherweise hat sie einen Rüden gefunden, mit dem sie Junge bekommen kann.«

In Idas Blick glomm ein hoffnungsvoller Schimmer auf. »Sie nicht … tot?«

Johanna stutzte verblüfft. »Wie kommst du darauf? War sie krank, als du sie das letzte Mal gesehen hast?«

»Nein.«

»Na also«, erwiderte sie erleichtert. »Natürlich kann ich es nicht mit Bestimmtheit sagen, aber ich denke, es steckt etwas anderes dahinter.«

»Kommt sie … zurück?«, brachte Ida mühsam hervor.

Was sollte sie dem Mädchen antworten? Selbst wenn die Wölfin lebte, konnte sie auf immer ihre eigenen Wege gehen. »Ich weiß es nicht«, antwortete sie aufrichtig. Es machte keinen Sinn, die Kleine zu belügen. Sie musste einen Weg finden, mit der Wirklichkeit zurechtzukommen, anstatt sich in falscher Hoffnung zu wiegen. Auch wenn dies eine Zeit von Trauer und Enttäuschung bedeutete. »Alles, was ich dir anbieten kann, ist ein wenig Trost. Was meinst du?« Sie schob die Bank zurück und breitete einladend die Arme aus.

Ida sah sie einen Augenblick lang nachdenklich an. Tränen quollen unter ihren Lidern hervor. Dann erhob sie sich, flog an ihre Brust und ließ sich sanft wiegen. So wie es eine Mutter bei ihrem Kind getan hätte. Johanna fühlte, wie Idas Schluchzen einen Teil des Kummers fortspülte, den sie empfand. Ein heftiger Regenschauer ging plötzlich auf das Dach nieder, als würde der Himmel mit ihnen weinen.

Sie wird darüber hinwegkommen, machte Johanna sich Mut. *In dieser kleinen Person steckt eine große Kraft, die sie schon mit so manchem Unheil fertigwerden ließ. Alles, was es braucht, sind Zeit und Mitgefühl. Beides kann ich ihr bieten.* Und dieser Gedanke tröstete auch sie.

7. KAPITEL

Als Johanna am nächsten Morgen die Tür öffnete, um Licht und Luft hereinzulassen, blieb sie wie vom Donner gerührt stehen. Das wohlige Gefühl der Verbundenheit mit Ida, einer Geborgenheit, die eine ganze Nacht lang angedauert hatte, zerstob wie eine Pusteblume im Wind. Auf der Schwelle lag eine tote Katze. Fast hätte man meinen können, dass sie schlief. Doch der schlaffe, ausgestreckte Körper und die starren, blicklosen Augen erzählten eine weit traurigere Geschichte. Unversehens kehrte die Schwere in Johannas Brust zurück. Stumm vor Entsetzen betrachtete sie das arme Tier zu ihren Füßen, sicher, dass es sich um eine Drohung handelte. Dies konnte unmöglich dem Treiben einer Bande Halbwüchsiger entspringen. Oder etwa doch?

Verblüfft musterte sie den Kopf des Tieres. Was war das? Aus dem Maul ragte ein kleines Sträußchen, das man zwischen die Zähne geklemmt hatte. Johanna ging in die Knie und betrachtete es genauer. Die Pflanzen waren vertrocknet, aber die krausen Blätter wiesen auf Petersilie hin. Zur Sicherheit löste sie ein wenig von dem dürren Laub und zerrieb es zwischen den Fingern. Ihr Verdacht erhärtete sich.

Petersilie war ein ganz normales Küchenkraut, aber sie konnte auch anders eingesetzt werden. Ihr Sud förderte nicht nur die Ablösung der Nachgeburt. Er konnte eine ausbleibende Monatsblutung herbeiführen, ebenso vorzeitige Wehen. Das Kraut war ein bekanntes Mittel zur Austreibung einer unerwünschten Leibesfrucht. Allerdings musste man jede Menge davon trinken oder benötigte eine ganze Reihe weiterer Pflanzen. Obendrein klappte es nicht immer.

In diesem Fall konnte das Sträußchen im Maul der Katze nur eines bedeuten: Jemand ahnte, dass sie den Frauen im Städtle dabei half, ungewollte Schwangerschaften zu verhindern. Womöglich war die Information trotz Alheits Beteuerung in ein verräterisches Ohr gewandert. Fast war Johanna ein wenig erleichtert darüber, dass es nichts mit dem Mord an Etzel zu tun hatte, doch konnte es zu ebenso großen Problemen führen. Die tote Katze war eine Warnung. Würde ihr das Gleiche wie dem Tier blühen, wenn sie nicht damit aufhörte? Hastig sah Johanna nach drinnen, wo Ida gerade ihr Hemdkleid über den Kopf streifte. Sie wollte das Mädchen nicht beunruhigen. Rasch nahm sie die Katze, trug sie zum Misthaufen hinter dem Stall und vergrub sie darin. Argwöhnisch blickte sie sich um. Doch der Überbringer dieser Nachricht schien schon längst das Weite gesucht zu haben.

Als sie den kleinen Raum ihres Heimes betrat, war Ida gerade dabei, ein frisches Feuer aus der bestehenden Glut zu entfachen. Ein kleines Lächeln glitt über ihren Mund.

»Fühlst du dich etwas besser?«

Ida nickte.

»Das freut mich.« Liebevoll strich sie dem Mädchen über den dunklen Schopf. »Ich gehe rasch frisches Wasser holen.« Sie griff nach dem Kübel. Auf dem Weg zum Brunnen traf sie auf etliche ihrer Nachbarn, die das gleiche Ziel hatten. Sie grüßte freundlich und sah dabei jedem ins Gesicht. Nicht ein einziges zeigte irgendeine Art von Auffälligkeit. Die meisten waren ohnehin Frauen und Kinder, denn zu dieser Arbeit ließen sich nur wenige Männer herab.

Enttäuscht kehrte Johanna zurück. Sie bereitete das Frühmahl zu und molk die Mutterziege, während ihre Gedanken um die tote Katze kreisten und wer dafür verantwortlich sein mochte. Vermutlich kam nur ein Mann in Frage. Doch welcher? Fieberhaft überlegte sie, wem sie in dieser Angelegenheit geholfen hatte. Entmutigt gab sie auf. Jeder dazugehörige Ehemann könnte so etwas tun. Er musste es nicht einmal selbst gewesen sein. Vielleicht hatte er aus einer bierseligen Laune heraus davon erzählt, wie er seine Frau mit der Wachsbarriere erwischt hatte. Und einer seiner Freunde war derart entrüstet gewesen, dass er sich dazu verpflichtet fühlte, ihr einen gehörigen Schreck einzujagen. Wenn sie Fragen stellte, würde sie die Frauen nur verängstigen. Es war besser, abzuwarten und darauf zu hoffen, dass sich der Übeltäter irgendwann zeigte und sie ihn zur Rede stellen konnte. *Aber was soll ich tun, wenn er sich nicht besänftigen lässt?* Die fehlende Antwort senkte den scharfen Stachel der Furcht in ihr Herz.

Nach dem Frühmahl ging Ida erneut in den Wald. Das, was Johanna ihr erklärt hatte, beruhigte sie ein wenig. Doch sie konnte es nicht ertragen, die Wölfin niemals wiederzusehen. Selbst wenn sie einen Gefährten hatte, mussten sie irgendwo zu finden sein. Es sei denn, die beiden waren weitergewandert. Auch sie hatte mit ihrer tierischen Freundin beachtliche Strecken zurückgelegt.

Entschlossen drängte Ida diese Vorstellung zurück. Noch war sie nicht bereit dafür. Tatsächlich fand sie dieses Mal Spuren. Idas Herz tat einen freudigen Sprung beim Anblick zweier Doppelabdrücke, bei denen die Merkmale der Hinterpfoten über jenen der Vorderpfoten lagen. Es war die typische Gangart der Wölfe, die diese Eigenart hervorrief. Kurz darauf fand sie eine einzelne Spur, deren herzförmiger Ballen, vier Zehen und kräftige Krallen gut in der feuchten Erde zu erkennen waren. Sie schien noch nicht alt zu sein. Das Blut strömte schneller durch Idas Adern, doch sie zwang sich zur Ruhe, wurde wieder zu dem wilden Wesen, das immer noch in ihr steckte. Behutsam folgte sie der Fährte. Am Wegesrand entdeckte sie Exkremente. Selbst den Urin, mit dem die Tiere das Revier markierten, roch sie. Im Lauf der Zeit hatte sie gelernt, jedes dieser Merkmale wahrzunehmen. Es war lebensnotwendig, die Territorien anderer Wölfe nicht zu verletzen.

Leise trat Ida auf, fühlte sich wie ein Wolf, eins mit dem Wald und der Natur. Spürte, wie viel Kraft davon ausging. Die Büsche und Bäume wurden ihr Schutz, die Erde zu ihrem Gefährten, der ihr den Weg wies. Sie vermied die für Menschen so typischen Geräusche und stieß endlich auf ein Rudel, das sich gemütlich unter Bäumen im Gras tummelte. Verborgen im Gebüsch betrachtete Ida jedes einzelne der sechs Tiere, ohne selbst bemerkt zu werden. Beobachtete die Trägheit der Alten, die spielerischen Kämpfe der Jungen, ihre liebevollen Gesten. Deutlich erkannte sie die Jährlinge, den Leitrüden und seine Fähe – und alle waren sie grau.

Die Enttäuschung saugte die neu gewonnene Kraft aus ihrem Körper, wie eine Spinne ihre Beute auslaugte. Die Wölfin war nicht unter ihnen! All ihrer Hoffnungen beraubt, zog Ida weiter. Wahrscheinlich war das Tier wirklich schon über alle Berge. Wie konnte die Wölfin sie nur derart im Stich lassen? Nach all der Zeit, die sie miteinander verbracht hatten! Ihr ganzer Körper bebte, füllte sich mit heißer Wut. Mit raschen Schritten lief sie davon. Schließlich rannte sie und schrie ihre Empörung hinaus. Es war ihr egal, ob es jemand bemerkte. Sollte doch der ganze Wald hören, dass sie wütend war. Ihre Augen füllten sich mit Tränen. Mutlos sank sie ins Gras und ließ Trauer und Zorn freien Lauf. Als ihr Schluchzen verebbte, fühlte sie sich dumpf und leer. Nicht mehr fähig, etwas Schmerzliches zu empfinden.

Ziellos streifte sie umher. Ohne einen bewussten Gedanken daran zu verschwenden, befand sie sich nach einer Weile wieder hinter der Baumwurzel und sah in die Senke hinab. Die Fahrenden waren immer noch da. Auch den Jungen entdeckte sie. Dieses Mal hockte er nicht abseits. Ruhig stand er da und äugte konzentriert in die Gesichter zweier Männer. Sie schienen ihm etwas mitzuteilen. Idas Blick saugte sich an den übertriebenen Gesten der beiden Kerle fest. Was taten sie da? Sie fuchtelten und gestikulierten. Selbst ihre Mimik schien überzogen, soweit sie das von ihrem Platz aus beobachten konnte.

Irritiert betrachtete Ida ihr seltsames Verhalten. Konnte es sein, dass er schlecht hörte? Jedenfalls antwortete er kaum. Sie musterte die drei, die gar nicht so abgerissen wie sonst wirkten. Ihre einfachen, in der Mitte gegürteten Tuniken wiesen weder Löcher noch Flecken auf. Auch die darunter hervorlugenden Beinlinge waren sauber. Die beiden Männer trugen heute sogar Schuhe. *Warum haben sie sich so zurechtgemacht?*

Irgendwie wurde Ida das Gefühl nicht los, dass hier etwas vor sich ging. Sie traute diesen Männern nicht, obwohl sie durchaus freundlich zu dem Jungen waren. Auch wenn sie es nicht mit Bestimmtheit sagen konnte, so fühlte sie doch den Hauch des Bösen, der sie umgab. Schon schickten sie sich an, die kleine Gemeinschaft zu verlassen.

Was haben sie vor? Mit einem Mal war die Wölfin vergessen. Idas Interesse war geweckt, und so folgte sie den dunklen Haarschöpfen in einigem Abstand, wie sie es gelernt hatte. Die Fahrenden bemerkten nicht das Geringste. Zielstrebig schritten sie voran. Schließlich endete die kleine Reise auf einem der großen Fronhöfe, die auf den Anhöhen um Schiltach lagen. Ida suchte Schutz hinter einer Stallwand, während der Meier herbeigerufen wurde. Der Fronhofbauer wirkte nicht überrascht. Er schien die Besucher erwartet zu haben. Hatten sie sich deshalb so herausgeputzt? Um einen guten Eindruck zu machen? Nach einer kurzen Begrüßung befahl der Mann einem Knecht, ein Pferd herbeizuholen. Anscheinend hatten sie zuvor schon alles Wichtige besprochen.

Ida huschte um die Ecke, als er auf sie zukam, hatte sie sich doch ausgerechnet den Pferdestall als Versteck ausgesucht. Dennoch konnte sie einen kurzen Blick auf das Gesicht des Knechts erhaschen. Er sah alles andere als glücklich aus. Die Geräusche, die nur ein paar Herzschläge später ertönten, erklärten, warum. Das Tier wieherte hysterisch und trat mit den Hufen donnernd gegen die Holzbohlen. Den Jungen, der wartend im Hof stand, schien dies nicht zu stören. Auch seine Mitstreiter nicht. Nur der Bauer – und das hinzugelaufene Gesinde – trat nervös von einem Fuß auf den anderen.

Schließlich hatte der Knecht es geschafft, das Pferd nach draußen zu zerren. Ein schönes schwarzes Tier, dessen Fell vor Schweiß glänzte. *Es hat Angst*, dachte Ida. *Große Angst!* Dem Knecht, der es führte, schien es nicht anders zu ergehen. Feuchte Flecke bildeten sich unter seinen Achseln.

»Nach dem Vorfall auf der Weide ist die Stute unberechenbar geworden«, hörte sie den Meier sagen. »Dabei ist sie unser schönstes Tier, das lediglich den Wagen ziehen soll. Doch allein das Anlegen des Geschirrs wird zu einer lebensgefährlichen Tortur.«

»Lasst Caspar nur machen«, wiegelte einer der Männer mit einer beschwichtigenden Geste ab.

Der Junge hatte sich dem Tier inzwischen genähert. Behutsam hob er die Hand und versuchte, dessen Nüstern zu streicheln. Es war offensichtlich, dass das Pferd dies nicht wollte. Erschrocken warf es den wohlgeformten Kopf zurück und wieherte schrill.

Sein Name ist Caspar, dachte Ida. Jetzt hatte der Junge einen Namen. Gespannt wie eine Bogensehne fragte sie sich, was in aller Welt er mit diesem Tier vorhatte. Die Antwort ließ nicht lange auf sich warten.

Unbeeindruckt nahm Caspar den Führstrick aus der Hand des Knechts, der sich eilig in Sicherheit brachte. Sein Rücken straffte sich. Eine kaum wahrnehmbare Wandlung ging mit ihm vor, die unsensiblere Zeitgenossen nicht bemerkt hätten. Was nun folgte, war wie ein Tanz. Das Pferd rollte mit den Augen, blähte die Nüstern, tänzelte vor und zurück. Es schien ständig auf der Flucht zu sein, als wüsste es nicht so recht, wie ihm geschah. Caspar antwortete mit seinem Körper, ohne den Führstrick aus der Hand zu geben oder es direkt anzusehen. Dabei kam er dem Tier so nahe, wie es vermutlich niemand außer ihm gewagt hätte. Mal strich sein bloßer Fuß über den empfindlichen Bauch des Pferdes, mal fuhr seine Hand zart den Rücken oder die Flanken entlang. Immer wieder versuchte er, den Kopf der Stute zu streicheln. Die Bewegungen der beiden waren seltsam und zugleich so wunderschön, dass es Ida den Atem verschlug. Noch nie hatte sie dergleichen gesehen.

Die bäuerliche Gemeinschaft war ebenso fasziniert wie sie. Gebannt starrten alle auf den Jungen und das Tier, die sich durch das Reden ihrer Körper in einer unbekannten, wortlosen Sprache zu verständigen schienen. Die meisten Leute gebrauchten Gewalt, um die edlen Tiere zu unterwerfen.

Keiner bemerkte, wie einer der Männer davonhuschte, um

einer anderen Tätigkeit nachzugehen. Niemand außer Ida. Wieder war sie gezwungen, hinter dem Stall zu verschwinden, da er ihr gefährlich nahe kam. Lautlos folgte sie ihm um das Gebäude herum, hin zu einem im Schatten liegenden Brunnen, der mit fließendem Quellwasser gespeist wurde. Direkt auf dem Brunnentrog stand ein breiter hölzerner Kasten, unter dessen offenem Boden das Wasser hindurchfloss. Argwöhnisch sah der Fahrende sich um, bevor er den nach vorn gewandten Deckel des Behältnisses öffnete und hineinsah. Wie eine Tür klappte er auf.

Ein Kühlhäuschen, schoss es Ida in den Sinn. Von ihrem Posten aus entdeckte sie mehrere Tiegel und Töpfe darin. Dennoch nahm der Mann nichts heraus. Seelenruhig ging er davon, nachdem er den Kasten wieder verschlossen hatte, und sah sich weiter um. Als er alles gesehen hatte, gesellte er sich unauffällig zu den anderen. Ida schüttelte ungläubig den Kopf. Was hatte das zu bedeuten? Sie hätte schwören können, dass er in diebischer Absicht herumgeschnüffelt hatte.

Inzwischen schmiegte sich Caspar für einen kurzen Augenblick eng an den Bauch des Pferdes. Erstaunlicherweise duldete das Tier, dass er ihm derart auf den Pelz rückte. Immer näher kamen sie sich, bis die Stute seine Gegenwart ohne Angst ertrug. Dann gab er einem der Männer ein Zeichen.

Dieser verstand. »Das Tier ist erschöpft. Wir sollten ihm Ruhe gönnen. Caspar wird morgen wiederkommen, wenn es Euch recht ist. Es wird noch einige Tage dauern, bis die Stute so zahm ist, dass sie sich auch von anderen berühren lässt. Das Einspannen wird dann nicht mehr schwierig sein.«

»Sicher ist mir das recht«, erwiderte der Bauer, überwältigt von dem, was er gesehen hatte. »Es soll nicht euer Schaden sein.«

Ida ahnte, weshalb der Fahrende nichts entwendet hatte. Er hatte gewusst, dass sie wiederkommen würden. *Er hat sich umgeschaut, was es zu holen gibt.* Wenn er heute etwas gestohlen hätte, wäre der Verdacht unweigerlich auf ihn oder seine Gefährten gefallen. Vermutlich würden sie warten, bis

Caspar seinen Lohn erhalten hatte, bevor sie bei Nacht und Nebel zuschlugen.

Die Fahrenden verabschiedeten sich und gingen ihrer Wege. Nachdenklich sah Ida Caspar nach. Der Meier starrte ihnen ungläubig hinterher, bevor er das Gesinde wieder an die Arbeit schickte. Höchste Zeit, dass auch sie verschwand.

Sie stand noch ganz unter dem Bann des Erlebten, als sie den Nachhauseweg einschlug. Konzentriert rief sie sich die Bilder in ihr Gedächtnis. Betrachtete jede der Bewegungen vor ihrem inneren Auge und bemerkte nicht, dass die weiße Wölfin sie aus der Ferne beobachtete.

Idas Herz begann aufgeregt zu klopfen, als ihr aufging, dass Caspar sich nicht anders verhielt als sie, wenn sie mit der Wölfin redete. War das möglich? Gab es noch jemanden, der so dachte und fühlte wie sie? Bereits als sie Caspar beobachtet hatte, hatte sie eine Verbindung gespürt. Wie sie schien er ein besonderes Verhältnis zu Tieren zu haben und sie wortlos zu verstehen. Schon viel zu lange wurde sie das Gefühl nicht los, dass etwas mit ihr nicht stimmte. Sie konnte nicht normal sein. Selbst Johanna benahm sich menschlicher als sie. Doch dieser Junge war ihr ähnlich. Ein Lächeln schlich sich auf ihre Lippen. Sie mochte ihn – und zum ersten Mal fühlte sie, dass es nicht schlimm war, anders zu sein.

8. KAPITEL

Johanna hatte gerade die Mutterziege gemolken und beide dem Hirten mitgegeben, als die Magd des »Hirschen« vor ihrer Tür stand. *Wenigstens liegt heute kein totes Tier auf der Schwelle,* dachte sie erleichtert.

»Du sollst zum Wirt kommen«, erklärte sie schnaufend. Trotz der dunklen Regenwolken, die den Morgenhimmel bedeckten und für kühles Wetter sorgten, hatte sich ihr Gesicht von der Anstrengung des Laufens gerötet. Kleine Schweißperlen tanzten auf der von feinen Falten durchzogenen Oberlippe, auf der einzelne Haare sprossen. Sie war eben nicht mehr die Jüngste.

»Was ist mit ihm?«

Die Magd zuckte mit den Schultern. »Denkst du, das würde er mir erzählen? Du musst ihn schon selbst fragen.«

Johanna versprach, so rasch wie möglich vorbeizukommen, und machte sich nach dem Frühmahl auf den Weg. Die Kapuze ihres Mantels schützte sie vor dem kalten Regen, der wie ein feiner Schleier auf sie niederging. Der Himmel hatte seine Tore geöffnet und erinnerte daran, dass es immer noch April war. *Was Wernher wohl fehlt?,* überlegte sie. Er hatte nicht krank gewirkt, als sie ihn das letzte Mal gesehen hatte. Wenn es auch durchaus sein konnte, dass Genefes Tod ihm mehr zusetzte, als er bei der Beerdigung durchblicken ließ.

Schlagartig nahm der Regen zu und prasselte in großen Tropfen auf sie nieder. Johanna umschiffte Pfützen und passte auf, dass sie in dem nassen Gras nicht ausglitt. *Wie gut, dass Ida heute daheimbleibt!* Sie hatte keine Anstalten gemacht, in den Wald zu gehen, und würde sich stattdessen den Ziegenstall vornehmen, um ihn gründlich auszumisten. Selbst wenn man davon absah, dass dies keinen weiteren Aufschub erlaubte, war es für Ida das Beste, das unwirtliche Wetter im Trockenen zu verbringen. Gestern Abend hatte sie fast fröhlich gewirkt, als sie nach Hause gekommen war. Kein Wort hatte sie über die Wölfin verloren. *Das scheint ein gutes Zeichen zu sein!* Eine zaghafte Zuversicht durchströmte Johanna. Vielleicht gab Ida die Suche auf und kehrte in ein halbwegs normales Leben zurück?

Der »Hirsch« hatte geöffnet, als sie dort eintraf. Durchnässte und vor Kälte schlotternde Reisende strömten auf ihn und die anderen Wirtshäuser zu. Heute würden die Gaststuben gute Geschäfte machen, denn der Himmel versprach noch mehr Regen, der die Wege im Gebirge rutschig und gefährlich machte. Die meisten würden einen Platz zum Verweilen suchen und warten, bis das schlechte Wetter vorüber wäre. Zwar bot der »Hirsch« keine Schlafkammern an, doch die Schankstube war für die Tageszeit gut gefüllt. Wernher konnte nicht klagen.

Auch Johanna war erleichtert, endlich in dem warmen und trockenen Raum zu sein. Sie entdeckte den Wirt hinter dem Ausschank und erkannte, dass seine stattliche Erscheinung in den letzten Tagen etwas gelitten hatte. »Ich grüße dich, Wernher!«, sagte sie, als sie vor der ausladenden Theke aus poliertem Holz stand. »Wie ich sehe, hast du den täglichen Betrieb wieder aufgenommen.«

Müde hob er den Kopf. Dunkle Schatten lagen unter seinen Augen. »Wurde auch langsam Zeit. Und da ich nun eine neue Magd habe ...«

Damit meinte er wohl die junge Frau, die ihr beim Eintreten schon aufgefallen war. Eifrig eilte sie zwischen den Bänken hindurch und schenkte den Gästen die Krüge voll.

»Wo hast du die denn aufgegabelt?«

Johanna hatte sie noch nie zuvor gesehen. Sie war in Genefes Alter und nicht weniger reizvoll. Ihr einfaches Kleid ließ üppige Brüste und sanft gerundete Hüften erkennen, die nicht nur Wernher zu gefallen schienen. Unwillkürlich sah Johanna an sich herab. Im Gegensatz zu der verführerischen Weiblichkeit der Magd sah sie wie ein magerer Feldhase aus.

»Ist mir über den Weg gelaufen«, erwiderte der Wirt knapp.

Johanna zog die Stirn kraus, ersparte sich aber eine Antwort. Vermutlich war das hübsche Ding mit den Reisenden gekommen und hatte das Angebot des Witwers genutzt, um gegebenenfalls ihre Lage zu verbessern. Wer wollte ihr das verdenken? »Nun, dann hat sich ja alles geregelt.«

Wernhers schwarze Brauen kräuselten sich. »Wie man es nimmt.«

Er klang so bedrückt, dass Johanna auf den Grund ihres Besuches zu sprechen kam. »Weshalb hast du mich rufen lassen?«

»Nicht hier.« Mit einem Ruck seines Kopfes gab er der neuen Magd zu verstehen, dass sie herkommen sollte. Sie gehorchte auf der Stelle und sah ihn mit unschuldigen blauen Augen an. Ihr goldener Haaransatz blitzte unter dem Tuch hervor, das sie sich um den Kopf geschlungen hatte. »Du musst ein Weilchen allein zurechtkommen. Eva wird dir zur Hand gehen.« Womit er die ältere Magd meinte. »Ich bin bald zurück.«

Die junge Frau warf Johanna einen interessierten, aber nicht unfreundlichen Blick zu, bevor sie nickte. *Ob sie mich wohl für eine Nebenbuhlerin im Kampf um Wernhers Gunst hält?*, schoss es Johanna durch den Kopf, während sie ihm in die Küche folgte.

Der Raum verfügte über eine ganze Reihe an Holzschüsseln und Schälchen, Löffeln, Kesseln und Pfannen. Ein riesiger Kessel hing über dem Feuer, zu dem ein ebenso großer Kochlöffel mit einem langen Stiel gehörte. Er lag auf dem Tisch, an dem die ältere Magd auf einem Schemel saß und Gemüse für einen Eintopf klein schnitt.

»Geh und hilf Oda, bis ich so weit bin«, herrschte Wernher sie an.

Wieder fiel Johanna auf, dass seine polternde Stimme nicht freundlich klang. Schon einmal hatte er sie rüde angefahren, als sie entsetzt vor Genefes Leichnam stand.

Die Frau erhob sich hastig und warf einen prüfenden Blick in den Kessel, aus dem es verführerisch nach garendem Fleisch roch. Das Ergebnis schien sie zufriedenzustellen. Rasch eilte sie davon.

Wernher schloss die Tür, während Johanna ihren nassen Mantel ablegte und sich vor das Feuer stellte, damit ihre feuchte Kleidung trocknete. Ein flaues Gefühl schoss ihr in den Magen. *Es muss etwas wirklich Unangenehmes sein, wenn er so geheimnisvoll tut.*

»Entschuldige«, sagte er, »aber seit Genefes Tod geht nichts mehr seinen gewohnten Gang.«

Fragend hob Johanna die Brauen. »Wie meinst du das?«

»Nun«, druckste Wernher herum. Seine Augen nahmen einen flehentlichen Ausdruck an. »Es ist mir etwas peinlich … Du musst mir versprechen, es niemandem zu sagen.«

Johanna nickte und malte sich ein Leiden an einer Stelle aus, die nicht für fremde Ohren bestimmt war, bis er endlich zu einer Erklärung anhob. »Seit einigen Nächten höre ich es poltern und pfeifen. Die Geräusche machen mich schier wahnsinnig und rauben mir den Schlaf.«

Erleichtert und ebenso verblüfft runzelte sie die Stirn. »Konntest du die Ursache herausfinden?«

»Das ist es ja gerade«, wisperte Wernher. »Nicht die geringste Spur.«

»Vielleicht sind es Ratten oder Marder, die durch die Hohlräume der Decke flitzen?«

Der Wirt schüttelte den Kopf. »Kein Tier ist dafür verantwortlich. Da bin ich mir sicher.«

»Und deine Mägde? Was sagen sie zu alldem?«

»Sie versichern mir, dass sie nichts davon mitbekämen. Bei Eva ist es kein Wunder.« Er winkte ab. »Sie ist alt und wird langsam taub. Aber Oda müsste es hören.«

Nun, das war in der Tat seltsam.

»Wahrscheinlich liegen meine Nerven blank. Kein Wunder bei all dem, was in letzter Zeit geschah.«

Damit lag er gewiss nicht falsch. »Nun gut«, überlegte Johanna. »Ich werde dir Kräuter für einen beruhigenden Sud vorbeibringen.«

Wernher stieß die Luft aus den Lungen. Inzwischen sah er so jämmerlich aus, dass er einem leidtun konnte. »Am besten heute noch. Ich brauche dringend Schlaf.«

Johanna verstand. »Das lässt sich machen.«

Der Regen hatte aufgehört, als sie nach draußen trat. Die Sonne kam schüchtern zwischen den Wolken hervor und schenkte dem Städtle ein freundlicheres Antlitz. Johanna vermied es, ihren Mantel erneut anzuziehen. Stattdessen hängte sie ihn über die Armbeuge. In dem nassen Tuch würde sie noch mehr frieren. Während sie vom Tor in die Vorstadt hinausschlenderte und die glitzernden Tröpfchen auf Blättern, Gräsern und Blüten betrachtete, gingen ihr verschiedene Kräuter durch den Kopf. Was würde dem Hirschwirt helfen? *Getrocknete Baldrianwurzeln und Johanniskraut wären gut. Bienenauge dürfte ebenfalls in ausreichender Menge vorhanden sein.*

Ida war noch im Stall und begrüßte sie mit einem kleinen Lächeln. Überrascht stellte Johanna fest, dass sie sogar das Geschirr gespült hatte. Sie erklärte dem Mädchen, was sie vorhatte und dass sie danach ein weiteres Mal fortmüsse, bevor sie zu den Regalborden mit Tiegeln, Spanschachteln und Säckchen zurückkehrte. Eifrig kramte sie in ihren Schätzen. Zu ihrer Freude fand sie eine ausreichende Menge der getrockneten Kräuter, die erst im späten Frühling und Sommer aufs Neue geerntet werden konnten. Mit einem Messer schnitt sie Baldrianwurzeln klein und mischte die Blätter und Blüten des Johanniskrauts darunter. Etwas Bienenauge tat sie ebenfalls hinzu. Die nützlichen Tierchen liebten die Pflanzen, die ihnen ihren Namen verdankten, und umschwärmten sie gern auf ihrer Suche nach Nahrung. Das musste reichen. Man würde sehen, wie Wernher darauf ansprach.

Unterwegs setzte neuer Regen ein. Das wechselhafte Wetter machte dem April alle Ehre. Ein zweites Mal traf sie durchnässt im »Hirschen« ein, was aber niemanden störte. Die Bänke des Wirtshauses waren gut besetzt und der Boden voller Schmutz, den die Gäste mit ihren Schuhen hereingeschleppt hatten. Da fiel es kaum auf, dass sie noch ein wenig mehr davon mitbrachte.

Wernher nahm ihr die Kräuter ab und gab ihr einen kleinen Kessel Eintopf mit, den sie dankbar in ihrem Korb verstaute. »Den bringst du mir aber wieder«, fügte er unnötigerweise hinzu.

»Selbstverständlich.«

Johanna bemerkte, wie er die Magd mit lüsternen Augen musterte. Immerhin hatten seine gereizten Nerven seinen Blick für die holde Weiblichkeit nicht getrübt. Gerade umrundete sie den Ausschank, um frisches Bier in tönerne Kannen zu füllen. Dabei kam sie Wernher gefährlich nahe. Für einen kurzen Augenblick glitt seine Hand an ihr Hinterteil.

Odas Lippen verzogen sich zu einem gezwungenen Kichern. Die Zuneigung schien nicht auf Gegenseitigkeit zu beruhen, obwohl sie sich reichlich Mühe gab, dies zu verbergen. Mit keinem Wort wies sie den Wirt in seine Schranken. Johanna stutzte. Hatte sie die junge Frau falsch eingeschätzt? Das arme Ding würde einen schweren Stand haben, wenn es nicht bei dieser Art der Annäherung bliebe. Allzu leicht konnte sie ihn erzürnen. Mitleid keimte in Johanna auf. Vermutlich suchte Wernher nur sein Vergnügen, obwohl er dies bei Genefe vehement abgestritten hatte. Auch Ruprecht hatte nicht daran gezweifelt, dass der Hirschwirt ein Lüstling war. Die Magd würde mitspielen müssen, wenn sie ihre Stellung behalten wollte.

Der Regen hatte nicht nachgelassen, als sie wieder nach draußen trat. In der Vorstadt fiel ihr Blick auf die Kinzig, die so grau wie der Himmel war. Der Pegel des flachen Flusses stieg an. Eine reißende Strömung brachte das aufgewühlte Wasser mit sich. In Mantel und Kapuze gehüllt, eilte sie weiter. Ein Teil des Tuches bedeckte den Korb, damit der Eintopf nicht zu sehr verwässerte. Lieber wurde sie selbst ein wenig nasser.

Odas prekäre Lage ging ihr nicht aus dem Kopf. Eine tiefe Dankbarkeit flutete durch Johannas Brust, nicht selbst in solch einer Abhängigkeit leben zu müssen.

Als sie zu Hause eintraf, hatte der Hirte die Ziegen bereits zurückgebracht. Der eisengraue Himmel versprach keine Besserung des schlechten Wetters. Die Gefahr, dass sich die Tiere in Nässe und Kälte verkühlten, wenn sie noch länger draußen blieben, war zu groß. Vor allem, da das Jungtier bald lammte. Ida rieb sie mit Laub und Binsen ab, die sie als Einstreu benutzten. Auch für Johanna wurde es höchste Zeit, ihre Kleider zu trocknen. Sie hängte ihren Mantel an einen Haken, schürte das Feuer und legte frisches Holz nach.

Bald knackten die Äste, die sie im Wald aufklaubten, in der Hitze der Flammen. Sie stellte sich davor und genoss die Wärme, die das Tuch von Surcot und Cotte dampfen ließ.

»Ist jemand zu Hause?«

Johanna war gerade dabei zu überlegen, was sie mit dem Rest des Tages anfangen sollte, als sie Lukas' Stimme vernahm. »Komm herein«, rief sie.

Der junge Flößer brachte einen weiteren Schwall kühler Nässe mit, als er gleich darauf ins Haus stolperte.

Lächelnd begrüßte sie ihn und kam nicht umhin zu bemerken, wie sehr sie sich über seinen Besuch freute. »Setz dich.« Einladend wies sie auf eine der Bänke, holte aus der Vorratsgrube einen Krug mit Ziegenmilch und stellte ihn auf den Tisch.

Lukas schob enttäuscht die Unterlippe ein wenig vor. »Hast du kein Bier?«

Johanna schüttelte den Kopf, während sie drei Becher aus einem der Regale holte. »Damit kann ich nicht dienen.«

Seufzend zog er den nassen Kittel aus und hängte ihn neben Johannas Mantel. Die kleine Pfütze aus Tropfen, die sich darunter gebildet hatte, begann sich rasch zu vergrößern. »Nun denn. Ein Schluck Milch wird's auch tun.« Schnüffelnd verzog er die Nase, bevor er sich niederließ. »Hast du etwas Leckeres gekocht?«

»Nein, aber der Hirschwirt hat mir Eintopf mitgegeben.«

»Ist er krank?«

»Ein bisschen«, wich sie seiner Frage aus. Sie würde ihm nicht sagen, was Werner fehlte. Sie hatte es versprochen.

Lukas schien mit der Antwort zufrieden zu sein. Leise ächzend streckte er seine langen Beine unter dem Tisch aus. Der starke Regen hatte bei den Flößern für eine Unterbrechung der Arbeit gesorgt. Dabei gab es so kurz vor Georgi jede Menge zu tun. Die Männer hatten Vorbereitungen zum Rüsten der langen Gefährte getroffen. Vom nahe gelegenen Kirchweiher war der dumpfe Klang ihrer Äxte durch die Luft gehallt, wo sie Stämme ablängten und mit der Spitze, die man Zopf nannte, flussabwärts legten. Es war eine schweißtreibende Arbeit, die mit dem Bohren der Löcher in beide Enden des dicken Holzes nicht leichter wurde. Denn auch diese Stellen mussten zuvor mit der Axt eingekerbt werden. Man benötigte sie für die Wieden, die hindurchgezogen wurden, um die einzelnen Teile der Flöße miteinander zu verbinden.

Kein Wunder, dass Lukas so muskulös ist. Johannas wohlwollender Blick streifte die schwellenden Muskeln, die das Tuch seines Hemdes nicht verbergen konnte. Auch das nervöse Trommeln seiner Finger auf der Tischplatte entging ihr nicht. »Du kannst es wohl kaum noch erwarten, endlich loszufahren?«

Lukas nickte. »Es wird Zeit.«

Sie wusste, wie sehr er dieses Leben liebte. Er wollte schon immer ein Flößer sein. Weder das kalte Wasser noch die Härte seiner Tätigkeit schreckten ihn ab.

Neben der Truhe, in der sie Kleidung und ein paar persönliche Sachen aufbewahrte, stand ein Sack. Plötzlich wusste Johanna, was sie heute tun würde. Immer wieder hatte sie es vor sich hergeschoben, weil sie diese Arbeit nicht gern verrichtete. Mit etwas Unterhaltung würde sie leichter von der Hand gehen. Energisch zog sie an dem Sack, der über weniger Gewicht verfügte, als man erwartet hätte.

Lukas beobachtete sie interessiert. »Was hast du vor?«

»Wolle kämmen«, erklärte sie. Eine wohlhabende Bäuerin hatte sie ihr gegeben. Ein großzügiger Lohn zum Dank für die Heilung ihres todkranken Kindes. Selbst Johanna hatte nicht mehr damit gerechnet, dass das Mädchen gesund werden würde. Das gewaschene Vlies hatte sie dankbar angenommen. Ida würde größer werden und bald ein längeres Kleid brauchen. Schon jetzt sah man ihre Knöchel darunter hervorblitzen. *Vielleicht eines, das ihr nicht wie ein Sack am Körper hängt?*, dachte Johanna hoffnungsvoll. Langsam wurde es Zeit, dass sie damit anfing. Es dauerte lange, bis aus geschorener Wolle etwas Brauchbares entstand.

Eine Ziege meckerte. Johanna warf einen kurzen Blick zur Stallwand, hinter der sich Ida immer noch aufhielt. Anscheinend gefiel es ihr dort. Oder sie zog es vor, allein zu sein. Lukas' Anwesenheit war ihr sicher nicht entgangen.

»Wo ist Ida?«, fragte er, als ob er ihre Gedanken erraten hatte.

»Im Stall.« Das seltsame Benehmen des Mädchens war Lukas nicht fremd. »Was gibt es Neues im Städtle?« Sie griff in ihre Truhe und holte zwei Holzkämme mit langen eisernen Zinken hervor. In der Mitte der hölzernen Kammrücken befand sich ein Stiel als Griff.

Lukas schmunzelte und fuhr sich durch das kurze helle Haar, dessen goldener Schimmer durch die Nässe dumpf geworden war. »Ich bin mir sicher, du weißt mehr darüber als ich.«

Lächelnd verzog Johanna den Mund. »Das könnte durchaus möglich sein. Aber vielleicht gibt es doch das ein oder andere, das mir noch nicht zu Ohren gekommen ist?«

Er zuckte mit den Schultern, während er ihr zusah, wie sie die Kämme in ihren Schoß legte, ein Büschel Wolle aus dem Sack zupfte und es auf die Zinken eines Kamms schob. Verklebte Fasern, die vom Bauchhaar des Schafes stammten, und Pflanzenreste löste sie mit den Fingern aus der aufgetragenen Wolle heraus. Dann fuhr sie mit den Zinken des zweiten Kammes behutsam hindurch.

»Nun erzähl schon«, forderte Lukas sie freundschaftlich auf, während sie die Wolle kämmte und sie nach und nach von einem auf den anderen Kamm übertrug.

Lukas' schwere Arbeit hatte dazu geführt, dass sie sich eine ganze Weile nicht mehr gesehen hatten. So verriet sie ihm, wen sie auf dem Friedhof entdeckt hatte und dass Genefes Kind nicht von dem jungen Wagnergesellen stammen konnte. Auch Ruprechts Wut auf den Hirschwirt ließ sie nicht aus. Lukas' Worte darüber, dass sie sich wieder einmal arglos in Gefahr gebracht hatte, nahm sie wortlos zur Kenntnis. Mit gesenktem Kopf betrachtete sie ihre Arbeit. Die Wolle hatte sich durch das sanfte Ziehen fast vollständig auf den zweiten Kamm übertragen. Nur ein Büschel aus kurzen Fasern blieb übrig, das Johanna zur Seite legte. Kurzfaserige Unterwolle eignete sich besonders für warme Kleidung. Zuvor musste sie allerdings in einem weiteren Arbeitsschritt kardiert werden.

Doch zuerst waren die langen Fasern an der Reihe, die sie erneut von einem Kamm auf den anderen übertrug. Sie würde es noch ein drittes Mal wiederholen müssen, bis ein flauschiges Bündel aus spinnbaren Fasern entstanden war.

»Ich habe Ruprecht gebeten, keine Dummheiten zu machen. Allerdings hatte ich ihm versprochen, dass ich versuchen werde, etwas herauszubekommen«, sagte sie nach einer Weile zerknirscht.

»Und? Hast du?« Lukas musterte sie gebannt.

»Leider nicht«, gab Johanna kleinlaut zu. »Außer dass Werner eine neue Magd hat.«

»Der vermutlich das Gleiche wie der armen Genefe blüht«, erwiderte Lukas in aller Logik.

»Es sah ganz danach aus, aber das ist leider kein Verbrechen.« Sie hielt mit ihrer Arbeit inne und richtete ihre grünen Augen auf ihn. »Glaubst du, er hat sie umgebracht?«

Lukas' Miene wirkte nicht überzeugt. Auch er schien sich nicht sicher zu sein, ob der Hirschwirt zu so etwas fähig war. »Ich werde mit Ruprecht sprechen. Er wird sich nur weiter ins Unglück stürzen, wenn er sich an Werner vergreift.«

Es wurde ein schöner Nachmittag, an dem Johanna einen halben Sack Wolle kämmte. Wie in eine rituelle, wiederkehrende Handlung vertieft nahm sie Wollbüschel um Wollbüschel. Nachdem sie das geschorene Haarkleid geglättet und von kurzen Fasern befreit hatte, begann sie mit den Fingern die flauschigen Gebilde von den Zinken des Kammes zu ziehen. Durch sanfte Kraft entstand ein langer, dicker Strang. Diesen trennte sie in der Hälfte, legte ihn zusammen, durchtrennte ihn ein weiteres Mal, verdrehte das Ganze ineinander und zog es von Neuem aus. Den fertigen Kammzug wickelte sie zu einem lockeren Knäuel, das später versponnen werden konnte. Die kurzen Fasern wanderten in einen Korb.

Irgendwann gesellte Ida sich zu ihnen und sah ihr dabei zu. Bald verlor sie das Interesse und trollte sich wieder.

Die Arbeit lullte Johanna ein, vermischte sich mit dem gleichmäßigen Trommeln des Regens auf dem Dach und Lukas' warmer Stimme.

Am Ende kam er auf ein Thema, das ihm so sehr am Herzen lag, dass er nicht davon lassen konnte. »Willst du mich nicht endlich heiraten?« Seine haselnussbraunen Augen musterten sie mit forschender Sehnsucht. Ihr Zögern blieb ihm nicht verborgen. »Es wäre erheblich einfacher für dich, solange ich fort bin.«

Johanna schenkte ihm ein schelmisches Lächeln. »Willst du etwa daheimbleiben, wenn ich dein Weib werde?«

»Nein, aber du ständest trotzdem unter meinem Schutz«, sagte er ernst, ohne ihr Lächeln zu erwidern. »So bist du wehrlos. Jetzt, wo nicht einmal mehr der Wolf da ist, um dich und Ida zu verteidigen. Du weißt, wie das ausgehen kann.«

Die toten Tiere tauchten ungefragt vor ihrem inneren Auge auf, das Maul der Katze zu einem hämischen Grinsen verzogen. Wenn sie ihm jetzt davon erzählte, würde sie ihn nur bestärken.

Johanna senkte die Lider. Um Zeit zu gewinnen, tat sie so, als konzentrierte sie sich auf ihre Arbeit. Natürlich war ihr bekannt, dass eine alleinstehende Frau und ein Mädchen keinerlei Schutz genossen. Ebenso, dass Lukas mehr als eine flüchtige Liebschaft in ihr suchte. Auch sie fühlte die Wärme, die sie durchflutete, wenn er sie küsste. Sie liebte seinen herben männlichen Duft, vermischt mit dem harzigen Geruch des

Holzes. Die solide Geborgenheit, die von ihm ausging. Auf ihn konnte sie sich verlassen. Lukas hatte sein Leben riskiert, um ihres zu retten. Er war ein warmherziger, anständiger Mann. Sie mochte ihn. Sogar sehr. Doch reichte all dies aus, um eine gute Ehe zu führen? Oder sollte sie lieber allein bleiben und für alles, was sie tat, selbst die Verantwortung tragen? *Kannst du mir nicht helfen?*, wandte sie sich in Gedanken an ihre Mutter. Doch die Stimme in ihrem Kopf blieb stumm. Vermutlich, weil sie die Antwort bereits kannte. Mutter hatte darauf gedrängt, dass sie heiratete, damit sie nach ihrem Tod sicher und versorgt sein würde.

Energisch zupfte sie kleine Filzknötchen aus der ungekämmten Wolle in ihrer Hand, während Lukas' Blick sie gefangen nahm. Wie sollte sie ihm erklären, dass seine Frage Freude und Schmerz zugleich in ihr auslöste? Ein Teil von ihr wollte »Ja« sagen. Ein anderer konnte es einfach nicht. *Woher kommen nur all diese Zweifel, die in mir schwelen? Liegt es daran, dass ich ohne Vater aufgewachsen bin und Mutter allein für uns gesorgt hat?* Trotz aller Schwierigkeiten, die das Fehlen eines Ehemanns nach sich zogen, hatte sie sich und ihre Tochter gut über die Runden gebracht.

Hätte ich dieselben Bedenken, wenn damals etwas schiefgelaufen wäre. Oder sind es die abschreckenden Beispiele der Männer, die ich in meinem Alltag als Heilerin kennengelernt habe? Gewiss sind nicht alle so. Aber ein Teil geht mit ihren Frauen nicht besser um als mit dem Vieh, das ihnen gehört. Ihrer Ansicht nach besitzen sie keinen größeren Wert als eine Kuh, die jedes Jahr kalbt.

Auch Lukas entstammte einer großen Familie. Sein Vater, ein unfreier Bauer, der letzten Winter gestorben war, hatte sechzehn Kinder gezeugt, von denen drei überlebt hatten. Sie kannte seine Mutter kaum. Eine stille, bescheidene Frau, die selten krank wurde. Hatte sie wie Alheit für die Lust ihres Mannes bezahlt? Und falls dem so war: Was hatte dieses Vorbild in Lukas ausgelöst? Würde er ebenso handeln, sobald sie sein Weib wäre und er sie sicher in seiner Tasche hätte? Würde er ihr zeigen, wer der Herr im Hause war, und sie tun lassen, was immer ihm beliebte?

Sie wusste nicht mehr, wohin mit ihren Händen, und legte den Kamm nebst Wolle auf den Tisch. »Es tut mir leid, aber noch kann ich dir nicht geben, was du verlangst.«

Lukas' volle Lippen verspannten sich. Aus seinen hübschen Augen verschwand der Glanz.

»Du lieber Himmel! Du bist zwanzig Jahre alt. Wie lange willst du noch warten?«

Sie gab keine Antwort. Nicht, weil sie nicht wollte, sondern weil es nichts mehr zu sagen gab. Noch war sie nicht bereit, all ihre Gedanken mit ihm zu teilen. Noch gehörte dieser Teil ihres Herzens nur ihr allein.

»Nun gut. Du musst wissen, was du tust«, erwiderte er beleidigt. »Aber lass mich nicht zu lange warten. Eines Tages wird es zu spät sein.« Er trank den Rest der Milch, die sie ihm eingegossen hatte, und erhob sich. »Ich für meinen Teil brauche jetzt etwas Stärkeres«, sagte er mit einer Stimme, der die Enttäuschung deutlich anzuhören war.

»Willst du nicht mit uns essen?«, versuchte sie es mit Freundlichkeit, während er sich seinen Kittel schnappte. »Der Eintopf riecht wirklich köstlich. Es ist sogar etwas Fleisch darin.« Sie stand auf, um den Kessel übers Feuer zu hängen.

Doch da war er schon bei der Tür, stolzierte würdevoll hindurch und warf sie krachend ins Schloss.

9. KAPITEL

Am nächsten Morgen hatte es aufgehört zu regnen. Die aufgehende Sonne färbte den Horizont hinter den östlichen Bergen rot und ließ einzelne Wölkchen wie gelbliche Vliese erscheinen. Noch war es frisch, aber der klare Himmel versprach einen schönen Tag. Dennoch spähte Johanna argwöhnisch hinaus. Erleichtert atmete sie auf, als sie kein totes Tier auf ihrer Schwelle entdeckte.

»Möchtest du heute mit mir ins Städtle kommen?«, fragte sie Ida beim Frühmahl. Sie wollte Wernher den leeren Kessel zurückbringen und hören, ob die Arznei seine Beschwerden gelindert hätte.

Auch Lukas ging ihr nicht aus dem Sinn. Die halbe Nacht war er durch ihre Träume gegeistert. Immer wieder durchlebte sie, wie er gegangen war. Sah die Enttäuschung und den Ärger in seinem Gesicht. Natürlich wusste sie, weshalb, aber sie hatte lediglich die Wahrheit gesagt. Mehr konnte sie ihm nicht geben. Nicht einmal in ihren Träumen schaffte sie es, ihn zurückzuhalten. Immer wieder kamen aberwitzige Dinge dazwischen, die ihr den Schweiß aus den Poren trieben. Einmal war der Kessel übergekocht, ein anderes Mal hatten die Ziegen für Durcheinander gesorgt, als sie urplötzlich durch den Wohnraum gejagt waren. Dann gelang es ihr nicht, die Füße vom Boden zu heben, als ob jemand sie dort angenagelt hätte. Wer dieser Jemand war, blieb ein Geheimnis. Zurück blieben ein hohles Gefühl und Lukas' Groll, der ihr keine Ruhe ließ. Sie musste mit ihm reden, bevor er auf einem Floß davonfuhr. Und dies würde bald geschehen.

»Mitkommen«, holte sie Ida auf den Boden der Tatsachen zurück.

Johanna lächelte. »Fein.«

Sie waren gerade dabei, die Reste des Eintopfes in ein anderes Gefäß zu füllen, als es an der Tür klopfte. Johannas Herz tat einen freudigen Sprung. War Lukas zurückgekehrt, um sich mit ihr zu versöhnen? Enttäuscht musste sie feststellen, dass Minna vor ihrer Tür stand. Die Frau, die nur ein paar Häuser entfernt wohnte und mit einem Gerber verheiratet war, sah sie mit müden Augen an.

»Gott zum Gruße, Johanna. Darf ich reinkommen?«

Johanna trat einladend zur Seite, worauf Minna hereinschlurfte, als trüge sie eine zu große Last auf ihren Schultern.

»Was kann ich für dich tun? Bist du krank?«

Minna schüttelte den Kopf. Sie warf einen Blick zu Ida, die damit beschäftigt war, das Geschirr zu reinigen. Ihre Nähe schien sie nicht weiter zu stören. »Ich brauche so ein Ding aus Wachs. Du weißt schon. Eines, das man sich unten reinschieben kann.« Ihre Lider weiteten sich verschwörerisch.

Johanna verstand. Minna war jung verheiratet worden und nur wenig älter als sie. In den letzten fünf Jahren hatte sie vier Kinder bekommen, die alle überlebt hatten. Einmal waren es sogar Zwillinge gewesen. Die quirlige Schar hielt sie tüchtig auf Trab. Ihr Lachen und Zanken drang ebenso oft wie ihr Weinen zu Johanna herüber. Dennoch fuhr ihr der Schreck durch die Glieder. Minna war nicht die Hellste. Sie würde sorglos weiterplappern, was sie von ihr erhalten hatte. Und die Petersilie im Maul der Katze hatte ihr gezeigt, dass es besser war, diese Dinge vorerst ruhen zu lassen. Noch immer wusste sie nicht, wer hinter alldem steckte. Womöglich beobachtete man sie. Es war nicht klug, weiteres Öl ins Feuer zu gießen.

»Ich kann dir nicht helfen«, entgegnete sie mit kühler Stimme, obwohl es ihr von Herzen leidtat.

Minnas Gesicht verlor jeden Ausdruck. »Aber weshalb denn nicht? Du hast doch …«

»Es ist kein Wachs mehr übrig. Und es wird lange dauern, bis ich einen der Zeidler aufsuchen kann«, unterbrach Johanna sie scharf, obwohl ihr nicht verborgen blieb, dass es der jungen Frau selbst nicht gelingen würde, in den Wald zu gehen und nach einem der Honigmacher zu suchen. Dafür hatte sie viel zu wenig Zeit.

»Dann ein anderes Mal?«, fragte Minna hoffnungsvoll.

»Wir werden sehen«, wiegelte Johanna ab. Sie durfte jetzt kein Mitleid zeigen, auch wenn es sie schier dabei zerriss.

Kurz nachdem Minna sie enttäuscht verlassen hatte, brach sie mit Ida auf. Gelber Löwenzahn betupfte das Ufer der Kinzig. Enten gründelten im Wasser, das heute einen erdigen Ton angenommen hatte. Die meisten Pflanzen leuchteten in einem frischen Grün, gesättigt von der Feuchtigkeit, die auf sie herabgeströmt war.

Ida blieb auf dem Marktplatz, während Johanna den »Hirschen« betrat. Heute war nicht so viel los wie gestern. Wernher stand missmutig hinter dem Ausschank und bediente die wenigen Gäste. Oda konnte sie nirgends entdecken.

»Gott zum Gruße.« Johanna lächelte ihm zu. »Wie geht es dir heute?«

»Nicht gut«, raunte er. »Die Geräusche sind immer noch da. Langsam bekomme ich es mit der Angst zu tun.«

»Hörst du sie jetzt auch?« Johanna begann sich zu fragen, ob etwas mit dem Verstand des Hirschwirts nicht in Ordnung war.

Wernher hielt kurz inne. »Ich höre sie nur nachts, sobald ich mich hingelegt habe.«

»Sonst nicht?«, hakte Johanna noch einmal nach.

»Wenn ich es dir doch sage!«

»Und du hast niemanden entdeckt?«

»Weder jemanden noch sonst etwas«, wisperte er, um Beherrschung bemüht.

»Trink deinen Sud weiter. Am besten zwei Becher, bevor du schlafen gehst. Es kann durchaus dauern, bis die Arznei ihre volle Wirkung entfaltet.« So hoffte sie jedenfalls.

Ida hockte in der Nähe des Brunnens und betrachtete das Kommen und Gehen, als sie dumpfe Schläge vernahm. Lauschend hob sie den Kopf. Ein Mann mit einer fellbespannten Tabor am Gürtel schritt durch das geöffnete Tor und schlug mit einem Holzstock einen langsamen rhythmischen Takt.

»Kommt und seht das Spektakulum!«, verkündete er. »Die Kunst von Sybilla und Sigismund wird euch begeistern. Und es gibt weitere erstaunliche Dinge, die ihr euch nicht entgehen lassen solltet!«

Ida glaubte ihren Augen nicht zu trauen, als sie die Fahrenden erblickte. Heute schienen sich alle herausgeputzt zu haben. Sie formierten sich auf dem Marktplatz, wohl wissend, dass ihnen die Blicke der Umstehenden sicher waren. Die Marktweiber musterten sie ebenso interessiert wie ein Teil der Schankmägde und die Reisenden. Selbst Lenz streckte seinen Kopf aus der Tür des »Weißen Rössel«.

Idas Herz wurde leicht, als sie Caspar entdeckte, obwohl er nur einmal in ihre Richtung schaute und mit keiner Regung zu erkennen gab, dass er sie erkannte. Stattdessen starrte er stur vor sich hin, als ob er sich vor den Schaulustigen fürchtete.

Ida blieb auf ihrem Posten und betrachtete Sybilla und Sigismund, deren klangvolle Namen mit Sicherheit nicht ihre eigenen waren. Beide waren jung und wohlgestaltet. Das, ihre auffällig bunten Gewänder und die Schellen um ihre Fußgelenke zogen die meiste Aufmerksamkeit auf sich. Selbst Sigismunds Beinlinge wiesen unterschiedliche Farben auf, eines grün und das andere gelb. Nichts, was Ida gefiel. Sie stellte sich vor, selbst wie ein bunter Hund durch die Gassen zu ziehen. Sofort fühlte sie eine lastende Schwere in ihrem Bauch. Für sie wäre solch ein Leben eine einzige Qual. Viel lieber streifte sie verborgen und von niemandem beachtet durch die Gegend, und an Caspars gesenkten Lidern erkannte sie, dass auch er es hasste, vor gaffenden Leuten zu stehen. Vermutlich blieb ihm nichts anderes übrig.

Sybilla und Sigismund holten derweil mehrere Fackeln aus einem der Hundekarren und legten eine Reihe weiterer Utensilien zurecht. Die beiden Hunde hechelten von der Anstrengung des Weges. Den Rest hatten sie wohl zur Bewachung des Lagers im Wald gelassen.

Die immer größer werdende Menge zwang Ida dazu aufzustehen, wenn sie etwas sehen wollte. Gäste strömten aus den

Wirtshäusern, denen Schankmägde und Wirte folgten. Handwerker verließen ihre Werkstätten, ihre Frauen und Kinder im Schlepptau. Die Lautstärke auf dem Marktplatz steigerte sich mit dem fröhlichen Kreischen der Kleinen, dem Plappern der Frauen und den tiefen Bässen der Männer. Auch Johanna trat aus der Tür des »Hirschen« und gesellte sich zu ihr.

»Was ist denn hier los?«

Weitere Trommelschläge, die den Beginn der Vorstellung ankündigten, enthoben Ida einer Antwort. Mit großen Augen beobachteten beide das nun folgende Spektakel. Sigismund, ein Jüngling von schlanker, geschmeidiger Statur, stellte Erstaunliches mit seinem Körper an. Er konnte ihn dehnen und seine Wirbelsäule biegen, wie Ida es noch nie gesehen hatte. Die Menge jauchzte entzückt, als er auf den Händen lief, ein Rad schlug und Überschläge in der Luft machte, wonach er zielsicher auf den Füßen landete. Die Leute applaudierten begeistert.

Nun war Sybilla an der Reihe, eine hübsche Frau von zartem Körperbau, die mit spielerischer Leichtigkeit Bälle jonglierte. Dann warf sie lodernde Fackeln in die Luft und fing sie gekonnt wieder auf. Ein Geruch nach brennendem Pech und Rauch durchdrang das Geschehen.

Schließlich warfen sich Sybilla und Sigismund die Fackeln gegenseitig zu, sodass ein wundersamer Rhythmus aus tanzenden Flammen und wirbelnden Stöcken entstand, der von dem Klatschen der Umstehenden angefeuert wurde. Einer der Männer hielt plötzlich einen Reif in die Mitte und wies die beiden an, die brennenden Fackeln hindurchzuwerfen. Auch das gelang ihnen mühelos. Keine einzige verfehlte ihr Ziel oder fiel in den Staub des Marktplatzes. Der Applaus war noch nicht verklungen, als die Kinder der Fahrenden mit einer Schale umhergingen, um den Zuschauern ein paar Münzen zu entlocken.

Dann schob der Trommler, ein hübscher dunkelhaariger Bursche, Caspar nach vorn. »Unsere Vorstellung ist noch nicht zu Ende. Was nun folgt, ist eine andere Art des Schauspiels, aber nicht weniger eindrucksvoll.« Seine wohlklingende Stimme schallte in jeden Winkel des Platzes. Er trat einen Schritt beiseite und wies mit der Hand auf Caspar. »Seht ihn euch an, diesen unscheinbaren Wicht. Man könnte meinen, er wäre nichts Besonderes. Doch er hat eine unvergleichliche Gabe, die so einzigartig ist, dass ihr sie noch nie gesehen habt.« Mit gewichtiger Miene blickte er in die Runde. »Euch werden die Augen übergehen!«

»Welch famose Fähigkeit soll das sein?«, rief einer der Zuschauer dazwischen, dem das Geprahle offensichtlich auf die Nerven ging.

»Caspar ist ein Bändiger, aber es sind weder Bären noch Wölfe, die er gefügig macht. Es sind eure Pferde. Jene, mit denen ihr nicht zurechtkommt.«

Ida schluckte. Sie hatte sich schon gedacht, dass es darauf hinauslaufen würde. Caspars Kunst stand ihr noch deutlich vor Augen, genau wie seine Begleiter, von denen einer der Trommler gewesen war.

»Jeder weiß, wie gefährlich ein Gaul ist, der sich störrischer als ein Esel gebärdet. Der auskeilt und sich nicht anschirren lässt. Doch der Preis eines solchen Tieres ist viel zu hoch, um sein Fleisch an die Hunde zu verfüttern. Dieser Junge wird eure widerspenstigen Klepper so sanft wie ein kleines Kätzchen machen – und er braucht weder Schläge noch Ketten dafür! Ist jemand hier, der seine Dienste in Anspruch nehmen will?«

Eine kurze Stille folgte, die von einem der Umstehenden unterbrochen wurde. »Ich!« Ein Reisender durchbrach den Kreis und trat vor. Seine Kleidung kennzeichnete ihn als wohlhabenden Kaufmann. »Wenn der Bursche wirklich so gut ist, wie du sagst, soll er es beweisen. Ich habe einen jungen Hengst dabei. Ich will ihn verkaufen, doch das Tier bereitet schon den ganzen Weg nichts als Ärger.«

»Warum lasst Ihr ihn nicht kastrieren?«, warf einer der Umstehenden ein.

Die Menge lachte, was dem Mann ein schiefes Grinsen entlockte. »Weil das Tier zu edel ist und für Nachkommen sorgen soll, sobald er in Rottweil angekommen ist.«

Der Trommler wechselte ein paar Worte mit Caspar, der sich nicht gerührt hatte. Wieder bediente er sich einer überdeutlichen Mimik und unterstrich das Gesagte mit Gesten.

»Du sollst ihn herholen.«

Der Reisende nickte und presste entschlossen die Lippen aufeinander, als müsste er sich wappnen für das, was nun vor ihm lag. Er ging zu einem abseitsstehenden Wagen, an dessen Rückseite das Tier an seinem Strick zerrte, kaum dass es ihn sah. Ein schrilles, wildes Wiehern ertönte. Der Mann, der dieses Gebaren kannte, war auf der Hut, schaffte es, den jungen Hengst loszubinden, ohne gebissen zu werden, und zog ihn energisch in Caspars Richtung.

Da das feurige Tier nach hinten ausweichen wollte, trieb es ein Knecht mit der Peitsche voran. Nun tänzelte es und preschte schließlich derart vor, dass sich im Kreis der Zuschauer augenblicklich eine respektvolle Schneise bildete. Panisch wichen die Leute zurück, als das fuchsbraune Pferd nach allen Seiten auskeilte. Keiner wollte seine Hufe zu spüren bekommen.

Auch Ida und Johanna wurden weiter nach hinten geschoben. Gebannt verfolgten sie, wie Caspar ohne die geringste Beunruhigung auf den jungen Hengst zutrat und den Strick aus der Hand des Mannes nahm. Das Tier legte die Ohren an, hob den Schweif und stieß mit dem Kopf nach vorn. Trotz der gefährlichen Drohung behielt Caspar die Nerven. Wieder begann er in der ihm eigenen Weise eine Verbindung zu dem Tier zu schaffen, ohne ihm in die Augen zu sehen. Fast schien es, als ob er seine Gegenwart ignorierte. Mit langsamen, kontrollierten Bewegungen führte er es im Kreis, ging vor und zurück.

Die Zuschauer wichen aus, sobald sich die beiden näherten. Anfangs blähte der Hengst die Nüstern, rollte mit den Augen und warf den Kopf nach hinten. Doch Caspar ließ sich davon nicht aus der Ruhe bringen. Es war, als ob er ein anderer

Mensch würde. Sein Körper verschmolz mit dem des Hengstes in einem seltsamen Tanz. Sendete Signale aus, die nur das Pferd verstand. Nach einer Weile strich er über Stellen, die keiner der Umstehenden zu berühren gewagt hätte.

Die Augen der Zuschauer weiteten sich. Alle warteten darauf, dass der Hengst den Jungen zu Tode trampeln würde. Einigen klappte vor Verblüffung der Kiefer herunter. Auch sein Besitzer konnte kaum glauben, was er sah. Das Tier tolerierte Caspars Berührungen zunächst mit einem erschreckten Zucken, doch weder wieherte es in seiner schrillen gefährlichen Art, noch stieg es auf.

»Geht das mit rechten Dingen zu?«, tuschelte eine Frau vor Ida einer anderen ins Ohr.

»Beeindruckend ist es schon«, gab diese zurück.

»Womöglich ist er ein Zauberer. Selbst der Teufel kann Gutes bewirken, bevor er seine hässliche Fratze zeigt.«

Idas Eingeweide verkrampften sich, als sie die Anschuldigung hörte. Auch dass weitere Leute die Köpfe zusammensteckten und mit unheilvollen Mienen tuschelten, entging ihr nicht. Obwohl es genügend andere gab, die Caspar begeistert bei seiner Arbeit zusahen, konnte sie kaum glauben, dass man in diesem schüchternen Jungen etwas Dämonisches vermutete.

Johannas Augen richteten sich ebenso gebannt wie die der anderen auf Caspar und den Hengst, der zwar immer noch auf der Hut war, aber längst nicht mehr so ungestüm wirkte. Während sie darüber nachdachte, wie der Junge zu einer derartigen Fähigkeit gelangt war, ob Gott sie ihm in die Wiege gelegt hatte, fühlte sie einen eisernen Griff an ihrem Arm. Erschrocken fuhr sie herum. Eine solche Kraft hätte sie dem Mann, in dessen Gesicht sie nun blickte, nicht zugetraut. Seine Haut hatte den dunklen, ledrigen Ton eines Menschen, der sich oft im Freien aufhielt. Sie war faltig, und die zurückweichenden Lippen ließen darauf schließen, dass er kaum noch Zähne hatte. Eine Bundhaube aus ungefärbtem Leinen verhüllte seinen Kopf.

Er scheint uralt zu sein, schoss es Johanna durch den Sinn. *Älter als die meisten.* Wie um diese Tatsache Lügen zu strafen, hielt er sich kerzengerade.

»Was willst du?«, fragte sie schärfer als beabsichtigt. Die Zudringlichkeit des Alten war ihr unangenehm. Seine Finger umklammerten sie wie die Beine eines übergroßen Insekts und dachten nicht daran, sie loszulassen. Listige Augen musterten sie von oben bis unten. Ein kalter Schauer lief ihr über den Rücken, als er mit der freien Hand ihr Kinn packte und ihr Gesicht von einer Seite zur anderen drehte.

»Ich hatte einmal eine Tochter. Du siehst fast so aus wie sie«, stellte er nüchtern fest.

Johannas Mund wurde trocken. Lag es am Benehmen des Mannes, seinem verschlagenen Blick oder der Art, wie er sprach, dass sie ihn nicht mochte? Seine Nähe, die er auch dann nicht aufzugeben gedachte, als sie einen Schritt nach hinten trat, war ihr nicht geheuer. Mehr Spielraum blieb ihr in der Enge der Zuschauerreihen nicht. Er schien kein Gefühl für höfliche Distanz zu haben. Doch es entsprach der Wahrheit, dass sie ihrer Mutter sehr ähnelte.

»Wie hieß deine Tochter?«, fragte sie, darauf hoffend, dass er einen gänzlich anderen Namen nennen würde.

Der eingefallene Mund des Alten verzog sich zu einem halben Lächeln. »Afra.«

»Das ist der Name meiner Mutter!«, keuchte sie. Ihre Gedanken überschlugen sich. Sollte das der Mann sein, an den sich ihre Mutter mit warmer Stimme und verklärtem Blick erinnert hatte? Und hatte sie nicht etwas gänzlich anderes behauptet? »Sie sagte, du seist tot!«

Das Lächeln des Mannes erstarb. »Sie ist nicht die Einzige, die das dachte.« Suchend sah er sich um. »Lebt sie noch?«

Betreten schüttelte Johanna den Kopf. Ihr Hirn war mit einem Mal wie leer gefegt. Nicht einmal der Name ihres Großvaters fiel ihr ein. Hatte ihn Afra je erwähnt? Sie war völlig durcheinander. »Ich … ich weiß nicht, was ich glauben soll. Es könnte nur ein Zufall sein.«

»Lass es uns herausfinden. Ich würde mich freuen, eine Enkelin zu haben, oder gibt es etwa noch mehr von deiner Sorte?« Sein schalkhaftes Zwinkern entlockte Johanna ein winziges Lächeln.

»Nein.«

Nachdenklich nickte er. »Ich würde gern mehr über dich erfahren. Wirst du mich besuchen?«

»Ja, aber – wie? Wo kann ich dich finden?«

Sein Blick fiel auf Ida. »Sie kann dir den Weg zeigen.«

Ida hob ruckartig das Kinn. Ihre Miene spiegelte ihre Betroffenheit, doch Johanna sah noch etwas anderes darin: Auch sie mochte den Alten nicht.

»Du kennst ihn?«, flüsterte Johanna, als er endlich gegangen war. Eine Mischung aus Widerwille und Neugier kämpfte in ihr. Konnte dies wirklich ihr tot geglaubter Großvater sein? *Soll ich sein Angebot annehmen und ihn besuchen?* Die Entscheidung fiel ihr schwer.

Ida schob die Unterlippe vor, während der Hengst friedlich schnaubte, als dieser seltsame Junge ihm über die Flanke strich. »Nicht kennen. Beobachten im Wald.«

Johanna verstand. »Lebt er dort?«

Ida nickte. »Bei … ihnen.« Ihr Kinn wies auf die Fahrenden.

Da Johanna nicht wusste, was sie davon halten sollte, schob sie die Gedanken beiseite und konzentrierte sich auf eine andere Begegnung, die ihr immer noch bevorstand. »Ich gehe zu Lukas. Möchtest du hierbleiben?«

Erneut nickte Ida, ohne sie noch einmal anzusehen, so gebannt war sie von dem Pferd und dem Jungen.

Johanna schob sich durch die Zuschauer. Als sie aus der hintersten Reihe trat, entdeckte sie Oda neben dem wuchtigen gemauerten Brunnen, der nur wenige Schritte vor der Tür des »Hirschen« stand und zur Versorgung aller Wirtschaften und Häuser des Platzes diente. Klugerweise hatte man ihn etwas abseits angebracht, wo er das Treiben auf dem Marktplatz nicht allzu sehr behinderte. Emsig zog sie an dem Seil, das über eine Winde unter dem schützenden Holzdach verlief.

Lächelnd ging Johanna auf die junge Magd zu. »Möchtest du dir das Schauspiel nicht ansehen?«

Oda verzog abweisend das Gesicht, während sie den Inhalt des Eimers in einen fast vollen Bottich schüttete. Ein weiterer stand mit klarem Wasser gefüllt daneben. »Ich habe eine Menge zu tun. Außerdem hasse ich dieses Volk. Sind doch nur Beutelschneider – allesamt!« Mit diesen Worten schob sie eine Stange unter die Henkel der beiden Kübel, beugte die Knie und hob sich die Last auf die Schultern. Balancierend ging sie in die Richtung des »Hirschen« davon.

Johanna sah ihr verwundert hinterher. Wasser schwappte über den Rand der Gefäße. *Wie kommt Oda zu solch einer Meinung?*, fragte sie sich, während sie den Weg zur Kinzig einschlug. Gewiss genossen die Fahrenden nicht den besten Ruf. Auch sie würde sich in Acht nehmen, falls sie der Aufforderung des Mannes folgte, der behauptete, ihr Großvater zu sein. Die Erfahrung mit Clewin hatte sie gelehrt, vorsichtig zu sein, obwohl ihre Mutter einst selbst zu ihnen gehörte. Doch die junge Magd hatte so abfällig von ihnen gesprochen, als ob sie großen Schaden durch sie erlitten hätte.

Der dumpfe rhythmische Klang der Äxte begleitete Johanna, als sie zur Spannstätte am tiefer gelegenen Kirchweiher hinabstieg. Lange musste sie nicht gehen, bis der Platz neben der Kinzig sich vor ihr öffnete. Der warme Geruch geschlagenen Holzes wurde mit jedem Schritt intensiver. Die Flößer hatten in den letzten Tagen eine Menge geschafft. Der Hügel aus fertiggestellten Stämmen, der sich auf der rechten Seite auftürmte, war deutlich höher als der unbearbeitete auf der Linken. Auf der freien Fläche dazwischen sah sie die Männer bei der Arbeit. Es wurde gehackt, gebohrt und zurechtgeklopft. Der Boden war übersät mit Spänen und kleinen Holzstückchen.

Die zwei schweren Kaltblüter, die mit Kummet, Zugriemen und Ortscheit aufgeschirrt waren, ließen sich von all dem Lärm nicht stören. Sie machten einen wesentlich gutmütigeren Eindruck als der junge Hengst, dessen Zähmung Johanna mitverfolgt hatte. Sanft kollernd standen sie da und warteten, bis sie zum Verrücken eines Stammes benötigt wurden.

Ein ungemütliches Gefühl durchfuhr Johanna, als sie sich den Männern näherte. Die meisten wussten, wie es um sie und Lukas stand. Sie hatte keine Lust auf spitzbübische Blicke und scherzhafte Bemerkungen. Nicht, bevor dieser Streit aus der Welt geschafft war.

Zu ihrer Erleichterung grüßten sie freundlich. Johannas Augen huschten über die Flößer, die mit aufgekrempelten Ärmeln ans Werk gingen. Sie fand Lukas, der mit Jecklin Querhölzer zurechtschnitt, die man wie die Wieden zur Verbindung der einzelnen Stämme benötigte. Obwohl er sie gesehen haben musste, würdigte er sie keines Blickes. Verbissen hieb er seine Axt in das Holz. Anscheinend war er immer noch beleidigt.

Johanna schluckte. Vermutlich hatte sie nichts anderes verdient. Ihr entging das süffisante Grinsen nicht, dass sich nun doch auf die Münder einiger Männer zeichnete. Am liebsten wäre sie umgekehrt, aber ihr Stolz hielt sie zurück. Tapfer ging sie auf Lukas zu. »Kann ich dich sprechen?«

»Wie du siehst, bin ich beschäftigt«, erwiderte er schmallippig.

»Könntest du für einen Moment damit aufhören?« Ihre Miene nahm einen bittenden Ausdruck an.

»Nun geh schon«, rief ihm Thomas zu, der das Kommando innehatte. »Aber beeil dich.«

»Was gibt es?«, fragte Lukas kühl, nachdem sie ein paar Schritte zur Seite getreten waren. Sein Gesicht war von einem feinen Schweißfilm überzogen.

»Ich … wollte mich entschuldigen«, entgegnete sie kleinlaut.

Lukas stieß einen Schwall Luft durch die Nase aus. Energisch strich er sein Haar hinter die Ohren zurück. »Für was? Dafür, dass du mich immer wieder zurückweist?«

»Nicht so laut.« Ihre Stimme nahm einen beschwichtigenden Tonfall an. »Es muss nicht jeder wissen, weshalb wir uns streiten.«

Lukas hob die Brauen. Seine Augen musterten sie nüchtern. »Sie begreifen ohnehin, um was es geht. Jeder weiß, dass ich um dich werbe, und auch dem Dümmsten wird aufgefallen sein, dass du noch immer nicht mein Weib bist.«

»Lass mir noch etwas Zeit – bitte!«, flehte sie.

Lukas sah sie nachdenklich an. Eine ganze Weile hörte man nur das dumpfe Geräusch von Eisen, das auf Holz traf. »Also gut«, knurrte er. »Ich warte bis Martini. Wenn du bis dahin keine Entscheidung getroffen hast, suche ich mir eine andere.«

»Wenn das dein Wunsch ist«, erwiderte sie.

Lukas gab ein leises kapitulierendes Geräusch von sich. »Aber ich warne dich. Mir ist es vollkommen ernst damit!«

Sie schluckte den Kloß in ihrem Hals hinunter. »Können wir bis dahin wenigstens wieder Freunde sein?«

Ein widerwilliges Lächeln huschte über Lukas' Gesicht. »Sind wir das nicht immer?«

Johanna zuckte mit den Schultern. »Auf jeden Fall bedeutet es mir viel.«

Sie verlegte sich aufs Plaudern, um ihn auf andere Gedanken zu bringen. Erzählte ihm von den Fahrenden und dem Spektakel auf dem Marktplatz. Kurz überlegte sie, ob sie ihm von ihrer Begegnung mit dem Alten erzählen sollte, doch dann ließ sie es.

»Hast du schon mit Ruprecht gesprochen?«

Lukas schüttelte den Kopf. »Ich hatte noch keine Gelegenheit.«

»Vielleicht solltest du es bald tun.«

Lukas beäugte sie prüfend. »Ist etwas vorgefallen?«

»Nun ja …«, druckste Johanna herum. Doch sie wollte den mühsam erworbenen Frieden nicht gleich wieder aufs Spiel setzen. »Wenn ich es dir verrate, dann nur unter dem Siegel der Verschwiegenheit.«

Wachsende Neugier spiegelte sich in seinem Gesicht. »Nun aber raus damit!«

Sie holte tief Luft, bevor sie ihm erzählte, was sich zugetragen hatte. Von den Geräuschen, die den Hirschwirt plagten.

Von seiner aufkeimenden Angst und dass er schwor, sich nichts davon einzubilden.

Ein amüsiertes Lachen drang aus Lukas' Mund. »Erlaubt sich da jemand einen Scherz, oder will man ihn strafen?« Johanna konnte sich ein Grinsen nicht verkneifen. »Wenn ich das nur wüsste. Allerdings könnten es tatsächlich seine Nerven sein, die ihm nach all dem, was sich zugetragen hat, einen Streich spielen. Vor allem, da seine Mägde nicht das Geringste hören. Allein diese Dinge reichen aus, um auch dem Aufrechtesten einen Buckel zu bescheren.«

»Hast du sie gefragt?«

»Wo denkst du hin? Das kann ich nicht tun, ohne ihn zu verraten. Doch ihm haben sie versichert, dass sie nichts davon mitbekämen.«

»Seltsam. Wernher ist ein unerschrockener Mann, der sich normalerweise nicht so leicht ängstigen lässt«, entgegnete Lukas grübelnd. »Womöglich ist es Genefes ruheloser Geist, der sich an ihm rächt?«, fügte er glucksend hinzu.

Johanna knuffte ihm leicht in die Rippen. »Damit macht man keine Scherze.«

»Das stimmt«, erwiderte er zerknirscht. »Falls er aber doch etwas mit ihrem Tod zu tun hat, geschähe es ihm ganz recht.«

»Ruprecht?« Sie sah Lukas fragend an. »Könnte er dahinterstecken? Und Wernher auf diese Weise heimzahlen, was er verbrochen hat?«

Lukas wiegte nachdenklich den Kopf. »Möglich wäre es. Ich werde das Wirtshaus heute Nacht im Auge behalten. Wenn ich ihn erwische, werde ich ihn zur Rede stellen. Sonst könnte das Ganze ein böses Nachspiel haben.«

10. KAPITEL

Das durchdringende Krähen eines Hahns riss Johanna aus dem Schlaf. Widerwillig hob sie die Lider und fühlte ein dumpfes Pochen hinter ihrer Stirn. Sie hatte kaum ein Auge zugetan und sich unruhig in ihrem Bett herumgewälzt, bis Ida entnervt auf den Boden umgezogen war. Das seltsame Leiden des Hirschwirts ging ihr genauso wenig aus dem Kopf wie die gestrige Begegnung mit ihrem vermeintlichen Großvater. Erst gegen Morgen war sie endlich eingenickt.

Ob Lukas etwas herausgefunden hat?, überlegte sie, während sie den Schlaf aus den Augen rieb. Sie würde sich bis heute Abend gedulden müssen. Er musste den ganzen Tag arbeiten. Von dem Alten hatte sie ihm nichts erzählt, damit er sich keine unnötigen Sorgen machte, falls sie vorhatte, allein ins Lager der Fahrenden zu gehen. So wie sie ihn kannte, würde selbst Idas Begleitung ihn nicht beruhigen. Doch wenn sie nicht bis Sonntag warten wollte, dem einzigen Tag, an dem Lukas frei-hatte, blieb ihr nichts anderes übrig. Und wer wusste schon, ob die Fahrenden bis dahin nicht weitergezogen waren?

Behutsam hob Johanna ein weiteres Mal die Lider und spürte, wie der dumpfe Schmerz erneut aufflammte. Stöhnend erhob sie sich. Mit bloßen Füßen schlurfte sie zum Tisch, wo ein Krug mit Wasser stand. Sie schenkte sich einen Becher voll und setzte ihn an ihre Lippen. In einem Zug glitt das kühle Nass ihre ausgedörrte Kehle hinunter. Allmählich fühlte sie sich in der Lage, zu ihren Regalborden zu gehen. Dort klaubte sie die Schachtel mit zerstoßener Weidenrinde hervor. Ein Sud gegen die Kopfschmerzen konnte nicht schaden. *Ob ich wohl etwas Baldrian hinzufügen soll?*, überlegte sie. Langsam kam sie sich vor wie der Hirschwirt. Fehlte nur noch, dass sie nachts Geräusche hörte.

Als sie sich umdrehte, hob Ida den Kopf und betrachtete sie. Ohne ein Wort schob sie die Decke von sich, zog ihr Kleid über, tappte zum Herd und schürte das Feuer. Danach nahm sie wortlos den Kübel, um frisches Wasser vom Brunnen zu holen. *Du liebe Güte! Ich muss wirklich schrecklich aussehen, wenn ich derart umsorgt werde!* Im Gegensatz zu ihr wirkte Ida frisch und ausgeruht. Es machte ihr nichts aus, auf dem Boden zu schlafen. Schließlich gab es dort, wo sie herkam, auch kein Bett.

Nachdem der Sud die Leichtigkeit unter ihrer Schädeldecke wiederhergestellt hatte, ordnete sie ihre Gedanken. *Ich werde keine Ruhe finden, bevor ich die Wahrheit über meinen angeblichen Großvater herausgefunden habe.* Dafür kannte sie sich zu gut. Es machte auch wenig Sinn, die Sache aufzuschieben. Am besten ging sie gleich heute!

Meinte der Alte es wirklich ernst mit dem, was er gesagt hatte? *Vielleicht tut er nur so und will sehen, ob es bei mir etwas zu holen gibt?* Die Informationen über ihre Mutter könnte ihm auch ein Bewohner des Städtle verraten haben. Sie traute es ihm durchaus zu, andere derart geschickt auszuhorchen, dass sie es gar nicht bemerkten. Schließlich hatte er auch sie verwirrt. Fest nahm sie sich vor, den Spieß umzudrehen. Sie musste ihm Dinge entlocken, die nur ein Eingeweihter wissen konnte.

Ein wenig mulmig war ihr dennoch, als sie mit Ida nach dem Morgenmahl aufbrach. Zur Sicherheit nahm sie einen langen Knüppel mit, den sie als vermeintlichen Wanderstock benutzte. Das Mädchen schritt zielsicher aus und führte sie tief in den Wald hinein, der Schiltach umgab. Johannas Spannung wuchs. Sie fühlte ein nervöses Kribbeln in ihrer Magengrube. Ein paarmal rutschte ihr fast der Knüppel aus der feuchten Hand. Immer wieder wischte sie diese an ihrem Surcot ab. Derart aufgewühlt war sie nur selten.

Endlich erreichten sie den Rand einer Senke. Im Schutz der Wände, geduckt unter Bäumen, erspähte Johanna einzelne Behausungen, die man kaum als Hütten bezeichnen konnte. Der heftige, ausdauernde Regen vor zwei Tagen war hier sicher kein Vergnügen gewesen. Dennoch hatten ihre Bewohner gestern sauber und adrett ausgesehen. Deutlich besser als heute, wo ihre Kleidung verlottert und schmutzig wirkte. Johanna hatte keine Ahnung, wie sie das angestellt hatten. Vielleicht gab es einen trockenen, sauberen Platz für das, was sie bei ihren Auftritten trugen.

Die Fahrenden scharten sich um ein Feuer, plauderten und sahen den Kindern beim Spielen zu. Nach dem gestrigen Spektakel schienen sie heute dem Müßiggang zu frönen. Ida hatte ihr erzählt, dass der Junge, der Caspar hieß, großen Applaus erhalten hatte. Der feurige Hengst hatte sich im Verlauf des »Tanzes« immer weiter beruhigt. Sein Besitzer war voll des Lobes gewesen, bevor er mit einem wesentlich sanfteren Tier weitergezogen war. Der Reisende hatte den Jungen sogar mitnehmen wollen, doch die beiden Männer hatten dies brüsk abgelehnt.

Auch Johanna zollte Caspar großen Respekt. Vermutlich gehörte er zur Familie. Da war es nicht weiter verwunderlich, dass sie ihn nicht gehen lassen wollten. Aber sie erkannte auch, dass seine Fähigkeit eine lohnende Geldquelle für die Fahrenden war, die gewiss nicht versiegen sollte.

Einer der großen Hunde fuhr plötzlich auf und schlug an. Die anderen taten es ihm gleich. Ihr tiefes Bellen hallte durch den Wald und lenkte die Aufmerksamkeit der Müßiggänger auf sie. Der Alte, den Johanna schon am Feuer ausgemacht hatte, schien sie sofort zu erkennen. Er sagte etwas zu den anderen. Mit lautem Befehl wurden die Hunde zur Ruhe gebracht. Der Mann, der vorgab, ihr Großvater zu sein, winkte sie mit einer Geste heran.

Johanna holte tief Luft. »Lass uns hinuntergehen«, sagte sie zu Ida. Ihren Knüppel hielt sie fest umklammert.

Die Hunde näherten sich, als sie unten ankamen. Zu Johannas großer Erleichterung schnupperten sie freundlich an ihr und trollten sich dann wieder. Ida schenkten sie wesentlich mehr Aufmerksamkeit. Ohne Angst streichelte sie ihr zotteliges Fell. Gierig nach Zuneigung drückten sich die mächtigen Tiere an ihren zarten Körper. Das Mädchen kicherte, während sie hin und her geschoben wurde, die kleinen Hände in dem dichten Pelz vergraben. Johanna konnte sich ein Schmunzeln nicht verkneifen. Die Hunde schienen genau zu wissen, wer von den beiden Neuankömmlingen sich eher dafür eignete. Ein Geruch nach nassem Fell stieg auf und legte sich über den Rauch der Feuerstelle. Unauffällig sah Johanna sich um. Das Lager machte einen schmutzigen, feuchten Eindruck. Auch aus der Nähe betrachtet, sahen die Unterschlüpfe aus Tannenzweigen und Weidenruten nicht sehr einladend aus. Sie hob ihre Röcke ein wenig an, als sie auf die kleine Gemeinschaft zuging, die sie neugierig betrachtete. Vor allem die vier Männer, die allesamt deutlich jünger als der Alte waren, musterten sie mit anzüglichen Blicken. Forsch reckte sie ihr Kinn und bedachte sie mit einer abweisenden Miene. Dennoch konnte sie gut nachvollziehen, weshalb sie ihre Kleidung gewechselt hatten. Hier würde niemand lange sauber bleiben. Doch verdreckt konnten sie nicht auftreten. Der Schmutz würde die Zuschauer fernhalten, sobald sie eine Vorstellung gaben.

Auch die listigen Augen des Alten ließen Johanna nicht los. Wieder konnte sie sich des Eindrucks nicht erwehren, dass er etwas Verschlagenes an sich hatte, das mit den Erzählungen ihrer Mutter nicht in Einklang zu bringen war. Selbst wenn diese nicht verschwiegen hatte, dass er den Mund hin und wieder ein wenig zu voll genommen hatte, um an starke Getränke zu kommen, so hatten die guten Dinge stets überwogen.

Mit einer einladenden Geste lud er sie ein, neben ihm am Feuer Platz zu nehmen. Johanna setzte sich an eine Stelle, die nicht ganz so feucht aussah wie der Rest.

»Nun, was willst du wissen?«, hob er nach der Begrüßung an.

»Erzähl mir, warum du noch lebst.«

Ein hämisches Grinsen überflog die faltigen Lippen des Alten. »Das klingt nicht so, als ob du erfreut darüber wärest.«

Sie verbiss sich eine versöhnliche Antwort. »Warum sollte mir meine Mutter nicht die Wahrheit gesagt haben?«

»Weil sie nichts davon wusste. Als sie mich aus meinem Wagen zerrten, war sie bereits fort. Wahrscheinlich hat sie sich rechtzeitig aus dem Staub gemacht.« Der Ton in seiner Stimme ließ vermuten, dass er ihr das übel nahm.

»Was für einen Grund sollte es geben, dich aus dem Wagen zu zerren?«

Seine buschigen Brauen, die einen krassen Gegensatz zu dem fast haarlosen Schädel bildeten, kräuselten sich. »Hat sie dir das nicht erzählt?«

»Doch, aber ich will es aus deinem Mund hören.«

»Oho, steckt da etwa ein wacher Geist hinter dieser hübschen Stirn?« In seinem Blick lag Anerkennung. »Du scheinst nicht auf den Kopf gefallen zu sein. Du wirst doch am Ende nicht nach mir schlagen?«

Dies gefiel Johanna ebenso wenig wie sein unausgesprochener Gedanke, mit dem er ihre Mutter herabwürdigte. Sie hatte ihren Vater trotz seiner Schwäche geliebt. »Sag mir einfach, was du weißt.«

»Nun gut.« Er hockte sich bequemer hin, bevor er anfing zu berichten, was sich vor langer Zeit zugetragen hatte: »Es dürfte dir bekannt sein, dass ich als reisender Bader durchs Land zog. Afra fuhr stets mit, da ihre Mutter nach ihrer Geburt im Wochenbett gestorben war. Eines Tages hielten wir in einem Dorf, das zu einer Burg gehörte. Dort hatte ein Pferd dem Sohn des Vogts in den Bauch getreten. Der Junge litt fürchterliche Qualen.« Seine Augen wandten sich von ihr ab und glitten in die Richtung des Feuers, als ob sich darin die Vergangenheit widerspiegelte. »Vielleicht bin ich etwas zu gierig gewesen. Ich witterte reichen Lohn und versprach, den Jungen zu heilen. Unglücklicherweise starb er in derselben Nacht. Der Vogt gab mir die Schuld dafür. Ich wusste von alldem nichts. Ich lag noch im Schlaf, als seine Männer mich bei Tagesanbruch aus dem Wagen schleiften.«

Dass er dort seinen Rausch ausschlief, wie Johanna durchaus bekannt war, verschwieg er geflissentlich. »Meine Tochter konnte ich nirgends entdecken. Wahrscheinlich dachte sie dasselbe wie ich, dass ich den Tag nicht überleben würde. Möglicherweise hatte sie beobachtet, wie ich die schlimmsten Prügel meines Lebens bezog, ohne mir in irgendeiner Weise zu helfen. Dann warfen sie mich in einen dunklen, feuchten Kerker, in dem es nach Kot und Ratten stank. Über ein Jahr saß ich dort, ohne die Hoffnung, jemals wieder die Sonne auf meiner Haut zu spüren. Der erbärmliche Fraß, den sie mir hinstellten, machte mich krank. Schwach und elend siechte ich dahin. Dann ließen sie mich eines Tages einfach laufen.«

Ein Glucksen entstieg seiner Kehle. »Ich weiß bis heute nicht, warum. Vielleicht dachte der Vogt, dass die Umstände den Rest erledigen würden, ohne dass er sich die Hände schmutzig machen musste? Schließlich hatte er mir alles genommen. Selbst meinen Wagen hatte er zerstört. Nichts war mir geblieben.« Sein Mundwinkel hob sich zu einem halben Lächeln. »Aber ich hatte Glück.« Mit einer ausladenden Geste zeigte er auf einen Teil der Fahrenden, die mit ihnen ums Feuer saßen und wie Johanna den Worten des Alten lauschten. »Diese guten Menschen haben mich bei sich aufgenommen und gesund gepflegt. So habe ich überlebt.« Seine Augen suchten die ihren. »Nun, was denkst du?«

Johannas Kehle hatte sich im Lauf seiner Erzählung zugeschnürt. Sie wollte nicht mit diesem Mann verwandt sein, der das Ansehen ihrer Mutter beschmutzte. Konnte kaum den Blick von dem weißen Schleim wenden, der sich beim Sprechen in seinen Mundwinkeln sammelte. Doch die Wahrheit ließ sich nicht verleugnen. *Geh nicht zu hart mit ihm ins Gericht*, mahnte sie die Stimme ihrer Mutter in ihrem Innern. Leise räusperte sie sich.

»Du scheinst tatsächlich mein Großvater zu sein.« Das, was sie erfahren hatte, deckte sich in entscheidenden Teilen mit dem, was sie wusste. Er konnte es unmöglich irgendwo aufgeschnappt haben. Über die Einzelheiten seines Verschwindens hatte Mutter mit niemandem außer ihr gesprochen. »Du sollst wissen, dass deine Tochter eine gute Heilerin gewesen ist und ich in ihre Fußstapfen getreten bin.«

Seine Miene erhellte sich. »Du kennst dich in der Heilkunst aus?«

»Das tue ich«, sagte sie stolz.

»Auch ich gehe ab und zu meiner alten Beschäftigung nach. Die einfachen Leute sind froh um meinen Rat – doch niemals wieder werde ich versuchen, einen Hochwohlgeborenen zu heilen.«

»Deine Tochter ist einen friedlichen Tod gestorben«, fügte sie an, da sie dachte, dass ihn dies interessieren könnte.

»Etwas, das mir bisher nicht vergönnt war«, erwiderte er.

Johanna wurde das Gefühl nicht los, dass er meinte, Afra sei auch dafür verantwortlich.

»Erzähl mir, was du tust.«

Zögernd erzählte sie von ihren Kräutern und den Operationen, die sie durchgeführt hatte. Sogar von den Dingen, die ihr nicht geglückt waren. Es könnte gut sein, dass der ehemalige Bader eine Antwort auf ihre Fragen wüsste.

Ida, die Johannas Gespräch mit dem Alten zunehmend langweilte, machte sich unbemerkt davon. Caspar interessierte sie viel mehr. Längst hatte sie ihn entdeckt, doch es dauerte seine Zeit, bis sie den Mut gefasst hatte, zu ihm zu gehen. Der Schreck saß ihr noch in den Knochen, da der Alte genau wusste, dass sie die Fahrenden beobachtet hatte. Wusste Caspar es auch?

Wie üblich saß er abseits von den anderen. Der am Boden liegende Stamm eines gefällten Baumes diente ihm als Bank. Er hatte den am Feuer Sitzenden den Rücken zugedreht. Doch was tat er da? Gemächlich schlenderte sie näher an ihn heran. Bald stand sie hinter ihm und beobachtete fasziniert, wie er mit einem verkohlten Holzstück ein Gesicht auf einen großen, flachen Stein malte.

Wer ist dieses hässliche Mädchen?, fragte sie sich. Mit einem Mal sah Caspar auf. Er bemerkte, wie kritisch sie schaute, und ein fast unmerkliches Lächeln huschte über seine Lippen. Mit dem Finger deutete er auf die Zeichnung, dann zeigte er auf sie. Nicht verstehend schüttelte Ida den Kopf. Der Junge wiederholte die Geste etwas nachdrücklicher als zuvor.

Plötzlich begriff sie. Bisher hatte sie ihr undeutliches Spiegelbild lediglich auf der stillen Oberfläche des Wassers gesehen, doch sie musste zugeben, dass es große Ähnlichkeit mit dem Bildnis auf dem Stein hatte. Dieses verkniffene Gesicht war ihres.

Scheu musterte er sie. Er schien sich zu fragen, ob ihr sein Bild gefiel. Und obwohl es das nicht tat, zwang sie sich zu einem Lächeln. Sie mochte ihm nicht wehtun.

Ein zaghaftes Leuchten trat in seine grünen Augen. Verlegen fuhr er sich durch sein dunkles, struppiges Haar. *Fühlt er dasselbe wie ich? Die Scheu vor anderen, die einem den Mund verschließt, und die Angst, dass sie dich nicht verstehen?*

»Wie heißt du?«

Beim Klang seiner kehligen Worte zuckte Ida zusammen. Ihr Ton hörte sich hart und vollkommen falsch an. Ihr Herz fing auf einmal heftig an zu klopfen. Sie, die nur selten sprach, musste ihm antworten!

»Ida«, nuschelte sie schließlich verschämt.

Caspar runzelte die Stirn. Er schien sie nicht verstanden zu haben. Wahrscheinlich hatte sie viel zu leise gesprochen.

»Ida!« Dieses Mal schrie sie fast. Sie fühlte die Blicke der Fahrenden in ihrem Rücken und schämte sich. Stur sah sie geradeaus, wagte es nicht, sich umzudrehen.

Das Lachen der jungen Frau, die sich Sybilla nannte und ein paar Schritte entfernt vor ihrer Hütte hockte, drang an ihre Ohren. »Du brauchst nicht zu schreien. Caspar hört dich nicht. Er ist taub.«

Es ist also wahr, dachte Ida entsetzt. Allerdings hatte sie gehofft, dass sein Gehör wenigstens ein bisschen funktionierte. Der Bauch tat ihr plötzlich weh. *Wie traurig ist es, nie den Gesang der Vögel zu hören, das Heulen der Wölfe und so vieles mehr!* Vermutlich hatte er sie deshalb nicht sofort bemerkt, als sie sich das erste Mal begegneten.

»Ida!«, wiederholte Caspar kehlig, der Sybillas Worte nicht

wahrgenommen hatte. Ein schüchternes Lächeln zeichnete sich in seine Miene. Dann klopfte er mit der Hand gegen seine Brust. »Caspar.«

Sie nickte übertrieben, bevor ihr auffiel, dass sie sich wie einer der Männer benahm, die ihm bei seiner Arbeit halfen. Der Junge mochte taub sein, aber blöd war er gewiss nicht.

Er stupste sie mit dem Finger an und bedeutete ihr, ihm zu folgen. *Wo will er hin?* Ihre Augen glitten zu Johanna, die immer noch plaudernd am Feuer saß. Sie würde schon merken, wenn sie nicht mehr hier wäre. Dann lief sie Caspar hinterher.

Der Alte redete und redete. Das nervöse Kribbeln in Johannas Fingern steigerte sich. Ihre Hoffnung, eine Antwort auf ihre ungelösten Fragen zu erhalten, wurde enttäuscht. Stattdessen schien er sich selbst gern zuzuhören und prahlte mit dem, was er erlebt hatte, nachdem er freikam. Zu guter Letzt riet er ihr zu einem Liebestrank, den er wiederholt hergestellt hatte. »Mische das Pulver von Würmern mit Immergrün und Lauch. Füge noch etwas Monatsblut hinzu, und du wirst viele damit glücklich machen.«

Johanna runzelte die Stirn. »Hältst du das für ein wirksames Mittel?«

Ein hinterlistiges Grienen verzog seine Lippen. »Nein, aber die einfachen Weiber lieben es. Sie werden dir glauben, und so wirkt er auf seine eigene Weise.«

Johanna antwortete nicht. *Er missbraucht schamlos das Vertrauen der Leichtgläubigen und geht nach wie vor das Risiko ein, dabei erwischt zu werden,* dachte sie erbittert. Etwas, das sie entschieden ablehnte. Ihr war, als ob eine unüberwindliche Brücke zwischen ihr und dem Alten läge. Bald darauf verabschiedete sie sich. Ida war in der Zwischenzeit verschwunden. Es war ihr nicht entgangen, dass der Junge sie begleitet hatte. Doch Johanna hatte sich zu sehr an ihr Verhalten gewöhnt, um sich deshalb zu sorgen. Spätestens bei Sonnenuntergang würde das Mädchen wieder zurück sein.

Während des gesamten Heimwegs dachte sie über ihren

Großvater nach. Er entsprach nicht dem Bild, das sie sich all die Jahre von ihm gemacht hatte. Er schien nicht der nette, bewundernswerte Kerl aus ihrer Vorstellung zu sein. Stattdessen war er gefühllos und verschlagen. Etwas, das ihr ganz und gar nicht gefiel. Erst am Ende ging ihr auf, dass sie ihn nicht einmal nach seinem Namen gefragt hatte.

Caspar führte Ida tiefer in den Wald. Er schien ein genaues Ziel vor Augen zu haben. Ihre Neugier wuchs. Längst hatten sie das Gebiet der Menschen hinter sich gelassen. Die Gegend gehörte den Tieren und den gelegentlichen Besuchen der Holzknechte, um frische Stämme zu schlagen.

Caspars Schritte verlangsamten sich. Er legte einen Finger an die Lippen zum Zeichen, dass sie leise sein sollte, duckte sich und wand sich behutsam durch das Gebüsch. Ida war ihm direkt auf den Fersen. Plötzlich hielt er inne und winkte sie dicht heran.

Ida hockte sich neben ihn und glaubte, ihren Augen nicht zu trauen. Ein Strahlen huschte über ihr Gesicht. Durch die Äste eines Strauches sah sie eine winzige Lichtung. Verborgen zwischen Bäumen und Gestrüpp lag ein Tier und ließ sich die Sonne auf den weißen Pelz scheinen. *Die Wölfin! Sie lebt!*

Ihre Freude entlockte auch Caspar ein Lächeln. *Wie kann er wissen, dass wir zusammengehören? Hat er uns beobachtet, so wie ich es bei ihm getan habe?*

Staunend betrachtete Ida das Tier. Die Wölfin sah gesund aus. Es schien ihr an nichts zu fehlen. Ein wilder Schmerz durchzuckte sie. Wie sehr hatte sie sich nach dem Tier gesehnt! Sie vermisste ihre Gegenwart, den dichten weißen Pelz, in dem sie Gesicht und Hände vergraben konnte. Das spielerische Ringen, den fast zärtlichen Kampf, der Muskeln und Sinne stärkte – und dennoch Geborgenheit vermittelte. Sie musste zu ihr. Musste ihr begreiflich machen, wie sehr sie ihr fehlte!

Noch ehe sie aufspringen und zu der Wölfin eilen konnte, hörte sie ein Geräusch, das von einem weiter rechts gelegenen Hügel kam. Ida erschrak, als sie ein zweites Tier erblickte.

Mäuschenstill erstarrte sie. Der grau gefleckte Wolf war groß und kräftig. Sie erkannte sofort, dass es ein Männchen war. Er trottete auf die Wölfin zu, begrüßte sie liebevoll und leckte ihre Schnauze.

Er ist ihr Gefährte!

Der Wind musste sich gedreht haben, denn plötzlich hielt er inne. Witternd hob er die Nase. Seine gelben Augen richteten sich auf ihr Versteck. Er hatte sie entdeckt! Binnen eines Wimpernschlags wurde aus dem zärtlichen Liebhaber ein gefährliches Raubtier. Sein Fell sträubte sich. Drohend hob er die schwarzen Lefzen und gewährte einen Blick auf seine Fangzähne. Ein beängstigendes Knurren drang tief aus seiner Kehle.

Ida wurde unbehaglich zumute. Auch Caspar schien nicht zu wissen, was er tun sollte. Weise bernsteinfarbene Augen trafen die ihren. Barsch gab die Wölfin ihrem Gefährten zu verstehen, dass er damit aufhören sollte. Und das Wunder geschah. Das wilde Tier griff sie nicht an, doch es war auf der Hut und bewachte sie lauernd.

Ida begriff, dass sie nicht näher kommen durfte. Die Wölfin war dabei, eine Familie zu gründen. Ihr dicker Bauch ließ darauf schließen, dass sie bereits trächtig war. Sie durfte sich nicht einmischen. Unglücklich senkte sie den Kopf. Ein anderer hatte ihren Platz eingenommen, ohne auf sie und ihre Gefühle Rücksicht zu nehmen. Ida schluckte. Offenbar hatte man sie bei alldem einfach vergessen. Ob es ihr passte, schien niemanden zu interessieren!

Und obwohl Johanna sie darauf vorbereitet hatte, konnte sie es nicht fassen. Abrupt wandte Ida sich ab. Bestürzt kroch sie aus dem Gebüsch. Caspar eilte ihr nach. Er spürte ihre Traurigkeit und legte begütigend den Arm um sie. Doch sie wollte seinen Trost nicht. Energisch machte sie sich los und rannte davon.

Caspar sah dem Mädchen hinterher. Er war taub, doch das hinderte ihn nicht daran, vieles von dem zu erfassen, was vor sich ging. Seine übrigen Sinne hatten sich geschärft und erschlossen ihm die Welt. Manche hatten deshalb Angst vor ihm. Am meisten erschraken jene, die sich von hinten näherten, wenn er sich im richtigen Moment umdrehte, obwohl sie wussten, dass er sie nicht hören konnte. Doch er bemerkte die Schwingungen des Bodens unter seinen Fußsohlen, sobald sie sich bewegten. Roch die Ausdünstungen ihres Körpers. Er konnte Gesichtszüge lesen, Haltung und Gesten der Menschen deuten. Fühlen, was den meisten verborgen blieb. Im Grunde tat er nichts anderes als Pferde, und es war sein Körper, der mit diesen Tieren sprach. Schon lange zog er den Umgang mit ihnen vor.

Ida schien aus dem gleichen Holz geschnitzt zu sein. Es war reiner Zufall gewesen, dass er sie mit der Wölfin im Wald entdeckt hatte. Sein Gefühl sagte ihm, dass auch sie sich von anderen unterschied. Sie redete kaum, obwohl sie offensichtlich hören konnte, und kam mit ihrer tierischen Freundin wesentlich besser zurecht als mit Menschen. Der Gedanke entlockte ihm ein Grinsen. In diesem Punkt waren sie sich ähnlich. Er fühlte, dass sie Schreckliches erlebt hatte und ihre inneren Wunden hinter einer Mauer aus Misstrauen und Distanz versteckte. Er konnte sie gut verstehen.

Caspars Miene verfinsterte sich. Seine Gedanken reisten in die Vergangenheit zurück, während seine Füße über den weichen Waldboden schritten. Das Schicksal hatte ihm ebenfalls übel mitgespielt. Er war ein ganz normaler Junge gewesen, bis die schreckliche Krankheit sein Leben fast beendet hatte. Tagelang hatten ihn Fieber und quälende Kopfschmerzen geplagt. Seine Ohren hatten so wehgetan, dass sie zu platzen drohten. Endlich war es besser geworden, doch er hatte sich gefühlt, als ob man seinen Kopf unter Wasser getaucht hätte. Alles hatte dumpf geklungen, so unwirklich und leise, als wäre es aus weiter Ferne gekommen. Danach war sein Gehör stetig schlechter geworden, bis er jegliches Gespür für Geräusche verloren hatte.

Es war sein Großvater gewesen, der das Talent in ihm erkannt hatte, weil er es ebenfalls besaß. Er hatte ihm beigebracht, die Zerbrechlichkeit der Pferde zu sehen. »Ihr Verhalten ist ein Spiegel ihrer Seele«, hatte er Caspar vor seiner Taubheit gesagt. Also half er den Pferden, und in gewisser Weise halfen sie ihm. Selbst als er sein Gehör verloren hatte, schadete dies seiner Begabung nicht. Er brauchte es nicht, um die Tiere zu verstehen. Durch sie gelang es ihm, seine Grenzen zu überwinden. Sie heilten seine Seele, so wie er ihre heilte.

In den wenigen Jahren, die er mit seinem Großvater verbracht hatte, lehrte dieser ihn, seine Fähigkeiten zu nutzen. Doch dann war er gestorben. Kurz darauf starb Caspars Mutter. Den Vater hatte er nie gekannt. Er hatte sich schrecklich allein gefühlt. Trotz der Trauer, die ihn niederdrückte, tat er sein Bestes, um mit seiner Gabe zu überleben.

Aber er war zu jung und unbedarft, und seine Taubheit machte es nicht leichter. Er wurde übers Ohr gehauen. Oft bekam er keinen Lohn, sobald ein Pferd gezähmt war. Bis er auf die Fahrenden stieß. Durch sie erfuhr er Schutz. In gewisser Weise waren sie seine Familie, so wie Ida zu der jungen Heilerin gehörte.

»Ida!« Er formte ihren Namen mit den Lippen, ohne die kehligen Laute zu hören, die durch die Luft drangen. Er würde sich weiter um sie bemühen, bis sie eines Tages Freunde würden.

»Und?«, fragte Johanna, als Lukas am Abend vor ihrer Tür stand.

»Lass mich erst mal rein. Ich bin hundemüde.«

Sie bat ihn an den Tisch und schenkte ihm Bier ein. Den Inhalt des Kruges hatte sie gestern Abend noch beim Hirschwirt erstanden. Der hatte sie mit großen Augen angesehen, aber nicht weiter gefragt.

»Donnerwetter!«, staunte Lukas. »Wie komme ich denn zu dieser Ehre?«

Johanna hob mit einem spitzbübischen Lächeln die Schultern. Er sollte ruhig wissen, dass ihre Worte nicht nur so dahergesagt waren. Seine Freundschaft war ihr wichtig.

Sie warf einen Blick auf Ida, die sich seit ihrer Rückkehr in eine Ecke verdrückt hatte. Das Mädchen wirkte still und in sich gekehrt. All ihre Fragen waren unbeantwortet geblieben. *Was hat sie nur mit Caspar erlebt?*, fragte sich Johanna zum wiederholten Mal. *Er wird ihr doch nicht wehgetan haben?* Der Junge war älter als Ida. Ein Jüngling von dreizehn oder vierzehn Jahren und damit so gut wie erwachsen. Doch sie hatte weder Blut noch blaue Flecke an ihr bemerkt. Und auch Caspar sah nicht danach aus, als ob er auf dumme Gedanken käme. Ihre Überlegungen brachten sie nicht weiter. Hier half nur Geduld. Wie immer würde sie warten müssen, bis das Mädchen von selbst auf sie zukam.

Lukas setzte derweil den Becher ab und seufzte glücklich. »Tut das gut!«

»Hast du Ruprecht erwischt?«, fragte sie, nachdem sie ebenfalls Platz genommen hatte.

Lukas schüttelte den Kopf. »Weder ihn noch sonst jemanden. Alles war vollkommen ruhig. Ich hatte mich in eine dunkle Ecke des Marktplatzes gedrückt und beobachtet, wie einer nach dem anderen den ›Hirschen‹ verließ. Die Läden der umstehenden Häuser schlossen sich. Überall gingen die Leute zu Bett. Und auch im ›Hirschen‹ ist nichts Ungewöhnliches geschehen.« Mühsam unterdrückte er ein Gähnen. »Allerdings war ich nicht die ganze Nacht dort. Nach ein paar Stunden habe ich aufgegeben, um wenigstens etwas Schlaf zu bekommen. Die Tage sind anstrengend genug.«

»Du hast getan, was du konntest«, erwiderte Johanna begütigend, obwohl sie auf ein anderes Ergebnis gehofft hatte. »Ob Wernher sich die Geräusche doch nur einbildet?«

Lukas zuckte mit den Schultern. »Ich werde es morgen Nacht noch einmal versuchen. Heute bin ich zu müde.«

11. KAPITEL

»Gott zum Gruße, Ludgera.« Johanna folgte der einladenden Geste der Frau und trat ein. Der große Wohnraum bot Platz für die gesamte Flößerfamilie. Sie war hierhergekommen, weil Ludgeras Tochter darum gebeten hatte. Das etwa sechsjährige Mädchen war längst wieder zu Hause, hockte auf dem Boden und spielte mit einem kleinen Jungen, der eben einen Turm aus Holzklötzchen umwarf.

»Bau ihn das nächste Mal höher«, forderte sie ihren Bruder auf. Ihm schien dies nicht zu gefallen, flink wieselte er zu seiner Mutter und versteckte sich unter ihrer Schürze. Ein Säugling, der etwas abseits in einem Korb schlief, schlug, gestört durch das Getrappel, die Augen auf und greinte.

»Sch, sch, sch«, ermahnte sie ihren Sohn, der nicht daran dachte, leise zu sein. Ein dumpfes Knurren drang unter dem Tuch hervor, als verstecke sich dort ein wildes Tier und nicht ein zarter Junge von drei Jahren. Ludgera hatte viel zu tun, vor allem, da es noch jemanden gab, der ihre besondere Fürsorge benötigte.

Johannas Blick schweifte zu einem einzelnen Lager, das man so nah wie möglich ans Feuer gerückt hatte. Dort lag Hedwig, Ludgeras Mutter, die an einer zehrenden Krankheit litt. Ihre Augen hefteten sich voller Mitleid auf die Frau. Trotz ihrer Versuche, Hedwig zu heilen, war sie immer magerer und elender geworden. Nun verschwand ihr Körper fast unter der Decke. Sie konnte nichts mehr für sie tun. Die geschlossenen Augen lagen in tiefen Höhlen. Nur ihre Nase stach wie der Schnabel eines Raubvogels aus dem hohlwangigen Gesicht hervor. Es war unausweichlich, dass sie sterben musste, doch dieser Zustand zog sich schon lange hin und war auch an ihrer Tochter nicht spurlos vorübergegangen.

Ludgera sah schlecht aus. Ihre Haut wirkte fahl, und das Feuer in ihren sonst so lebendigen Augen war erloschen.

Johanna konnte sie gut verstehen. Das Leid eines geliebten Menschen ließ sich nur schwer ertragen. Wenn der Tod schon kam, sollte er es wenigstens schnell tun. Doch bei Hedwig ließ er sich Zeit. Sie konnte einfach nicht sterben. Jeder weitere Tag wurde zur Qual für alle Beteiligten.

»Wie geht es ihr?«, fragte Johanna.

Ludgera schüttelte stumm den Kopf. »Nicht gut. Aber wegen ihr habe ich dich nicht rufen lassen.« Mit knappen Worten scheuchte sie die Kinder hinaus.

Johanna starrte ihnen verblüfft hinterher. Das hatte sie noch nie getan. *Welches Geheimnis hat Ludgera auf dem Herzen? Was ist es, das ihre Kinder nicht wissen dürfen?*

Hedwig gab ein Geräusch von sich, und sofort war ihre Tochter bei ihr, hob den Kopf der Kranken sanft an und gab ihr etwas zu trinken.

Eine ungute Ahnung regte sich in Johanna, während ihr die liebevolle Behandlung, mit der Ludgera sich um ihre Mutter kümmerte, nicht entging. Auch sie war deutlich schmaler geworden. *Ihre letzte Geburt liegt erst ein halbes Jahr zurück. Hedwigs Pflege laugt sie ebenso aus wie das Stillen des Kindes. Eine weitere Schwangerschaft kann sie jetzt nicht gebrauchen.* Normalerweise gehörte die fromme Frau nicht zu jenen, die Gott ins Handwerk pfuschten. Geduldig hatte sie all ihre Schwangerschaften ertragen und den Tod zweier Kinder hingenommen. Aber die Not forderte manchmal Dinge, die man zuvor nie in Erwägung gezogen hätte.

Johannas Magen verkrampfte sich. Mit der richtigen Information war es bis zu ihr nicht weit. Doch sie hatte sich geschworen, den Frauen nicht mehr zu helfen, wenn sie keine Kinder wollten. Wenigstens für eine Weile. Ihre Eingeweide verknoteten sich. Konnte sie das angesichts des Leids, das sich vor ihren Augen auftat? Ein geschwächter Körper barg das Risiko, selbst zu erkranken. Dann würde Ludgera ebenfalls auf die Pflege anderer angewiesen sein und für niemanden mehr da sein können. *Was soll ich tun? Ihr helfen oder mein Herz zu meinem eigenen Schutz verhärten?*

Ludgera ließ den Kopf der Kranken behutsam auf das Kissen gleiten, dann gesellte sie sich ein weiteres Mal zu Johanna. Endlich hatte sie Zeit. Der Säugling war inzwischen verstummt. Nur ein gelegentliches Schmatzen drang noch aus dem Körbchen. Anscheinend träumte er im Schlaf von seiner nächsten Mahlzeit.

»Nun, was kann ich für dich tun?« Johanna unterdrückte das nervöse Beben in ihrer Stimme, immer noch hin- und hergerissen zwischen Mitleid und Vernunft.

»Ich habe meine Monatsblutung bekommen. Und sie hört einfach nicht auf.«

Die Erleichterung sackte wie warme Luft in Johannas Bauch. Das war es, was Ludgera vor den Kindern nicht sagen mochte. All ihre Bedenken wurden mit zwei Sätzen hinweggewischt. »Wie lange hast du sie schon?«

Ludgera legte grübelnd ihre Stirn in Falten. »Mal sehen. Angefangen hat es, als Peterchen sich die Knie aufgeschlagen hat.« Womit sie ihren kleinen Sohn meinte, der eben noch an ihren Röcken gehangen hatte. Sie benutzte ihre Finger zum Zählen. »An die zehn Tage. Obendrein ist sie stärker als sonst.«

»War es das erste Mal nach der Geburt?«

Sie nickte. »Das viele Blut laugt mich aus. Bald habe ich keine Kraft mehr.«

Johanna verstand. Sie kannte verschiedene Mittel, die man gegen zu starken Blutfluss anwenden konnte. Hoffentlich war es tatsächlich nur die Nachwirkung der letzten Geburt, und es steckte nichts Ernsteres dahinter.

»Hast du Schmerzen?«

Ludgera nickte.

»Ich werde dir Kräuter für einen Sud und Brennnesselsamen vorbeibringen.« Ein Sud aus Hirtentäschel vermochte die Blutung zu regulieren. Mengte man Beifuß hinzu, linderte er die Schmerzen. Johanna hätte stattdessen gern Gänsefingerkraut genommen, aber sie hatte keines mehr. Die getrockneten Samen der Brennnesseln würden Ludgera stärken. »Ich habe alles zu Hause. Am besten hole ich es gleich.«

Nachdem dies getan war, ging Johanna ein weiteres Mal zum Hirschwirt. Begierig darauf zu erfahren, wie die Nacht verlaufen war, trat sie ein.

Wernher stand wie üblich hinter dem Ausschank. Es bedurfte nur eines einzigen Blickes, um zu wissen, dass er wieder keine Ruhe gefunden hatte.

»Die Geräusche werden intensiver. Langsam werde ich verrückt«, flüsterte er auf ihre Frage.

Johanna wusste nicht so recht, was sie darauf antworten sollte. War Wernher tatsächlich dabei, überzuschnappen? Er sah schlecht aus, machte aber dennoch einen vernünftigen Eindruck. »Wir könnten andere Kräuter probieren ... und ... vielleicht ...«

Resolut schüttelte Wernher den Kopf. »Inzwischen glaube ich nicht mehr daran, dass deine Arznei mir helfen könnte. Ich bilde mir das nicht ein.«

Johanna hob zweifelnd die Brauen. »Bist du dir sicher?«

»Vollkommen«, erwiderte er fest.

»Und deine Mägde?«

»Bestreiten nach wie vor, etwas Auffälliges zu bemerken. Langsam beginne ich mich zu fragen, ob sie einfach nur zu dumm sind, um etwas zu hören.«

Johanna stutzte. War Oda in Ungnade gefallen, weil sie nicht so mitspielte, wie Wernher es sich wünschte? Leise Bewunderung für die junge Magd stieg in ihr auf.

»Ich habe Angst, verstehst du?«, unterbrach der Hirschwirt ihre Gedanken.

Sie runzelte die Stirn und starrte grübelnd zu Boden. Die ausgetretenen Dielen verschwammen vor ihren Augen. Dann kam ihr eine zündende Idee. »Du solltest dir Hilfe holen. Ein paar Männer, die heute Nacht mit dir ausharren. Vielleicht hören sie mehr als deine Mägde?«

Wernhers dunkle Brauen zogen sich zusammen. »Soll etwa das halbe Städtle darüber Bescheid wissen, damit ich zum Gespött der Leute werde?«

»Wenn es so ist, wie du sagst, sollte es deinem Ansehen

nicht schaden. Wie wäre es mit den Flößern? Sie sind stark und verwegen genug, um dir beizustehen.« Der Hirschwirt tippte sich mit dem Finger an sein Kinn, während er überlegte. Seiner Miene nach konnte er sich nicht zu einer Entscheidung durchringen. »Ich werde darüber nachdenken.«

Johanna machte noch einen kurzen Abstecher zur Spannstätte am Kirchweiher, um Lukas in das einzuweihen, was sie Wernher geraten hatte. Der junge Flößer versprach, dabei zu sein, falls der Hirschwirt tatsächlich nach Hilfe suchen sollte. Eine Nacht im Wirtshaus war schließlich nicht das Schlechteste.

Ida trottete durch den Wald. Sie hatte kein besonderes Ziel vor Augen, das dachte sie jedenfalls. Dennoch stand sie nach einiger Zeit vor dem Lager der Fahrenden, als ob ein unsichtbares Band sie dorthin gezogen hätte. Eine neue, ungewohnte Sorge wirbelte durch ihren Kopf und machte sie ganz kribbelig. Sie galt einer einzigen Person: Caspar.

Ob er mich nicht mehr mag? Nun, da sie sich so brüsk von ihm abgewandt hatte? Er konnte ja nichts dafür, dass sie traurig wegen der Wölfin gewesen war und dass diese Trauer ihre Wut entfacht hatte. Sie ertrug die Vorstellung nicht, dass er deshalb zornig auf sie sein könnte.

Vermutlich hatte er ihr eine Freude machen wollen – doch sie hatte alles verdorben! Niemand sonst hätte das Tier aufspüren können, und nur er verstand, was die Wölfin ihr bedeutete. Er schien das Gleiche zu fühlen wie sie. Fast kam es ihr so vor, als wären sie miteinander verwandt. Wie Bruder und Schwester. Der Gedanke, dass sie einen Keil zwischen diese Verbindung getrieben hatte, nahm ihr fast den Atem.

Zaghaft benutzte sie den Pfad, der in die Senke hineinführte. Es war nicht mehr nötig, sich zu verstecken.

»Na, Kleine. Da bist du ja wieder. Hast wohl einen Narren an unserem Caspar gefressen?«, bemerkte Sybilla.

Ida blieb stumm. Leiser Groll stieg in ihr auf. *Bin ich so leicht zu durchschauen?* Dennoch hefteten sich ihre Augen auf den großen Jungen. Wie beim letzten Mal saß er auf der behelfsmäßigen Bank eines gefällten Stammes und malte. Er schien ganz darin versunken zu sein. Die Krone eines Baumes warf ein Muster aus Sonnenflecken und Schatten auf seinen Rücken. Als Ida hinter ihn trat, drehte er sich mit einem Mal um, als ob er sie gehört hätte. Abrupt blieb sie stehen, starrte ihn mit großen Augen an.

Caspar begegnete ihrer Verblüffung mit einem schüchternen Lächeln. Er klopfte neben sich, um ihr zu bedeuten, Platz zu nehmen. Mit einem Mal war all ihre Sorge wie weggewischt. In seiner Miene lag nicht der geringste Anflug von Zorn. Erleichtert kletterte Ida auf den Stamm und ließ sich auf der rauen, von Flechten durchzogenen Borke nieder. Ihr Blick fiel auf die tellergroße Baumscheibe in seinen Händen, die von einem dicken Ast oder dem Stamm eines jungen Baumes stammte. Nur wenige Striche waren darauf zu sehen. Mit Gesten und seiner kehligen Sprache gab er ihr zu verstehen, dass er sie zuvor mit der Klinge einer Axt geglättet hatte.

Er nahm ihre Hand und ließ ihren Finger darübergleiten, dort, wo keine Kohle das Holz schwärzte. Ein wenig schreckte Ida vor seiner Berührung zurück, doch dann ließ sie es geschehen. Und tatsächlich fühlte sie eine gleichmäßige Oberfläche unter der sensiblen Fingerkuppe. Caspar musste sich viel Mühe gegeben haben.

Rasch zog sie die Hand zurück und beobachtete, wie er nach einem der verkohlten Holzstücke griff, die neben ihm auf dem Stamm lagen. Nach und nach entstand ein Bild auf der glatten Fläche des Holzes. Immer wieder hielt Caspar inne, nahm ein weiteres verkohltes Stückchen oder spitzte es mit seinem Messer an, damit er feinere Striche setzen konnte. Nun blickte Ida der Kopf eines Pferdes entgegen. Das Tier stellte die Ohren und reckte stolz den Hals. *Ob es wohl der Hengst ist, den er auf dem Marktplatz gezähmt hat?*

»Unser Caspar hat einige Talente, nicht wahr?«

Ida schrak zusammen. Hinter ihr stand der Alte und betrachtete sie mit seinen listigen Augen. Sie hatte ihn nicht kommen hören. Caspar schien er nicht zu stören. Geduldig benutzte er die breite Fläche der Kohle, um dem Bild Tiefe zu geben.

»Nur keine Angst. Ich tu dir nichts.« Sein Blick saugte sich an Ida fest. Ein unangenehmer Schauder durchfuhr sie. »Wo hast du deine Begleiterin gelassen? Ihr Besuch wäre mir eine Freude gewesen.«

Ida antwortete nicht. Fest presste sie die Lippen aufeinander. Sie fürchtete sich vor diesem unheimlichen Mann, der nicht das Geringste mit Johanna zu tun hatte, auch wenn er behauptete, ihr Großvater zu sein.

»Sehr gesprächig scheinst du ja nicht zu sein. Du bist nicht ihre Tochter, hab ich recht? Du kommst aus einem anderen Stall.«

»Lass sie in Ruhe, alter Mann«, herrschte Sigismund ihn an. Gemütlich schlenderte er heran und lümmelte sich auf den Boden zu Idas Füßen. »Du musst dich nicht vor ihm ängstigen«, sagte er, während er dem Greis hinterherblickte, der mit wütendem Gemurmel seiner Wege zog. »Er ist nur ein Schwätzer, der nach Anerkennung sucht, die ihm selten gewährt wird. So ist es nun einmal. Die Alten müssen gehen, und die Jungen ernten ihren Lohn.«

Ida begriff nicht so recht, was er damit meinte.

»Du scheinst dich gut mit ihm zu verstehen.« Sigismunds Kinn wies auf Caspar. »Hast du auch eine besondere Gabe?«

Ida sah ihn bloß an. Hin- und hergerissen zwischen dem unliebsamen Gefühl, das die Gesellschaft des Jünglings in ihr auslöste, und dem Wunsch, bei Caspar zu bleiben. *Wenn ich nicht antworte, wird er sich schon trollen.*

Doch Sigismund dachte nicht daran. »Nun, etwas Besonderes muss an dir sein, sonst würde Caspar dich nicht so offensichtlich mögen.«

Diese Worte gefielen Ida, und so harrte sie weiter neben dem tauben Jungen aus.

»Wir alle hier beherrschen eine Kunst, die uns von anderen unterscheidet.« Er ließ den Blick über seine Gefährten schweifen. Dann huschte ein fast überhebliches Grinsen über seine Lippen. »Wenn auch nicht die der Akrobatik und des Jonglierens.« Er richtete sich auf und streckte den Rücken. »Siehst du den mit den hellen Haaren? Man nennt ihn den weißen Bettelbuben.«

Ida nickte. Der Mann mit dem fahlen Blondhaar und ungewöhnlich heller Haut, der schon längst kein Bub mehr war, hockte vor einem der Verschläge. Um ihn herum saßen ein weiterer Mann und zwei Frauen. Sie lachten und scherzten miteinander. Ansonsten frönten sie dem Müßiggang und ließen die Sonne auf ihr Haupt scheinen. Noch etwas, das Ida von den Bewohnern des Städtle nicht gewöhnt war.

»Gegenüber sitzt der Katzensepp. Und seine Weiber hocken auch dabei. In seiner Jugend hat er sich von streunenden Katzen ernährt, weil er nichts anderes zu essen hatte. Man sagt, es habe ihm gefallen, die Tiere vorher zu schinden«, sagte er mit bedeutungsschwangerer Stimme.

Ein kalter Schauder kroch Ida den Rücken hinauf bei dem Gedanken daran, was der hagere Kerl mit den dunklen Haaren den Tieren angetan hatte.

»Beide verstehen sich aufs Betteln. Etwas, das uns über Wasser hält, wenn die Vorstellungen oder Caspars Kunst zu wenig einbringen. Ihre Weiber gehen ihnen dabei zur Hand.«

Ida betrachtete die vier und dachte, dass es wohl nicht beim Betteln blieb. Eine der Frauen trug das Brandmal einer Diebin auf der Stirn. Sie erinnerte sich, dass sie auf dem Schiltacher Marktplatz eine tief sitzende Haube getragen hatte, die das Zeichen verdeckte.

»Der mit dem Holz unter dem Arm ist der hübsche Jockel.«

Ida erkannte einen der Männer in ihm, die Caspar zu dem Meierhof begleitet hatten. Er war es auch gewesen, der die Menschen im Städtle mit seiner Trommel zusammengerufen hatte. In der Tat war er hübsch.

»Du solltest dich vor ihm hüten«, bemerkte Sigismund mit einem spitzbübischen Grinsen. »Allzu oft verdreht er den Weibern mit seinen Schmeicheleien den Kopf.«

Heute machte er einen verdrießlichen Eindruck. Gelangweilt trottete er über den Platz und ließ achtlos ein Bündel aufgeklaubte Äste neben einer kleinen Feuerstelle fallen. Eine Frau saß dort und steckte eben ein gehäutetes Tier auf einen langen Spieß, das sie offensichtlich braten wollte. Ida hoffte, dass es keine Katze war. Bei genauerem Hinsehen sah der nackte Kadaver eher wie der eines Hasen aus.

Jockel hatte sich inzwischen neben einen weiteren Mann gehockt, den Ida ebenfalls kannte. Gerade setzte er die Öffnung eines Lederschlauchs an den Mund und trank gierig daraus.

»Der neben ihm ist der Strickerle. Sie werben für Caspar und sind sein Mund und seine Ohren, wenn er ein Pferd zähmen soll.«

Und nebenbei stiehlt er, was er zwischen die Finger bekommt, dachte Ida. *Ob er sich inzwischen in dem Kühlhäuschen des Meierhofs bedient hat?*

»Den Alten kennst du ja«, setzte Sigismund seine Rede fort. »Mit keinem hat es das Schicksal gut gemeint, ebenso wenig wie mit meiner Schwester und mir.«

»Schwester?«, stieß Ida hervor.

Sigismund lächelte. »Zwillingsschwester, um genau zu sein. Unsere Mutter wollte nicht für zwei sorgen. Der Mann, der uns kaufte, hat uns zu dem geformt, was wir heute sind.« Seine Miene verfinsterte sich. »Wir wurden wie Tiere gehalten und bekamen nur das Nötigste zu essen, damit unsere Gestalt leicht und graziös blieb. Er und sein Weib dressierten uns wie Tanzbären, stets darauf bedacht, dass ihre ›Erziehung‹ keine sichtbaren Spuren hinterließ. Die gab es nur unter unserer Kleidung. Ihre Schläge trieben uns zu immer größerer Perfektion. Doch von dem Geld, das wir einbrachten, sahen wir keinen Pfennig.«

Ida senkte bekümmert die Lider. Aus den Augenwinkeln betrachtete sie Caspar, der sich weiter mit seiner Zeichnung beschäftigte. Die Schattierungen im Gesicht des Pferdes gefielen ihr. Die dunklen Nüstern, der lange, gerade Nasenrücken, der kräftige Kiefer. Doch er ließ weder sie noch Sigismund aus den Augen.

155

Der Blick des Jünglings ruhte derweil auf seiner Schwester, die ihre Muskeln dehnte, um geschmeidig zu bleiben. Sybilla bog und wand ihren Körper, wie Ida es nie im Leben fertiggebracht hätte. »Jetzt jagt uns niemand mehr Angst ein. Wir sind frei und genießen den Schutz der Gruppe.«

»Mann tot?«, fragte Ida.

Sigismund nickte. »Er und sein Weib.«

Ida fand nicht den Mut zu fragen, ob sie eines natürlichen Todes gestorben waren oder ob jemand die Verantwortung dafür trug. Sie alle, außer Caspar, strahlten etwas aus, das zutiefst verdorben war. Sie wusste nicht, woher er kam. Noch, welches Schicksal ihn zu diesen Menschen verschlagen hatte, doch sie ahnte, dass sein Innerstes genauso zerbrochen war wie ihres. Wenn es ihn nicht gäbe, wäre sie nie mehr hierher zurückgekehrt.

Am Ende begleitete Caspar sie nach Hause. Stolz zeigte sie ihm ihr kleines Heim und war glücklich, dass nun auch er wusste, wo er sie finden konnte. Vielleicht war es gar nicht mehr notwendig, zu den Fahrenden in den Wald zurückzukehren.

12. KAPITEL

Es dauerte eine weitere Nacht, bis Wernher so mürbe war, dass er all seine Bedenken vergaß und gegen Mittag bei den Flößern eintraf. Lukas unterdrückte ein Grinsen, als er ihn erblickte. Es war dem Wirt anzusehen, wie peinlich ihm die ganze Angelegenheit war. Stockend sprach er von seltsamen nächtlichen Geräuschen und bot kostenloses Bier und eine Mahlzeit für jeden, der wacker genug war, mit ihm eine Nacht im Wirtshaus auszuharren. »Wir werden uns auf die Lauer legen und es den Schelmen tüchtig heimzahlen, sobald wir sie erwischen!«

Sein Lachen wirkte aufgesetzt, doch das konnte Lukas nicht schrecken. Nicht nur, weil Johanna ihn darum gebeten hatte. Er wollte unbedingt herausfinden, was in dem Wirtshaus tatsächlich vor sich ging. Und dass es dabei etwas zu essen und zu trinken gab, machte die Sache noch interessanter. Auch Jecklin und Nickel hoben sofort den Arm. Selbst Symon und Thomas, beides Familienväter, konnten Wernhers Angebot nicht widerstehen. Er sah pure Neugier in ihren Augen und die Lust auf ein kleines Abenteuer. Sie waren eine eingespielte Truppe. Gemeinsam würden sie den oder die Unholde schon schnappen, wobei er nicht hoffte, Ruprecht vorzufinden. Er hatte immer noch keine Gelegenheit gefunden, mit ihm zu sprechen.

In aufgekratzter Stimmung traten die fünf abends den Gang ins Wirtshaus an. Schon beim Eintreten duftete es verführerisch.

»Kommt nur herein und setzt euch!«, rief Wernher ihnen zu.

Es dauerte nicht lang, bis jeder einen Krug Bier vor der Nase hatte. Wenig später stellte die neue Magd eine große Schüssel auf den Tisch, gefüllt mit Linsen und Speck. Der Wirt ließ sich nicht lumpen. Die Flößer ergriffen ihre Löffel und langten tüchtig zu.

»Wo er die nur immer herhat?« Jecklin warf der hübschen Frau einen sehnsüchtigen Blick hinterher. Seine Zunge fuhr nachdenklich durch die auffällige Zahnlücke in seinem Oberkiefer.

Thomas zuckte mit den Schultern. »Vielleicht zahlt er gut?«

Es wurde ein lustiger Abend. Sie waren gesättigt, Wernher sorgte dafür, dass ihre Krüge nicht leer wurden, und Nickel hielt sie mit seinen Scherzen bei Laune. Das raue Lachen der Männer zog weitere Gäste an ihren Tisch. Bald waren sie eine bunt gemischte Runde, die sich mit dem Vorrücken der Zeit immer mehr ausdünnte. Einer nach dem anderen verließ die Schankstube, um zu Hause in sein Bett zu sinken. Nur sie blieben wacker auf ihrem Posten. Schließlich schickte Wernher die Mägde in ihre Kammern, schloss Fensterläden und Türen, und die Flößer waren mit ihm allein.

Lukas fühlte, wie seine Glieder immer schwerer wurden. Es war ein langer Tag gewesen, angefüllt mit harter körperlicher Arbeit. Das Bier und sein voller Magen taten ein Übriges. Alles in ihm schrie nach Schlaf. Und noch immer regte sich nichts, das in irgendeiner Weise verdächtig sein könnte. Ein Blick in die Gesichter der anderen sagte ihm, dass es ihnen genauso erging. Nickel gingen die Scherze aus. Schließlich verstummten sie ganz.

»Wo sind sie denn nun, deine Geräusche?« Thomas richtete horchend die Augen in die Richtung der Decke.

Wernhers Lippen verspannten sich. »Sie ertönen erst, sobald ich eingeschlafen bin. Manchmal glaube ich, sie sind nur dazu da, um mich um meinen Schlaf zu bringen.«

Bald sprach keiner mehr ein Wort. Alles, was sie vernahmen, war das Knacken des Gebälks über ihnen. Nichts, was einen wachgehalten hätte. Jecklin sank mit dem Gesicht auf seine Arme, die er auf der Tischplatte verschränkt hatte. Thomas schnarchte im Sitzen, und Symons Lider senkten sich, während sich sein Kopf nach hinten neigte. Nur Nickel, Wernher und Lukas kämpften noch gegen die bleierne Müdigkeit an.

Schließlich konnte auch Lukas sich nicht mehr beherrschen. Ohne dass er es wollte, fielen ihm die Augen zu.

Ein fürchterliches Getöse riss ihn aus dem Schlaf. Lukas hob den Kopf und sah in die Gesichter der anderen. Offenbar hatte keiner der Müdigkeit widerstehen können. Mit verquollenen Augen blinzelten sie einander an, doch es dauerte nur einen kurzen Moment, bis sie hellwach waren. Das Poltern und Pfeifen ließ ihnen schier die Haare zu Berge stehen. Lukas' Herz donnerte gegen seine Brust. Sein Blick wanderte zu Wernher, der mit schreckgeweiteten Augen in die Runde blickte. »Hört ihr das?« Das gemeinschaftliche Nicken schien ihn fast zu erleichtern. »Wusste ich es doch, dass ich noch alle fünf Sinne beisammenhabe!«

Die Laute veränderten sich, und ein unheimliches Rasseln erklang, als ob jemand eine dicke Kette über den Boden schleifte.

»Du lieber Gott! Was ist das?«, fragte Nickel mit zittriger Stimme.

Wernher senkte ratlos das Kinn. »Wenn ich das nur wüsste. Dieses Mal ist es lauter als sonst.« Sein banger Ton entging ihnen nicht.

Thomas deutete auf die Küche. »Es scheint von dort zu kommen!« Mutig stand er auf. »Lasst uns nachsehen.«

Lukas folgte ihm mit den anderen. Schließlich waren sie nicht nur zum Fressen und Saufen hergekommen. Gemeinsam umrundeten sie den Ausschank. Der Floßlenker riss die Tür auf. Abrupt verstummten die Geräusche. Schweiß perlte zwischen Lukas' Schulterblättern auf. Irgendetwas huschte mit raschen Schritten davon, doch die Dunkelheit verhinderte, dass sie etwas sehen konnten.

»Schnell, gebt mir ein Licht«, blaffte Thomas.

Lukas eilte zurück, nahm die Talgkerze vom Tresen und reichte sie ihm.

Inzwischen war es still geworden. Die Männer waren auf der Hut, bereit, sich dem zu stellen, was aus der Finsternis kommen mochte. Etwas lauerte in den Schatten. Eine Bedrohung, die vermutlich nicht vor Gewalt zurückschrecken würde. Doch als die Kerze den Raum erhellte, war niemand da. Thomas ging um die erkaltete Feuerstelle herum, hielt die Flamme unter den Tisch. In jede Ecke, die groß genug war, sich darin zu verstecken. »Hier ist keiner.«

Wernhers Züge verdüsterten sich. »So ist es imm–« Seine Rede wurde von einem unheimlichen Pfeifen unterbrochen, das aus der Tiefe kam.

»Es ist im Keller«, sagte Symon atemlos.

Ihre Blicke fielen auf die Tür an der rechten Küchenwand.

»Hast du dort unten einen Einstieg?«, wollte Lukas wissen.

»Gewiss. Hinter dem Haus. Doch es kann niemand hereinkommen. Er ist von innen verriegelt und wird nur geöffnet, wenn ich frische Ware bekomme.«

Wernhers Antwort wurde von einem dumpfen Gepolter begleitet, das in Lukas ein Gefühl weckte, als ob eine fette Kröte seinen Rücken hinaufkriechen würde. »Aber man könnte durch ihn entkommen?«

»Nicht, wenn wir schnell genug sind!« Jecklin schien seinen Mut wiedergefunden zu haben. Er nahm Thomas das Licht aus der Hand und öffnete die Kellertür. Von weiter unten erklang ein Dröhnen, als schlüge jemand mit einem Stock auf das Holz eines hohlen Fasses ein. Die lange, schmale Kellertreppe, die wie ein Gang nach unten führte, zwang sie hintereinanderzugehen. Fast an ihrem Fuß angekommen, blieb Jecklin so abrupt stehen, dass sie alle gegeneinanderstießen.

»Was ist los?«, blaffte Nickel. »Hast du einen Geist gesehen?«

Jecklin antwortete nicht.

»Nun red schon, Mann«, forderte Wernher ungeduldig.

»Da vorn ist etwas.« Seine Stimme schwankte. Im Licht der Talgkerze lag die Lücke seines fehlenden Schneidezahns wie eine dunkle Grube in seinem Mund, umrahmt von helleren Zähnen.

Lukas, der als Vorletzter die Treppe hinabgestiegen war, kannte Jecklin gut genug, um zu wissen, dass der kraftstrotzende Bursche sich wahrhaft fürchtete. »Ein weißer, unförmiger Schemen. Jetzt ist er verschwunden.«

»Lauf endlich zu, sonst kriegen wir ihn nie!« Thomas versetzte Lukas einen Stoß, der den gesamten Tross vorwärtstrieb. Nach weiteren Stufen kamen die Männer in dem kalten Gemäuer tief unter der Erde an. Sein Ausmaß entsprach fast der Fläche des Wirtshauses. Der Rest gehörte vermutlich zum Eiskeller, in dem man Genefe bis zu ihrem Begräbnis aufgebahrt hatte.

Lukas' Augen schweiften über all die Dinge, die hier unten lagerten. Kein Wunder, dass Jecklin den Überblick verloren hatte. Zwischen Steigen mit den letzten Winteräpfeln, leeren Schmalztöpfen, flachen Körben mit Resten von gedarrtem Obst gab es Fässer, in denen es nach eingelegtem Kraut und gesalzenem Fleisch roch. Alles stand durcheinander. Daneben gab es jede Menge Gerümpel. Wernher schien im Keller keinen Wert auf Ordnung zu legen. Eine Wand wurde fast vollständig von übereinandergelagerten Weinfässern verdeckt. Nichts regte sich zwischen all dem, was verborgen ein dunkles, regloses Dasein fristete. Selbst als Jecklin das Kerzenlicht darüber aufscheinen ließ, fanden sie keine Spur von etwas, das lebendig gewesen wäre.

Der Hirschwirt ging derweil zur Kellertür. »Ist immer noch von innen verriegelt«, verkündete er. »Hierdurch kann keiner abgehauen sein.«

»Zeig dich, du Taugenichts! Wir wissen, dass du da bist!« Thomas klang verächtlich, als wollte er dem Unhold erklären, dass er keine Angst hatte. »Wir werden dich finden und dir tüchtig den Arsch versohlen, falls du uns noch länger zum Narren halten willst«, drohte er in die Tiefen des Raumes hinein.

Sie erhielten keine Antwort. Es war, als hätte der Keller die Gestalt verschluckt, die hier umhergeisterte. Formlos und dennoch unerbittlich legte sich dräuende Angst über die wackeren Männer.

»Er könnte dahinter sein.« Jecklin deutete auf die in Regalen gelagerten Weinfässer, die eine der Wände fast bis zur Decke hinauf komplett verdeckten.

Alle kamen näher.

»Dort geht es nicht weiter«, erklärte der Hirschwirt. »Ist nur ein schmaler Durchgang, damit die Fässer nicht an der Wand stehen und schimmeln.«

»Aber breit genug für einen schlanken Mann«, stellte Thomas fest, der geschmeidig hinter die Fassböden schlüpfte. »Was ist denn das für ein Dreck?«, dröhnte es dumpf an ihre Ohren.

Und da hörten sie es. Ein unheimliches Jammern und Stöhnen, begleitet von schaurigem Kettengerassel. Die Laute waren seltsam gedämpft, als ob sie aus der Tiefe der Erde zu ihnen empordrangen. Wie von tausend Wespen gestochen schoss Thomas hinter den Fässern hervor. Geistesabwesend wischte er sich die Spinnweben aus dem Gesicht. Auch seine Kleidung verunzierte ein klebriger schauriger Überzug, der gut zu ihrer Stimmung passte. »Die Geräusche kommen von jenseits der Mauer. Kein Mensch kann da hindurchgehen«, japste er. Seine Kurzatmigkeit kam nicht nur vom schnellen Laufen.

»Ich hab euch doch gesagt, dass ich einen weißen Schemen gesehen habe!« Lukas schien, als ob sich die Luft bei Jecklins Worten deutlich abkühlte.

»Hier ist etwas Teuflisches am Werk!«, bemerkte Thomas schaudernd.

Das war zu viel. Selbst ein verwegener Flößer konnte es nicht mit dem Teufel und seinen Dienern aufnehmen. Und wem sonst sollte es gelingen, das dicke Mauerwerk zu durchdringen und sich wie ein Maulwurf durchs Erdreich zu wühlen? Galt Satan doch als Fürst der Unterwelt, den Gott aus dem Himmel verstoßen hatte! Wie ein Mann machten sie kehrt und flohen die Treppe hinauf.

»Du musst den Priester kommen lassen«, erklärte Thomas, der in der Schankstube nur mit Mühe das Beben seiner Glieder unterdrücken konnte. »Unsere Hilfe kann weder den Beelzebub noch einen seiner Dämonen bezwingen. Weiß der Himmel, weshalb er in dein Haus gekommen ist.«

Wernher nickte widerstrebend. »Wenigstens habe ich nun die Gewissheit, dass ich nicht verrückt bin.«

»Ich glaube kaum, dass Ruprecht dahintersteckt. Es sei denn, er kann durch Wände gehen.« Lukas unterdrückte ein Frösteln, das bei der Erinnerung über seinen Körper fuhr, während er Johanna in die Ereignisse der Nacht einweihte. »Etwas Schreckliches ist dort im Gange. Ich möchte nicht in Wernhers Haut stecken!«

Johanna fühlte die Signale der Anspannung, die sein Körper aussendete. Widerstreitende Gefühle spiegelten sich in seinem Gesicht. Der Kampf zwischen Zweifel und Angst.

Im Lauf des Tages hatte sie schon einiges darüber gehört. Das ganze Städtle sprach inzwischen davon. Gegen Mittag war sie selbst beim Hirschwirt gewesen. Wie üblich sah er schlapp und kränklich aus, hielt aber den täglichen Betrieb aufrecht und tat, als ob nichts geschehen wäre. Wahrscheinlicher war jedoch, dass er die ganze Nacht kein Auge zugetan hatte, was sie durchaus nachvollziehen konnte. Die nächtlichen Geräusche waren laut genug gewesen, dass sie den beiden Mägden ebenfalls nicht entgangen waren. Selbst die Nachbarn hatten dieses Mal mitbekommen, dass im »Hirschen« irgendetwas vor sich ging. Furcht stand in den Augen der Frauen, obwohl sie tapfer die Stellung hielten.

Johanna wollte nicht in ihrer Haut stecken. *Wenn sie essen wollen, wird ihnen nichts anderes übrig bleiben.* »Wernher ist überzeugt davon, dass etwas Teuflisches in seinem Haus umgeht. Morgen soll der Priester einen Exorzismus durchführen.«

Lukas nickte müde. »Schaden kann es nicht. Ich sage dir, wenn du dasselbe wie wir erlebt hättest, würdest du auch nach dem Priester schreien.«

Sie alle kannten Geschichten über die Kreaturen der Dunkelheit. Den Mondesser, Zaunreiterinnen und böse Geister, die sich nachts auf Kreuzwegen aufhielten. Allesamt unterstanden sie dem Teufel. Johanna hatte noch nie eine der lichtscheuen Gestalten zu Gesicht bekommen. Und sie spürte auch kein

Verlangen danach. Doch war sie sich nicht sicher, ob die Geschichten der Wahrheit entsprachen oder einem lediglich den Schlaf raubten. Man erzählte sich, dass sie nebelgleich dahinschwebten – und das deckte sich mit dem, was Jecklin gesehen hatte. Außerdem kannte auch sie niemanden, der durch Wände gehen konnte.

Während Lukas vor sich hin sinnierte, erinnerte sie sich daran, dass sie nachmittags bei Pius vorbeigeschaut hatte. Die Tatsache, dass der verschlagene Mann im Wald ihr Großvater war, steckte ihr immer noch in den Knochen.

»Meinst du, ich ähnele ihm tatsächlich?«, hatte sie ihn gefragt, nachdem sie ihm von ihrer Begegnung mit dem seltsamen Alten erzählt hatte.

Der Mönch hatte schmunzelnd das Gesicht verzogen. »Nun, was dein Talent für Schwierigkeiten und die hin und wieder recht scharfe Zunge angeht, so könnten diese Eigenschaften durchaus in diese Richtung weisen.« Er sprach lächelnd weiter, bevor ihr Herz allzu tief sinken konnte. »Ansonsten ist es wohl der gute Einfluss deiner Mutter, der überwiegt. Mehr gibt es nicht an dir auszusetzen.«

Noch immer spürte sie die Erleichterung über Pius' Worte. Wie froh war sie, in ihm einen unvoreingenommenen Richter zu haben.

»Hüte dich vor den Fahrenden«, hatte Pius hinzugefügt. »Man kann ihnen nicht trauen. Viele sind vom Schicksal gebeutelt, andere zu faul oder zu verschlagen für ein ehrliches Leben. Anstatt zu arbeiten, bereichern sie sich an dem Besitz derer, die naiv genug sind, um auf sie hereinzufallen. Kommt man ihnen auf die Schliche, kratzen und beißen sie wie ein in die Enge getriebenes Tier.«

Sein Blick war zu Clewins Grab geglitten. In gewisser Weise war er ebenfalls ein Fahrender gewesen, obwohl von ganz anderer Art. Aber er hatte sie belogen und ihren Tod in Kauf genommen, selbst wenn er sich im letzten Moment besonnen hatte. Im Stillen gab sie Pius recht. Im Städtle hatte einiges gefehlt, nachdem die Vorstellung der Fahrenden vorüber war.

Nichts, was von großer Bedeutung gewesen wäre, aber dennoch war es Diebstahl, wenn Butter, Brot oder Käse fehlten. Der Knochenhauer hatte eine ganze Kette an Würsten vermisst, die er frisch aus dem Kessel geholt und zum Trocknen über einen Besenstiel gehängt hatte. Es war ihm nicht gleich aufgefallen, als er mit seiner Familie von der Vorstellung zurückkehrte, und bis er es bemerkte, waren die Fahrenden verschwunden.

Bevor Johanna gegangen war, hatte sie Pius von den Vorfällen im »Hirschen« erzählt. Auch ihm war die Sache nicht geheuer.

»Womöglich geht ja doch Genefes Geist umher?«, unterbrach Lukas ihre Gedanken. Sein Blick richtete sich nach innen, als ob er jede Einzelheit der vergangenen Nacht noch einmal heraufbeschwören müsste.

Johanna erinnerte sich an den Scherz, den er unlängst gemacht hatte. »Glaubst du wirklich, dass sie sich im Tod an Wernher rächt?«

»Wer weiß? Es gibt Dinge zwischen Himmel und Erde, die wir nicht erklären können. Nach der gestrigen Nacht bin ich bereit, so einiges zu glauben, das ich zuvor als pure Einbildung abgetan hätte.« Lukas knetete seine Nasenwurzel.

»Hast du Kopfschmerzen?«, fragte Johanna besorgt.

Er schüttelte den Kopf. »Nein, aber ich brauche dringend Schlaf. Sehen wir uns morgen, wenn der Priester die Dämonen aus dem Haus treibt?«

»Hast du denn deswegen frei?«, fragte Johanna belustigt.

»Du kannst dir sicher sein, dass sich das niemand entgehen lässt.«

»Dann werde ich wohl hingehen müssen«, erwiderte sie lächelnd.

Begleitet von Kirchengeläut, das so durchdringend war, dass es die Toten auf dem Friedhof hätte wecken können, machte sich Johanna am nächsten Tag auf den Weg zum Marktplatz. Lukas hatte recht behalten. Das ganze Städtle schien auf den

Beinen zu sein. Nur Ida, die große Menschenansammlungen mied, sobald es ihr möglich war, zog sich beim Anblick der vielen Neugierigen, die auf die Stadtmauer zustrebten, ins Haus zurück.

Johanna winkte zum Abschied und folgte der Menge ans untere Tor, wo sich diese mit den Bewohnern des Stadtkerns vereinigte. Der Marktplatz war so voll, wie sie es noch nie erlebt hatte. Sie schlüpfte durch das Gedränge aus tuschelnden Frauen, Männern, die ihre Angst mit derben Scherzen vertrieben, und kreischenden Kindern. Endlich stand sie so weit vorn, dass sie einen guten Blick auf den »Hirschen« hatte. Davor entdeckte sie Werner, der wie sie alle auf den Priester wartete. Ein nervöser Zug lag um seinen Mund. Er musste sich unbehaglich fühlen, derart in den Mittelpunkt eines Geschehens gerückt zu sein, das nichts Gutes verhieß.

Kurz darauf verebbte langsam das Gesumm der Stimmen um sie herum. Endlich hörte es ganz auf, und eine respektvolle Stille setzte ein, die nur eines bedeuten konnte: Der Priester war da.

Die Schneise, die sich neben Johanna bildete, förderte ihn schließlich zutage. Der kleine, schmächtige Mann war ein Leutpriester. Er gehörte dem niederen Klerus an und lebte so bescheiden wie die meisten seiner Schäfchen. Gegenwärtig war er in eine weiße Albe gekleidet. Eine reich bestickte Stola lag über seinen Schultern. In seinen Händen trug er ein Weihwassergefäß nebst einem Aspergill. Ein leiser Anflug von Kummer stand wie üblich in seinem von Falten durchfurchten Gesicht. Niemand wusste, weshalb, doch etwas schien ihm Sorgen zu bereiten. Vielleicht hing es mit seinem Begleiter zusammen. Kuno war ein strenger, aber dennoch rechtschaffener Mann, wogegen sein Lehrling in Johanna einen Anflug von Übelkeit hervorrief.

Balduin war nicht viel älter als sie und Kunos Zögling. Wie Kuno gehörte er nicht dem Adel an. Wahrscheinlich waren die beiden miteinander verwandt, da er es sich zur Aufgabe gemacht hatte, sich um die Zukunft des jungen Mannes zu kümmern. Balduin besaß den zweiten niederen Weihegrad eines Lektors, aber es war klar, dass dies nicht genügte, um eines Tages selbst einer Pfarrei vorzustehen. Seine Ausbildung würde erst enden, wenn er dazu in der Lage wäre. Doch er schien keine Eile zu haben, und Johanna hoffte inständig, dass es nicht die Schiltacher Kirche sein würde, die er eines Tages übernähme. Der Ausdruck in Balduins Gesicht, aus dem eine messerscharfe Nase stach, war ihr nicht geheuer. Oft sah sie ein begehrliches Glitzern in seinen Augen, wenn er sie beim Kirchgang entdeckte. Für gewöhnlich antwortete sie mit einem kalten Blick und entzog sich seiner Gegenwart, sobald er ihr zu nahe kam. Bisher hatte sie ihn so auf Abstand halten können.

Jetzt schritt er einträchtig neben seinem Lehrherrn einher, den er um Haupteslänge überragte. Seine lange, schmale Gestalt steckte in einem einfachen dunklen Gewand, das ihm bis zu den Knöcheln reichte. An den feinen Ketten in seiner Hand hing ein Turibulum, ein Weihrauchfass, das sanft hin- und herschwankte. Beide gingen gemessenen Schrittes, während der Duft des kostbaren Harzes die Luft erfüllte.

Nun waren sie bei Wernher angelangt. Johanna stellte sich auf die Zehenspitzen, um besser sehen zu können. Nach ein paar Worten, die sie nicht verstand, umrundete der Priester, von Balduin gefolgt, das Wirtshaus. »Heiliger Herr Jesus, hilf uns!«, rief er. »Befreie dieses Haus von der Macht des Bösen!« Die Sätze kamen wie eine Beschwörungsformel aus Kunos Mund, während er wieder und wieder das Aspergill hob und die Wände und Ecken mit Weihwasser besprenkelte. Hinter ihm schwenkte sein Lehrling das Weihrauchfass, um mit dem Duft die Dämonen zu vertreiben. Als beide erneut bei Wernher anlangten, gab Kuno Gefäß und Sprengel an Balduin weiter. Feierlich hob er die Hände. »Lasset uns beten.«

Er hob zu den ersten Worten des Paternosters an, bei denen alle mit einstimmten. Wie sprechender Gesang schraubte sich das Gebet in die Höhe, hörbar für jeden teuflischen Diener, der sich hier herumtreiben mochte.

»Die dämonischen Angriffe auf dieses Haus sind eine ernste

Angelegenheit«, rief der Priester, nachdem er das Gebet beendet hatte. Sein Gesicht wurde noch sorgenvoller, als es ohnehin schon war. »Das Auftreten der Widersacher Gottes kündet vom Kampf unseres Herrn mit den Mächten des Teufels. Und das macht sie auch uns zu Feinden. Wehrt euch gegen sie. Kämpft mit in dem Krieg, der in der unsichtbaren Welt herrscht. Streitet für den guten Kampf des Glaubens, dann wird der Herr mit euch sein.« Er machte eine bedeutungsvolle Pause und schien jedem persönlich in die Augen zu schauen. »Tut Buße und werdet zu Gottes Verbündeten. Läutert euch und führt ein einfaches, gottgefälliges Leben. Keine Sünde soll zwischen euch und Gottes Thron stehen. Werdet zu seinen geliebten Kindern und strebt ein einziges Ziel an: Gestattet dem Teufel nicht, sich bei uns einzunisten! Der Herr ist gnädig und gerecht. Er wird uns helfen, wenn wir bereit sind, das Richtige zu tun.«

Die Menge seufzte ehrfürchtig auf. Besonders die Männer strafften ihre Schultern, um sich dem Feind entgegenzustellen. In einigen Gesichtern entdeckte Johanna Furcht, andere erweckten den Eindruck von Schuld. In nur wenigen las sie lediglich Neugierde. *Die eindringliche Mahnung wird für einen regen Besuch des Beichtstuhls sorgen*, dachte sie bei sich.

Kuno warf einen letzten Blick auf die Menge, dann trat er in das Wirtshaus ein. Wernher und Balduin folgten ihm. Die gedämpften Laute von Gebeten und eindringlich gesprochenen Worten drangen auf den Platz. Das meiste davon so undeutlich, dass es niemand verstand. Was tatsächlich geschah, blieb ihnen verschlossen wie die Läden, die keinen Blick nach drinnen zuließen.

Mit einem Mal entdeckte Johanna Lukas und Elen, die sich auf der anderen Seite des Platzes in Höhe des »Weißen Rössel« aufhielten. Sie benutzte ihre Ellbogen und drängte sich zu ihnen durch.

»Du lieber Gott, Elen!«, sagte sie, als sie nah bei ihrer Freundin stand. »Wie siehst du denn aus? Bist du krank?« Ungesunde bräunliche Flecke verfärbten Elens Gesicht und Hals.

»Nein«, erwiderte sie gequält. Eine dunkle Röte stieg in ihre Wangen, während ihre Stimme zu einem Flüstern verkam. »Du weißt doch, dass es heißt, man solle sich mit frischer Löwenzahnmilch waschen, um schön zu erscheinen und die Gunst eines Mannes zu erwerben. Und da dachte ich ... wenn so viele hier sind, sollte ich es einmal versuchen.«

»Ach, Elen.« Johannas Stimme klang wie ein Seufzen. Sie wusste, wie gern ihre Freundin einen Ehemann hätte. Aber die Chancen standen schlecht. Sie hoffte inständig, dass es dennoch eines Tages dazu kommen würde, auch ohne Löwenzahnmilch, die sie eher entstellte. Es musste doch einen geben – wenigstens einen Einzigen –, der nicht auf ihr Äußeres oder das Fehlen von Mitgift und Aussteuer sah, sondern die Schönheit ihres Wesens entdeckte und lieben lernte. Tröstend strich sie ihr über den Arm. »Du solltest so etwas nicht tun. Ein Mann, der dich nicht nimmt, wie du bist, verdient deine Liebe nicht.«

»Du hast gut reden«, schnappte Elen, deren sonst so sanftes Temperament mit ihr durchzugehen schien. »Du willst ja nicht heiraten, obwohl du es durchaus könntest.«

Johanna fühlte sich auf unangenehme Weise ertappt. *Will ich das wirklich nicht?*, dachte sie. Noch immer hatte sie keine Antwort auf diese Frage.

Lukas tat, als bekäme er von alldem nichts mit. »Was der Priester wohl dort drinnen tut?«

»Das wüsste ich auch gerne«, entgegnete Johanna. Hier drüben klang Kunos Stimme wie eine Predigt aus weiter Ferne. »Wir werden uns gedulden müssen, bis Wernher davon berichtet.«

»Wenn es nur hilft«, bemerkte Lukas aus vollem Herzen. Seine haselnussbraunen Augen blickten nicht überzeugt.

»Glaubst du es nicht?«, flüsterte Johanna in sein Ohr. Niemand sollte sie hören. Schon der geringste Zweifel konnte als Sünde ausgelegt werden.

Lukas zuckte mit den Schultern. Bald würden sie es wissen.

13. KAPITEL

Am nächsten Morgen stand Caspar vor der Tür und schenkte Johanna ein scheues Lächeln. Sie betrachtete ihn verblüfft, doch Ida schien sich aufrichtig über seinen Besuch zu freuen. So ließ sie ihn ein und beobachtete, wie sich die beiden durch Gesten und die kehlige Sprache des Jungen verständigten. Offensichtlich hörte er kein einziges Wort. Dennoch schienen sie sich gut zu verstehen.

Nach einer Weile gingen die beiden in den Wald. Johanna hatte keine Ahnung, was sie dort taten. Vielleicht suchten sie gemeinsam nach der Wölfin? In den letzten Tagen hatte sie das Mädchen mit keinem Wort erwähnt. War es Caspar möglich, die Wunde des Verlusts mit seiner Freundschaft zu heilen? Sie wünschte es Ida sehr!

Gegen Mittag hatte sie einen ansehnlichen Korb frischer Kräuter gepflückt. Vor allem Löwenzahn, den ihr Elen ins Gedächtnis gerufen hatte. Sie konnte ihn als Heilkraut und ebenso als junges Gemüse verwenden. Selbst wenn er hin und wieder etwas bitter schmeckte. Für das Nachtmahl wollte sie eine Neunkräutersuppe kochen, weshalb die Blätter von Brennnessel, Giersch, Gänseblümchen, Vogelmiere, Spitzwegerich, Scharbockskraut, Wiesenlabkraut und Taubnessel ebenfalls in ihren Korb gewandert waren. Inzwischen hatte sie genügend für den Kochkessel beiseitegelegt.

Nun holte sie den groben Holzrahmen hervor, der an einer Wand des Häuschens lehnte, spannte ein sauberes Leintuch hinein und machte sich daran, die Blätter und Wurzeln des Löwenzahns darauf auszubreiten. Jetzt mussten sie nur noch an einen luftigen, von der milden Sonne beschienenen Ort gestellt werden, damit sie trockneten.

Als diese Arbeit getan war, machte sich Johanna auf den Weg ins Städtle. Sie war begierig darauf zu erfahren, wie die Nacht im »Hirschen« verlaufen war. Schon als sie das untere

Tor durchschritt, merkte sie, dass etwas nicht stimmte. Auf dem Marktplatz herrschte eine seltsame Stimmung. Zunächst hätte sie nicht sagen können, was es war. Menschen liefen hin und her. Besuchten eine der Werkstätten oder die Marktweiber. Der Hammer des Schmieds drang in einem hellen, gleichmäßigen Rhythmus an ihr Ohr, während der metallische Geruch von Eisen in der Luft hing. Der Knochenhauer bot gepökeltes Fleisch und geräucherte Würste an, die eines seiner Kinder mit scharfen Augen bewachte. Reisende ließen sich von den Schankmägden in die Wirtshäuser locken, um sich vor dem steilen Aufstieg zu stärken.

Doch als sie zu Elen blickte, die in der Gruppe der Marktweiber saß und Brot und Küchlein anbot, erkannte sie es. In den meisten Augen zeigte sich keine Fröhlichkeit. Zumindest bei denjenigen, die hier wohnten. Stattdessen zeichnete sich Besorgnis in die Gesichter. Auch beim »Hirschen« stellte sie eine Veränderung fest. Nur wenige Reisende steuerten auf das Wirtshaus zu, obwohl das unerwartet milde Frühjahr ihre Zahl mit jedem Tag mehrte.

Sie schlenderte zu Elen. »Der Exorzismus hat wohl nichts gebracht?«

Elen schüttelte den Kopf. Offensichtlich hatte sie sich dieses Mal nicht mit Löwenzahnmilch gewaschen.

»Heute Nacht soll es schlimmer als zuvor gewesen sein. Das Poltern und Pfeifen dröhnte über den ganzen Platz. Niemand traute sich aus dem Haus. Wernher ist verflucht«, mutmaßte ihre Nachbarin, ein älteres Weib, das Körbe verkaufte, mit rollenden Augen.

»Oder der Priester ist nicht fähig, etwas daran zu ändern«, wandte Johanna ein und bereute sofort, was ihr über die Lippen gekommen war. Solch eine Meinung konnte durchaus gefährlich sein. Man wusste nie, in welches Ohr sie geträufelt wurde.

»Ich weiß nicht, was hier los ist, aber diese Nacht war ärger als jede andere. Ich bin vollkommen erledigt«, klagte Wernher, als Johanna bei ihm ankam. Er sah schlechter aus denn je.

Johanna wusste nicht, was sie sagen sollte. Nur wenige Gäste bevölkerten den Schankraum. Vermutlich hatten sie nichts von den dämonischen Angriffen gehört, sonst hätten auch sie es vorgezogen, eine andere Gaststube aufzusuchen. Oda bediente die Gäste mit gesenkten Lidern. Sie wirkte ebenso bedrückt wie der Wirt. Wahrscheinlich war es nur eine Frage der Zeit, bis sie sich eine neue Arbeit suchen musste.

»Was sagt der Priester dazu?«

Wernher zuckte mit den Schultern. »Er ist vollkommen ratlos, versucht es aber zu verbergen. Nun sucht er die Schuld bei mir, spricht von irgendeiner Sünde, die auf mir lastet und dem Teufel Tür und Tor geöffnet hat.«

Johanna dachte an Lukas und was er über Genefe gesagt hatte. »Und, hast du eine begangen?«

Wernher musterte sie mit einem misstrauischen Blick. »Nicht dass ich wüsste.«

Mir fiele da etwas ein, schoss es ihr durch den Kopf. *Das, was du vermutlich Genefe angetan hast.* Noch immer gab er es nicht zu, und was sie annahm, war reine Spekulation. Doch das, was Wernher zurzeit erlebte, war schrecklich.

Ruprecht hatte sie seit ihrer Begegnung auf dem Friedhof nicht mehr gesehen. Inzwischen war die Wahrscheinlichkeit gering, dass er dahintersteckte. Der Exorzismus hätte ihn zur Vernunft gebracht. Niemand, jedenfalls wenn er halbwegs bei Verstand war, legte sich in solch einer Sache mit der Kirche an. Die Konsequenzen konnten einen durchaus das Leben kosten.

Handelte es sich also doch um Dämonen?

Der Tag des heiligen Georg brachte eine launische Frühlingssonne hervor, die immer wieder hinter dunklen Wolken verschwand. Lautes Kirchengeläut kämpfte gegen das Zwitschern der Vögel und die erwachenden Geräusche des Tages. Als sich die Flößer, ihre Frauen und Kinder, Eltern und Verwandten auf den Weg zur Messe machten, ging ein heftiger Regenschauer auf sie nieder. Auch Johanna hatte sich ihnen angeschlossen. Die Hallenkirche mit einem schlichten Satteldach, dem Glockenturm und den spitzbogigen Fenstern ragte wie ein nüchterner Schattenriss auf der Anhöhe auf.

Nass und tropfend wie alle anderen betrat sie ihr Inneres. Ein Frösteln strömte durch ihren Körper. Der Tag war nicht dazu angetan, ungeschützt auf kaltem Wasser ins Tal zu fahren. Dennoch würden die Flößer es tun. Eine Reihe von möglichen Krankheiten, die dabei entstehen konnten, schwirrte durch Johannas Gedanken, während der Duft des Weihrauchs mit den Ausdünstungen von feuchter Wolle und ungewaschenen Leibern kämpfte. Der hohe Raum war kühl, und feiner Sprühregen fiel durch die vergitterten Fenster. Dennoch hatten es ein paar Tauben geschafft, ihre Nester in dem offenen Dachgebälk anzulegen.

Sie verdrängte ihre Befürchtungen und blickte zum Altar, auf dem kostbare Leuchter, ein schweres Kruzifix und mehrere liturgische Gefäße standen. Die Bienenwachskerzen, bei deren Anblick Johanna ein gänzlich anderer Gebrauch in den Sinn kam, warfen ein flackerndes Licht auf das reich bestickte Tuch, das ihn bedeckte. Die zuckenden Flammen spiegelten sich im Silber der Messkelche und einer Kanne, in der sich der Wein für die heilige Messe befand.

Ein hohes Kreuz mit dem leidenden Christus thronte in ihrer Mitte. Die kunstvolle Schnitzerei war auf eine Weise bemalt, die Johanna jedes Mal zum Staunen brachte. Das Antlitz des Herrn wirkte so lebendig, als würde er vom Ort seines Todes herabsteigen und die Marter hinter sich lassen. Seit ein paar Wochen hing ein Bildteppich, den Herzogin Beatrix in mühevoller Arbeit hergestellt hatte, an der rechten Kirchenwand. Er zeigte Abraham, wie er im Begriff war, seinen Sohn Isaak zu opfern, und im letzten Moment durch einen Engel daran gehindert wurde.

Johannas Augen schweiften zu der hölzernen Marienstatue im Chor. Ihr dunkles, gesprungenes Holz sah deutlich älter aus und wirkte längst nicht so lebendig wie das hohe Kruzifix. Das Sakramentshäuschen hingegen, das konsekrierte Hostien enthielt, war neu und aufwendig gearbeitet. Es stand vor der

Wand der Evangelienseite, der linken Seite der Kirche, die den Frauen vorbehalten war.

Jäh fühlte Johanna sich beobachtet. Sie sah sich um, fragte sich, wer sie musterte. Es waren zwei. Balduin senkte rasch die Lider, als ihre Blicke sich trafen, doch seine messerscharfe Nase reckte sich immer noch witternd in ihre Richtung. Der alte Lüstling. Ein Schauder überlief sie bei dem Gedanken, dass sie der Gegenstand seiner feuchten Träume sein könnte.

Lukas hatte sie ebenfalls entdeckt. Er nickte ihr zu, und ein freudiges Leuchten erhellte seine Miene, die ihr wesentlich angenehmer erschien als die des Priesterlehrlings.

Dann setzte der Gesang ein und erfüllte die Luft mit den Stimmen der Gläubigen. Nachdem er verklungen war, stellte sich Balduin vor den Altar und trug als Lektor stockend die Lesung des Tages vor. Die Gemeinde war es gewohnt, dass die Worte nur langsam über seine Lippen kamen. Doch da keiner von ihnen die lateinischen Bibeltexte übersetzen konnte, hätten sie ohnehin nicht bemerkt, wenn er etwas Falsches gesagt hätte.

Nach weiteren Gebeten und Gesängen trat Kuno, der Priester, vor. Über seiner Albe trug er heute eine glockenförmige Kasel. Das aufgenähte Gabelkreuz auf Brust und Rücken war mit kostbaren Stickereien verziert, die Ausschnitte aus dem Leben des Herrn zeigten. Mit seiner tragenden Stimme erklärte er ihnen, was Balduin gelesen hatte, und flocht seine Erzählung von Georg, dem Ritter in der blitzenden Rüstung, ein.

Der Heilige, dessen Namenstag sie heute feierten, war der Sohn einer angesehenen Familie in Kappadokien, das weit im Süden lag. Dort wurde er im christlichen Glauben erzogen. Später kam er zur römischen Armee, wo sein Mut und seine Tapferkeit ihm den Rang eines Heerführers einbrachten. Eines Tages erfuhr Georg von einem Drachen, der in einem See vor der Stadt Silena hauste und die Gegend mit seinem Gifthauch verpestete. Um seinen Grimm zu stillen, forderte er von den Bewohnern eine tägliche Ration Lämmer. Bald gab es keine mehr, und so mussten sie der Bestie Söhne und

Töchter opfern. Eines Tages traf das Los die jungfräuliche Königstochter. Tapfer nahm sie ihr Schicksal an und machte sich auf zum See.

Doch dann kam Georg in seiner schimmernden Rüstung, und durch die Macht Gottes rettete er sie. Er schleuderte seine Lanze in den riesigen Leib des Ungeheuers und fügte ihm eine schwere Verletzung zu. Auf diese Weise zähmte er es, sodass es sich in einem Triumphzug, angeführt von Georg und der Königstochter, durch die Stadt führen ließ. Ihr Zug hielt vor dem Sitz des Königs, der sein Kind voller Dankbarkeit in die Arme schloss. Vor aller Augen tötete Georg den Drachen dort, und jene, die es sahen, ließen sich taufen.

Das muss ein wahrhaft gläubiger Mann gewesen sein, dachte Johanna bei sich. Erstaunlich war nur, dass ihn niemand der Zauberei bezichtigte oder von widernatürlichen Mächten sprach, wie es manche bei Caspar taten. Dabei hatte der heilige Georg die Bestie durch den Stich einer Lanze gezähmt. Etwas, das selbst ihr unmöglich erschien, abgesehen davon hatte sie noch nie einen Drachen gesehen.

Doch damit nicht genug. Georg erwies sich ein weiteres Mal als Held, der öffentlich für seinen Glauben einstand, fuhr Kuno fort. Während der Christenverfolgung durch Kaiser Diokletian, der ihn einst zum Heerführer gemacht hatte und nun gefangen nehmen ließ, wich er von seiner Liebe zu Christus nicht ab. Tapfer ertrug er ein qualvolles Martyrium, das ihn zum Abschwören seines Glaubens bringen sollte, bis man ihn schließlich enthauptete. Dies machte ihn zu einem bedeutenden Märtyrer und einem der wichtigsten Heiligen. Für diesen Teil von Kunos Erzählung zollte Johanna Georg Respekt. *Ich wüsste nicht, wie ich in dieser Situation gehandelt hätte!*

»Ihr wisst, dass der Drache ein Abgesandter des Teufels ist. Seid mutig wie Georg und lasst euch nicht einschüchtern: Mit der Hilfe des Herrn werdet ihr obsiegen!«, machte Kuno ihnen Mut. »Und ihr, die ihr zu Hause ausharren müsst«, womit er sich an die Frauen und Kinder und diejenigen wandte, die erst im Lauf der nächsten Tage ein Floß besteigen würden, »lasst nicht ab vom Gebet. Kämpft den guten Kampf des Glaubens. Tretet dem Lindwurm auf den Schwanz, damit der Herr ihm seine heilige Lanze in den Rachen stoßen kann!«, wies er auf den Dämon im »Hirschen« hin, der dort sein Unwesen trieb.

»Amen!«, rief ein Mann ehrfurchtsvoll.

Die vielstimmige Antwort ließ nicht lange auf sich warten.

»Amen!«, schallte es durch den hallenartigen Raum.

Seine pathetischen Worte schienen Kuno selbst mitzureißen, denn er brauchte eine Weile, bis er weitersprechen konnte, um sie zur heiligen Kommunion aufzufordern.

Schließlich rief er den heiligen Georg um Schutz und Hilfe für die Flößer an. Jeder Einzelne kniete vor ihm nieder und ließ sich segnen. Mit einem Kreuzzeichen auf der Stirn entließ er sie.

Johanna hoffte, dass die rituelle Handlung die Männer besser schützen würde als der Exorzismus im »Hirschen«.

Die aus den Wolken brechende Sonne blendete sie, als sie aus der düsteren Kirche trat. Feuchtigkeit hing in der Luft, und im Süden deutete der verwaschene Himmel über dem Gebirge auf weiteren Regen hin. Sie wartete, bis Lukas sich von seiner Familie verabschiedet hatte, dann schloss sie sich ihm und den anderen Flößern auf dem Weg zum Kirchweiher an. Auch sie wurden zum Teil von Frauen und Kindern begleitet. Johanna war sich der bedeutsamen Blicke der Männer bewusst, die auf sie niedergingen, während Lukas sie in ein belangloses Gespräch verwickelte.

Auch dass er langsamer wurde und sich immer weiter zurückfallen ließ, entging ihr nicht. Ohne mit der Wimper zu zucken, passte sie sich seinen verhaltenen Schritten an. Die Flößer verschwanden hinter einer Biegung, die zum unteren Tor führte. Endlich waren sie allein, und so zog er sie hinter ein großes Gebüsch, das einen Garten begrenzte. Stürmisch nahm er sie in die Arme. Sie fühlte seine harten Muskeln. Roch den männlich herben Duft und erwiderte seinen leidenschaftlichen Kuss.

»Damit du mich nicht vergisst«, sagte er, nachdem er sich von ihr gelöst hatte.

Johanna bedachte ihn mit einem kecken Blick. »Nun, zumindest hoffe ich das.« Sie biss sich auf die Unterlippe, als sie Lukas' schmerzlich verzogene Miene sah. Was ein kleiner Scherz gewesen sein sollte, schien ihm nicht zu gefallen. Sein enttäuschtes Blinzeln schmerzte sie. »Es tut mir leid«, stieß sie hervor. »Ich wollte dich nicht verletzen.«

Dass sie es dennoch getan hatte, zeigten seine gesenkten Lider und die Intensität, mit der er seine Stiefel zu mustern schien. *Ich habe die Liebe dieses Mannes nicht verdient!*, dachte sie reuevoll.

»Mach keine Dummheiten, während ich weg bin«, brach es plötzlich aus ihm heraus, barscher, als es seine Art war.

»Ich werde auf mich aufpassen«, erwiderte sie artig. »Und ich werde dich ganz bestimmt nicht vergessen.«

Ein jungenhaftes Lächeln zupfte an seinen Mundwinkeln. Mit einem kurzen Seufzen zog er sie an sich und küsste sie ein weiteres Mal. »Ich muss jetzt gehen.«

Sie nickte. Gemeinsam liefen sie zum Kirchweiher, wo der Rest der Flößer durch das niedere aufgestaute Wasser watete, um die schwimmenden Floßtafeln zu besteigen. Sie alle trugen ihre dicken schwarzen Kittel, dunkle Beinlinge, die in hohen Stiefeln steckten, und breitkrempige Hüte von derselben Farbe. Ihre harten Mienen wirkten äußerst konzentriert, als müssten sie sich in Erinnerung rufen, wie man sich auf einem Floß verhielt.

Lukas sah sie ein letztes Mal an, ignorierte die Bemerkungen der Männer, die ihn auf das Holz locken wollten. »So leb denn wohl.« Er schenkte ihr einen zärtlichen Blick, der ihr Herz erwärmte. Nichts an ihm war falsch. Und wohl zum hundertsten Mal fragte sie sich, weshalb sie sich derart schwer mit einer endgültigen Entscheidung tat. War ihre persönliche Freiheit so viel mehr wert als das Glück einer Familie mit diesem Mann? Sie konnte ihm jetzt sagen, dass sie sein Weib werden wollte, vor aller Augen, bevor er für ein paar Tage in der Ferne verschwand.

»Ich hoffe, du kommst gesund wieder.« Ihre Stimme klang seltsam fremd in ihren Ohren. Dann ließ sie ihn gehen.

Der tiefe Ton eines Horns schallte auf einmal wehmütig von den Höhen herab. Jetzt war es höchste Zeit, das Floß zu besteigen, denn weiter oben war die Sperre geöffnet worden, die das Schwellwasser für den Kirchweiher gestaut hatte. Mit widerstreitenden Gefühlen sah sie zu, wie Lukas auf eine der hinteren Floßtafeln aus mit Wieden verbundenen Baumstämmen sprang. Dort, wo sich das stärkste Holz aus langen Fichten- und Tannenstämmen befand. Jecklin, ebenso groß und kräftig wie Lukas, erwartete ihn schon.

Ein weiterer tiefer Ton erklang, der eine freudige Erregung in die Gesichter der beiden zauberte. Sechs dieser Floßtafeln, die man Gestöre nannte, waren zu einem beweglichen Gefüge verbunden worden. Auf jedem standen zwei Männer mit Stangen, um das lange Gefährt im Fahrwasser zu halten. Nur Thomas befand sich allein auf der Vorplätz, das Stangenruder in der Hand, blickte er nach hinten. Am anderen Ende standen Symon und Burckhart, die den Sperrstümmel bedienten.

Nun begann das Wasser aus der oberen Kinzig herabzuströmen. Die Muskeln der Männer spannten sich an, als der Weiher sich füllte. Schwankende Wellen hoben das Floß empor und versetzten die Stämme in einen eigenartigen Tanz. Thomas gab das Zeichen zum Öffnen des Gambers, während das Holz wie unter Schmerzen ächzte.

»Abmähren!«, rief er, nachdem die Sperre nach oben schwenkte.

Symon nahm seine langschäftige Axt und durchtrennte mit zwei gewaltigen Schlägen die Wiede, die das Floß am Ufer festhielt. Rasch begann es sich zu strecken.

Und die wilde Fahrt begann.

Mit der Flutwelle schoss das schwimmende Gefährt ins Tal. Johanna erhaschte einen letzten Blick auf Lukas, der die Bewegungen der Floßtafel gekonnt ausbalancierte. Dann entfernte er sich mit rasanter Geschwindigkeit. Es würde Tage dauern, bis er wiederkäme, um von Neuem Richtung Willstätt zu fahren, das als Umschlagplatz des geflößten Holzes diente.

Neue Stämme würden gerüstet werden, und ein weiteres Floß würde folgen, sobald es fertig wäre. So entstand ein ewiger Kreislauf aus abreisenden und wiederkehrenden Männern während der warmen Jahreszeit. Die Spannstätte beim Kirchweiher würde sich leeren. Pferde würden frisches Holz von den Polterplätzen herbeischaffen, das nach dem Fällen im Winter über Riesen ins Tal gebracht worden war. Und so würde es bis Martini weitergehen.

Johanna wandte sich ab und machte sich auf ins Städtle, um nach einem Kranken zu sehen. Der »Hirsch« lag wie tot da, als sie den Marktplatz betrat. Mit freundlichen Worten versuchte Oda Gäste in die Wirtschaft zu locken, doch das Gemunkel war offenbar so groß, dass sich niemand mehr hineintraute.

»Du lieber Himmel, Elen. Das wird ja immer schlimmer«, sagte Johanna, als sie bei ihrer Freundin ankam. Das würzige Aroma des frisch gebackenen Brotes stieg ihr in die Nase. Daneben lagen kleine Pastetchen auf dem ausgebreiteten Tuch vor Elen, die nach Waldknoblauch dufteten.

Diese seufzte bekümmert. »Das kann man wohl sagen. Wernher hat keine Kunden mehr. Es ist nur noch eine Frage der Zeit, bis er schließen muss.«

Auch die Stadtbewohner machten einen großen Bogen um das Wirtshaus. Es schien wie unter einer Glocke zu liegen, die keiner mehr durchbrach. Denn dort lauerte das Unheil. Oda versuchte immer noch, Reisenden, die das untere Tor heraufkamen, den Besuch der Wirtschaft schmackhaft zu machen. Die meisten sahen einfach weg. Ihr Lächeln war starr wie eine Maske, und eine große Last schien auf ihren Schultern zu liegen.

»Bald wird sie sich etwas anderes suchen müssen«, bemerkte Elen, die Johannas Blick gefolgt war.

»Das arme Ding. Sie wird weit gehen müssen, bis sie jemanden findet, der es wagt, sie einzustellen.« *Was sie wohl oben auf der Burg darüber denken?*, fragte sich Johanna. Jetzt wäre es gut, wenn der Urslinger da wäre. Sie mochte ihn zwar nicht, aber sein bedrohliches Wesen konnte gewiss so manchen Geist vertreiben. Doch soweit sie wusste, war er noch immer nicht aus Italien zurückgekehrt.

»Die alte Magd hat bereits Nägel mit Köpfen gemacht.« Elen verkaufte ein Brot an einen der Reisenden und rückte den Rest enger aneinander. »Förmlich geflohen ist sie.« Sie rollte dramatisch die honigfarbenen Augen. »Zum Glück kommt sie bei Verwandten unter.«

»Kommt und tretet ein!«, ertönte eine tiefe männliche Stimme. Als Johanna sich umdrehte, sah sie den Sonnenwirt, der sich gut gelaunt an die Reisenden wandte. Sein Gasthaus lag etwas unterhalb des »Hirschen« auf der anderen Seite des Marktplatzes. »Bei mir gibt es weder Dämonen, noch versalzt euch der Teufel die Suppe. Dafür bürge ich!«

Johanna betrachtete erstaunt den Wirt, der etwa in Wernhers Alter war. Ab und zu kam sie bei Dietrich vorbei, um ihm ein Mittel gegen seine Gicht zu bringen. Sie unterhielt sich gern mit dem geistreichen Mann. Solch eine Unverfrorenheit hätte sie ihm allerdings nicht zugetraut. Die Dämonen schienen nicht nur Wernher zu plagen, sondern auch den Verstand seiner Nachbarn zu vergiften.

»Was sagst du da?«

Johanna riss den Kopf herum und sah den Hirschwirt erbost über den Platz stürmen. »Was fällt dir ein, derart meine Gäste zu vertreiben?« Wernhers Gesicht war zornesrot, als er dicht vor dem Sonnenwirt stehen blieb.

»Du lieber Gott«, keuchte Elen neben ihr. »Da ist aber jemand wütend.« Gebannt betrachtete sie die beiden Männer.

Dietrich grinste hämisch. »Von welchen Gästen sprichst du? Ist dir nicht aufgefallen, dass sich keiner mehr in die Nähe deiner Wirtsstube traut?«

Wernhers Gesicht wurde noch eine Spur röter, obwohl Johanna dies nicht mehr für möglich gehalten hätte. »Vielleicht steckst ja du hinter dem Spuk, damit sie alle bei dir einkehren.«

Dietrich stemmte erbost die Hände in die Hüften, die drohende Gebärde ignorierend, die Wernher wie einen wutentbrannten Gockel blähte. »Dergleichen habe ich nicht nötig, aber irgendetwas muss ich tun, damit wenigstens mir die Gäste nicht aus Angst davonlaufen. Dem Herrn sei Dank, dass sie noch immer kommen.«

Das, so dachte Johanna, *liegt wohl eher daran, dass sie keine andere Wahl haben.* Man musste Schiltach passieren, wenn man über die Höhen wollte, und die meisten mussten sich vor dem anstrengenden Anstieg erfrischen.

»Wenn ich es mir leisten könnte, auf die Einkünfte zu verzichten, die mich und meine Familie durch den Winter bringen, würde ich die Beine in die Hand nehmen und machen, dass ich fortkomme«, polterte Dietrich weiter. »Aber *du* solltest dich fragen, ob du es in letzter Zeit nicht zu weit getrieben hast. Du bringst uns alle in Gefahr, und allein dir ist es zu verdanken, wenn unser schönes Städtle in Verruf gerät.«

Das war zu viel.

»Du elender, verlogener Hundsfott!« Wernher riss die Lider auf, bis ihm fast die Augen aus dem wütenden Gesicht sprangen. Er ballte seine Fäuste, und ehe sich's die Umstehenden versahen, gab er Dietrich mit seiner Rechten eines auf die Nase. Der Kopf des Sonnenwirts flog nach hinten. Er wankte wie ein Trunkener. Johanna holte erschrocken Luft. Gleich würde er rücklings zu Boden stürzen. Doch er verblüffte nicht nur sie, als er wie eine zubeißende Schlange nach vorn schnellte und Wernher einen Fausthieb verpasste, der es in sich hatte. Frauen kreischten und stoben wild auseinander, weg von den Kämpfenden, die wütend aufeinander einprügelten. Ein paar Hunde kamen herbeigerannt und stimmten mit ihrem Bellen in den Chor aus Schlägen und Beschimpfungen ein.

»Hört auf«, schrie Johanna.

Doch alles Schreien half nichts. Schließlich kam Roland, der Wagner, mit Ruprecht angelaufen. Auch den Schmied und den Knochenhauer trieb der Lärm auf den Platz. Gemeinsam warfen sie sich in das Getümmel. Es kostete sie einige Mühe, die Streithähne zu trennen, doch dann gelang es ihnen, sie auseinanderzuzerren. Wernher bäumte sich auf vor Wut, aber der Knochenhauer, ein großer, kräftiger Mann, der jederzeit zu einem Scherz aufgelegt war, hielt ihn mit seinen fleischigen Händen fest.

»Nun beruhig dich schon«, sagte er gutmütig. »Niemand will dir schaden.«

Offenbar waren nicht alle dieser Meinung. Ruprecht bedachte den Hirschwirt mit einem flammenden Blick, der einen Ochsen versengt hätte. War er wirklich so schuldlos, wie sie dachte? Oder war sein Hass so groß, dass er die Konsequenzen nötigenfalls auf sich nahm, um Wernher in genau diese Situation zu bringen? Allerdings sahen Roland und der Schmied nicht freundlicher aus. Und wie sollte Ruprecht es anstellen, ohne gesehen zu werden?

»Der ist doch nicht ganz bei Trost!«, näselte Dietrich. Anklagend wischte er sich das Blut von seiner tropfenden Nase, die rasch anschwoll.

Wernher versuchte erneut, sich aus den Armen des Knochenhauers zu befreien, als wollte er noch einmal auf den Sonnenwirt losgehen. Aber gegen die Kraft des Mannes, der selbst Stieren den Garaus machte, kam er nicht an. »Ihr alle missgönnt mir das gute Geschäft der letzten Jahre. So ist es doch, oder?«

Seine Augen flackerten vor Zorn. Niemand antwortete ihm. »Von euch lasse ich mich nicht fertigmachen!« Offenbar hatten ihn die jüngsten Ereignisse davon überzeugt, dass seine Konkurrenten hinter alldem stecken mussten. »So schnell wird mir das Geld nicht ausgehen. Ich werde überleben, und am Ende werde ich es jenen heimzahlen, die sich an mir schuldig gemacht haben.« Er schob seinen Worten ein grimmiges Lachen hinterher.

»Glaub doch, was du willst«, erwiderte Dietrich erbost.

Der Faustkampf rief Lenz auf den Plan, dessen schnelle Schritte ihn kurzatmig keuchen ließen. »Was ist nur in euch gefahren?«, keifte er. »Seid ihr noch ganz bei Trost?«

Nach einer kurzen Diskussion, wer recht hatte und wer nicht, wurden die beiden Kontrahenten in ihre Häuser verwiesen. Dietrich stapfte zornig in die Richtung seiner Wirtschaft. Johanna folgte ihm, um nach seiner Nase zu sehen. Glücklicherweise war sie nicht gebrochen. Sie versprach, eine Salbe vorbeizubringen, und ermahnte ihn, Frieden zu wahren. Ein Streit unter den Bewohnern des Marktplatzes würde das Ganze nur noch verschlimmern.

Sie hoffte, ein paar Worte mit Ruprecht wechseln zu können, doch als sie die »Sonne« verließ, um nach Wernher zu sehen, war er verschwunden.

Caspar ging auf die dunkelbraune Stute zu, während die Bäuerin ihn misstrauisch beäugte. Jockel hatte ihr schöne Augen gemacht und sie so zu der Zähmung überredet. Nun sah er gemeinsam mit dem Strickerle zu, wie er zu Werke ging. Er hatte ihm erklärt, dass das stämmige Tier Angst vor Geräuschen hatte, vor Wind und plötzlichen Bewegungen. Im Grunde fürchtete es sich vor allem. *Am meisten wohl vor Menschen*, dachte Caspar. Vermutlich war es häufig geschlagen worden, bis es sich fügsam vor einen der schweren Karren spannen ließ, um die Ernte einzufahren und als Lasttier zu dienen. Die Angst und die daraus resultierende Unberechenbarkeit waren der Preis dafür.

Caspar wusste, was er zu tun hatte. Er musste denken, fühlen und handeln wie die sensible Stute. Musste ihre wortlose Sprache verstehen. Als Kind war er krankhaft schüchtern gewesen. Er hatte nur mit seiner Mutter und dem Großvater geredet. Bei den Pferden, die der alte Mann als Knecht eines Gutes versorgte, fühlte er sich sicher und verstanden. Er wusste, wie man ihr Vertrauen gewann. Hier legte er jede Scheu ab, trat ihnen aufrecht und entspannt entgegen, ohne den Kopf einzuziehen oder eine andere Unsicherheit zu zeigen, die sie verwirrte.

Auch jetzt benahm er sich so. Langsam, aber bestimmt hob er die Hand und legte sie an die bebenden Nüstern. Ein Zittern durchlief den kräftigen Körper der Stute, verstärkte sich, als er sanft über Nase, Wange und Hals strich. Eine ganze Zeit lang stand er einfach nur da und streichelte sie. Fühlte, wie sie sich unter seinen Händen entspannte. Ohne Hast zog er am Führstrick und ging ihr voraus. Zuerst zögerte sie, doch dann lief sie hinter ihm her, folgte den Wendungen, die er machte, bis er sich sicher war, dass sie ihn als Leittier anerkannte.

Bedächtig wandte er sich ihr zu. Jetzt folgte der entscheidende Tanz. Eine Abfolge aus Aufeinanderzugehen und Zurückweichen. Er kitzelte die Stute am Bauch, kniff ihr zart in die empfindlichen Weichteile unter den Flanken. Kam ihr ganz nah und wich zurück. Beruhigte und forderte sie, zeigte ihr Grenzen auf. Niemals jedoch ließ er sie Schmerz spüren. Dies minderte ihre Ängste vor Berührungen und die Scheu vor unerwarteten Reizen. Sie lernte, dass es Menschen gab, denen sie vertrauen konnte.

Dass er ihr ebenfalls vertraute, zeigte er, indem er sich neben ihre Flanken kniete. Danach ging er das Wagnis ein, direkt hinter ihrem gewaltigen Hinterteil in die Hocke zu gehen. Die Stute wusste nicht so recht, wie sie damit umgehen sollte. Sie hob unschlüssig den Huf, und er wagte es, ihn auf sein Knie zu stellen. Beruhigend fuhr er an ihrem Hinterbein entlang. Der Versuch gelang. Einmal hatte er ihn mit einem gefährlichen Tritt bezahlt, der ihn durch die Luft geschleudert hatte. Es war reines Glück gewesen, dass er keine schweren Verletzungen davongetragen hatte.

Er war vollkommen ausgelaugt, als er sich erhob. Die intensive Arbeit hatte Mensch und Tier enorme Kraft gekostet. Doch er war zufrieden und tätschelte der Stute zärtlich den Hals. Sie gab ein freundliches Schnauben von sich. Wenn ihre Besitzer sie nicht mehr schlugen, würde sie von nun an wesentlich entspannter sein. Dies machte er unmissverständlich dem Strickerle klar, der seine Worte an die Frau weitergab.

Jockels Aufgabe war es, seinen Lohn einzutreiben. Caspar sah, wie sich die Lippen des Weibes verkniffen. Offenbar hatte sie nicht vor, die geforderte Summe zu bezahlen. Er sah es an Jockels Gesicht, dass seine Worte rüder wurden. Er baute sich drohend vor ihr auf. Die Miene der Frau nahm einen ängstlichen Ausdruck an. Ihr Mann schien außer Haus zu sein und konnte ihr nicht helfen.

Caspar sah weg. Er kannte die Spielchen der beiden. Doch sie sicherten sein Auskommen und nebenbei ihr eigenes.

14. KAPITEL

»Schüssel«, sagte Ida und deutete auf das schlichte Mobiliar in Johannas Häuschen. Sie hockte mit gekreuzten Beinen auf dem Boden. Caspar hatte sich vor sie gesetzt, dicht bei einem der geöffneten Fenster, das außer der warmen Frühlingsluft genügend Licht für ihre Übungen hereinließ.

»Schüssel«, ahmte Caspar sie nach. Das Wort klang seltsam. Seine Stimme irrte umher wie die Töne eines Flötenspielers, dem die Melodie abhandengekommen war.

»Nein, nein«, sagte Ida und schüttelte überdeutlich den Kopf. »Schüssel!« Ihr ganzes Gesicht schob das Wort aus ihrem Mund. Sie bewegte so übertrieben die Lippen, wie Johanna es nie zuvor gesehen hatte. Die Augen schienen ihr vor Eifer fast aus den Höhlen zu springen. Einer ihrer Daumen stieß nach oben, um ihm zu zeigen, an welcher Stelle er seine Stimme heben musste.

Erstaunlich, wie sie in der Gesellschaft des Jungen aus sich herausgehen kann! Der Mörser, mit dem Johanna getrocknete Weidenrindenbröckchen zu Pulver zerrieb, ruhte in ihrer Hand. Es war faszinierend, den beiden zuzusehen.

»Schschschüssel!«, drang es zischend aus Caspars Mund. Dieses Mal betonte er den Anfang des Wortes viel zu sehr. Doch Ida gab nicht auf.

In seiner seltsamen Sprache hatte Caspar Johanna erzählt, dass er als Kind hatte hören können, bis eine schlimme Krankheit ihn taub werden ließ. Es konnte gut sein, dass er in all den Jahren der Stille, die dazwischenlagen, das Gespür für das Sprechen verlernt hatte. *Wie es wohl ist, in einer tonlosen Welt zu leben, obwohl man weiß, dass sie voller Laute ist? Selbst das Wiehern und Prusten seiner geliebten Pferde dringt nicht bis zu ihm vor!* Ein Gefühl der Hilflosigkeit überkam sie bei dem Gedanken daran. Sie hätte ihm gern geholfen, aber sie konnte es nicht.

Trotz alledem wirkte Caspar nicht wie ein vom Schicksal gebeutelter Junge. Sie hatte selbst erlebt, wie er andere Sinne einsetzte und dies zu einer Perfektion gebracht hatte, wie sie Hörenden versagt blieb.

»Ich Tisch gehen, Schüssel holen.« Idas Hände und Gesicht arbeiteten wie die eines Possenreißers auf dem Jahrmarkt. Wie immer sagte sie nur das Nötigste – und auch dies war eine Herausforderung für sie.

Nun schüttelte Caspar den Kopf. »Ich gehe zum Tisch und hole die Schüssel!« Jetzt war es an ihm, die fehlenden Worte aufzuzeigen, die er mit den Händen unterstrich.

Johanna konnte sich ein Lächeln nicht verkneifen. Zwar hatte er die Melodien der Worte verlernt, aber durchaus nicht vergessen, wie man sie richtig aneinanderreihte. So halfen sich die beiden gegenseitig. Und wenn Caspar nicht fortmusste, würde es wohl noch Stunden dauern, bis ihnen die Worte vor Müdigkeit nicht mehr über die Lippen kommen wollten.

Vielleicht gelingt es ihm, die Lücke zu schließen, die durch das Fernbleiben der Wölfin entstanden ist? Zwischen Caspar und Ida wuchs eine Freundschaft, die beiden guttat. Auch sie hatte den freundlichen, zurückhaltenden Burschen schon längst in ihr Herz geschlossen. Doch sie mochte gar nicht daran denken, was es für Ida bedeutete, wenn er eines Tages mit den Fahrenden weiterziehen würde.

Im Städtle war man geteilter Meinung über ihn. Johanna hörte die lobenden Worte der einen und das Misstrauen der anderen, die nicht glauben konnten, dass seine Gabe einen natürlichen Ursprung hatte.

Was ihren Großvater betraf, so sähe sie ihn lieber heute als morgen in weiter Ferne. Der Gedanke an ihn verursachte ein unangenehmes Gefühl in ihrem Magen. Als hätte sie Steine verschluckt, die aneinanderrieben. Seit jenem Tag im Wald hatte sie es nicht mehr über sich gebracht, zu ihm zu gehen, obwohl sie von Ida wusste, dass er nach ihr gefragt hatte. Am liebsten hätte sie ihn ein für alle Mal aus ihrem Gedächtnis getilgt.

»Ich gehe zum Tisch.« Ida spuckte die Worte wie ranzige Butter aus.

Caspars Gesicht erhellte sich dennoch. Schließlich konnte er nicht hören, wie sie klangen.

Ein kleines Lächeln huschte über die Lippen des Mädchens, dem Johanna nicht widerstehen konnte. *Der Junge bringt etwas fertig, was mir nicht gelungen ist. Idas harte wilde Schale öffnet sich weiter, als sie es bisher tat.* Und es war noch etwas, dessen sie gewahr wurde: *Auf seine eigene Art ist er ebenso sehr ein Heiler wie ich.*

Es dauerte eine Weile, bis Johanna mit ihrer Arbeit fertig war. Nicht mehr lange und es würde Abend werden. Doch bevor sie sich um das Nachtmahl kümmerte, wollte sie nach den beiden Streithähnen sehen. Wernher hatte es zum Glück nicht allzu schlimm erwischt. Eine Beule prangte an seinem Kopf, ansonsten würde er mit ein paar blauen Flecken davonkommen. Dietrich würde wesentlich länger mit seiner lädierten Nase kämpfen. Sie hoffte, dass die Salbe, die sie vorbeigebracht hatte, die Schwellung ein wenig gelindert hatte.

Ein leises Grollen drang durch die geöffneten Fenster an ihr Ohr. Erstaunt hob Johanna den Kopf. Das Getrappel von Füßen wurde hörbar, wie die übergroßen Beine eines Tausendfüßlers. Es kam rasch näher, wurde lauter. Nun hörte es sich an, als ob mehrere erregte Personen auf ihr kleines Häuschen zumarschierten. Zornige Stimmen drangen an ihr Ohr und ließen sogar Ida aufhorchen, die eben noch ganz versunken Caspar gelauscht hatte. Der Junge hörte natürlich nichts, aber er merkte an Idas Gesichtsausdruck, dass etwas nicht stimmte.

Johanna lief zu einem der kleinen Fenster, wo die Geräusche am stärksten hereindrangen. Von dort hatte man eine Aussicht auf einen Teil der Häuser der Vorstadt. Ein idyllisches Durcheinander aus Gebäuden, Lohgruben und Trockengestellen, Pisströgen, Gärten und Gebüsch am Ufer der Kinzig breitete sich vor ihr aus. Eine aufgebrachte Menge störte das sonst so beschauliche Bild. Wüste Beschimpfungen drangen zu ihr herüber, Männer schüttelten wütend ihre Fäuste. Johanna wich zurück. Der Schreck trieb ihr die Luft aus den Lungen. Sie schlugen den Weg zu ihrem Hof ein! Irgendetwas schien sie dazu zu drängen. Was immer es auch war, sie würde es gleich herausfinden. Ob es ihr nun lieb war oder nicht. Sie saß in der Falle wie ein Marder, den man im Hühnerstall eingesperrt hatte. Und es gab nur einen Weg hinaus. Sie straffte ihren Rücken, wappnete sich für das, was ihr bevorstand, und zog die Tür energisch auf.

Mit regloser Miene stand sie da. Die Meute war nahe herangekommen. Das empörte Gerede verstummte abrupt. Etwas Heißes schoss durch Johannas Magen, als ihre Augen die feindseligen Gesichter streiften, die sie unverhohlen anstarrten. Sie sah Nachbarn und Stadtbewohner, die meisten von ihnen Männer, die hart um ihr Brot und das ihrer Familien kämpften. Sogar Balduin war dabei. Die Lider zu Schlitzen verengt, musterte er sie wie ein Jäger seine Beute. Vereinzelt sah sie auch Frauen. Sie alle wirkten so, als ob der Tag des Jüngsten Gerichts hereingebrochen wäre – und sie nicht zu denen gehörte, die ohne Strafe in den Himmel auffuhren.

Und während die anklagende Stille auf ihr lastete, erkannte Johanna, dass wenigstens einer von ihnen für die toten Tiere vor ihrer Tür verantwortlich war. Nun zeigte die Bestie endlich ihr Gesicht. Oder versteckte sie sich hinter der Menge, die lediglich von ihr angestachelt worden war?

Just in diesem Moment fuhr Lukas in Willstätt ein. Der Marktort in der Ebene des Rheintals gehörte zum Herrschaftsbereich der Lichtenberger. Auf der rechten Seite des Floßweihers, in dem die Fahrt der Schiltacher endete, bewohnten die Edlen eine Wasserburg. Doch anders als die des Teckers und des Urslingers lag sie nicht hoch auf dem Sporn eines Berges, sondern mitten im Ort. Ihre stattliche kastellartige Form wurde von vier Rundtürmen, Ringmauern und einem Torturm befestigt, die ein Wassergraben umgab. Trotz ihrer flachen Lage würde sie nicht leicht einzunehmen sein.

Lukas machte sich darum keine Gedanken. Er schenkte der Burg kaum einen Blick. Sie waren spät dran. Trotz des anfänglichen Regens hatte der niedrige Wasserstand im Gebirge sie aufgehalten. Der erste Teil ihrer Reise war anstrengend gewesen. Ein paarmal musste die Kinzig gestaut werden, damit das schwere Floß mit dem Schwellwasser weitergeschwemmt werden konnte. Sie hatten so manches Wehr durchfahren und viele Biegungen gemeistert, in denen die Fahrt nicht zu langsam werden durfte, die Stämme aber nicht über das Ufer hinausschießen sollten. Ein gestrandetes Floß ins Wasser zu befördern bedeutete Schwerstarbeit, die unnötige Kraft kostete.

Symon und Burckhart waren die wichtigsten Männer auf dieser Strecke, bei der das Gefälle für einen gehörigen Schub sorgte. Vor Anstrengung ächzend hatten sie die miteinander verbundenen Gestöre gestreckt gehalten, bis es unterhalb von Wolfach immer flacher wurde und die Fahrt ruhiger vonstattenging.

Jetzt hieß es nur noch, das Holz ordnungsgemäß an die Rheinflößer zu übergeben, die für den weiteren Transport bis nach Straßburg sorgten. Mit schweißgetränkten Hemden, durchweichten Beinlingen, in die das Wasser trotz der Stiefel eingedrungen war, die schwarzen Kittel über die Schulter gehängt, brachen sie schließlich zum Willstätter »Adler« auf. Es wurde Zeit für eine anständige Mahlzeit, Krüge voller Wein und ihren Lohn. Lukas konnte es kaum noch erwarten. Der Abend im »Adler« war jedes Mal der krönende Abschluss der Kinzigfahrt, bevor es morgen zu Fuß heimwärts ginge.

»Heute Abend werde ich mir den Wein schmecken lassen.« Burckhart rieb sich voller Vorfreude die Hände.

Thomas ließ einen wohligen Seufzer ertönen. »Der Rausch nach der ersten Fahrt des Jahres ist immer der beste.«

Und der der zweiten und dritten und vierten, dachte Lukas. Er kannte die Gewohnheiten seiner Kameraden nur zu gut. Nicht nur im »Adler« würden sie einkehren, wo ihnen Kost und Unterkunft zustanden. Auf dem Rückweg nach

Schiltach gab es weitere Wirtshäuser, in denen sie gern einen über den Durst tranken. Gewiss, sie arbeiteten hart, um die Familie über Wasser zu halten, aber sobald das Holz heil in Willstätt angekommen war, versoffen so manche das meiste Geld, selbst wenn sie als Bremser wie Burckhart einen Zuschlag bekamen.

Und die Frauen? Die gossen Wasser an die Suppe, hielten die Familie zusammen, gebaren die Kinder und nahmen es hin, in Armut zu leben. Was blieb ihnen auch anderes übrig? Ihre Männer konnten tun, was ihnen richtig erschien. *Falls Johanna mich jemals heiratet, werde ich nichts dergleichen tun,* schwor er sich. Er wollte ein besserer Ehemann sein und keiner, unter dem sie zu leiden hatte. Aber noch war er unverheiratet, und solange er dies war, würde er den anderen nicht beim Saufen zusehen.

Der Gedanke, dass sie in Gefahr geraten könnte, während er hier in geselliger Runde trank, traf ihn wie ein Blitz. Eine ungute Ahnung stieg in ihm auf. Traf jetzt ein, da er unterwegs war und ihr nicht helfen konnte, wovor er sie gewarnt hatte? Als alleinstehende Frau stand sie unter niemandes Schutz. Und er war zu weit weg, um ihr beizustehen.

»He, was ist los?« Jecklin rempelte ihn mit der Schulter an und schenkte ihm ein zahnlückiges Grinsen.

»Ach, nichts«, erwiderte Lukas, obwohl sich sein Magen vor Sorge zusammenzog. Doch was hätte er tun sollen? Die Gespräche der anderen rauschten an seinen Ohren vorbei, ohne dass er sie wirklich hörte. Johanna war eine starke Frau. Er konnte nur hoffen, dass sie sich zu helfen wusste, falls tatsächlich etwas im Argen lag. Stumm schickte er ein Stoßgebet gen Himmel. Mehr konnte er nicht tun.

Sie hatten den »Adler« erreicht. Die Schankmagd stellte einen gut gefüllten Weinkrug und Becher vor sie hin. »Das Essen kommt gleich«, sagte sie lächelnd.

Symon füllte die tönernen Gefäße und prostete den anderen zu. »Auf die Gesundheit und dass wir noch lange vor unseren Weibern fliehen können – wenigstens die paar Tage im Jahr!«

Raues zustimmendes Gelächter drang durch die Schankstube, bevor die Kehlen mit dem säuerlichen Gesöff geölt wurden. Lukas setzte den Becher an die Lippen und beschloss, die beunruhigenden Gedanken aus seinem Kopf zu verbannen. Vermutlich bildete er sich alles nur ein.

»Was wollt ihr?«, rief Johanna so fest, wie sie es vermochte. Ida und Caspar waren hinter sie getreten und starrten die Leute mit weit aufgerissenen Augen an. Ein entsetztes Geräusch drang aus dem Mund des Jungen. *Von ihnen ist keine Hilfe zu erwarten. Stattdessen werde ich zusehen müssen, wie ich sie ebenfalls schützen kann*, schoss es Johanna durch den Kopf. *Wenn nur Lukas hier wäre! Ausgerechnet jetzt ist er unterwegs.* Dann ging ihr auf, dass die erboste Meute auf diese Gelegenheit gewartet hatte. Etwas Galliges stieg in ihr auf und setzte sich wie zäher Froschlaich in ihrer Kehle fest. Sie musterte den zusammengerotteten Haufen aus Gerbern, Bauern, Müllern und Flößern.

»Der Frevel, mit dem du rechtschaffene Frauen dazu bringst, gegen den Willen Gottes zu handeln, ist nicht unentdeckt geblieben.« Balduins Stimme drang scharf an ihre Ohren. Eine gehörige Portion Selbstgerechtigkeit schwang in seinen Worten mit.

Die vollmundige Aussage, bei der Johanna das Herz noch tiefer sank, brachte zustimmendes Gebrüll hervor. Sie hatte richtig vermutet, doch das würde ihr nichts nützen. Sie brauchte einen Plan, um aus dieser Sache herauszukommen, bevor der Pöbel sich auf sie und die beiden Heranwachsenden in ihrem Rücken stürzte. »Wie sollte ich das tun?«, fragte sie, um Zeit zu gewinnen.

Viel brachte es nicht. Denn nun trat Ewald vor. Johannas Magen verkrampfte sich, als sie in ihm Alheits Mann erkannte, einen stiernackigen Hünen mit einer breiten Nase, deren Löcher sich wie die Nüstern eines empörten Pferdes blähten. Das, was er in seiner großen Pranke nach oben hielt, war klein. Doch Johanna erkannte sofort das fingerdicke Gebilde aus

Wachs, das sie seinem Weib gegeben hatte. »Hiermit hast du es getan!« Triumphierend schwenkte er es wie eine Flagge in der Luft. »Oder dachtest du, ich bin so dumm und merke es nicht?«

Erbostes Gemurmel brandete auf, dem böse Blicke folgten. Anscheinend hatte man die Unwissenden darüber aufgeklärt, worum es sich handelte.

Balduin reckte anklagend den Zeigefinger. »Gott hat das Weib dazu berufen, fruchtbar zu sein und dem Manne als Gefäß zu dienen, damit er sich mehren kann! Nichts und niemand darf dem entgegenstehen!«

Zorn wallte in Johanna auf. Was wusste der angehende Priester schon von Schwangerschaft und Geburt? Den Anstrengungen einer Frau, Kinder großzuziehen. Und was für eine Anmaßung, davon auszugehen, dass lediglich die Brut des *Mannes* in ihr heranwuchs! Waren es nicht vielmehr ihrer beider Kinder? Und hatte die Frau nicht auch ein Wörtchen mitzureden? Dennoch zwang sie sich zur Ruhe. Sie ließ Balduin links liegen und richtete ihre Augen auf Ewald. »Wäre es dir lieber, wenn dein Weib stirbt? Sieh sie dir an. Sie ist jetzt schon ganz ausgezehrt. Ein weiteres Kind könnte sie umbringen.«

Ihr Blick fiel auf Alheit, die etwas abseits stand, den Mund schmerzvoll verzogen. Man sah es ihr an, wie wenig sie Ewalds Verhalten billigte, aber sie konnte nichts dagegen tun. Mit um Vergebung heischenden Augen starrte sie in Johannas Richtung.

Doch was nützte ihr das, wenn Alheit untätig blieb? Sie ganz allein würde die Suppe auslöffeln müssen. Und doch hatte sie sich sehenden Auges in diese Lage gebracht. Immerhin war Alheit hier. Die meisten Frauen, denen sie geholfen hatte, waren zu Hause geblieben.

»Dieses *Ding*, das du den Weibern gibst, ist wider alles, was man uns gelehrt hat«, mischte sich Minnas Mann ein.

Johanna erinnerte sich noch gut an den Tag, an dem Minna bei ihr gewesen war, um ein ebensolches *Ding* zu ergattern.

Auch sie war eine von jenen, die in zu wenigen Jahren zu viele Kinder bekommen hatten. »Wie wäre es stattdessen mit Enthaltsamkeit?«, zischte sie. »Etwas, das dir sicher leichtfallen wird.« Sie sah den Mann erröten.

Verhaltenes Gelächter setzte ein, das barsch niedergeschrien wurde. Dieses Mal von einer Frau. »Nicht jede ist zu schwach, den Segen des Herrn dankbar zu empfangen. Ich jedenfalls weiß mit dieser Gnade umzugehen.«

Johanna stieß die Luft durch die Nase aus. Sie kannte Barbara, eine stämmige Frau mit einem runden Gesicht, die noch nie ihre Dienste in Anspruch genommen hatte. Selbst ihre Kinder brachte sie allein zur Welt, doch damit war sie eine Ausnahme.

»Vielleicht verdankst du es einer glücklichen Fügung, dass du mit großer Robustheit geboren wurdest?«, kam es über ihre Lippen, obwohl sie den Satz schon bereute, ehe sie ihn ganz ausgesprochen hatte. Doch nun war er heraus, und seine Vollendung würde den Schaden nicht ungeschehen machen. »Ich bin mir sicher, du würdest anders denken, wenn dies nicht der Fall wä–«

»Du missachtest das Wirken des Herrn«, unterbrach Balduin sie scharf. »Unsere Leiden sind Gottes Strafe für begangene Sünden oder eine Prüfung, die es zu bestehen gilt.«

»Ebenso oft stecken unmäßige Leidenschaft und ein falscher Lebenswandel dahinter – und dagegen lässt sich etwas tun«, gab Johanna es ihm in gleicher Weise zurück.

»Willst du die gottgegebene Ordnung anzweifeln? Das ist Blasphemie!« Balduins schmale Brust blähte sich entrüstet. Zustimmender Beifall brandete auf und zeichnete eine Mischung aus Stolz und Vergeltung in seine Miene.

Johanna fragte sich, ob er hinter alldem steckte, weil sie seinen lüsternen Blicken so vehement aus dem Weg gegangen war. Die Kraft floss aus ihr heraus wie aus einem löchrigen Kübel und machte einer alles übersteigenden Angst Platz. Gegen seinen Hass würde sie nicht bestehen können. Selbst wenn es ihr gelänge, die Anklagen zu entkräften, würde er weitere Fälle finden, in denen sie Gott zuwiderhandelte. Sie starrte zu Boden, als würde sich dort etwas auftun, was ihr weiterhelfen könnte. Allein ihr Trotz und der Wille, es dem brünstigen Priesterschüler zu zeigen, der sich auf höchst unchristliche Weise an ihr rächte, ließ sie all ihre Kraft aufbieten, die noch in ihr steckte.

»Ihr alle«, bedeutsam sah Johanna in die Runde, blickte jedem in das harte Gesicht, »die ihr euch um Gottes Worte so viele Gedanken macht, vergesst das Wohl eurer Frauen darüber. Auch ich bin ein gläubiger Mensch und befolge Gottes Gebote. Doch wir sollen nicht nur *ihn* lieben, sondern unseren Nächsten wie uns selbst. Und wer käme da eher in Betracht als die Frauen an eurer Seite?«

»Das machen wir doch«, rief einer der Gerber in anzüglichem Tonfall. Ein verschlagenes Lächeln lag auf seinen Lippen. »Fast jede Nacht.«

Nun war es an Johanna zu erröten. »Dann tut es nicht nur auf diese Weise. Ihr solltet euch auch um ihre Gesundheit und ihre Bedürfnisse kümmern. Dass sie nicht ständig ein Kind tragen müssen, sollte selbstverständlich sein.«

»Das ist nicht nur gegen Gott, sondern wider die Natur!«, schrie eine Frau, die so gerade dastand, als ob sie einen Stecken verschluckt hätte. »Genau wie dieses Mädchen und ihr Wolf, die du aufgenommen hast. Und als ob das nicht genügen würde, hast du nun auch dem tauben Bändiger die Tür geöffnet. Diese Kreaturen sind nicht normal. In Gottes Augen sind sie ein Gräuel.«

»Womöglich haben wir es dir und deinen widernatürlichen *Geschöpfen* zu verdanken, dass im ›Hirschen‹ der Teufel umgeht. In letzter Zeit bist du oft dort gesehen worden«, eiferte sich ein kräftiger Bursche, der sich kaum noch zurückhalten konnte.

Ein weiterer Ruf erklang, wie um das Maß vollzumachen. »Die Zauberer sollst du nicht am Leben lassen!«

Johanna merkte, wie sich die feinen Haare in ihrem Nacken aufstellten. Die Menge stand kurz davor, auf sie loszugehen.

An den Geräuschen hinter sich erkannte sie, dass Ida und Caspar zu dem gleichen Schluss gekommen waren. Und nicht einmal die Wölfin war da, um ihnen beizustehen. »Der Junge ist kein Zauberer«, rief sie. »Ebenso wenig wie das Mädchen. Sie besitzen Gaben, wie sie nur Gott verleihen kann.«

»Fähigkeiten, die du diesen *Kreaturen* zusprichst, sie aber bei einem Priester bezweifelst«, ereiferte sich Balduin, der sich nur noch schreiend Gehör verschaffen konnte. Zu laut war der Tumult, der ausgebrochen war. »Nur der Herr hat die Macht, Wunder zu tun. Und dies tut er durch seine Heiligen!« Es war müßig zu bezweifeln, dass allein die Kirche bestimmte, wer dafür in Frage kam. »Dein eigener Unglaube, mit dem du Kunos Gabe, Dämonen auszutreiben, in Frage stellst, hat dich überführt!«

Johanna erinnerte sich an die verhängnisvollen Worte, die sie unbedacht vor einer der Marktfrauen geäußert hatte, als sie mit Elen sprach. Sie biss sich auf die Lippen. Wie so oft beschlich sie das ungute Gefühl, eines Tages für ihr loses Mundwerk bezahlen zu müssen.

Etwas schob sich von hinten an ihren Arm. Es war Idas Hand, ihre Finger klammerten sich hilfesuchend fest. *Du darfst sie jetzt nicht im Stich lassen!* Doch was sollte sie tun? Was sollte sie sagen, dass sie noch retten könnte? Ein einziges Argument fiel ihr zur Verteidigung noch ein, während ihr Mageninhalt in ihrer Speiseröhre brannte. Fest sah sie Barbara in die Augen. »Wie ich hörte, kannst du wunderbar nähen?«

Die stämmige Frau nickte.

»Würdest du dies auch als Zauberei bezeichnen oder eher als etwas, das dir von Gott verliehen wurde?«

Beklommen senkte Barbara die Augen. »Dennoch sind diese Geschöpfe nicht normal«, bemerkte sie trotzig.

»Was sie so besonders macht, wurde ihnen durch Menschen oder Krankheit angetan. Einiges braucht Zeit, um zu heilen. Anderes wird wohl nie vergehen.« Plötzlich sah sie Pius, der sich durch die hinteren Reihen nach vorn kämpfte.

»Was geht hier vor?«, rief er mit einer Stimme, die bis in die Hölle hinabzudringen schien.

Die Menge teilte sich wie das Rote Meer vor dem Mönch in seinem zerschlissenen Habit, der von einigen bereits zu seinen Lebzeiten als Heiliger verehrt wurde. Eine Welle der Erleichterung schwappte durch Johannas Körper, die ihr fast die Füße unter den Beinen wegzog. Pius musste ein Geschenk des Himmels sein. Er verließ so selten den Wald, dass es an ein Wunder grenzte.

»Was wollt ihr von der Heilerin?«, verlangte er zu wissen.

Johanna unterdrückte das unbändige Verlangen, sich hinter ihm zu verstecken.

»Sie stellt sich gegen den Willen Gottes«, kam es von Balduin.

Johanna wurde immer gewisser, dass er derjenige war, der die toten Tiere vor ihrer Tür platziert hatte. Sie sah, wie Pius erschrocken blinzelte.

»Das ist eine schwere Anschuldigung, die ihr da vorbringt. Seid ihr sicher, dass ihr damit richtigliegt? Wie vielen von euch hat sie geholfen?«, fragte Pius ihre Ankläger. Nicht wenige senkten beschämt den Kopf. »Ich habe mich schon oft mit ihr unterhalten, und nun bin ich gekommen, um eine Wunde an meiner Hand behandeln zu lassen.« Zur Bestätigung hob er seine Rechte, an der tatsächlich eine flächige Verletzung prangte. »Ich habe großes Vertrauen zu ihr.« Er warf Johanna einen väterlichen Blick zu. »Auch wenn sie über ein ungestümes Temperament verfügt, verbürge ich mich dafür, dass sie nichts Böses im Schilde führt. Solltet ihr ehrlich zu euch sein, so wisst ihr, dass sie nur euer Bestes will. Allen anderen sage ich: Wer ohne Sünde ist, werfe den ersten Stein.«

Pius' Worte wirkten. Johanna bemerkte, wie eine Frau davonschlich. Kurz darauf folgten ihr drei Männer. Und was zuvor laut geschehen war, begann nun höchst leise. Die Menge zerstreute sich. Die Ehrfurcht vor den Worten des heiligen Mannes war zu groß, als dass ihr Zorn ihm standgehalten hätte. Selbst Balduin wagte es nicht, Pius zu widersprechen, doch er wirkte wie ein Hund, dem man den Knochen weggenommen hatte. Seine messerscharfe Nase kräuselte sich verärgert, dann schloss er sich dem Pöbel an.

Caspar hinter ihr stieß befreit die Luft aus.

Johanna nahm einen tiefen Atemzug, der bis zu ihren Zehen zu gelangen schien. Erst jetzt fiel ihr auf, dass Kuno nicht bei Balduin war. Wusste er, dass sein Schützling die Leute gegen sie aufgebracht hatte? Sie würde es wohl nie erfahren.

»Da bin ich ja gerade noch rechtzeitig gekommen«, stellte Pius fest. Mit hochgezogenen Brauen sah er der geschlagenen Menge hinterher.

»Ich danke dir von Herzen!« Die Erleichterung spülte Tränen in Johannas Augen. Sie schlug die Hand vor den Mund, um das Schluchzen zu unterdrücken, das sich durch ihre Lippen zwängte.

Pius kam auf sie zu und tätschelte unbeholfen ihren Arm, während Ida und Caspar mit verstörten Gesichtern dastanden.

»Komm … herein«, brachte sie zwischen zwei Schluchzern hervor. Sie verriegelte die Tür, nachdem er in ihr Häuschen getreten war. Zu sehr nagte die Bedrohung an ihr, die sie eben durchgestanden hatte.

Pius schien zu verstehen. Wartend nahm er auf einer der Bänke Platz.

Bilder stoben durch ihren Kopf. Gebleckte Zähne, wütende Blicke – und das von Menschen, denen sie mit ihren Arzneien geholfen hatte! Balduins anklagender Finger, seine Miene zu der hässlichen Fratze des Hasses verzerrt. Ihr Mund fühlte sich wie ausgetrocknet an. Sie nahm den Krug und goss jedem einen Becher Ziegenmilch ein. Ida und Caspar sahen nicht besser aus als sie. Die beiden hatten sich in eine Ecke verzogen und starrten vor sich hin. Ihr unbekümmertes Wortspiel war längst verstummt.

Endlich fasste Johanna sich und war zu den klaren Gedanken fähig, die sie brauchte, um Pius' Wunde zu untersuchen. Mit keinem Wort hatte er sich ihr aufgedrängt, als wüsste er, was sie nun am dringendsten benötigte.

»Wie hast du das denn angestellt?«, fragte sie.

Noch immer zitterten ihre Finger bei dem Versuch, sich den Schaden von allen Seiten zu besehen. Pius' Hand war geschwollen. Die großflächige Blessur zog sich vom Daumenballen bis zu seinem Handgelenk hinauf. Dort, wo einmal Haut gewesen war, zeigte sich nun verschorftes Fleisch, das an einigen Stellen aufgeplatzt war, aus denen Wundwasser und dicker Eiter quollen.

Pius zuckte mit den Schultern. »Ich habe mich verbrannt.«

»Das sieht nicht gut aus.« Johanna runzelte die Stirn, während sie überlegte, welche Kräuter dem Mönch am ehesten helfen könnten.

»Sonst wäre ich nicht gekommen. Sieh es als Fingerzeig des Herrn. Anscheinend wollte er nicht zulassen, dass du so früh vor sein Angesicht trittst.«

»Vielleicht braucht er mich noch?«, fragte sie zaghaft. Seine Antwort gab ihr frischen Mut.

»Das wird er sicher, doch seine Meinung könnte sich ändern, wenn du dich fortwährend in Gefahr bringst. Ich werde nicht immer im richtigen Moment zur Stelle sein.«

Ihre neu gewonnene Zuversicht entwich wie die Luft aus einem gedrückten Blasebalg. »Ich weiß.« Niedergeschlagen senkte sie den Kopf.

Seine Augen saugten sich an ihr fest. »Was hat die Leute derart gegen dich aufgebracht?«, fragte er wie der Vater, den sie nie gehabt hatte.

Es fiel ihr schwer, ihm zu gestehen, wie sie den Frauen geholfen hatte. Schließlich war er ein Mönch, und die Meinung der Kirche war eine gänzlich andere. Am Ende sah sie einen Funken Verständnis in seinem Blick. Doch ebenso schnell war der Schatten verflogen, und nichts als Unbehagen blieb zurück. »Du solltest endlich lernen, dass man gewisse Dinge nicht tut«, ermahnte er sie.

Ihr Mund verzog sich zu einem zerknirschten Strich. »Du hast recht. Ich muss vorsichtiger werden.«

»Am besten wäre es, wenn du heiratest«, wies er sie nüchtern zurecht. »Es ist nicht gut für eine Frau, ihr Leben allein zu fristen.«

Während Johanna eine Salbe für den Mönch mischte, musste sie zugeben, dass er mit all dem, was er gesagt hatte, nicht falschlag. Zwar war sie nicht allein. Immerhin lebte Ida bei ihr. Aber das Mädchen konnte sie nicht schützen, genauso wenig, wie sie Ida beschützen konnte, sollte es noch einmal zum Äußersten kommen. Wenn sie so weitermachte, würde es ihr wie ihrem Großvater ergehen.

Und das war etwas, das sie auf keinen Fall wollte.

15. KAPITEL

»Das ist ja gerade noch einmal gut gegangen«, sagte Lukas, als er von seiner Fahrt zurückkam und bei ihr haltmachte. Johanna nickte bekümmert.

Seine Lippen zuckten, als ob er an den Worten eines weiteren Satzes kaute.

»Was hast du?«

»Ach – nichts.« Gedankenverloren sah er auf die Platte des Tisches, an dem sie saßen. »Ich hatte nur so ein komisches Gefühl, als ich in Willstätt war. So, als ob du in Gefahr wärest …«

»Du hast es gespürt«, hauchte sie, erstaunt darüber, wie sehr seine Seele mit ihrer verbunden war.

Noch immer verriegelte sie die Tür, sobald sie sich im Haus befand – und sie verließ es nur selten. Das Erlebte hatte sich in ihr festgesetzt und summte wie der Nachhall krachenden Donners in ihren Knochen. Sie hatte ihm alles erzählt, ohne das Schaudern unterdrücken zu können, das erneut bei ihr aufkam. Ida und Caspar waren völlig verängstigt gewesen. Es hatte lange gedauert, bis es ihr gelungen war, die beiden zu beruhigen. »Es gibt noch etwas, das ich dir erzählen muss.« Ihre Augen wanderten nach unten, betrachteten ihre Finger, die sich miteinander verknoteten. »Mein Großvater lebt.«

Ein resigniertes Lächeln zog an Lukas' Mundwinkeln, als auch diese Geschichte beendet war. »Warum hast du vorher nichts davon gesagt?«

Johanna zuckte mit den Schultern. »Ich hatte noch keine Gelegenheit dazu. Zu vieles ist passiert.« *Er muss mich wahrhaft lieben, wenn er nach all dem, was in der letzten Stunde auf ihn eingestürzt ist, geduldig sitzen bleibt, anstatt einfach davonzurennen.* »Um ehrlich zu sein, schäme ich mich ein bisschen wegen ihm.«

Lukas' Brauen hoben sich abrupt. Seine vollen Lippen öffneten sich ein wenig, doch er schien es für besser zu halten, ihren Redefluss nicht zu stoppen. Jetzt, wo sie damit angefangen hatte.

»Er ist nicht das, was man sich gemeinhin erträumt ... oder der Mensch, den ich mir nach Mutters Worten vorgestellt hatte«, verbesserte sie sich. »Er hat etwas Verschlagenes an sich, und ... er verkauft den Leuten Mittel, die nicht wirken.«

Lukas runzelte die Stirn. »Was denn für Mittel?«

»Liebestränke und dergleichen.« Ein trauriges Lächeln huschte über ihren Mund. »Elen wäre sicher begeistert von ihm.«

»Du hast ihr nichts von ihm erzählt?«

Johanna schüttelte den Kopf. »Ich werde mich hüten.«

Die Tatsache, dass er nicht der Einzige war, dem sie dies verschwiegen hatte, schien ihn versöhnlicher zu stimmen. »Nicht immer sind unsere engsten Verwandten das, was wir uns wünschen. Und die wenigsten würden wir gern zum Freund haben.«

Das stimmte allerdings.

Der Aufruhr sorgte dafür, dass Johanna kaum etwas zu tun hatte. Trotz Pius' Worten blieben die Kranken aus, obwohl kein Wunder geschehen war, das die Schiltacher von ihren Gebrechen befreite. Immerhin schienen sie den heiligen Zorn des Mönches zu fürchten, nachdem er so unvermittelt unter ihnen aufgetaucht war. Und so ließ man sie in Ruhe. Dies kam ihr gerade recht, denn noch immer hatte sie mit den Auswirkungen des Vorfalls zu kämpfen. Und Ida nicht minder. So blieb sie zu Hause und wartete geduldig darauf, dass man ihr als Heilerin erneutes Vertrauen schenkte. Eine Weile konnte sie so überleben. Dennoch fragte sie sich, ob sich ihr Schicksal rechtzeitig wenden würde.

Ein zarter Hoffnungsfunke glomm in ihr auf, als Leutwin an ihre Tür klopfte. Argwöhnisch hatte Johanna geöffnet, Ida hinter sich, die das Haus nicht mehr verließ. Doch dann hatte sie den Schmalztopf in seinen knotigen Fingern gesehen, mit der Bitte nach frischer Salbe aus seinem Mund. Johanna hätte ihn dafür küssen mögen, natürlich hatte sie es tunlichst unterlassen.

Auch Hille, das dralle Weib des Wagners, scherte sich wenig um das Gerede der anderen, nachdem ihre kleine Tochter von schrecklichen Ohrenschmerzen geplagt wurde. So folgte Johanna einem ihrer Söhne zu dem stattlichen Fachwerkhaus – nicht ohne ihren Blick argwöhnisch umherschweifen zu lassen. Ein sonniger Morgen hatte eine verregnete Nacht abgelöst. Der angebrochene Tag erschien so friedlich, als ob nichts Böses in ihm schlummerte. Hühner pickten hinter einem Gatter, Gänse watschelten mit dem kindlichen Hirten davon. Die Gerber gingen ihrer Arbeit nach, und nur dann und wann warf man einen belanglosen Blick auf sie. Eine Nachbarin, die vom Brunnen kam, nickte ihr sogar zu. Die Alltäglichkeit dieses Anblicks trieb Johanna Tränen in die Augen, die sie verstohlen wegwischte.

Der sechsjährige Junge an ihrer Seite, ein wahrer Heißsporn, wenn es ums Raufen mit seinem Bruder ging, wirkte dagegen bedrückt. »Wirst du Agnes wieder gesund machen?« Seine große Schwester war nur eineinhalb Jahre älter als er.

Johanna schenkte ihm ein mildes Lächeln und hoffte, er möge nicht erkennen, dass sie geweint hatte. »Ich werde mein Bestes tun.« Das beruhigte ihn zwar nicht vollständig, aber sie wollte ihn nicht belügen. Das Ohr war ein empfindliches Organ und konnte großen Schaden nehmen, wie Caspars Taubheit bewies. Zwar wurde der Priester nicht müde, davon zu erzählen, dass Mariä Empfängnis durch das Ohr stattgefunden habe. Doch Johanna hatte nie das Leben dort eindringen sehen, sondern immer nur den Tod.

»Ich will sie nicht auch noch verlieren wie Mette«, gab er kleinlaut zu.

»Du hast Mette wohl sehr gerngehabt?«

Der Junge nickte. Etwas Dringliches hatte in seiner Stimme gelegen, als er sie geholt hatte, weshalb sie ihm augenblicklich gefolgt war. Nun verstand sie, warum.

Ein mulmiges Gefühl beschlich sie beim Durchschreiten

des unteren Tors. Seit dem Vorfall war sie nicht mehr innerhalb der Stadtmauern gewesen. Ihr Weg führte am »Hirschen« vorbei. Hier hatte sich nichts geändert. Noch immer wirkte das Wirtshaus einsam und verwaist. Dafür drang aus einem der oberen Fenster des nahe gelegenen Wagnerhauses ein solch klägliches Jammern herüber, als ob jemand einer Katze auf den Schwanz getreten wäre. Vermutlich ein weiterer Grund, weshalb der Junge es so eilig hatte, der ständig wie ein angedrehter Holzkreisel vor- und zurücksauste, weil Johanna ihm nicht schnell genug lief. Agnes musste schreckliche Schmerzen haben.

Gemeinsam durchquerten sie den Hof, an dessen Rückseite sich die Werkstatt befand. Ihr Tor stand offen. Sie entdeckte Roland und Ruprecht, die sich mit der Herstellung neuer Speichen abmühten. Im selben Moment sah der Wagnergeselle auf. Ihre Blicke kreuzten sich, doch dann senkte er die Lider und setzte seine Arbeit fort. *Wie merkwürdig. Er tut gerade so, als ob er mich noch nie gesehen hat.* Es war schwer zu erkennen, ob es mit ihrem angeschlagenen Ruf zusammenhing oder ob er doch etwas zu verbergen hatte.

Ihr blieb keine Zeit, darüber nachzudenken. Abrupt wurde die Tür aufgerissen, die eine aufgelöste Mutter freigab, die sich große Sorgen um ihr Kind machte. »Um der Liebe Christi willen«, rief Hille. »Hilf ihr – schnell!«

Mit raschen Schritten ging die dralle Frau zur Treppe und erklomm sie. Johanna blieb gar nichts anderes übrig, als ihr hinterherzueilen. Sie öffnete eine Tür, hinter der sich eine Kammer mit einer Truhe aus dunklem, altem Holz mit eisernen Beschlägen, ein Tisch mit einem Zuber für die tägliche Wäsche und ein großes Bett befanden, das für mehrere Kinder ausreichte. Die kleine Agnes, ebenso dicklich wie ihre Mutter, lag mit hochroten Wangen darin. Ihr langes goldenes Haar hatte sich teilweise aus dem Geflecht gelöst, das über ihrer Schulter lag, und stand wirr um ihren Kopf. Mit weit aufgerissenen Augen sah sie Adelheid an.

»Du musst keine Angst haben.« Tröstend strich sie dem

Mädchen über die heiße Wange. Agnes glühte vor Fieber. Kleine Schweißtröpfchen überzogen ihre Stirn und tränkten ihren Haaransatz, der dunkel hervorstach. Sie hatte aufgehört zu weinen, doch in den dichten Wimpern hingen dicke Tränen.

»Wo tut es dir weh?«

Agnes zeigte auf ihr linkes Ohr. »Hier drinnen.«

»Hast du ein Talglicht oder eine Kerze, damit ich besser sehen kann?«

Hille befolgte Johannas Bitte und kam eilig mit einer brennenden Kerze zurück. Der Bereich um das Ohr wirkte leicht geschwollen, als sie das Licht der Flamme darauf richtete. Sie kniff ein Auge zusammen, um besser in die Öffnung des Gehörgangs sehen zu können. Ein dünnes gelbliches Rinnsal leuchtete schimmernd auf. Manche sagten, ein Ohrwurm krieche den Schlafenden nachts hinein, um sich dort satt zu fressen. Sobald dies geschah, richtete er großen Schaden an. Ob es stimmte, konnte Johanna nicht sagen. Sie sah nur den Eiter. Doch sie wusste nun, was sie zu tun hatte. »Hast du Zwiebeln im Haus?«, fragte sie Hille.

»Selbstverständlich.«

»Gut, dann lass uns nach unten gehen.« Johanna sah dem Mädchen tief in die gequälten Augen. »Du musst noch ein Weilchen tapfer sein. Ich werde dir eine Arznei zubereiten. Bald werden die Schmerzen nachlassen.« Rasch erhob sie sich.

»Was fehlt ihr?«, fragte Hille leise in ihrem Rücken, als sie den knarzenden Stufen nach unten folgten.

»Ich denke, dass eine Entzündung sie plagt. Zwiebeln helfen hervorragend dabei, sie zu bekämpfen – und gegen den Schmerz.«

In der Küche wies Hille die neue Magd an, die größte Zwiebel zu holen, die sie im Keller fand. Die Frau in mittleren Jahren, deren rote rissige Hände nicht danach aussahen, als scheue sie vor harter Arbeit zurück, brachte ihnen einen wahrhaften Koloss nach oben.

Johanna schnitt sie klein und dünstete die Stückchen in einer Pfanne kurz an. Danach zerdrückte sie die glasigen Würfel mit der flachen Seite eines Messers, füllte sie mit flinken Händen in ein Tuch und machte ein kleines, solides Bündel daraus. »Jetzt aber hurtig, damit das Ganze hübsch warm bleibt.«

Gemeinsam mit Hille eilte sie nach oben. Dort angekommen legte sie Agnes das Päckchen auf das schmerzende Ohr, nachdem diese ihren Kopf auf die gesunde Seite gebettet hatte. Das Gesicht der Kleinen war ganz verquollen vor lauter Weinen, obwohl sie während Johannas Anwesenheit tapfer die Zähne zusammengebissen hatte. Ihre Mutter hielt ein wollenes Tuch bereit, dass sie Agnes um die Ohren wickelten, bis sie vollkommen darunter verschwanden.

»Versuche, ein bisschen zu schlafen«, wies Johanna sie in mütterlichem Tonfall an. »Dies und der Wickel werden dir helfen.«

Hille begleitete Johanna nach draußen, nachdem sie sich von Agnes verabschiedet hatte. »Erneuere den Verband bis morgen weitere drei Mal«, wies sie das Weib des Wagners an. »Benutze immer eine frische Zwiebel dazu und mach es so, wie ich es dir gezeigt habe.«

Hille nickte wie ein artiges Kind.

»Gegen das Fieber bringe ich Weidenrinde vorbei. Es wird nicht lange dauern, bis ich wieder zurück bin.«

Als Johanna ein zweites Mal an diesem Tag vor der Tür des Wagners stand, stellte sie zufrieden fest, dass das Jammern aus dem oberen Fenster verstummt war.

»Sie schläft jetzt.« Hille klang erleichtert. »Ich schätze, die Schmerzen haben nachgelassen.«

»Dann wollen wir hoffen, dass es so bleibt«, bemerkte Johanna und hielt ihr ein Säckchen mit zerstoßener Weidenrinde vor die Nase. »Ein Sud davon wird gegen das Fieber *und* die Schmerzen helfen, aber versäume nicht die frischen Zwiebelwickel, sonst sind sie schnell wieder da.«

Hille richtete einen dankbaren Blick auf sie. »Du hast was gut bei mir.«

Johanna nickte erfreut. Sie war sich sicher, dass Agnes' Mutter anderen davon erzählen würde. Jetzt konnte sie nur noch hoffen, dass die Kleine wieder ganz gesund würde. So mochte sich ihr Ruf mit der Zeit wiederherstellen.

Als sie sich umwandte, entdeckte sie Elen auf ihrem üblichen Platz inmitten der anderen Marktweiber und winkte ihr zu. Ein kleiner Plausch konnte nicht schaden, und da sie ohnehin nichts weiter zu tun hatte, schlenderte sie zu ihr hinüber. Lächelnd begrüßte sie ihre Freundin. »Dein Geschäft läuft gut, wie ich sehe.«

Elen nickte. »Das kann man wohl sagen. Wenn es so weitergeht, werde ich heute Mittag nichts mehr anbieten können.« Nur noch wenige Brote und ein paar einsame Küchlein lagen vor ihr zum Verkauf bereit.

Inzwischen herrschte auf dem Marktplatz die gewohnte Betriebsamkeit, was gewiss auch der lauen Frühlingsluft geschuldet war. Eine Menge Volk füllte den Platz. Zwei Jungen kehrten Pferdeäpfel auf ihre Schaufeln und warfen sie in einen kleinen Handkarren. Ein Ochsengespann zog ein schweres Fuhrwerk unter Peitschenknallen die Steige hinauf. Andere Reisende stiegen von ihren Wagen. Froh, endlich hier zu sein, steuerten sie eines der Wirtshäuser an, um sich für den kräftezehrenden Aufstieg zu stärken. Das Geschäft brummte. Einzig der »Hirsch« schien sich nicht daran zu beteiligen.

»Offensichtlich hat Wernher aufgegeben.« Johannas Augen fuhren an den geschlossenen Läden der Wirtschaft entlang.

Elen zog ein bekümmertes Gesicht. Wie immer war sie voller Mitgefühl für alle vom Schicksal Gebeutelten. »Anders als du.« Natürlich hatte auch sie von den Vorgängen in Johannas Hof gehört. Eines Abends war sie sogar bei ihr gewesen und hatte sich davon überzeugt, dass es ihrer Freundin gut ging.

Johannas Lippen verzogen sich zu einem halben Grinsen. »Wie man es nimmt.« Sie kam nicht umhin, einen skeptischen Blick auf das Marktweib neben Elen zu werfen, das ihre Worte in Balduins Ohr geträufelt hatte. Wie sonst hätte er davon wissen sollen, dass sie Kunos Fähigkeiten als Exorzist bezweifelte? Diese benahm sich so, als ob sie das alles nichts anginge. *Ver-*

räterische Schlange, dachte Johanna und wandte sich wieder ihrer Freundin zu.

»Wernher scheint krank zu sein. Zumindest behauptet Oda das.« Elen sah sie mit ihren honigfarbenen Augen an, in denen sich das ganze Elend der Welt zu spiegeln schien.

»Sie ist noch da?«

»Hält treu und fest zu ihm. Jeden Tag läuft sie zum Brunnen, um frisches Wasser zu holen, und geht auf dem Markt einkaufen. Dem Geruch nach kocht sie auch.«

»Nun, das ist alles höchst löblich«, musste Johanna zugeben. Es passte zu Oda, die stets einen rechtschaffenen Eindruck gemacht hatte, obwohl selbst sie es nicht für möglich gehalten hätte, dass die Magd so lange durchhielt. »Was ist mit den Dämonen?«

Elen rollte mit den Augen. »Lärmen nach wie vor jede Nacht. Wenigstens verwehren ihnen die Drudenfüße eine Ausbreitung auf die anderen Häuser der Stadt.« Johanna betrachtete den auf Türsturz und Läden angebrachten Abwehrzauber, den jemand mit Kreide aufgemalt hatte. »War Wernher das?«

Elen schüttelte den Kopf. »Der junge Tecker hat sie anbringen lassen. Die Nachbarn fühlen sich seither sicherer. Allein im ›Hirschen‹ lärmt es weiter, wenn auch nicht mehr jede Nacht. Trotzdem sind viele der Ansicht, dass Wernher verflucht sei.«

Johanna verbiss sich eine Bemerkung über dieses Thema. »Am besten gehe ich hinüber, um nach ihm zu sehen.« Er musste halb wahnsinnig sein von all den Dingen, die in seinem Haus geschahen. Ein guter Nährboden für weitere Krankheiten. Womöglich hatte ihm auch die Schlägerei ärger zugesetzt, als es anfangs den Anschein hatte. Hatte sein Kopf mehr Schaden genommen, als es die Beule vermuten ließ?

Sie verabschiedete sich von Elen und wünschte ihr, dass sie all ihre Waren loswurde.

Niemand öffnete, nachdem Johanna an die Tür des »Hirschen« geklopft hatte. Sie versuchte es ein weiteres Mal. Ihr angestrengtes Lauschen wurde schließlich mit dem zaghaften Knarzen der Bodendielen belohnt. Jemand bewegte sich, doch dann verstummten die Laute, als ob derjenige nicht wüsste, ob er näher kommen sollte oder nicht.

»Gott zum Gruße«, rief Johanna. »Ist jemand zu Hause?« Drinnen blieb alles stumm. Sie gab nicht auf und klopfte erneut. Ihre Beharrlichkeit schien Früchte zu tragen, denn nun waren ganz deutlich Schritte zu hören. Kurz darauf öffnete sich die Tür zu einem zaghaften Spalt. Odas Augen blinzelten so argwöhnisch durch die Lücke, dass Johanna erschrak. »Ich grüße dich«, sagte sie freundlich. »Wie ich hörte, ist Wernher krank.«

Oda nickte und wich einen Schritt zurück. »So könnte man es nennen.«

Das absonderliche Benehmen der Magd ließ Johanna stutzen. »Was fehlt ihm denn?«, versuchte sie das Gespräch in Gang zu halten, da sie befürchtete, dass ihr im nächsten Moment die Tür vor der Nase zugeschlagen würde.

Oda zuckte mit den Schultern. Ihre Finger krallten sich um den Rand der Tür. Eine krampfhafte Geste, die ihre Worte Lügen strafte. »Nichts Gravierendes. Die Unverschämtheit seiner Mitbürger hat ihm wohl derart zugesetzt, dass er sich ein paar Tage ausruhen muss.«

»Sollte ich nicht besser nach ihm sehen?«

Der Mund der Magd verschloss sich wie bei einem Frosch, der ein Insekt gefangen hatte. »Das wird nicht möglich sein. Er hat mir *befohlen*, niemanden hereinzulassen. Auch dich nicht. Meine Pflege reicht ihm völlig aus.« Ihr hübsches Gesicht verhärtete sich. Noch immer hielt sie die Stellung. Sie würde nicht zur Seite weichen, um Johanna ins Haus zu lassen.

So blieb ihr nichts weiter übrig, als sich zu verabschieden. »Ruf mich, falls Wernher es sich anders überlegen sollte.«

Oda nickte und schlug ihr die Tür vor der Nase zu.

Johanna sah auf das zitternde Türblatt, das den Nachhall der abrupten Geste in sich trug. Es war kaum zu glauben. Sie fühlte sich, als hätte man sie in kaltes Wasser getaucht. Missmutig schüttelte sie den Kopf. Bisher hatte sie Oda gemocht. Nun entdeckte sie eine Seite an ihr, die ihr nicht geheuer war. »Sie hält treu und fest zu ihm«, hatte Elen gesagt. *Befolgt sie lediglich die Anweisungen ihres Herrn, oder steckt etwas anderes dahinter?* Auch an ihr konnten die nächtlichen Störungen nicht schadlos vorübergegangen sein. Aber was hielt sie dann noch hier? War es lediglich die Angst, dass sie niemand mehr einstellen würde?

All ihre Fragen liefen ins Leere. Doch in ihrem Innern stieg etwas auf, das sie allzu gut kannte. Das bedrohliche Gefühl einer lauernden Gefahr, wie die Augen eines Luchses, der einem im Nacken saß.

»Da geht etwas nicht mit rechten Dingen zu«, schloss Johanna, nachdem sie sich alles von der Seele geredet hatte. »Außer den nächtlichen Geräuschen, die an sich schon mysteriös genug sind.« Allein diese waren dazu angetan, einen erwachsenen Mann in die Knie zu zwingen. Sie konnte es nicht in Worte fassen, aber etwas sagte ihr, dass im »Hirschen« mehr im Argen lag, das über eine dämonische Bedrohung hinausging – wenn es denn Dämonen waren, die hinter alldem steckten. Doch falls es sie gab: Warum hatte Kuno sie mit seinem Exorzismus nicht vertrieben? Und weshalb war es gelungen, sie auf ein einziges Haus zu beschränken?

Johanna zog grübelnd die Stirn kraus. Die Begegnung mit Oda hatte etwas hervorgeholt, das sie nach Etzels Tod tief in ihrem Innern vergraben hatte. Und das seit einiger Zeit immer beharrlicher an die Oberfläche drängte: die Entschlossenheit, den Dingen auf den Grund zu gehen.

Kurz vor der Dunkelheit war Lukas mit einem Krug Bier hereingeschneit. Sie saßen am Tisch, während Ida sich ins Bett verzogen hatte. Im Herd brannte ein behagliches Feuer, und ein kleines Talglicht flackerte zwischen ihnen. Johanna hatte ihm alles erzählt, was sich am Morgen ereignet hatte. »Meinst du, Wernher hat Oda wirklich verboten, jemanden zu ihm zu lassen?«

»Warum nicht? Nach allem, was sich auf dem Marktplatz abgespielt hat, könnte er tatsächlich so tief gekränkt sein, dass er eine Weile seine Ruhe braucht.«

Johanna wiegte nachdenklich den Kopf. »Auf der anderen Seite könnte Oda etwas vertuschen wollen.«

»Dämonen vielleicht?«, warf Lukas wenig hilfreich ein.

Johanna gab ein unbestimmtes Prusten von sich.

Lukas beugte sich vor und sah ihr bedeutungsvoll in die Augen. »Wenn du in jener Nacht dort gewesen wärst, würdest du nicht daran zweifeln.«

Johanna lief ein kalter Schauder über den Rücken. Sie wusste selbst nicht, was sie glauben sollte. Doch sie hatte den ganzen Tag über ihre Begegnung mit der Magd nachgegrübelt und war immer gewisser geworden, dass mit Oda etwas nicht stimmte.

»Was hast du vor?«, verlangte Lukas zu wissen. »Ich sehe es dir an der Nasenspitze an, dass du etwas im Schilde führst. Selbst wenn es ein ausgesprochen hübsches Näschen ist.«

Johanna schenkte ihm ein warmes Lächeln und wappnete sich für das, was ihre Antwort auslösen würde. »Man müsste noch einmal versuchen, der Sache auf den Grund zu gehen. Am besten nachts, wenn alle anderen schlafen.« Sie bemerkte, wie Lukas unruhig mit den Füßen scharrte.

»Bist du noch bei Trost?« Seine Finger umklammerten den Becher in seiner Hand so fest, dass sie ein leises Knacken vernahmen. Erschrocken ließ er los.

Ihre Lippen verzogen sich zu einem reumütigen Strich. »Schlimmer als die Bedrohung durch eine wütende Menge kann es nicht werden.«

»Wenn man davon absieht, dass der Teufel ein gefährliches Süppchen kocht.«

Nachdenklich senkte sie die Lider und starrte auf die Tischplatte. Ein grob gezimmertes Stück, in das Flecken von Kräutern und vergangenen Mahlzeiten tief eingezogen waren. »Bisher ist niemand zu Schaden gekommen.«

»Und was ist mit Wernher?«

»Laut Oda scheint ihm nicht viel zu fehlen. Und seine angegriffenen Nerven, mit denen er sich schon eine ganze Weile herumplagt, sind durchaus nachvollziehbar.«

»Nichts kann ich besser verstehen als das.« Lukas nahm einen tiefen Atemzug, als müsste er sich von seiner aufkommenden Angst befreien. »Im Grunde reicht es aus, um einen aufrechten Mann in den Wahnsinn zu treiben.«

Johanna starrte grübelnd in sein Gesicht. Beäugte die warmen haselnussbraunen Augen, seine kantigen Wangenknochen, das kräftige Kinn, ohne wirklich zu sehen. *Natürlich! Warum habe ich nicht schon früher daran gedacht!* »Ist dir eigentlich aufgefallen, dass nichts weiter passiert ist, als ihr die mysteriöse Erscheinung gesehen habt?«

Lukas sah sie mit großen Augen an. Sein Blick schien sich nach innen zu richten, auf das Geschehen, das sich in der nächtlichen Wirtschaft abgespielt hatte.

»Für einen teuflischen Dämon wäre es ein Leichtes gewesen, ein paar von euch zu töten oder wenigstens zu verletzen. Stattdessen hat er sich darauf beschränkt, euch zu Tode zu erschrecken, und sich aus dem Staub gemacht.« Die Worte kamen immer flüssiger aus ihrem Mund, und nun, da es ausgesprochen war, erkannte Lukas, worauf sie hinauswollte.

»Bevor wir begreifen konnten, wer oder was es war?«

Sie sah den Widerhall des Zweifels in seinen Augen. Noch immer konnte er nicht von der Vorstellung lassen, dass der weiße Schemen, den Jecklin beschrieben hatte, nicht von dieser Welt war.

»Möglicherweise war er gar nicht bedrohlich – er hat sich einfach nur gefürchtet ... Ja, das könnte es sein. Er hatte Angst, gesehen und *erkannt* zu werden!«

»Das erklärt noch immer nicht, wie einer durch Wände gehen kann«, erwiderte Lukas in aller Logik.

Das war allerdings wahr.

»Und auch die Geräusche, die aus dem Boden und den Wänden zu kommen scheinen, sind ein Mysterium. Kein normaler Mensch kann so etwas tun«, fuhr er fort.

»Es sei denn, man findet heraus, wie er es anstellt.«

Lukas antwortete mit Schweigen. Nachdenklich strich er sein helles Haar hinter die Ohren. Ein Muskel in seinem Kinn zuckte, bevor er es entschlossen reckte. »Dann lass uns morgen Nacht nachsehen.«

Die Überraschung in ihrem Gesicht hob seine Mundwinkel leicht an. »Musst du nicht fort?«

»Ich werde mir ein paar Tage freinehmen.«

»Und deine Stellung aufs Spiel setzen?«

Er presste die Lippen aufeinander. »So schlimm wird es schon nicht werden.«

Obwohl sie froh um sein großzügiges Angebot war, plagte sie ein schlechtes Gewissen. »Mir wäre lieber, du würdest mit den anderen ins Tal fahren.«

»Und dich allein zum ›Hirschen‹ lassen?« Er hob den Finger, als sie ihm widersprechen wollte. »Meinst du, ich merke nicht, was du im Schilde führst? Auf gar keinen Fall werde ich das tun! Nicht nach allem, was sich zugetragen hat!«

Seine Fürsorge, der sie sich endlich dankbar ergab, zauberte ein Lächeln in ihre Miene. Gemächlich erhob sie sich, umrundete den Tisch und setzte sich auf seinen Schoß.

Dafür hatte er einen Kuss verdient – mindestens einen!

—————— •••• ——————

16. KAPITEL

Ida machte die ersten Schritte aus der Tür und sah sich argwöhnisch um. Erleichtert stellte sie fest, dass weder etwas Ungewöhnliches auf sie zukam noch hinter einem der Häuser und Trockengestelle lauerte, die ihnen am nächsten standen. Sie hatte Tage gebraucht, um auch nur einen Fuß vor die Tür zu setzen. Ein paarmal hatte sie es versucht, doch ihr kleines Quäntchen Mut verflüchtigte sich wie Nebel im Sonnenschein, sobald sie ihre Nase aus dem Schutz der Wände streckte. Zu deutlich waren die wutverzerrten Grimassen der Menschen in ihrer Erinnerung. Die mordlüsternen Augen hatten sich tief in ihr Gedächtnis eingebrannt. Selbst ihre Notdurft hatte Ida im Stall bei den Ziegen erledigt. Nur um niemandem in die Hände zu fallen.

Caspar war es ähnlich ergangen. Als die Menge endlich fort war, hatte er anfangs still dagesessen, unfähig, etwas zu sagen oder zu tun. Doch dann, als Pius heimkehrte und sie mit Johanna allein waren, kamen die Worte laut und unkontrolliert aus seinem Mund. Schließlich war er zu den Seinen zurückgekehrt, die ihn sicher besser schützen konnten als ein Mädchen und eine Frau. Sie hatte ihn seit Tagen nicht mehr gesehen. Langsam begann sie sich zu fragen, ob er böse auf sie war oder ob Vorsicht ihn von Johannas Häuschen fernhielt? Der Gedanke daran, dass die Fahrenden weitergezogen sein könnten und er mit ihnen gegangen war, hinterließ ein schmerzendes Gefühl in ihrem Bauch. Und diese Ungewissheit trieb sie letztlich vor die Tür.

Vielleicht war es auch das Fehlen von Johannas Gegenwart. Sie war zu einem kranken Mädchen aufgebrochen, das gestern unter fürchterlichen Ohrenschmerzen gelitten hatte. Wahrscheinlich würde es eine ganze Weile dauern, bis sie zurückkäme. Zeit genug, um sang- und klanglos zu verschwinden, so wie Ida es meistens tat. Noch immer machte sie die Dinge gern mit sich allein aus. Wenn sie scheiterte, würde niemand es bemerken.

Ein weiteres Mal überprüfte sie, ob die Luft rein war. Die Leute in ihrer Nähe waren mit sich selbst beschäftigt. Keiner zeigte ein auffälliges Interesse an ihr. Ida konnte es kaum glauben, dass etwas, das vor Tagen eine solche Bedrohung dargestellt hatte, nun so banal sein konnte, als wäre nicht das Geringste passiert. Die Schwere in ihrer Brust wurde ein wenig leichter, während sie auf die Häuser ihrer Nachbarn starrte. Ein Mann schabte Fellreste von einer Haut, und ein anderer rührte mit einem langen Stecken in einer der Gruben. Zwei Frauen wuchteten das schwere, frisch gegerbte Leder zum Trocknen über eines der einfachen Holzgestelle, die aus im Boden verankerten Stangen und einer quer darüberliegenden bestanden. Der Gestank nach Urin und bitterer Lohe drang in Idas Nase, als die Tür, die sie darüber ganz vergessen hatte, wie ein abschließender Paukenstoß hinter ihr ins Schloss fiel.

Der Schreck ließ sie zusammenzucken, dann nahm sie die Beine in die Hand und lief hurtig über den breiten gerodeten Streifen aus Wiesen und Feldern, den man rings um Schiltach angelegt hatte.

Plötzlich stob ein Feldhase vor ihr auf, der sich hakenschlagend in die Büsche flüchtete. Sie war nicht weniger erschrocken als er. Die Angst pulsierte wie ein Widerhall in ihren Knochen. Heftig nach Atem ringend, aber froh, endlich hier angelangt zu sein, erreichte sie den Waldrand. In der vertrauten Umgebung fühlte sie sich sicherer.

Wie von selbst glitten ihre Gedanken zu der weißen Wölfin, mit der sie so viele Stunden unter dem schützenden Blätterdach der Bäume verbracht hatte. *Wie es ihr wohl gehen mag?* Seit sie sie zusammen mit Caspar gesehen hatte, war sie dem Tier nicht mehr begegnet. Und ihr schien, als ob das Interesse der Wölfin an ihr vollständig erloschen war. Die Enttäuschung stieg wie eine Blase in Ida auf. Es fühlte sich wie Verrat an. Fest presste sie die Lippen aufeinander, während sie sich durch das

Dickicht schlug. *Werde ich sie überhaupt noch einmal wiedersehen?*, fragte sie sich. Beklommen lief sie weiter. Ihre tierische Freundin fehlte ihr, aber es lag nicht an ihr, etwas daran zu ändern.

Nach einiger Zeit tauchte der Rand der Senke vor Ida auf. Sie stutzte, als sie einen empörten Schrei vernahm, gefolgt von einer lauten Stimme, die sich von dort in die Höhe schraubte. Sie klang alles andere als fröhlich, doch das entrüstete Bellen eines Hundes machte es unmöglich, etwas zu verstehen.

Lautlos schlich Ida zu der Wurzel des umgefallenen Baumes und spähte hinunter. Die Erleichterung darüber, dass die Fahrenden noch immer am Boden der Senke lagerten, schwappte wie süßer Honig durch ihren Leib. Ihre Augen suchten Caspar und blieben an Johannas Großvater hängen, der seelenruhig in einem Topf rührte. Einige saßen beim Feuer und sahen teilnahmslos zu, wie sich Jockel und der Strickerle mit einer Frau stritten. Nur Caspar, der wie immer abseitsstand, den Streit aber bemerkt hatte, verfolgte ihn mit einer Miene, als hätte er etwas Verdorbenes gegessen. Ebenso wenig wie die Hunde, deren Gebell sich zu einem nervösen Chor gesteigert hatte, ließ er die Frau dabei aus den Augen. Ida hatte sie hier noch nie gesehen. Sie drehte ihr den Rücken zu, doch ihrer schlanken, ansehnlichen Gestalt nach schien sie jung zu sein. Ihr Haar hatte sie unter einem Tuch verborgen. Endlich hörte der Streit auf – vielleicht wusste auch niemand mehr etwas zu sagen. Eisiges Schweigen trat ein. Selbst die Hunde verstummten. Als die Frau sich umwandte, glomm in Ida der Funke des Erkennens auf. Ihr hübsches Gesicht, in das sich immer noch Wut zeichnete, war ihr ihm Gedächtnis geblieben.

Ist das die Magd des »Hirschen«, die ich auf dem Marktplatz gesehen habe? Jedenfalls schimmerte das gleiche goldene Haar an ihrer Stirn, dort, wo das Tuch es nicht bedeckte. Mit resoluten Schritten verließ sie die kleine Gemeinschaft.

Alarmiert wuselte Ida in ein nahe gelegenes Gebüsch und kroch tief hinein, als sie bemerkte, dass die Frau den Rand der Senke erklomm und genau auf sie zuhielt. Nur ein paar

Atemzüge später raschelte es, dann gingen Schritte dicht an ihr vorbei, wurden leiser und verklangen schließlich. Ida horchte, ohne sich zu rühren. Es war gut möglich, dass der Frau jemand folgte, doch niemand schien dies für nötig zu halten. Dennoch blieb sie hocken. Die Fahrenden sollten weder wissen, dass sie ihren Gast bemerkt hatte, noch vermuten, dass ihre Wege sich möglicherweise gekreuzt hatten. Sie wurde das Gefühl nicht los, dass etwas an dieser Sache nicht ganz geheuer war. Was wollte die Magd hier, falls sie es gewesen war?

Ein leises Stöhnen drang aus Idas Mund, als sie es endlich wagte, ihren Kopf aus den Sträuchern zu recken. Sie hielt den quälenden Schmerz in ihren Beinen nicht mehr aus. Das Zwitschern und Tschilpen der Singvögel, die zwischen Blättern und Zweigen nisteten, verstummte abrupt. Wenig später ging wieder alles seinen gewohnten Gang. Ein Specht hämmerte seinen Schnabel in einen Baumstamm. Tauben gurrten, Finken, Rotkehlchen und Meisen übertrafen sich mit ihrem Gesang. Kleine vierbeinige Waldtiere huschten umher, und kein Mensch war zu sehen. Behutsam streckte Ida ihre Knie. Bewegte sich, bis das Blut in ihre Beine zurückkehrte. Dann machte sie sich gemächlich an den Abstieg.

»Oho, wen haben wir denn da?«, rief der weiße Bettelbub, als Ida unten ankam. »Ich dachte schon, die Kleine traut sich nicht mehr hierher.«

Sigismund schenkte ihr ein Lächeln, das sie mit einiger Mühe erwiderte. Die Worte des Bettelbuben ignorierte sie wie die neugierigen Blicke, die man ihr zuwarf.

Caspar strahlte vor Freude, als er Ida bemerkte. »Geht es dir gut?« Sie hörte, wie sehr er sich anstrengte, vernünftige Töne herauszubekommen.

Ihr Nicken ließ sein Lächeln breiter werden. Nichts deutete mehr auf die Angst hin, die er vor Tagen mit ihr durchgestanden hatte. Oder dass er ihr in irgendeiner Weise böse war. Die Schwere in ihrer Brust wurde so leicht wie eine Feder, als sie auf die übliche Art miteinander plauderten. Der Mob hatte ihrer Freundschaft nicht geschadet.

Dann endlich kehrte Ida dem Rest der Fahrenden den Rücken zu und wagte die Frage, die ihr auf dem Herzen lag. »Ihr Besuch gehabt?« Nur ihre Lippen bewegten sich. Kein Laut drang durch ihre Kehle, damit die anderen nichts davon mitbekamen.

Caspars Reaktion verblüffte sie. Plötzlich trat er nervös von einem Bein aufs andere, als steckte ein ganzer Schwarm Hummeln in seinem Hintern. Er kniff die Lippen zusammen und schüttelte den Kopf.

Ida senkte die Lider, damit er nicht in ihren Augen lesen konnte. Enttäuscht zog sie sich in ihr Innerstes zurück. Sie wusste, dass er log. *Warum tut er das?* Bisher hatte sie ihm vertraut, doch nun war sie sich nicht mehr sicher, ob sie es tatsächlich konnte.

Bald darauf verabschiedete sie sich und schlich müde nach Hause. Caspars Lüge hatte all ihre Kraft geraubt.

Und zum zweiten Mal an diesem Tag fühlte sie sich verraten.

Der Mond schien auf ihrer Seite zu sein, als Johanna und Lukas sich in eine dunkle Ecke gegenüber dem »Hirschen« drückten. Sein bleiches Licht ließ die schwarzen Balken des Fachwerkhauses wie ein fleischloses Gerippe hervorstechen. Stille hatte sich über den Platz gelegt. Zu dieser späten Stunde waren die Läden der Häuser geschlossen, die Türen verriegelt, und ihre Bewohner schliefen. Der Marktplatz lag einsam und verlassen da – und ohne jedes Geräusch.

Selbst die kleine Agnes jammerte nicht mehr. Es ging ihr schon viel besser, wie Johanna heute Morgen festgestellt hatte. *Wie gut, dass meine Arznei geholfen hat,* dachte sie erleichtert. *Das wird mir weitere Patienten bringen, und bald habe ich so viel zu tun wie bisher.* Das hoffte sie jedenfalls.

Ob Oda schläft?, fragte sie sich. Ida hatte ihr von ihrer Beobachtung im Wald erzählt. Was hatte die Magd dort zu suchen? Sie erinnerte sich noch genau an ihre Worte, bei denen sie kein gutes Haar an den Fahrenden gelassen hatte. War es eine Lüge gewesen? Oder hatte Ida sich getäuscht?

Und was war mit Caspar? Spielte er ein falsches Spiel? Sie hatte die Erschütterung in Idas Augen gesehen. *Ein weiterer Schlag, mit dem das Mädchen fertigwerden muss!* Reichte ihre Zähigkeit aus, um sich der erneuten Enttäuschung zu stellen? Johanna hoffte es.

Eigentlich hätte sie Caspar dies niemals zugetraut. Doch wer konnte schon die innersten Wünsche und Gedanken eines Menschen erahnen? Auch sie trug Geheimnisse in sich, von denen niemand wusste.

»Lass uns näher herangehen«, flüsterte Lukas. Geduckt lief er voraus.

Johanna folgte dicht hinter ihm. Ihr Atem hatte sich beschleunigt, als sie sich an die Hauswand hockten, direkt unter einen der Läden, dessen Fenster zur Schankstube zeigte. Wie gewöhnlich trug sie ihre hellbraune Cotte und den grünen Surcot, hatte aber zur Sicherheit ihren Mantel umgehängt.

Drinnen schien alles friedlich zu sein. Nicht ein Laut deutete auf das Vorhandensein von Dämonen oder die Gegenwart eines anderen widernatürlichen Geschöpfes hin. Was Oda und Wernher betraf, so schienen sie zu schlafen.

»Was tun wir jetzt?«, fragte sie leise.

»Abwarten«, meinte Lukas. »Noch ist die Nacht nicht vorüber.«

Davon abgesehen wurde sie immer kühler. Johanna zog ihren Umhang fester um sich und lehnte ihren Rücken an die Hauswand. Dennoch fröstelte sie. Ein Lächeln strich über ihre Lippen, als Lukas, die Gunst der Stunde nutzend, seinen Arm um sie legte und sie nah zu sich heranzog. Es fühlte sich gut an.

Um sich abzulenken, betrachtete sie den Himmel, der sich wie ein schwarzer Webteppich, bestickt mit unzähligen goldenen Sternen, über sie spannte. Ihre Augen glitten herab, musterten die Konturen der umliegenden Häuser. So hatte sie den Marktplatz noch nie gesehen. Mondlicht versilberte die Dächer, den Umriss des Brunnens und die Gasse, die wie ein Pferd, das trotzig den Kopf hebt, in die Richtung der Burg anstieg. Nachts war er nicht mehr als eine dunkle Ahnung aus trutzigen Gebäuden, von Finsternis verborgen.

Flüchtig fragte Johanna sich, weshalb der Tecker lediglich die Drudenfüße am »Hirschen« hatte anbringen lassen. *Wahrscheinlich hat Kuno deshalb nicht gegen den heidnischen Abwehrzauber gewettert. Auch für einen einfachen Priester ist es gefährlich, sich mit den Edlen anzulegen. Aber warum unternimmt der Herzog sonst nichts dagegen?* Hatte er Angst, oder war es ihm schlichtweg egal? Solange die Münzen weiter in seinen Kasten klimperten, mochte es tatsächlich so sein.

Es war aufregend gewesen, vor dem Schließen der Tore ins Städtle zu schlendern und sich dort in aller Heimlichkeit nach einem Versteck umzusehen. Im Schutz einer Traufgasse hatte sie mit Lukas ausgeharrt, bis der tägliche Betrieb verebbte. Leider war diese schon des Öfteren als Abort benutzt worden. Noch immer umwehte Johanna ein unangenehmer Geruch nach Fäkalien, der sich hoffentlich nur in ihrer Nase befand. Als es dunkel wurde, waren sie von einer Gasse zur nächsten geschlichen. Niemand sollte wissen, was sie vorhatten, damit kein arglos dahingesagtes Wort in falsche Ohren gelangen konnte. So waren sie ganz auf sich gestellt, aber falls ein Mensch hinter alldem steckte, konnte er nicht gewarnt werden.

Trotz all ihrer Mühen geschah nicht das Geringste, und die Erregung wich einer bleiernen Müdigkeit. Johanna kämpfte gegen die Schwere in ihren Lidern an und verlor den Kampf, ohne es zu bemerken.

Ein dumpfes Vibrieren, das kleine Wellen durch die Wand an ihren Rücken sandte, bescherte ihrem Schlummer ein abruptes Ende. Lukas, der neben ihr ebenfalls eingenickt sein musste, durchlief ein Ruck. Für einen Moment vergaß sie zu atmen und setzte sich kerzengerade hin. *Was war das?* Gebannt lauschte sie in die Stille. Da … da war es wieder. Ein grässliches Poltern und Schaben, dann ein lang gezogenes dumpfes Dröhnen, das wie das Stöhnen eines gewaltigen Tieres klang. *Eines Wesens aus einer anderen Welt!*, schoss es Johanna durch den Kopf. Ohne Zweifel kam es von drinnen. Irgendetwas ging dort vor sich. Noch ehe sie sich gefasst hatte, drang ein Geräusch wie von berstenden Knochen an ihr Ohr, das ihr die Haare zu Berge stehen ließ.

»Hörst du das?«, wisperte Lukas mit einer Stimme, die mehr der eines verängstigten Jungen glich als der eines ausgewachsenen Mannes. Im Licht des Mondes hatte sein Gesicht die Farbe von frischem Ziegenkäse angenommen. »Habe ich es dir nicht gesagt?«

Johanna nickte. Vermutlich sah sie nicht besser aus als er. Ihr Herz klopfte in einem rasenden Galopp, während aufkommende Furcht sich durch ihre Eingeweide fraß. Wieder krachte und splitterte es, als ob ein Drache sich an einem großen Knochen gütlich täte. Augenblicklich musste sie an Kuno denken und an seine Geschichte von Georg dem Drachentöter. Ihr Sarkasmus, dass ihr noch nie eines dieser Tiere begegnet war, kam ihr wie reine Ironie vor. Würde sie nun für ihre blasphemischen Gedanken bezahlen müssen? Ihre Angst steigerte sich in Panik. Sie war kurz davor davonzulaufen. *Gütiger Herr Jesus, beschütze mich*, betete sie stumm. *Ich verspreche, nie mehr ungehorsam zu sein!*

Plötzlich packte Lukas ihren Unterarm. Sie wollte etwas sagen, doch ein geschwinder Finger presste sich an ihre Lippen zum Zeichen, dass sie still sein sollte.

Johanna hielt die Luft an, horchte, und ihre Lider weiteten sich vor Erstaunen. »Da spricht jemand«, flüsterte sie.

Ein bestätigendes »Mmh« drang aus Lukas' Mund. »Können Dämonen sprechen?«, wisperte er.

»Ich glaube nicht. Jedenfalls nicht auf diese Weise.«

Jetzt hörte man es ganz deutlich. Ein tiefer männlicher Bass durchbrach die unheimlichen Laute, gefolgt von etwas Hellerem – der Stimme einer Frau! Die Erleichterung ließ ihren Magen nach unten sacken. Das waren keine Dämonen. Das waren Menschen! Nur ihre Angst hatte ihr ein falsches Bild vorgegaukelt und sie an die teuflischen Diener glauben lassen. Ihre eigene Furcht hatte sie getäuscht. Vermutlich war es den Flößern ebenso ergangen, denn in Lukas' Miene las sie, dass er zu demselben Schluss gekommen war. Behutsam richtete er sich auf.

»Was hast du vor?«

»Ich muss näher heran.«

Johanna verstand. Sie beobachtete, wie er sich dem Fenster über ihnen zuwandte und sich Spanne um Spanne nach oben reckte. Sie tat es ihm gleich. Endlich hatten sie den Laden erreicht. Vorsichtig bewegte Johanna ihre eingeschlafenen Beine, die nun kribbelten, als hause ein ganzer Ameisenhaufen darin.

Ein schwacher Lichtschein drang durch die Ritzen. Jemand musste drinnen eine Kerze angezündet haben. Ein weiteres Zeichen, dass sich dort keine Dämonen befanden. Behutsam sah Lukas durch eine der breitesten Ritzen, die dennoch nicht dicker als die schmale Seite eines Grashalmes war. Wieder erklang von drinnen ein lang gezogenes dumpfes Dröhnen. Als Johanna sich einer weiteren Ritze näherte, vermeinte sie zwei sich bewegende Schatten zu sehen. Das Licht der Kerze war zu schwach, um den Raum ausreichend zu beleuchten. Der größte Teil lag im Dunkeln. Ein Schemen befand sich zwischen ihnen, schwarz wie die Nacht. Das Geräusch setzte sich fort, als ob jemand einen großen Gegenstand über den Boden schieben würde. Dann wurde es still. Einer der Schatten bewegte sich, etwas sauste hernieder, traf mit dumpfem Schlag auf und wurde ächzend zurückgezogen.

Lukas hatte genug gesehen. Er gab Johanna ein Zeichen. Mit gebeugtem Rücken huschten sie gemeinsam zu der dunklen Ecke gegenüber dem »Hirschen« zurück.

»Ich kann es kaum glauben, aber ich denke, dass wir wirklich üblen Schelmen auf den Leim gegangen sind. Das dort drinnen sind Menschen. Einfache Wesen aus Fleisch und Blut so wie wir.« Er zupfte an der Haut seines Unterarmes, wie um sich davon zu überzeugen, dass es tatsächlich so war. »Und sie nehmen den Schankraum auseinander«, raunte er in Johannas Ohr.

Johanna war zu dem gleichen Schluss gekommen. »Das denke ich auch. Aber weshalb sollten sie so etwas tun?«

Lukas zuckte mit den Schultern.

»Hast du gesehen, wer es ist?«

Er schüttelte den Kopf. »Du?«

Dieses Mal war es Johanna, die verneinte. »Die helle Stimme könnte Oda gehören.«

»Und die andere dem Hirschwirt? Ich denke, er ist krank.«

»Hat sie einen Komplizen, der ihr hilft?«, mutmaßte sie.

»Aber würde Wernher dann nicht aufbegehren?«

Irgendwann wurde es still. Wer es auch war, hatte die Arbeit niedergelegt. Und noch immer war sich Johanna nicht darüber im Klaren, welchem Zweck das Ganze dienen sollte.

»Es erscheint mir nicht logisch, dass Wernher die halbe Wirtschaft zerstört oder sie zerstören lässt«, wisperte Lukas.

»Mir auch nicht.«

Sie blieben bis zum Morgen. Gegen Ende der Nacht verhüllte Nebel den Himmel und sank wie ein schwermütiger Schleier hernieder. Der feuchte Dunst hüllte sie ein, bis Haar und Kleidung klamm und kalt waren. Niemand kam aus dem Wirtshaus heraus, um sich im Schutz der Dunkelheit aus dem Staub zu machen. Sollte es doch Wernher gewesen sein, der dort drinnen gewütet hatte?

Als es hell wurde, gingen sie zu Lenz ins »Weiße Rössel«. Die Neidköpfe am Giebel des Wirtshauses empfingen sie mit ihren unfreundlichen Fratzen. Der Schultheiß sah nicht besser aus. Er begrüßte sie mit einem kurzen Nicken.

Mit Weib, Tochter, Knechten und Mägden saß er im Schankraum, um sich ein ausgiebiges Frühmahl schmecken zu lassen. Offenbar mochte er nicht dabei gestört werden. Auch seine Frau, eine dicke Matrone, interessierte sich mehr für ihr Essen als für den unerwarteten Besuch. Johannas vor Müdigkeit brennende Augen wanderten zu seiner Tochter, die kaum dem Bild einer zarten Jungfer entsprach. Das gute Leben hatte sie feist und träge gemacht. Bis in ein paar Jahren würde ihr Bauch ebenso dick wie der ihrer Mutter sein.

Den restlichen Versammelten konnte man kaum verübeln,

dass sie so viel Nahrung wie möglich in sich hineinschaufelten, bevor der Hausherr den Löffel beiseitelegte und das Essen auch für sie beendet war. Egal, ob sie noch hungrig waren oder nicht. Der milchige Geruch des Breis brachte Johannas Magen zum Knurren. Sie ignorierte ihren Hunger, die feuchten Kleider, die unangenehm an ihrer Haut klebten, und entdeckte, dass der Ausschank des »Rössel« teilweise abgebaut worden war. Ein heller Fleck klaffte am Boden wie die unerwartet kahle Stelle am Schädel eines jungen Mannes.

Lukas sah Johanna mit hochgezogenen Brauen an. Offenbar dachte er dasselbe wie sie. Ging im »Weißen Rössel« das Gleiche wie im »Hirschen« vor sich?

All dies hatte nur wenige Augenblicke gedauert. Als die beiden sich erneut dem Tisch zuwandten, musterte Lenz sie aus schlaftrunkenen Augen, die in diesem Zustand sehr an den Blick eines behäbigen Ochsen erinnerten. »Ihr schon wieder. Was habt ihr dieses Mal ausgeheckt?«

Nun wurde es Johanna zu viel. »Nicht wir sind es, die etwas im Schilde führen.« Ihr anklagender Finger deutete in die Richtung des »Hirschen«. »Dort drüben sieht es gewiss mehr danach aus.«

Lenz winkte müde ab. »Das ist mir bekannt.«

»Das denke ich nicht«, erwiderte Johanna. Hunger und Müdigkeit machten sie ungeduldig.

»Am besten besprechen wir das draußen«, warf Lukas ein.

Lenz brummte etwas Unverständliches. »Ich nehme an, ihr gebt vorher ja doch keine Ruhe.« Überdrüssig ließ er seinen Löffel auf den Tisch fallen, wofür Johanna und Lukas einen giftigen Blick von seinen Bediensteten ernteten. »Esst ruhig weiter«, sagte der Wirt gutmütig. »Es reicht, wenn einer hungern muss.«

Aufatmend langte die Tischgemeinschaft zu.

»Was habt ihr denn so Wichtiges entdeckt?«, fragte Lenz, nachdem sie vor das Haus getreten waren.

Lukas übernahm es, ihn über die jüngsten Ereignisse aufzuklären.

Lenz kratzte grübelnd seinen grauen Schopf. »Vielleicht ist Wernher doch nicht so krank, wie er tut, und benutzt dies nur als Vorwand, um heimlich seinen Schankraum umzubauen.«

»Ausgerechnet jetzt?«, fragte Johanna ungläubig. »Und weshalb sollte er es im Verborgenen tun?«

»Warum nicht? Immerhin sah es dort drinnen ziemlich heruntergekommen aus, findet ihr nicht?« Es hörte sich an, als spräche er über das Wetter.

»Ich habe schon Schlimmeres gesehen«, meinte Lukas.

»Ein Umbau, bei dem er seine überschüssige Kraft verbraucht, ist gerade jetzt das Richtige für ihn«, spielte er auf die Keilerei am Marktplatz an. »Wahrscheinlich will er uns alle damit überraschen. Wenn er es geschickt anstellt, könnte es seinen Ruf wiederherstellen, sobald diese leidige Sache ausgestanden ist.«

»Möglicherweise ist es aber gerade diese *Sache*, die dahintersteckt?«, versuchte Johanna ihn umzustimmen« oder wenigstens berechtigte Bedenken zu streuen.

Lenz rollte überdrüssig mit den Augen. »Darum soll sich der Priester kümmern. Ich habe weder Befugnis noch Zeit, mich mit diesen Dingen zu befassen. Ausgerechnet jetzt, wo ich es am wenigsten gebrauchen kann. Euch ist sicher aufgefallen, dass mein Ausschank ebenfalls ersetzt werden muss. Hirnlose Raufbolde haben ihn kurz und klein geschlagen. Betrunken, wie sie waren, ließen sie sich nicht mehr bremsen. Lasst Wernher für ein paar Tage in Ruhe. Der Rest wird sich schon von allein regeln.«

»Wir werden uns wohl selbst darum kümmern müssen.« Lukas reckte entschlossen das Kinn, als sie dem Schultheißen den Rücken gekehrt hatten und sich auf den Heimweg machten.

»Es sieht ganz danach aus.« Johanna verzog missmutig den Mund. »Der Rest wird sich von allein regeln«, äffte sie Lenz nach. »So wie der Mord an Genefe, der immer noch nicht aufgeklärt ist. Er wäre niemals Schultheiß geworden, wenn er keine so guten Beziehungen zu den Burgherren hätte.«

Lukas nickte. »Damit hast du gewiss recht.«

Johanna fuhr sich mit den Fingern durch die goldbraunen Locken, die feucht und schwer um ihr Gesicht hingen. Im Moment war sie sicher alles andere als eine erfreuliche Erscheinung. »Elen hat gesagt, dass Oda jeden Tag einkaufen geht. Wie wäre es, wenn wir morgen früh unser Glück versuchen und warten, bis sie das Haus verlässt ...«

»... und uns drinnen ein wenig umsehen«, vollendete Lukas den Satz. »Eine gute Idee. Wenn Wernher wirklich nur umbaut, sind wir schnell wieder draußen. Andernfalls ...« Er schien nicht mehr dazu fähig zu sein, seinen Vorschlag in Worte zu fassen. »Ich für meinen Teil brauche dringend Schlaf. Und wenn ich dich so ansehe ...«

Johanna brauchte keine weitere Erklärung. Die durchwachte Nacht forderte ihren Tribut. Eine bleierne Schwere zerrte an ihren Gliedern, und ihre Lider fanden kaum noch die Kraft, sich zu öffnen.

»Morgen nach dem Frühmahl hole ich dich ab«, sagte er.

Der Nebel verdampfte zusehends in der Wärme der aufgehenden Sonne. Nur ein schmaler Streifen schwebte wie ein frisch gewaschenes Vlies über der Landschaft, als sie durch das untere Tor schritten. Johanna und Lukas beachteten ihn nicht. Sie gingen nach Hause, um in einen tiefen, traumlosen Schlaf zu sinken.

17. KAPITEL

————— •◆◆• —————

Wie vereinbart stand Lukas nach dem Frühmahl vor der Tür.
»Wie fühlst du dich?«, fragte er grinsend.

»Munter und ausgeruht«, verkündete Johanna lächelnd.

Ida hatte sie erwartet, als sie gestern Morgen nach Hause gekommen war. Die ganze Zeit über war das Mädchen nicht von ihrer Seite gewichen. Sie hatte ihren Schlaf bewacht und sogar einen Brei für sie gekocht, damit sie wieder zu Kräften käme. Über Caspar hatte Ida kein Wort verloren, was gewiss auch an Idas Enttäuschung lag. Soweit Johanna es mitbekommen hatte, war er gestern nicht bei ihnen aufgetaucht. Wenn sie nur wüsste, was es mit ihm und Oda auf sich hatte. Ein heißer Schreck fuhr durch Johannas Glieder, als ihr ein neuer Gedanke kam. Steckten die beiden etwa unter einer Decke? Sie konnte nur hoffen, dass dies nicht der Fall wäre.

»Dann lass uns gehen«, erwiderte Lukas voller Tatendrang. »Es wird Zeit, endlich Licht in das Dunkel zu bringen.«

Gemeinsam schlenderten sie ins Städtchen und drückten sich von einer Ecke in die andere, von wo sie einen guten Blick auf den »Hirschen« hatten, selbst aber nicht sofort entdeckt werden konnten. Anfangs dachten sie, dass der helle Tag dies weitaus schwieriger machen könnte. Doch der Betrieb auf dem Marktplatz sorgte dafür, dass sie in der Menge der Reisenden verschwanden. Sich vor Elens scharfen Blicken zu verbergen war dennoch ein Problem. Doch Johanna wollte ihre Aufmerksamkeit nicht, die sie, wenn auch unbewusst, verraten könnte. Es war besser, Elen über ihre Anwesenheit im Städtle im Unklaren zu lassen.

Ihre Geduld wurde auf eine harte Probe gestellt. Erst gegen Ende des Nachmittags bequemte sich Oda aus dem Haus. Der Korb an ihrem Arm ließ darauf schließen, dass sie sich zu späten Einkäufen auf den Weg machte. Kaum war sie verschwunden, eilten sie auf das Haus zu. Sie hatten sich schon vorher darauf geeinigt, es hinten zu versuchen und nicht den direkten Weg durch die Haustür zu wählen. Selbst wenn sie offen gewesen wäre, was keiner der beiden für wahrscheinlich hielt, wäre ihr Eindringen dort am ehesten bemerkt worden. Sie hatten Glück und fanden einen Küchenladen, der nicht richtig verschlossen war. Die Küche grenzte an einen kleinen Hinterhof an. Über ihn konnten die mit frischen Vorräten beladenen Wagen bequem bis zur Kellertür fahren, was den Fuhrknechten den Weg erheblich erleichterte. Auch für Lukas und Johanna stellte er sich als geschickt heraus. Hier hinten konnte niemand sie von der Gasse aus beobachten.

Lukas stieg als Erster ein und sah sich drinnen um. Kurze Zeit später reckte er seinen Arm aus dem Fenster. Die Luft war rein. Mit einem kräftigen Ruck zog er Johanna in die Höhe. Ihre Röcke rutschten ihre Beine hinauf, als sie diese über die Brüstung schwang. Rasch beförderte Johanna sie an Ort und Stelle, nicht, ohne den verstohlenen Blick zu bemerken, mit dem Lukas ihre bloßen Knie gemustert hatte. Rasch schlossen sie den Laden wieder, damit niemand sie bemerkte.

Der bittere Geruch nach kaltem Rauch und das fettige Aroma von gebratenem Speck hingen in der Luft. Das Feuer war erloschen. Ansonsten sahen sie nichts Ungewöhnliches. Dies änderte sich schlagartig, als sie das Halbdunkel des Schankraums betraten. Noch immer waren die Läden geschlossen, doch tagsüber reichte das Licht für den verstörenden Anblick, der sich ihnen bot. Hier war nicht nur der Ausschank in seine Einzelteile zerlegt worden. Der ganze Raum hatte sich verändert, dessen Tische und Bänke übereinandergestapelt an einer der Wände standen.

Fassungslos starrten sie auf den frei geräumten Boden. Der größte Teil der einstigen Dielen lag wie eine klaffende Wunde vor ihnen. Nicht eine einzige Planke befand sich an ihrem rechtmäßigen Platz. Stattdessen hatte man sie lieblos zerstört und herausgerissen. Überall lagen zersplitterte und zerfaserte Dielen, auf die man keine Rücksicht genommen hatte. Fast schien es so, als ob etwas Wichtiges darunter verborgen läge.

Eine bestürzende Ahnung lag in der Luft. Der Raum strahlte sie förmlich aus: dem stummen Schrei nach Gefahr. Einer Bedrohung, die keinen Namen hatte.

Lukas warf Johanna einen bedeutsamen Blick zu und ruckte mit dem Kinn nach oben. Behutsam schlichen sie die Treppe empor. Hin und wieder knarrten die Stufen, ohne dass sie es verhindern konnten, doch nichts geschah. Weder stürmte ein zorniger Wernher aus einer der Kammern, noch hörte man ihn.

Johanna schluckte, als sie einen leisen Schritt vor den anderen setzte. Was würde sie im ersten Stock erwarten? Lag der Hirschwirt in seinem Bett, unfähig, sich zu rühren? Oder schlief er und ging wütend auf sie los, sobald er sie bemerkte, weil sie unerlaubt sein Haus betreten hatten?

Auf dem obersten Treppenabsatz breitete sich ein Gang vor ihnen aus, von dem drei Türen abgingen. Links gab es eine weitere Treppe, die in entgegengesetzter Richtung ins Dachgeschoss führte. Johanna beschlich ein flaues Gefühl, als sie Lukas mit behutsamen Schritten zur ersten Tür gehen sah. Auch ihm war die Spannung deutlich anzusehen. Leise öffnete er sie. Zu ihrer beider Überraschung war die Kammer leer.

Wenigstens von hier drohte keine Gefahr. Der Raum war so kahl wie ein Ei. Im zweiten standen eine Truhe und eine einsame Wiege. Beide Kammern waren wohl einst für Wernhers Weib und Kinder gedacht. Doch soweit Johanna wusste, hatte ihm seine verstorbene Frau keine hinterlassen. Trotz der Tatsache, dass er nie wieder geheiratet hatte, konnte er sich wohl ebenso wenig dazu überwinden, die Kammern seinen Mägden zu überlassen. Vermutlich war sein Geiz groß genug, um sie in einer der zugigen Dachkammern hausen zu lassen, wie es Mette einst tun musste. Zu ihm passen würde es allemal.

Der boshafte Gedanke verließ Johanna, als Lukas die dritte

Tür öffnete. Eine große Bettstatt stand im Zwielicht des Raumes. Jedenfalls war sie es einmal gewesen. Jetzt gab es nur noch ihre Ruine. Der dicke Strohsack und mehrere Kissen lagen wie ausgeweidete Tiere am Boden, bedeckt von einem Rest aus Federn und Stroh. Das meiste war in rücksichtsloser Zerstörungswut herausgezerrt worden und hatte sich überall verteilt. Auch hier hatte man die Dielen herausgebrochen und in den Eingeweiden des Bodens gewühlt. Der ganze Raum wirkte wie auf den Kopf gestellt, und nur der Staub tanzte ungerührt in einem Lichtstrahl, den eine Ritze des Ladens hindurchließ. Von Wernher fanden sie keine Spur.

»Such du ihn im Keller, während ich nach oben gehe«, schlug Johanna leise vor.

Lukas runzelte besorgt die Stirn. »Hältst du es für gut, wenn wir uns trennen?«

»Wir müssen den Hirschwirt finden«, stieß sie hervor.

»Gebe Gott, dass er noch lebt. Aber die Zeit drängt. Es wird nicht mehr lange dauern, bis Oda zurückkommt.«

Lukas gab ein bestätigendes Brummen von sich. »Also gut. Wir treffen uns unten in der Schankstube«, raunte er ihr zu. Dann stieg er behutsam die Treppe hinab.

Nach einem prüfenden Blick in den Schankraum und einem weiteren in die Küche öffnete Lukas einen Beutel, der an seinem Gürtel hing. Dort holte er Feuerstein, Schlageisen und etwas Zünder hervor und machte an der erkalteten Herdstelle ein kleines Feuer, an dem sich ein Talglicht entzünden ließ. Anschließend blies er die Flämmchen wieder aus und hoffte, dass niemand den leichten Rauch bemerkte, der zur Decke schwebte.

Dann öffnete Lukas die Tür. Er ließ sie offen und stieg die steinernen Treppen in das dunkle Gemäuer des Kellers hinab. Ganz wohl war ihm nicht dabei. Zu gut erinnerte er sich an den Schrecken, als das unheimliche Jammern und Stöhnen, begleitet von Kettengerassel, aus den Tiefen der Erde zu ihnen empordrang. Die schaurigen Laute hatten gestandene Männer in die Flucht geschlagen, und je weiter er nach unten stieg, desto mehr schnürte Furcht seine Kehle zu.

Er schluckte mühsam, als er unten war. Nichts regte sich. Mit aller Vorsicht lief er durch das Durcheinander aus Vorräten und Gerümpel. Leuchtete in jede Ecke. Eine Maus huschte ängstlich davon und brachte für einen kurzen Moment seinen Atem zum Stocken. Doch außer ihr fand er weder Wernher noch etwas anderes, das sich als Mensch erwiesen hätte. Blieben nur noch die Weinfässer, hinter denen die Gestalt beim letzten Mal verschwunden war. Lukas' Muskeln spannten sich an, als er das Licht in den Spalt hielt, der zwischen den hohen Fässern und der Wand klaffte.

Selbst hier versperrten flache Körbe nach ein paar Schritten den Weg. Wernher hatte wirklich einen seltsamen Sinn für Ordnung. Thomas konnte nicht weit hineingegangen sein, ohnehin war er schnell wieder daraus hervorgeschossen. Die feinen Härchen in seinem Nacken stellten sich bei der Erinnerung daran auf.

Mit dickem Staub bepuderte Spinnweben hingen schwer von der Decke. Es schien ein wahres Paradies für alle Arten widerwärtiger lichtscheuer Krabbler zu sein, die im Schein des Talglichts in die Dunkelheit zurückjagten. Kein Ort, in den man gern hineinspazierte, wenn es sich vermeiden ließ. Ansonsten sah er nichts Ungewöhnliches. Ein erleichtertes Keuchen entfuhr ihm. Hier versteckte sich niemand. Allerdings fand er von Wernher ebenfalls keine einzige Spur.

Gerade als er gehen wollte, bemerkte er, wie der Staub am Boden erzitterte. Eine leichte Schwingung, bei der er nicht ganz sicher war, ob seine gereizten Sinne ihm einen Streich spielten. Da ... da war es wieder! Dieses Mal stärker. Schweiß perlte in seinem Rücken auf, als er fassungslos mitansehen musste, wie sich die Körbe plötzlich zu bewegen schienen. Waren es Dämonen, die aus den Tiefen der Erde schlüpften und sich mit unmenschlicher Kraft an die Oberfläche kämpften?

Alles in ihm trieb ihn zur Flucht. Dennoch zwang er sich

stehen zu bleiben, um das Geheimnis zu lüften, das sie schon so lange beschäftigte. Und wenn Johanna und er mit ihrer Vermutung richtiglagen, gaukelte man ihnen etwas vor, das sie so sehr ängstigen sollte, dass niemand wagte, den wahren Dingen auf den Grund zu gehen. Trotz alledem gelang es ihm kaum, die Füße stillzuhalten. Sein Licht wollte er ebenfalls nicht ausblasen, denn in der Finsternis des Kellers hätte er nicht das Geringste gesehen.

Sein Mut wurde belohnt. Die Körbe glitten zur Seite und brachten eine Luke zum Vorschein, die sich behutsam öffnete. Weder er noch Thomas hatten sie in ihrer Angst bemerkt. Bei genauerem Hinsehen entpuppte sie sich als Falltür, aus deren geöffnetem Spalt nun ebenfalls ein Lichtschein drang. Menschliche Finger umschlangen ihren Rand, um sie vollends nach oben zu drücken. Alles geschah leise und mit Bedacht, was dafür sprach, dass es sich nicht um Diener des Teufels handelte, von denen man wusste, dass die Grenzen gewöhnlicher Leute für sie kein Hindernis waren. Rasch blies Lukas sein Talglicht aus. Er hatte genug gesehen und huschte zur Vorderseite der hohen Weinfässer. Dort verkroch er sich zwischen all dem Gerümpel, so gut er konnte.

Viel Zeit blieb ihm nicht. Schon vernahm er das Tapsen von weichen Schuhsohlen auf dem Boden des Kellers. Es schien sich um eine einzelne Person zu handeln. Hoffentlich hatte sie seine Anwesenheit nicht bemerkt, denn selbst wenn es nur ein Mensch war, so hatte er gewiss nichts Gutes im Sinn. Sein Herz begann heftig zu schlagen, als die Schritte näher kamen und verharrten, als ob der Eindringling lauschend stehen geblieben wäre.

Lukas hielt die Luft an, hörte, wie ihm der Herzschlag in den Ohren dröhnte, und hoffte, dass das Pochen nur ihm so laut vorkam. Endlich setzte erneutes Tappen ein. Erleichtert wagte er einen behutsamen Blick zwischen zwei Körben hindurch und entdeckte dunkle Beinlinge, die sich im Lichtschein abzeichneten. Ein Mann also. Das passte zu dem Grad der Zerstörung in den oberen Geschossen. Allein wäre Oda nicht dazu imstande gewesen. Wernher konnte es allerdings nicht sein, denn die Beine waren schlanker, und ihrer Beweglichkeit nach gehörten sie einem Jüngeren als dem Hirschwirt.

Lukas fiel ein Stein vom Herzen, als er hörte, wie die Schritte sich immer weiter entfernten und in die Höhe zu wandern schienen. Der Eindringling verließ den Keller. Doch dann vernahm er das Schlagen der Kellertür, die er offen gelassen hatte. Er richtete sich kerzengerade auf. Hoffentlich hatte man ihn nicht eingeschlossen. Er musste dringend hinterher. Johanna war immer noch dort oben – und sie war ganz allein!

Johanna schlich die Stufen empor und spähte über die blanke Plattform des Dachbodens hinweg. Kein Geländer schützte den oberen Rand des Aufgangs, wie es an vielen mehrstöckigen Häusern üblich war. Sie nahm die letzten Stufen und fand sich unter dem First des Daches wieder, der einzigen Stelle, an der man noch aufrecht stehen konnte. Rechts und links der Treppe befand sich eine Art Vorraum, von dem auf jeder Seite eine Tür abging.

Behutsam öffnete sie die Tür der linken Kammer. Das Bett, das sie darin fand, eine Truhe und ein Schemel schienen nur noch das Heim einer Mäusefamilie zu sein. Das spärliche Mobiliar war mit feinem Staub bedeckt, und auf dem Boden lagen die Hinterlassenschaften der Tierchen, die sich nicht um Sauberkeit scherten.

Die rechte Kammer sah besser aus. Interessiert ließ Johanna ihre Augen umhergleiten. Hier gab es ebenfalls ein Bett mit einem Strohsack, einen Schemel und eine Truhe. In der Nähe des kleinen Fensters stand ein Tisch mit einer tönernen Waschschüssel und einem Krug. Alles wirkte sauber und ordentlich.

Kein Zweifel, hier muss Oda wohnen, schoss es Johanna durch den Kopf. Obwohl der Raum recht groß war, bot er dennoch wenig Platz. Das Dach fiel nach außen hin immer weiter ab, und man hätte sich auf alle viere begeben müssen, um an den äußersten Punkt der Schräge zu gelangen. Dort stand die

Truhe gerade so weit daruntergerückt, dass man ihren Deckel nach oben klappen konnte. Eine leichte Scheu überkam sie, den großen Kasten mit den Habseligkeiten Odas zu öffnen. Schließlich war er der einzige Ort, an dem man intimste Dinge verwahren konnte, die niemanden sonst etwas angingen. Auf der anderen Seite lieferten sie vielleicht Antworten auf die Frage, was in der Wirtschaft vor sich ging. Am Ende siegte ihre Neugierde. Rasch klappte sie den Deckel nach oben, bevor sie es sich noch einmal anders überlegen konnte.

Zuoberst entdeckte Johanna jedoch nichts als Kleidung, obwohl sie sich eingestehen musste, dass auch in ihrer Truhe nicht viel mehr lag. Behutsam nahm sie ein besseres Gewand heraus, das Oda für den Kirchgang benötigte. Danach kam ein dicker Umhang für den Winter und Laken – sonst nichts. Johanna starrte auf den Boden der Truhe und konnte es nicht glauben. Sie war leer!

Die Enttäuschung betrübte sie. Was sollte sie jetzt tun? War Lukas im Keller erfolgreicher gewesen? Und wo war Werner? Einer Eingebung folgend fuhren ihre Finger an den Kanten und Schnittstellen des Holzes entlang auf der Suche nach einem geheimen Fach. Schließlich klopfte sie die Oberfläche mit den Fingerknöcheln ab, um zu erkunden, ob es Hohlräume gab. Irgendeinen Hinweis musste es doch geben!

»Hast du gefunden, was du suchst?« Odas Stimme ließ Johanna für einen Moment erstarren. Sie war so mit ihrer Suche beschäftigt gewesen, dass sie nicht bemerkt hatte, wie die Magd nach oben gekommen war. Ertappt fuhr sie auf und stieß sich den Kopf an der Dachschräge. »Ich … nein«, stotterte sie.

Der Mund ihres Gegenübers entspannte sich. »Nun, außer dem ganz normalen Besitz einer Schankmagd gibt es nichts zu sehen.«

Langsam erholte sich Johanna von ihrem Schreck. »Was hast du mit Werner gemacht?«, fragte sie. Jetzt, wo sie aufgeflogen war, spielte die offene Frage keine Rolle mehr. Ihr blieb ohnehin nur die Flucht nach vorn.

»Er ist immer noch sehr krank.«

Johanna runzelte die Stirn. *Hat sie nicht letztes Mal behauptet, dass ihm kaum etwas fehle?* »Dann führ mich zu ihm.«

Um Odas Nase erschienen kleine krause Fältchen. »Ich hatte dir bereits gesagt, dass er dich nicht sehen will.«

»Liegt es nicht vielmehr daran, dass sein Bett leer ist?« Resolut stemmte Johanna die Hände in die Hüften. »Ich will es aus seinem eigenen Mund hören, ob er meine Hilfe braucht oder mich stattdessen zum Teufel schickt!«

Zorn glomm in Odas Augen auf. Er intensivierte sich so rasch wie ein Blitzschlag, während ihr Finger verächtlich zur geöffneten Tür wies. »Ich rate dir, in das Loch zurückzukehren, aus dem du gekrochen bist. Sonst könnte es tatsächlich der Teufel sein, der sich deiner annimmt!«

So leicht ließ sich Johanna nicht einschüchtern. Nicht im Angesicht dessen, was sie gesehen und gehört hatte. Odas Ausflüchte machten es immer deutlicher, dass der Hirschwirt dringend Hilfe benötigte. Und dann war da noch Lukas. Gewiss würde er den Streit hören und nach oben kommen. »Ich gehe nicht, bevor ich Wernher gesehen habe«, erklärte sie ein weiteres Mal.

Oda fauchte wie eine Katze und ergriff die tönerne Waschschüssel, in deren Nähe sie stand. All ihr Liebreiz verpuffte wie Staub im Wind. Und so wie ein anbrechender Tag die Farben der Landschaft sichtbar werden ließ, zeigte sie endlich ihr wahres Gesicht. Mit roher Gewalt schleuderte sie die Schüssel in Johannas Richtung.

Lukas drückte behutsam gegen die Kellertür und atmete erleichtert aus. *Dem Herrn sei Dank, sie ist offen!* Er verzog das Gesicht, nachdem sie leise zu quietschen begann, als er sie so weit aufschob, dass er hindurchschlüpfen konnte. Ein rascher Blick in das abgedunkelte Licht der Küche, das ihm nach der Dunkelheit des Kellers geradezu hell vorkam, verriet, dass niemand da war. Auf leisen Sohlen eilte er zur Treppe, die nach oben führte.

Sein Magen verkrampfte sich, als er plötzlich erregte Frauenstimmen vernahm. War Oda zurückgekehrt? Die andere Stimme stammte ganz offensichtlich von Johanna. Ein lautes Poltern ließ ihn zusammenzucken. Ihm schlossen sich weitere Geräusche an, die darauf hindeuteten, dass aus dem Reden ein Kampf geworden war. Er musste sofort hinauf und ihr beistehen, bevor sie ernsthaft verletzt wurde! Das Grauen, als er sie im Verlies der Schiltecker Burg gefunden hatte, stand ihm jäh vor Augen. Nicht noch einmal sollte dergleichen geschehen!

Doch wo befand sich der Mann, der ihm vorausgegangen war? Er warf einen flüchtigen Blick in den Schankraum. Auch hier konnte er niemanden entdecken. *Bleibt nur noch, dass er ebenfalls nach oben gegangen ist, schließlich hat er das Gleiche gehört wie ich.* Seine Kopfhaut begann vor Erregung zu prickeln. Alle seine Sinne konzentrierten sich auf Johanna und darauf, was ihn dort oben erwartete. Den Mann in seinem Rücken, dessen Versteck er bei seiner nachlässigen Suche in der Schankstube nicht gesehen hatte, bemerkte er nicht.

Lukas kam keine drei Stufen weit, als ihn etwas seitlich gegen die Rippen traf. Der Schlag quetschte ihm den Atem aus den Lungen und beugte seinen Rücken wie eine Sichel. Ächzend fuhr er herum. Sein krampfhaftes Luftholen trieb einen stechenden Schmerz in seine Seite. Dennoch hob er schützend die Arme, jedenfalls versuchte er es. Irgendetwas in seinem Brustkorb musste gebrochen sein, vermutlich seine Rippen, denn es gelang ihm nicht, sich zu seiner vollen Größe aufzurichten. Stattdessen krümmte er sich immer noch wie ein Wurm, den man auf einen Angelhaken gespießt hatte.

Blinzelnd starrte er auf den Mann, der vor ihm stand. Er kannte ihn nicht. Sein Gesicht zeigte weder Wut noch Mitleid. Stattdessen maßen seine Augen ihn mit kalter Präzision. Nur einen Wimpernschlag später fuhr der Arm seines Gegenübers nach hinten und kehrte mit einem dicken Knüppel in seiner Hand zurück. Schnell und erbarmungslos schlug er zu. Und während Lukas sich der Hiebe kaum erwehren konnte, flammte der Gedanke in ihm auf, dass es nicht das erste Mal war, dass dieser brutale Kerl jemanden niederknüppelte. Er schien ein geübter Schläger zu sein.

Lukas zwang sich zur Gegenwehr, obwohl ihm die Rippen fürchterlich wehtaten und etwas ihn daran hinderte, richtig Luft zu holen. Doch es waren jämmerliche Versuche. In seinem angeschlagenen Zustand konnte er nicht gewinnen. Ein weiterer Hieb traf ihn genau dort, wo der erste schon Schaden angerichtet hatte. Lukas stockte der Atem. Die Qual in seiner Brust schwoll an und trieb ihm die Tränen in die Augen. Sein verschwommener Blick sah den Knüppel kommen, bevor er auf seine Stirn niederging. Der Schmerz zerbarst wie ein Feuerball in seinem Kopf. Bunte Sterne flammten vor seinen Augen auf, seine Hirnschale vibrierte, als ob jemand eine Tabor angeschlagen hätte, was sich zu einem Klappern seiner Zähne fortpflanzte. Ächzend sank Lukas in die Knie.

Ein schemenhaftes Grinsen breitete sich auf der Miene des Mannes aus. Lukas hätte es ihm gern aus dem Gesicht gewischt, doch trotz der grellen Lichtpunkte senkte sich unerbittliche Schwärze so schwer wie ein nasses wollenes Tuch über seine Augen. Er konnte nichts dagegen tun. Seine Lider schlossen sich, und er hörte eine tiefe männliche Stimme. »Hab ihn erledigt.«

Ohne sich zu wundern, stellte Lukas fest, dass die Kampfgeräusche von oben ebenfalls verstummt waren. Dann legte sich Stille über seine Ohren, die so vollkommen war, dass er in eine Welt jenseits aller Empfindungen hinüberglitt.

Johanna gelang es gerade noch, zur Seite zu springen. Die Schüssel zerbarst an den Latten des Dachgebälks. Scherben stoben wie die Geschosse einer Steinschleuder durch die Luft. Sie spürte einen scharfen Schmerz an ihrer Schläfe. Einem Reflex folgend hob sie die Hand und fühlte einen dünnen Schnitt, aus dem etwas Blut lief. Nichts, was ihr größeren Schaden zugefügt hätte. Oda musste zu dem gleichen Schluss gekommen zu sein. Ein enttäuschtes Zischen drang aus ihrem Mund. Ihr Gesicht verzog sich zu einer hässlichen Fratze. Wie eine Furie griff sie an. Ihre gekrümmten Finger hinterließen einen brennenden Schmerz auf Johannas Wangen, stachen in die Richtung ihrer Augen.

Johanna ergriff ihre Handgelenke, schob sie von sich weg und trat nach ihr. Oda gab ein hässliches Knurren von sich. Sie schien Bärenkräfte zu entwickeln. Nur einen Moment später hatte sie ihre Hände befreit und versetzte Johanna einen Kinnhaken, der sie zu Boden gehen ließ. Blind vor Schmerz und Tränen tastete diese mit fahrigen Fingern die Dielen ab, bis sie eine handtellergroße Scherbe des Tontopfes zu fassen bekam. Sie brauchte etwas, um sich gegen die heftigen Angriffe zu wehren. Hastig kämpfte sie sich auf die Beine und hieb mit der Bruchkante nach der Magd. Zwar war sie nicht sehr scharf, aber um sie zu verletzen, würde es genügen. Diese schnappte den Schemel und trieb ihn wie eine Sense durch den Raum.

Wütend warf Johanna die Tonscherbe zur Seite. Gegen die größere Reichweite der Schemelbeine konnte sie nichts ausrichten. Jetzt blieb nur noch die Flucht. Darauf achtend, dass Odas wuchtige Schläge sie nicht trafen, wich sie in Richtung Tür zurück. In dem kleinen Vorraum konnte sie sich endlich weiter aufrichten, doch es nutzte nicht viel. Oda schien in ihrer Wut den Verstand verloren zu haben. Immer weiter drängte sie Johanna zurück. Sie wusste, dass der ungeschützte Treppenabgang dicht hinter ihr lag. Ein Sturz in das klaffende Loch könnte ihren Tod bedeuten. Entsetzt wandte Johanna den Kopf. Das Treppenloch lag nur einen Fußbreit entfernt, und es gab nichts, an dem sie sich festhalten konnte. Wenn sie nicht achtgab, würde sie hinunterfallen.

Dieser Blick wurde ihr zum Verhängnis. Als sie ihr Gesicht Oda erneut zuwandte, sah sie die Beine des Schemels kommen. Der harte Aufprall traf sie an Brust und Bauch. Die Luft entwich ihr wie aus einem Blasebalg, während der Schmerz ihr fast die Besinnung raubte. Sie krümmte sich und taumelte.

Johanna fühlte, wie sie ins Leere trat. Ihre Finger krallten panisch nach einem Halt, als sie das Treppenloch verschluckte. Doch sie glitten überall ab. Einer ihrer Nägel riss schmerzhaft ein. Dann trafen ihre Füße wie durch ein Wunder auf eine der Stufen. Der ungeheure Schwung und ihre glatten Schuhsohlen trieben sie dennoch voran. Johanna fühlte sich, als schleuderte man sie über rutschiges Eis. Im Fallen drehte sie sich, fiel nach vorn und schlug mit der Stirn auf dem Boden des ersten Stocks auf. Bevor sie die Besinnung verlor, hörte sie einen Mann, der nach Oda rief. Es war nicht Lukas' Stimme.

Caspar hockte auf einem großen Stein, der mit pelzigem Moos überzogen war. Gedankenverloren wühlte er mit den nackten Zehen im Boden. Was sollte er tun? Seit Ida bei ihm gewesen war, plagte ihn sein Gewissen. Dieser enttäuschte Blick aus tiefdunklen Augen, den sie vor ihm zu verbergen suchte, war ihm nicht entgangen. Er mochte sie. So sehr, dass es ihm das Herz brach, wenn er an das Unheil dachte, dass er gerade beobachtet hatte.

Aber er mochte auch Jockel und den Strickerle. Caspar war fast am Verhungern, als die beiden ihm vorschlugen, seine Beschützer zu werden. Er hatte sie auf einem Meierhof kennengelernt, wo er ein Pferd zähmte. Es war purer Zufall gewesen, dass sie zur selben Zeit wie er dort eintrafen. Schnell hatten sie begriffen, wie gut er dies konnte. Auch, dass der Besitzer des Tieres den geforderten Lohn nicht bezahlen wollte.

Die beiden schritten ein, und zum ersten Mal erlebte Caspar, wie leicht es sein konnte, sein Recht einzufordern. Es wäre töricht gewesen, nicht mit ihnen zu gehen. So kam er zu den Fahrenden. Sie päppelten ihn auf und gaben ihm so viel zu essen, dass er wieder auf die Beine kam. Ihre Fürsorge erinnerte ihn an seine kleine Familie. Und da er dergleichen nicht gewohnt war, sog er ihre Freundlichkeit auf wie ausgedörrte Erde, auf die der erste Regen fiel.

Die meisten Menschen mieden ihn, weil seine Taubheit sie verstörte. Die Fahrenden hingegen zeigten keine Scheu, obwohl er sich auch in ihrem Lager immer wieder zurückzog, so wie er es über viele Jahre gewohnt war. Es machte ihnen nichts aus. Hier durfte er so bleiben, wie er war.

Caspar grinste schief in sich hinein. Es freute ihn, dass er mit seiner Arbeit zur Ernährung der Gruppe beitrug, aber er war intelligent genug, um zu begreifen, dass es ohne ihren Schutz und die Fähigkeit einer normalen Verständigung nicht gehen würde.

Sie brauchten einander. Selbst jetzt konnte er sich ein Leben ohne sie nicht vorstellen, obwohl sie nicht nur Gutes taten. Er schlief sogar bei Jockel und dem Strickerle. Teilte mit ihnen und ihren Weibern eine Hütte und sah weg, wenn er mitbekam, was sie nachts miteinander trieben. Sie waren zu seiner Sippe geworden.

Auch Oda, die ihn immer freundlich behandelt hatte, wuchs ihm ans Herz. Aber da waren Ida, ihre Freundin und dieser junge Mann, bei dessen Schicksal ihm ganz übel wurde. Sie mochte er ebenfalls, und nun sah es fast so aus, als ob er sich für eine der beiden Gruppen entscheiden müsste.

Und es gab etwas, das sein Verständnis für Gerechtigkeit erheblich durcheinanderwirbelte. Er war Jockel gefolgt, und was er mitansehen musste, hatte ihn zutiefst erschüttert. Wieder gruben sich seine Zehen in den Boden, ohne die Kühle zu spüren, die nachts aus der Erde kroch. Die huschenden Schatten vorbeifliegender Fledermäuse zogen an seinen Augen vorbei. Er nahm sie kaum wahr. Ida, Johanna und Lukas waren gute, anständige Menschen. Ganz im Gegensatz zu den Fahrenden, die auch eine dunkle Seite hatten.

Jockel und Oda hatten nicht bemerkt, dass er gesehen hatte, was sie taten. Aber die Fahrenden würden ihre eigenen Schlüsse ziehen, sobald sie Verdacht schöpften, dass man sie verraten hatte. Sie würden wütend sein. Es könnte ihn sogar das Leben kosten, wenn sie errieten, dass er dahintersteckte – aber blieb ihm eine andere Wahl? Das, was er gesehen hatte, war zu erschütternd, um es für sich zu behalten. Weder Ida noch Johanna hatten dies verdient.

Falls es ihm gelänge, schlimmeres Unheil abzuwenden, war es das Risiko wert.

Als Johanna erwachte, war es totenstill im Gegensatz zu dem hämmernden Schmerz in ihrem Kopf. Lichtblitze tanzten vor ihren Augen. Als sie diese öffnete, schien sich ihr Gehirn über seine Grenzen hinaus auszudehnen und ihren Schädel schier zum Bersten zu bringen. Schwerfällig setzte sie sich auf und versuchte, mit tiefen Atemzügen Kopf und Magen zu beruhigen. *Wo* war sie? Und was war passiert? Sie konnte so gut wie nichts erkennen. Dann fiel ihr alles wieder ein. Sie befand sich im »Hirschen«. Es hatte einen Kampf gegeben, nachdem sie sich von Lukas getrennt hatte.

»Lukas«, krächzte sie.

Niemand antwortete ihr. Das Wirtshaus schien vollkommen leer zu sein. Was war mit Lukas geschehen? Niemals hätte er den »Hirschen« ohne sie verlassen.

Allmählich gewöhnten sich ihre Augen an die Dunkelheit. Sanft drehte sie ihren Hals, um ihn zu dehnen. Der Aufprall hatte ihm nicht gutgetan. Ebenso wenig ihrer Stirn, an der eine dicke Beule prangte. Sie betastete ihren Körper, der mit Prellungen und Kratzern übersät war, und zuckte vor Schmerz zusammen, als ihr eingerissener Fingernagel in ihrem Surcot hängen blieb. Immerhin schien nichts gebrochen zu sein.

»Lukas«, rief sie mit schwacher Stimme. Wieder antwortete er nicht. Sie musste ihn finden. Benommen stand sie auf. Ihre Knie zitterten. Langsam dämmerte ihr, weshalb sie überhaupt hier gewesen waren. Wernher! Auch von ihm gab es keine Spur. Oda schien sich ebenfalls aus dem Staub gemacht zu haben. *Denkt sie, dass ich mir das Genick gebrochen habe? Oder ist sie überstürzt aufgebrochen, um mich zum Sterben zurückzulassen?*

Mit wankenden Schritten kämpfte Johanna sich die Treppe zum Erdgeschoss hinab. Der Schankraum des »Hirschen« lag still und verlassen da. War das der Mond, der durch die Ritzen der Läden hereinschien? »Das ist doch nicht möglich«, murmelte sie. Sie musste über Stunden ohnmächtig gewesen sein. »Lukas!«, krächzte sie ein weiteres Mal.

Nichts regte sich. Plötzlich fiel ihr ein, dass sie einen Mann gehört hatte, kurz bevor sie die Besinnung verlor. Hatte er Lukas etwas angetan? Hatte er ihn umgebracht oder ihn mit sich genommen? Ihr Herzschlag beschleunigte sich bei diesem Gedanken, was das schmerzhafte Pochen unter ihrer Schädeldecke verstärkte. Sie wankte durch den Raum, kaum fähig, sich auf den Beinen zu halten. Lukas war nirgends zu sehen. Die Kellertür stand offen. Sie brachte den Weg nicht über sich, der ihr endlos erschien. Ein weiteres Mal rief sie nach Lukas. Nur das Ächzen der hölzernen Balken antwortete ihr.

Auf einmal überfiel Johanna ein heftiges Grausen. Nichts in diesem Haus schien mehr lebendig zu sein. Die Furcht, Lukas' Leiche zu finden, trieb sie hinaus. Und so floh sie in die Nacht, die draußen herrschte. Hinein in die mondbeschienene Dunkelheit. Der ganze Ort lag wie verlassen da. Seine Bewohner lagen friedlich in ihren Betten.

Sollte sie Hilfe holen? Sie war wie gelähmt. Schwäche und ihr schmerzender Kopf verhinderten jeden weiteren klaren Gedanken. Ihre Arme und Beine zitterten wie Espenlaub. Sie musste sich ausruhen, Idas beruhigende Nähe spüren. Alles in ihr schrie nach Trost.

An der Stadtmauer nahm sie das kleine Ausfalltor, durch das man schlüpfen konnte, sobald die Tore geschlossen waren. Der Wächter über ihr schnarchte so laut, dass sie es bis hier unten hörte.

Ihre bebenden Schritte wurden immer schwerer, je weiter sie sich vom Tor entfernte. Ein Waldkauz schrie in der Ferne, und kleine verschreckte Nachttiere raschelten am Boden. Ansonsten konnte sie nur die Umrisse der Häuser im Mondlicht erkennen. Auch in der Vorstadt hatte man sich längst zur Ruhe begeben. Unsinnigerweise fingen die beiden äußeren Zehen ihres rechten Fußes zu pochen an. Dabei war dies gar nicht möglich, denn sie hatte sie in einer Bärenfalle verloren. Mit Grauen dachte sie an die Amputation, die sie eigenhändig durchführen musste. Sie konnte sich glücklich schätzen, dass sie die fehlenden Gliedmaßen nicht beim Laufen behinderten, aber hin und wieder spürte sie den Schmerz ihrer Entfernung ganz deutlich.

Hinzu kamen die frischen Verletzungen und vor allem ihre Sorge um Lukas. Wie erleichternd wäre es, wenn er sie in ihrem Häuschen erwartete. Schon während sie dies dachte, kam es ihr unsinnig vor. Weshalb sollte er das tun? Er hätte sie niemals ihrem Schicksal überlassen.

Zitternd strich sie sich die Haare aus dem Gesicht. *Werde ich ihn wiedersehen? Oder wird sich seine Spur wie die Wernhers verlieren?* Sie fürchtete sich vor dieser Aussicht. Und dennoch war sie im Moment nicht in der Lage, ihm in irgendeiner Weise zu helfen.

Eigentlich wollte sie nur noch eines: in ihr Bett fallen und schlafen, um all die Schrecken zu vergessen.

18. KAPITEL

Johanna entfuhr ein Schluchzen, als ihr Heim endlich in Sicht kam. Das kleine Häuschen mit dem windschiefen Dach lag wie verzaubert unter dem silbernen Licht des Mondes. Plötzlich stutzte sie. Was war das? Sie zwang sich, ihre Lider weiter zu öffnen. Jetzt sah sie es ganz deutlich. Aus den Ritzen der Läden drang gelbes Licht. Drinnen brannte ein munteres Feuer, obwohl es um diese Zeit längst erloschen sein sollte. *Hat Ida aus Sorge nicht schlafen können? Das wäre durchaus möglich.* Schließlich war sie schon viel zu lange weg. Oder war es doch Lukas, der dort auf sie wartete? Der Gedanke schien ihren Füßen neue Kraft zu verleihen. Sie eilte die letzten Schritte bis zur Tür, riss sie auf – und starrte auf jemanden, den sie um diese Zeit nicht erwartet hatte.

»Caspar!« Er hockte mit Ida am Boden und sprang mit ihr auf, als Johanna hereinstolperte. Nun stand er ein wenig verschämt neben seiner kleinen Freundin, die er um zwei Haupteslängen überragte. »Was willst du hier?« Johannas Stimme klang rau. Normalerweise schlief er im Lager der Fahrenden.

Ida schien zu wissen, weshalb er nicht zu den Seinen zurückgekehrt war. »Du mitkommen – sofort!«, spie sie in gewohnter Weise hervor.

»Muss ich das?«, fragte Johanna misstrauisch. Falls Caspar wirklich mit Oda unter einer Decke steckte, wäre dies die perfekte Gelegenheit, zu Ende zu bringen, was sie angefangen hatte. »Und wenn ich nicht will?«

Ida warf Caspar einen hilfesuchenden Blick zu. Er begriff schnell, dass sie ihm nicht traute. Gestikulierend und mit einer Stimme, die auch der Schwerhörigste verstanden hätte, klärte er sie über alles auf, was sie wissen musste.

Johannas Herz wurde schwer. Die Kraft schien immer mehr aus ihr herauszurinnen, doch wenn Caspar recht hatte, dann war dies nicht der geeignete Moment, um sich auszuruhen.

Eile war geboten. Sie konnte nur hoffen, dass der Junge nicht log.

Und so tat sie etwas sehr Unweibliches. Sie steckte ihren Kopf in den Wasserkübel wie ein Mann, der sich von seiner Trunkenheit kurieren will. Der Schmerz in ihrem Schädel flammte auf, doch als sie zum zweiten Mal untertauchte, ließ er etwas nach. Vor allem aber hatte die Kälte den Nebel in ihrem Kopf gelichtet.

Ida und Caspar musterten sie mit einem Ausdruck ungläubigen Erstaunens, als sie die Haare zurückstrich und rasch zu einem Zopf flocht. Mit den Kratzern und dem Schnitt an ihrer Schläfe, die durch die Berührung des Wassers wie Feuer in ihrem Gesicht brannten, musste sie fürchterlich aussehen. Doch das war nicht ihre dringendste Sorge. »Lasst uns sofort aufbrechen.«

Dankbar sah sie auf die brennende Fackel, die Ida entzündet hatte. Es war gut, wenn jemand für sie das Denken übernahm. Wenigstens für eine Weile. Sie hatte keine Ahnung, wohin Caspar sie führte, und so war sie sehr verwundert, als er sie zu einer Senke brachte, die nicht weit von der hinteren Stadtmauer entfernt lag. Ein leichter Wind wehte den widerlichen Gestank nach Exkrementen in ihre Nase. Und dort, unter den ausladenden Ästen mehrerer Sträucher verborgen, lag etwas, das große Ähnlichkeit mit einem menschlichen Körper hatte. Ida wusste, was zu tun war, und ließ das Licht der Fackel darüberstreichen.

Johanna stockte der Atem. Caspar hatte recht. Es war Lukas – und er lag still wie ein Toter auf der Erde. Schlagartig war sie hellwach. »Lukas!« *Lebt er überhaupt noch?* Panik stieg in ihr auf. »Halte das Licht dichter heran«, gab sie Ida zu verstehen.

Sie erschrak, als die Flamme der Fackel Lukas' blaue Lippen beleuchtete. Das war nicht gut. Gar nicht gut! Sie versuchte zu erkennen, ob sich seine Brust hob und senkte. Nichts dergleichen geschah. Schließlich hob sie ein Ohr an seine Lippen und fühlte einen sanften Lufthauch an ihrer Wange. Sein Atem war so leicht wie eine Feder. Ein weiteres besorgniserregendes Zeichen für einen so kräftigen Mann wie ihn.

»Was hat dieser Jockel nur mit dir gemacht?«, fragte sie leise, ohne eine Antwort zu erwarten. Caspar hatte ihr erzählt, dass der Mann Lukas hierhergebracht hatte und wohl für seinen Zustand verantwortlich war. Vermutlich war es seine Stimme gewesen, die sie im »Hirschen« gehört hatte. Heiße Wut stieg in Johanna auf, als sie an Jockel und Oda dachte. Sie würden bezahlen für das, was sie Lukas angetan hatten. Und wenn es das Letzte war, wofür sie sorgte.

Jäh schob sie den Gedanken weg. Es gab Wichtigeres zu tun. Sie musste herausfinden, weshalb es Lukas dermaßen schlecht ging. Prüfend betrachtete sie seine Kleidung. Sie war schmutzig, aber immerhin nicht blutdurchtränkt. Wenigstens das war gut. Mit fahrigen Fingern untersuchte sie Kopf und Gesicht, fuhr an Armen und Beinen entlang. Wie bei ihr prangte eine dicke Beule an seiner Stirn, aber darunter war nichts gebrochen. Auch die großen Arm- und Beinknochen schienen unversehrt zu sein. Als sie an seiner Brust entlangstrich, gab er ein lang gezogenes Stöhnen von sich, das ihr Tränen der Erleichterung in die Augen trieb. Wenn er den Schmerz fühlte, war mehr Leben in ihm, als sie vermutet hatte. Auf der rechten Seite ertastete sie eine große Schwellung. Vermutlich waren seine Rippen darunter gebrochen.

»Wir bringen ihn ins Haus«, entschied sie. »So behutsam wie möglich.«

Dies erwies sich als äußerst schwierig. Sie brauchten eine Ewigkeit, bis sie den stöhnenden Lukas endlich auf ihr Bett legen konnten und Johanna sich daranmachte, ihn auszukleiden. Noch immer war er nicht bei Bewusstsein, schien aber dennoch etwas wacher zu sein, denn er rang krampfhaft nach Luft. *Hoffentlich haben wir ihm durch den Transport nicht noch größeren Schaden zugefügt!*

Johanna kämpfte erneut mit den Tränen, als sie Lukas' geschundenen Körper wusch und ihm kalte Umschläge auflegte. Man hatte ihn grün und blau geschlagen. Die Prellungen waren überall. Am schlimmsten hatte es seine Brust getroffen. Ein dicker Bluterguss zog sich über den rechten Rippenbogen. Instinktiv fühlte sie, dass dies die Ursache seiner Beschwerden war. Seine Lippen waren immer noch blau. Er japste nach Luft wie ein Fisch auf dem Trockenen, und die große Halsader auf der rechten Seite trat dick hervor.

»Was soll ich nur tun?«, fragte sie an niemand Bestimmtes gewandt. Sie bemerkte nicht, wie sich Caspar heimlich davonstahl. Selbst Ida beachtete sie nicht. Alles war gleichgültig im Angesicht der schweren Verletzung, an der sie nichts ändern konnte. Wenn Lukas' Lunge Schaden genommen hatte, konnte sie nur hoffen und beten, dass sie von selbst heilte. Kräuter halfen hier nicht. Immerhin drang kein Blut aus seinem Mund, denn alle, bei denen sie dies gesehen hatte, waren gestorben.

Arnika!, kam es ihr in den Sinn. *Ich könnte es mit Arnika und Beinwell versuchen!* Beides waren Kräuter, die bei Verletzungen und Blutergüssen halfen. Doch sie musste eine Salbe herstellen, und ausgerechnet jetzt hatte sie kein Schmalz mehr!

Mutlos zog sie einen Schemel heran und setzte sich an sein Bett. *Er hätte schon viel eher darin liegen sollen*, schoss es ihr durch den Kopf. Nun würden sie es vielleicht nie gemeinsam tun. Trotz der nassen Umschläge deckte sie ihn sorgsam zu.

Erneut ergriff sie seine Hand, fühlte die von der harten Arbeit schwielige Haut und betete so inbrünstig wie schon lange nicht mehr. Seine Finger waren ganz kalt. Die Erkenntnis, dass der Tod ihn belauerte, legte sich wie eine bleierne Last auf ihre Seele.

Mit schonungsloser Klarheit ging ihr plötzlich auf, wie viel er ihr bedeutete und wie schwer es sein würde, ihn herzugeben. »Ich bin eine Närrin«, flüsterte sie von Bitterkeit erfüllt. »Wie konnte ich nur so dumm sein, ohne dich leben zu wollen?«

Normalerweise hätten ihre Worte ein schelmisches Grinsen auf seine Lippen gezaubert. Nun verkrampften sie sich von der Mühseligkeit, die ihn wie ein dünner Faden am Leben hielt. Seine Lider flackerten ein wenig, als ob er ihr zustimmen wollte, aber vielleicht bildete sie sich das nur ein.

»Du bist der liebste, gütigste Mensch, den ich kenne«, fuhr sie fort. Zum ersten Mal erkannte sie, dass da mehr war. Etwas, das über körperliche Anziehung und freundschaftliche Gefühle hinausging. Sie fühlte Liebe, die ihr Herz mit einem schmerzlichen Sehnen erfüllte. »Es tut mir leid, dass ich dich verletzt habe. Wie konnte ich nur an dir zweifeln, fürchten, dass du ein schlechter Ehemann sein könntest? Dass du nach unserer Heirat keine Rücksicht auf mich nehmen würdest?« Wieder bebten seine Lider. Dieses Mal etwas deutlicher, aber dennoch so schwach, dass es nicht dem kräftigen jungen Mann entsprach, der Lukas für gewöhnlich war.

»Falls ich jemals Kinder bekomme, sollten sie von dir sein und von keinem anderen! Eine ganze Menge, wenn du darauf bestehst.«

Ein nervöses Geräusch entfuhr ihr, das ein Lachen sein mochte. Sie redete, bis ihr Herz wie ein offenes Buch vor ihm lag. Ida saß nicht weit entfernt auf dem Boden und verstand jedes Wort. Normalerweise wäre Johanna nie zu dem fähig gewesen, was wie eine schonungslose Beichte klang. Schon gar nicht in Gegenwart eines anderen. Aber heute störte es sie nicht. Alles war gut, um Lukas in der diesseitigen Welt zu halten. Wenn sie ihn dem Tod entreißen konnte, würde sie es tun.

Es wurde Zeit, die Umschläge zu erneuern. Johanna tauchte sie in das kalte Brunnenwasser. Auch den Lappen auf Lukas' Stirn erneuerte sie.

Mit bebenden Lippen betrachtete sie sein liebes Gesicht, das von einem großen Bluterguss verunstaltet wurde. Sie hatte keine Worte mehr. Nichts hatte sich geändert. Weder kam Lukas zu sich, noch war sonst etwas geschehen, das sie aufatmen ließ. Einzig sein krampfhaftes Luftholen deutete an, dass noch Leben in ihm war, so schwach wie ein kleines Flämmchen, bei dem ein Luftzug genügte, um es auszublasen. Sie konnte nicht anders und beugte sich über ihn, drückte zart einen Kuss auf seine Lippen, die so gern geküsst hatten.

In diesem Moment schwang die Tür auf. Mit ihr flutete die

Helligkeit des angebrochenen Morgens in den Raum. Wie von einer Hornisse gestochen, fuhr Johanna auf. Eine brennende Röte stieg in ihre Wangen, als sie Caspar entdeckte, gefolgt von ihrem Großvater. Ein kurzer Blick genügte dem Alten, um zu begreifen, was vor sich gegangen war.

»Ich grüße dich, Enkeltochter«, sagte er schnaufend. »Du siehst aus, als ob du einem wild gewordenen Stier vor die Hörner geraten wärst.«

Johanna sparte sich eine Erwiderung. Ihre Augen wanderten zu Caspar, der bekümmert in die Richtung des Bettes äugte.

»Ich muss mich setzen«, entschied derweil ihr Großvater und steuerte auf eine der Bänke zu. Die helle Bundhaube saß ein wenig schief auf seinem Kopf. »So ein strammer Marsch ist eine gewaltige Anstrengung für einen alten Mann, wie ich es bin. Überdies hat er mich durstig gemacht. Gibt es in diesem Haus nichts zu trinken?«

Ergeben nahm sie einen Becher, ging zu dem Kübel mit Brunnenwasser, schöpfte ihn voll und stellte ihn vor dem Alten auf den Tisch.

Sein fast zahnloser Unterkiefer arbeitete, als er prüfend den Inhalt des Gefäßes musterte, doch er verkniff sich die Frage, ob sie nichts Besseres zu bieten hatte. Nachdem er ausgiebig getrunken hatte, sah er sich um. »Du scheinst nicht viel zu besitzen.«

»Für Ida und mich reicht es«, gab sie zur Antwort. Das Mädchen war zu den Ziegen gegangen, um sie zu melken und für den Hirten fertig zu machen. Das Jungtier hatte zwei kleine Zicklein zur Welt gebracht, die sich gut entwickelten. Johanna war dankbar für ihre Hilfe. Sie hatte weder Kraft noch Nerven, um sich auch noch darum zu kümmern.

»Hast du keinen Mann?«

Sie zeigte auf das Bett.

Überrascht hob er die buschigen Brauen. »Der Junge, von dem Caspar so lebhaft gesprochen hat?« Seine Augen wanderten zu Lukas, der japsend darauflag. »Und dieser wackere Kerl bringt nicht mehr zustande? Wo sind deine Kinder?«

»Wir führen keine Ehe«, sagte sie, der Fragerei überdrüssig.

»Und ich soll wohl dafür sorgen, dass es noch dazu kommt«, erwiderte er spitz.

Allmählich dämmerte Johanna, was Caspar bewogen hatte, ihn herzubringen. Laut ihrer Mutter war der Alte ein guter Bader gewesen. Der taube Junge schien ebenfalls der Meinung zu sein, auch wenn sie diese nicht teilte. Doch sie musste zugeben, dass sie nicht weiterwusste und bereit war, nach jedem Strohhalm zu greifen, der ihr hingehalten wurde. Selbst wenn er so alt und brüchig wie ihr Großvater war.

»Er scheint nicht in bester Verfassung zu sein.«

»Das ist mir bekannt«, erwiderte sie schärfer, als sie es beabsichtigt hatte.

Immerhin schien der Alte ein dickes Fell zu haben. Nichts deutete darauf hin, dass er ihr grollte. »In deinem Bett hat er sich jedenfalls schon einmal breitgemacht.« Ächzend erhob er sich und ging mit gemächlichen Schritten zu Lukas hinüber.

Dort angekommen schlug der Alte die Decke zurück, nahm die Umschläge ab und ignorierte, dass der junge Flößer vollkommen nackt dalag. »Du hast gut daran getan, die Prellungen zu kühlen«, lobte er sie. Sinnend starrte er auf den geschundenen Körper. Musterte ihn mit den Blicken eines Heilers. Dann fuhr er nachdenklich über den großen Bluterguss, der sich an den rechten Rippen gebildet hatte. Als Lukas zu stöhnen begann, hob er den Kopf wie ein Hund, der eine Fährte aufgenommen hatte.

Der Alte setzte sich auf das Bett und legte sein Ohr an die Brust des Verletzten. Wieder ertönte ein qualvolles Ächzen. Er scherte sich nicht darum und hielt sein Ohr an die gegenüberliegende Seite.

»Diese Lunge arbeitet nicht richtig.« Sein Zeigefinger wies nach rechts. »Man hört kaum Atemgeräusche. Sie scheint nicht genügend Raum dafür zu haben. Ich würde vermuten, dass es der Bluterguss ist, der den Platz beansprucht.«

Johanna verzog bekümmert den Mund. »Ich dachte mir, dass seine Lunge Schaden genommen hat. Aber ich weiß nicht, was ich dagegen tun soll.« Gab es überhaupt einen Weg, Lukas davon zu befreien? »Weißt du es?«, fragte sie leise.

Ihr Großvater zuckte die Schultern. »Ich kann es versuchen, aber gib mir nicht die Schuld, wenn er stirbt.«

»Was ist mit seinen Rippen?«

»Eine oder mehrere scheinen gebrochen zu sein. Bete, dass sie noch an der richtigen Stelle sitzen und nicht in seiner Lunge stecken. Sonst werden all unsere Bemühungen umsonst sein.«

Johanna schluckte.

»Hat er Blut gehustet?«, hakte er nach.

Sie schüttelte den Kopf.

Er schenkte ihr ein aufmunterndes Lächeln. »Dann gibt es noch Hoffnung. Doch höre mir nun gut zu. Ich brauche einen Federkiel, möglichst mehrere, mit einem dicken, starken Schaft – und Honig.«

»Schreibfedern?«, wiederholte sie wie vor den Kopf geschlagen. »Ich habe keine.«

»Dann geh und reiß dem Flügel einer Gans die stärksten Federn aus, das wird ihr nicht schaden.« Sein Kinn wies auf Lukas. »Er aber könnte viel gewinnen. Wenn er Glück hat, sogar sein Leben.« Der Alte schien jetzt ganz in seinem Element zu sein. Er winkte Caspar herbei und bedeutete ihm, frisches Wasser zu holen. »Wo ist das Mädchen? Sie soll ihm zeigen, wo der Brunnen ist, dann muss sie es kochen.«

»Im Stall«, erwiderte Johanna schwach. »Ich werde sie holen.«

»Ich finde sie schon. Geh du und besorg die Federn – rasch. Ach, etwas Bienenwachs benötige ich ebenfalls.«

»Ich habe welches im Haus.« Nachdem Johanna es hervorgekramt hatte, verließ sie ihn. Eigentlich hatte sie keine Kraft mehr, aber der Schlafmangel drehte sie auf, und die Not trieb ihre Füße unerbittlich voran.

Ihr Weg führte sie zu Minna, von der sie wusste, dass sie Gänse hatte. Die Lippen der nur wenige Jahre älteren Frau verkniffen sich, als sie Johanna erkannte. War sie ihr immer noch böse, weil sie ihrem Wunsch, weitere Schwangerschaften zu vermeiden, nicht nachgekommen war? Oder hatte ihr Mann Minna den Kontakt zu ihr verboten? Welchen Grund es auch immer hatte. Seine Bedeutung schrumpfte im Gegensatz zu Lukas' Leben wie Beeren in der Sonne.

Dennoch war Minna nicht bereit, ihr die Federn einer Gans zu überlassen, und schlug ihr die Tür vor der Nase zu.

Der Verzweiflung nah eilte Johanna zu Ludgera. Die starke Monatsblutung der Frau war durch ihre Kräuter versiegt. Sie hatte noch etwas gut bei ihr. Vor allem aber hielt sie Gänse. Wenn sie sich beeilte, schaffte sie es, vor dem Hirten dort zu sein. Außerdem erschien ihr Ludgera verständig genug, um die Dringlichkeit ihres Wunsches zu begreifen.

»Du hast Glück«, sagte Ludgera freundlich, als Johanna ihr atemlos schilderte, was und weshalb sie es benötigte. »Ich musste gestern eine der Gänse schlachten. Die Federn habe ich gereinigt, um ein Kissen zu füllen, sobald ich dazu komme. Diejenigen, die sich als Federkiele eignen, hätte der Priester bekommen, aber bei dir sind sie ebenso gut aufgehoben.«

Johanna fiel ein Stein vom Herzen. »Hättest du auch noch etwas Schmalz für mich übrig?«, wagte sie mit kleinlauter Stimme zu fragen.

Ludgera lächelte. »Aber gewiss.«

Johanna bedankte sich überschwänglich bei ihr und zog mit ihrer Beute davon. Zu Hause angekommen schwenkte sie triumphierend die Federn in ihrer Hand und stellte das Gänsefett auf den Tisch.

Ihr Großvater schenkte ihr einen anerkennenden Blick. »Das ging aber flugs. Zeig her, ob ich sie gebrauchen kann.«

Das, was sie in seine Hände legte, schien zu genügen. Ihre Augen glitten zu Lukas. Erleichtert stellte sie fest, dass er noch lebte, obwohl sich sein Zustand nicht gebessert hatte. Das Wasser stand ebenfalls bereit. Ida hatte frisches Holz auf das Feuer gelegt, und der Kessel, der darüberhing, fing gerade an zu dampfen.

Prüfend sah der Alte hinein. Seine faltigen Lippen verzogen sich zu einem entschlossenen Strich. »Dann lasst uns beginnen.« Suchend sah er sich um. »Ich brauche ein scharfes Messer.«

Sie gab ihm, was er wollte, und sah zu, wie er die Befiederung vom starken unteren Teil der Schäfte kratzte, als würde er seinen eigenen Bart schaben. Dann kürzte er die nackten Stellen auf die Länge eines Fingers und blies hinein, um zu prüfen, ob die Hohlräume durchlässig waren. Zufrieden mit seiner Arbeit warf er sie in das kochende Wasser.

»Nur für einen Augenblick«, erklärte er. »Sonst krümmen sie sich und werden weich.«

Er schien zu merken, wie aufgeregt Johanna war. »Hast du ein schmaleres Messer als dieses hier, mit einer scharfen Spitze?«, fragte er, um sie abzulenken.

Sie eilte zu ihren Regalborden an der Wand und kramte das zierliche Messer hervor, das sie bei Operationen benutzte.

»Das müsste gehen.« Er drückte es Caspar in die Hand und wies ihn an, die Klinge in dem kochenden Wasser zu schwenken, sobald er fertig war. Mit einem langstieligen Löffel fischte er die Schäfte heraus und legte sie auf ein sauberes Tuch in Idas Händen. Wie eifrige Diener waren die beiden zur Stelle, bereit, alles zu tun, was der Meister verlangte. Es hätte Johanna ein Grinsen entlockt, wenn die Lage nicht so ernst gewesen wäre.

»Leg es neben dem Flößer auf das Bett. Hier auf dieser Seite«, wies der Alte sie an.

Ida gehorchte auf der Stelle und legte das Tuch mit den Federkielen auf die rechte Seite des Bettes.

»Nun kommt der schwierige Teil des Ganzen.« Ächzend ließ sich der Alte neben Lukas nieder, während Johanna händeringend hinter ihm stand. Ohne auf sein Stöhnen zu achten, klopfte er mit den Fingern die Rippen ab. Horchte und wiederholte, was er getan hatte. »Hier scheint mir die richtige Stelle zu sein.« Er zeigte auf den äußeren Bereich der Rippen auf der Höhe des unteren Brustbeins.

»Woher willst du das wissen?«, fragte Johanna zweifelnd. So ganz wurde sie ihr Misstrauen nicht los.

Er zuckte mit den Schultern. »Aus Erfahrung. Ich habe es ein paarmal durchgeführt. Das Klopfen hört sich hier dumpfer an. Vermutlich ist es ein Zeichen dafür, dass statt Luft etwas anderes im Brustkorb schlummert.«

Das könnte durchaus möglich sein!

»Das Messer!« Auffordernd hob er die Finger in Caspars Richtung, der sofort verstand.

»Nehmt seine Hände.« Die buschigen Brauen runzelten sich konzentriert. »Ich will nicht, dass er mich bei meiner Arbeit behindert.«

Johanna eilte zum Kopfende des Bettes und ergriff eine Hand, Ida und Caspar neben sich, die die andere nahmen. Als dies getan war, ertastete ihr Großvater den Spalt zwischen zwei der betroffenen Rippen. Dann öffnete er die Haut mit der Spitze des Messers und hinterließ einen Schnitt, der nicht einmal einen Finger breit war.

Dies alles war so schnell geschehen, dass Lukas kaum etwas davon bemerkte. Erst als der Alte einen der Schäfte ergriff und ihn behutsam in die geöffnete Lücke schob, verkrampfte sich sein Gesicht, und ein lang gezogener Schmerzenslaut drang über seine Lippen. Sein Körper spannte sich an.

»Haltet ihn still«, quetschte Johannas Großvater zwischen den verbliebenen Zähnen hervor, während er den Schaft mit aller Vorsicht tiefer hineinführte. »Die Schwierigkeit dabei ist, nicht in die Lunge zu stechen.«

Zum Glück wohnte nicht die übliche Kraft in Lukas. Es war nicht schwer, ihn in der gewünschten Position zu halten. Andernfalls hätte er sich selbst noch größeren Schaden zugefügt. Seine Kiefer pressten sich hart aufeinander. Ein kurzer Ruck, gefolgt von einem Zittern, durchlief ihn plötzlich. Dann lag er still.

Johanna stockte der Atem. *Ist das das Ende? Haben wir ihn umgebracht, statt ihm zu helfen?*

Der freudige Ausruf des Alten belehrte sie eines Besseren. »Es läuft! Komm her und sieh es dir an.«

Geschwind eilte sie zu ihm. Und tatsächlich rann ein dünnes

Rinnsal aus Blut aus dem Hohlraum des Schaftes. »Ist das ein gutes Zeichen?«

»Das ist es, Enkeltochter. Wir werden das Brünnlein fließen lassen, bis es versiegt.«

Dies dauerte eine lange Zeit, in der Johanna immer wieder die Augen zufielen. Sie hatte die Bank zum Bett gerückt und saß neben ihrem Großvater darauf. Sobald sie das Holz unter ihrem Hintern fühlte, griff die Schwäche mit unerbittlichen Klauen nach ihr. Irgendwann stieß der Alte sie an. Als sie die Augen öffnete, bemerkte sie, dass sie gegen ihn gesunken war. Ein letzter zäher Blutstropfen hing an dem Schaft, der aus Lukas' Brust ragte. Ihr Blick flog zu seinem Gesicht. Seine Lippen waren nicht mehr ganz so blau wie zuvor. Erleichtert atmete sie auf.

»Wo sind Wachs und Honig?«, hörte sie den Alten neben sich fragen.

Fast wäre sie über Ida und Caspar gestolpert, die am Boden lagen und schliefen, als sie die geforderten Dinge holte. Mit schweren Lidern beobachtete sie, wie er den Schaft zog und die kleine Wunde mit einem Wachskügelchen verschloss. Sie hätte mehrere Tage durchschlafen können. Doch dazu blieb keine Zeit. Stattdessen versuchte sie sich zusammenzureißen und von ihrem Großvater zu lernen.

Dieser strich gerade Honig über die verschlossene Stelle. »Wir sollten ihm einen straffen Verband anlegen. Reiß eines deiner Betttücher in breite Streifen.«

Noch einmal mussten Ida und Caspar geweckt werden, um zu helfen. Als auch dies geschehen war, bemühten sie sich, die Tuchbahnen unter dem Verletzten hindurchzufädeln, ohne seinen Rücken zu krümmen, damit die gebrochenen Rippen keinen weiteren Schaden anrichten konnten. Endlich war es geschafft. Lukas belohnte sie mit einem tiefen Atemzug, der ihm zuvor nicht möglich gewesen war.

Nie war Johanna glücklicher als in diesem Moment, obwohl sie vor Anstrengung schwitzte und nur ein paar Herzschläge später vor Erschöpfung fror.

»Du solltest dich neben ihn legen«, meinte ihr Großvater schmunzelnd. »Das wird ihm helfen, gesund zu werden. Alles andere hat bis morgen Zeit.«

»Meinst du, er wird wieder zu sich kommen?«, fragte sie bang.

Er zuckte mit den Schultern. »Ich hoffe es. Die lebensgefährliche Wunde ist versorgt. Mehr können wir nicht tun. Doch es wird ihm nicht helfen, wenn du ebenfalls zusammenbrichst. Du hast viel durchgemacht und siehst nicht besser aus als er. Also befolge meinen Rat und leg dich hin.«

Johanna gehorchte widerspruchslos. Jetzt, da die Anspannung nachließ, zerrte und zog die Müdigkeit wie ein gespanntes Seil an ihr. Sie schmiegte sich an Lukas' linke Seite und war schon eingeschlafen, als der Alte sorgsam die Decke über sie zog.

Seine zufriedene Miene blieb ihr verborgen.

19. KAPITEL

Johanna öffnete die Augen. Ein Summen aus der Brust des Schläfers an ihrer Seite hatte sie geweckt. Lukas! Sie schoss empor und hörte ihn schmerzerfüllt ächzen.

»Entschuldige«, sagte sie zerknirscht und konnte es nicht glauben, dass seine Augen die ihren suchten. »Du bist wach?« Staunend sah sie ihn an.

Ein zaghaftes Lächeln, das gequält innehielt, zeichnete sich auf seine Lippen. Wenigstens hatten sie wieder ihre normale Farbe angenommen. Sein Gesicht sah fürchterlich aus. Es schillerte in dunklen Rot- und Blautönen und erinnerte sie daran, dass sie eine Salbe herstellen musste. Die Beule an seiner Stirn hatte sich nach unten ausgebreitet. Eines seiner Augen war bis auf einen kleinen Spalt zugeschwollen, aus dem er sie verwundert anblinzelte. »Was?«

»Schhhh …«, gab sie zur Antwort. »Nicht sprechen. Du musst dich schonen.«

Er gehorchte ohne Widerspruch. Johanna erkannte, wie schwach er immer noch war. Seine Lippen sahen trocken und rissig aus. Sie beeilte sich, in aller Vorsicht aus dem Bett zu steigen, um ihm keine weiteren Schmerzen zu bereiten. Er brauchte Wasser. Ida und Caspar, die wegen ihrer Schritte erwachten, sahen ihr vom Boden aus zu, wie sie zum Kübel ging.

»Guten Morgen, ihr beiden.« Johanna warf ihnen einen warmen Blick zu. »Habt ihr ausgeschlafen?« Die Ruhe hatte ihr gutgetan. Zwar spürte sie noch immer die Spuren des Kampfes. Die verschorften Kratzer in ihrem Gesicht spannten. Sie hatte ein steifes Genick, und ihr Kopf schmerzte, ebenso die Beule, die sie abbekommen hatte. Jede Prellung tat ihr weh, ihr eingerissener Nagel pochte, und doch ging es ihr wesentlich besser als Lukas.

Ida nickte, während Caspar ihr einen Blick zuwarf, den sie

nicht deuten konnte. Irgendetwas schien ihn zu plagen. Erst jetzt fiel Johanna auf, dass ihr Großvater verschwunden war. *Wahrscheinlich ist er zu den Seinen zurückgekehrt.* Sie kam nicht umhin, ihre Meinung über ihn zu ändern. Bisher hatte sie ihn für einen Quacksalber gehalten, der aus der Not der Menschen seinen Vorteil schlug. Zwar blieb er ein seltsamer Kauz, doch schien er noch eine andere Seite zu haben, die ihr verborgen geblieben war. Eine, die über Wissen verfügte, das sie nicht hatte.

Ohne seine Hilfe wäre Lukas gestorben, dachte Johanna beschämt. *Und es gibt nichts, mit dem ich ihm angemessen danken kann.* Vielleicht war er gegangen, weil er dies nicht wollte? Das wäre ein weiterer Wesenszug, den sie hinter den verschlagenen Augen nicht vermutet hätte.

Sie schöpfte einen Becher aus dem kärglichen Rest an kühlem Nass. »Könntest du frisches Wasser holen?«, wandte sie sich an Ida, die sich mit wirrem Haar aufrappelte. Wortlos nickte das Mädchen, nahm den Kübel und verschwand.

Caspar blieb schlaftrunken hocken und kratzte sich benommen am Kopf. Sie schenkte ihm ein liebevolles Lächeln und schämte sich ihrer Zweifel, was seine wahren Absichten betraf. Er war niemals etwas anderes als der liebe Junge gewesen, den sie anfangs in ihm vermutet hatte.

Wieder bei Lukas, hob sie seinen Kopf behutsam an und setzte den Becher an seine Lippen. Gierig trank er.

»Schon besser«, flüsterte er kaum hörbar, nachdem der ärgste Durst gestillt war und sie seinen Kopf wieder auf das Kissen gebettet hatte.

»Wie fühlst du dich?«

Sein Grinsen misslang. Matt schloss er die Lider. Kurz darauf erkannte sie, dass er eingeschlafen war. Behutsam schlug Johanna die Decke zurück. Der Verband um seine Brust wies keine Spuren frischen Blutes auf.

Zufrieden machte sie sich daran, eine Grütze zuzubereiten. Sie war hungrig wie ein Wolf. Caspars sehnsüchtigen Augen nach ging es ihm nicht anders. Ein warmes Essen würde sie alle stärken. Es dauerte nicht lange, bis Ida mit einem Kübel klaren Brunnenwassers zurückkam, und so kühlte Johanna Lukas' Prellungen damit. Während der Hafer quoll, half ihr Caspar, die Beinwellwurzeln klein zu schneiden, die sie in einem Teil von Ludgeras Gänsefett anschwitzte.

Ida kümmerte sich derweil um die meckernden Ziegen. Da niemand dem Hirten geöffnet hatte, waren die Tiere im Stall geblieben. Die Sonne, die durch die kleinen Fenster hereinschien, hatte ihren höchsten Punkt überschritten. So war es kein Wunder, dass sie nach Wasser und Futter schrien. Stolz und voller Dankbarkeit bemerkte Johanna, wie selbstverständlich ihr die Kleine unter die Arme griff, ohne dass sie sie darum bitten musste. Gestern war ihr dies besonders aufgefallen. Sie hielten zusammen, und das war gut so.

Nachdem die Arbeit getan und sie alle gesättigt waren, rührte Johanna das restliche Schmalz in die angeschwitzten Wurzeln und fügte Arnikablüten hinzu, damit die Salbe ziehen konnte. Caspars unkontrollierte Laute ließen sie aufblicken. Wieder beschlich sie das Gefühl, dass ihn etwas bedrückte, so wie er vor Ida stand und nachdrücklich gestikulierte. Angestrengt runzelte sie die Stirn und ließ es gleich wieder bleiben, nachdem der Schmerz einsetzte. Hatte er noch mehr auf dem Herzen? Auch ihm war sie unendlich dankbar. Nie im Leben hätte sie ohne sein Wissen Lukas rechtzeitig gefunden. Und es war seine Idee gewesen, ungefragt den Großvater herbeizuholen, mit dessen Hilfe die Rettung des Schwerverletzten erst möglich war.

Der Junge wandte sich ihr zu. »Ich muss dir etwas zeigen!«

Ein ungemütliches Gefühl beschlich Johanna.

Caspar ruderte heftig mit den Händen, um die Dringlichkeit dessen zu unterstreichen, was ihn beschäftigte. »Sehr wichtig«, betonte er. Sein Blick schweifte zur Tür.

Johanna sah ihn grübelnd an, nahm ihren Selbsterhaltungstrieb überdeutlich wahr. Irgendwo dort draußen streunten Jockel und Oda herum. Die beiden würden nicht so dumm sein und im »Hirschen« bleiben, nachdem sie ihr Verschwinden bemerkt hatten. Sie verspürte kein Verlangen, ihnen ein weiteres Mal zu begegnen. Doch Wernher war noch immer in ihrer Gewalt, und sie hatte viel Zeit verstreichen lassen, in der sie vermutlich geflohen waren. Aber der Kampf um Lukas' Leben und ihre eigenen Verletzungen hatten sie derart in Anspruch genommen, dass sie alles andere verdrängt hatte.

Wusste Caspar, wo sie Wernher versteckt hatten? Im Wirtshaus schien er nicht mehr zu sein. Durfte sie zögern, wenn es einen Weg gäbe, sein Leben zu retten? Und falls Caspar etwas anderes bedrückte: Durfte sie seine Bitte ausschlagen, wo er doch solch ein Segen für sie alle war?

»Komm mit«, ließ Caspar nicht locker.

Sie warf einen Blick auf Lukas. Er schlief friedlich. Konnte sie es wagen, ihn für eine Weile allein zu lassen? Sein Zustand schien einigermaßen stabil zu sein. »Gut«, sagte sie, »aber nicht lange. Ich will so rasch wie möglich zurück sein.«

Caspar verstand und lief mit schnellen Schritten voraus. Er roch den Frühling, die Süße der Blüten und den würzigen Duft von Gras und Kräutern. Ein leichter Wind zauste die Blätter der Bäume. Strich durch sein dunkles Haar. Er hätte zufrieden sein können, doch nun, da er sich zu diesem Schritt entschlossen hatte, wühlte die Grütze in seinem Magen, als ob er lebende Fische verschluckt hätte.

Gestern hatte er Johanna nicht alles gesagt. Oder war es vorgestern gewesen? Er wusste es nicht mehr. Jegliches Gefühl für Zeit war ihm durch die aufregenden Ereignisse abhandengekommen. Doch das spielte keine Rolle. Das, was er ihnen zeigen wollte, dagegen schon.

Er war Jockel nicht das erste Mal gefolgt, als er den verletzten Lukas entdeckte. Sonderbare Dinge hatten sich ereignet, seit sie im Schiltacher Wald ihr Lager aufgeschlagen hatten. Einige hatten ihn ins Grübeln gebracht, und so war er der Sache auf den Grund gegangen. Dass ihn auch die Fahrenden in einem gewissen Sinne für töricht hielten, war nicht immer ein Vorteil, kam ihm aber dieses Mal sehr entgegen.

Alles begann damit, dass Oda eines Nachts nicht mehr wie üblich bei ihnen schlief. Im Lager herrschte tagsüber ein ständiges Kommen und Gehen, und so war es Caspar zuvor gar nicht aufgefallen, dass sie am Abend nicht zurückkehrte. Auch Jockel schien sich nichts dabei zu denken, was Caspar seltsam fand. Schließlich war sie sein Liebchen. Viele Male hatte er sich abgewendet, wenn sie sich nachts auf ihre Weise vergnügten. Und er hatte weder Streit noch eine andere Missstimmung zwischen den beiden bemerkt. Im Gegenteil. Selbst Stunden vor Odas Verschwinden hatten sie sehr verliebt getan.

Als Oda auch an den kommenden Tagen nicht mehr auftauchte, fragte Caspar, wo sie sei. Er mochte Oda, und es tat ihm leid, dass sie nicht wiederkam. Jockel hatte seine Frage abgetan, ohne ihm eine schlüssige Antwort zu geben. Hatte sie sich einer anderen Sippe angeschlossen? Aber weshalb sollte sie das tun? Umso erstaunter war Caspar, als er sie zufällig auf dem Schiltacher Marktplatz entdeckte. Und noch mehr, dass sie ihm statt einer freundlichen Begrüßung einen bösen Blick zuwarf und sich schnell davonmachte.

Dann war sie plötzlich im Lager aufgetaucht. Ihre kurzen Besuche galten Jockel, mit dem sie sich über irgendetwas beriet. Einmal – damals, als Ida sie entdeckt hatte – stritten sie miteinander, ohne dass Caspar erkennen konnte, worum es ging.

Zuvor hatte er ein Gespräch Jockels mit seinem Freund, dem Strickerle, mitangesehen, in dem er von einem Geheimgang gesprochen hatte, den Oda zufällig in einem Wirtshaus entdeckt hatte. Jockel hatte sehr wichtiggetan, und sein Gesicht hatte einen prahlerischen Zug angenommen. Offenbar arbeitete Oda dort als Magd und schnüffelte herum. Worum es ihr eigentlich dabei ging, wusste Caspar nicht. Doch war sie auf etwas gestoßen, das lange Zeit verborgen geblieben war. Mehr konnte er nicht von Jockels Lippen ablesen, denn als dieser bemerkte, wie er in seine Richtung starrte, hatte er sich weggedreht. Es war offensichtlich, dass er etwas verheimlichte, und so hatten sich Caspars Füße wie von selbst an seine Fersen geheftet, als er das nächste Mal das Lager verließ. Jockel hatte nicht bemerkt, dass er hinter ihm herschlich. Auch ein Tauber konnte leise sein und unentdeckt bleiben. Selbst wenn es nicht immer gelang. Dieses Mal hatte er Glück.

Eines Nachts folgte er Jockel unter dem Licht von Mond und Sternen bis zur hinteren Stadtmauer und beobachtete mit ungläubigen Blicken, wie er darin verschwand. Caspar trat dichter heran, seine Augen auf die Stelle geheftet, an der er Jockel zuletzt gesehen hatte. Bei genauerer Untersuchung fand er eine schmale Tür, die sich so perfekt ins Mauerwerk einpasste, dass man sie kaum wahrnahm. Durch den Aborterker direkt darüber fielen dessen heimliche Geschäfte aus einem Loch herunter. Es stank zum Erbarmen. Vermutlich trat niemand allzu dicht heran. Und er wagte, aus Angst, entdeckt zu werden, nicht, sie zu öffnen.

Da auch Jockel immer öfter dem Lager fernblieb, hatte Caspar seine Beobachtungen fortgesetzt. Eines Morgens war er sehr früh auf den Beinen und beobachtete, wie Jockel mit einem Sack aus der Tür der Mauer trat. Dunkle verräterische Flecke beschmutzten das Sacktuch, als er argwöhnisch nach allen Seiten spähte. Dann lief er rasch damit in den Wald.

Caspar folgte ihm, sah zu, wie er seine Last vergrub und den umgegrabenen Boden mit Zweigen und Efeu bedeckte. Etwas lag dort verborgen, das nicht gefunden werden sollte. Caspar blieb noch eine Weile in seinem Versteck, bis er sich sicher war, dass Jockel nicht zurückkehren würde. Dann kroch er zwischen den Büschen hervor und sah nach, was so sorgsam im Schoß der Erde schlummerte. Das Herz war ihm fast stehen geblieben, als er den Sack öffnete und hineinspähte.

Schwer atmend lief Johanna Caspar hinterher. Der Junge gab ein zügiges Tempo vor, bei dem ihr lädierter Körper kaum mithalten konnte. Aber schließlich war sie es, die ihm zu verstehen gegeben hatte, dass sie so schnell wie möglich wieder bei Lukas sein wollte. Ein Seitenblick auf Ida sagte ihr, dass das Mädchen leichtfüßig neben ihr herlief und dabei die Umgebung nicht aus den Augen ließ. Das war gut. Wenigstens eine sollte wachsam sein. Endlich hatte Caspar sein Ziel erreicht und zeigte auf den Waldboden zu seinen Füßen.

Johanna krümmte sich und hielt keuchend ihre stechende Seite. »Lass mich erst ein wenig verschnaufen.« Dankbar beobachtete sie, wie Caspar und Ida Blätter und Gesträuch von einer Stelle hoben, unter der der Boden wie eine frische Wunde aussah. Man sah deutlich, dass er erst vor Kurzem aufgerissen und anschließend wieder geschlossen worden war.

Der Junge und das Mädchen gruben mit den Händen ein Loch. Johanna, die nur tatenlos zusehen konnte, lächelte matt. Idas lange Gemeinschaft mit der Wölfin ließ sich wieder einmal nicht verleugnen. Sie scharrte wie ein Tier, dass die Klumpen nur so flogen. Der durchdringende Geruch dunkler fruchtbarer Erde, vermischt mit dem bitteren Geschmack verrottenden Laubes, stach in ihre Nase. Bald darauf gab Caspar das Zeichen zum Aufhören. Seine Augen richteten sich auf Johanna.

So kam es, dass sie sich kurze Zeit später auf die Knie niederließ und in eine flache Grube äugte. Sie erkannte ein Sacktuch, das eigentümlich nach Verwesung stank.

Johanna ahnte, dass sich etwas Totes darin befinden musste. Mit spitzen Fingern hob sie den Sack heraus. Sein Inhalt war rund, nicht größer als ein Huhn. Sie löste die Kordel, die ihn verschloss. Das Tuch war steif vor Schmutz und eingetrockneter Flüssigkeit. Zaghaft zog sie es auseinander, zwang sich, flacher zu atmen, und wappnete sich, bevor sie hineinsah. Augenblicklich begann ihr Herz schneller zu schlagen. Ihr Hirn stimmte mit ein und pochte im selben schmerzhaften Rhythmus.

Denn was dort drinnen den Würmern als Speise diente, war unverkennbar Wernhers Kopf!

Lukas öffnete vorsichtig den Mund und schluckte den ersten Löffel warmen Haferbreis, den ihm Johanna reichte. Nach einem ausgiebigen Schlaf war er erneut aufgewacht, und sie hielt es für an der Zeit, ihn mit ein wenig Nahrung zu stärken. Sie hatte ein zweites Kissen in seinen Nacken geschoben, damit er sich beim Essen nicht erbrach. Ihn aufzusetzen wagte Johanna nicht. Allzu leicht könnte sich eine der verletzten Rippen verschieben und in die Lunge stechen. Dieses Risiko ging sie nicht ein. Den Verband um die Brust ließ sie an Ort und Stelle, obwohl sie sich nicht sicher war, wie lange er dort bleiben musste. Ihr Großvater hätte sicher Rat gewusst, doch er war nicht mehr erschienen.

»Das machst du sehr gut«, bemerkte sie zufrieden, als ein zweiter Löffel folgte, den Lukas mit einiger Mühe zu sich nahm.

Sein Kiefer schien zu schmerzen, und die Schwellungen in seinem Gesicht wurden immer dunkler. Sein rechtes Auge verbarg sich unter einer dicken schwarzen Blase. Falls es in Schiltach jemals einen Dämon gegeben hatte, so kam Lukas dieser Vorstellung in seinem derzeitigen Zustand ziemlich nahe.

Johanna hatte alles behutsam mit der frischen Salbe betupft und einen Sud aus Schachtelhalm gekocht, den sie ihm schluckweise einflößte.

Ein Poltern an der Tür ließ sie innehalten. Ida öffnete und förderte einen verlegenen Lenz zutage, der mit verhaltenen Schritten eintrat. Eine Gugel umrahmte sein Gesicht. Draußen wurde es dunkel. »Wie geht es dir?«, wandte er sich an Lukas, nachdem er nickend gegrüßt hatte.

Lukas gab ein unbestimmtes Brummen von sich. »Ging … schon … besser.« Offenbar schämte er sich, dass er wie ein kleines Kind gefüttert werden musste und Lenz ihn in diesem hilflosen Zustand sah.

Der Schultheiß schien ebenso peinlich berührt zu sein. »Der Hundsfott hat dich ordentlich verdroschen«, bemerkte er. War da der Anflug eines schlechten Gewissens in seiner Stimme zu hören?

»Es war mehr als das«, entgegnete Johanna leise. »Er hat versucht, ihn umzubringen.«

Lenz bekreuzigte sich. »Dem Herrn sei Dank, dass es ihm nicht gelungen ist.«

Johanna dachte an Wernher, der nicht so viel Glück gehabt hatte. Endlich war sein Schicksal ans Licht gekommen, aber nicht so, wie sie es sich wünschte. So etwas hatte niemand verdient.

Sie hatte Lenz im Handumdrehen aus seiner Lethargie geholt, indem sie den Sack samt delikatem Inhalt auf die neue Theke des »Weißen Rössel« gelegt hatte und ihn einen Blick hineinwerfen ließ. Er hatte die Augen aufgerissen und den Mund wie ein Fisch geöffnet, der einen letzten Atemzug nahm. Einen Moment lang hatte sie gedacht, Lenz würde ohnmächtig werden. Doch dann schien er sich seines Postens zu besinnen und fing sich wieder.

»Warst du im ›Hirschen‹?«, fragte sie nun.

Lenz nickte. »Ich habe mir ein paar Männer zur Verstärkung geholt. Den Wagner, den Schmied und den Knochenhauer. Alles kräftige Kerle, die nicht so leicht einzuschüchtern sind. Gemeinsam sind wir hinübermarschiert, und als auf unser Klopfen niemand öffnete, haben wir die Tür aufgebrochen.«

»Und?«

»Die Täubchen sind ausgeflogen. Der Rest ist so, wie du gesagt hast. Die halbe Einrichtung ist zerstört.«

»Habt ihr Wernhers Leib gefunden?« Seit der Entdeckung des Kopfes fragte sie sich, wo die restliche Leiche lag. Und weshalb die beiden diesen Frevel an dem Hirschwirt begangen hatten. Caspar wusste weder dies noch, ob Jockel allein für seinen Tod verantwortlich war. Er hatte lediglich beobachtet, wie er mit dem Sack durch die Tür in der Mauer gekommen war.

Lenz schüttelte den Kopf. »Allerdings befindet sich im Eiskeller eine riesige Sauerei aus Knochensplittern und kleinen Fleischbröckchen. Sogar ein Kübel mit geronnenem Blut steht noch dort.«

Johanna fühlte das Grauen, das über sie hinwegspülte, während Lenz angestrengt atmete. Sein Gesicht nahm einen grünlichen Farbton an. Es musste ein schauriger Anblick gewesen sein.

»Der Knochenhauer ist der Meinung, dass es bei ihm nicht anders aussieht, wenn er ein Schwein oder ein Rind schlachtet. Nur, dass es sich hier um einen Menschen gehandelt hat.«

Johannas Augen wanderten zu Lukas, mehr als erleichtert, dass er von dieser Art der Beseitigung verschont geblieben war. *Wenn ich es recht bedenke, so hätte dies auch mich treffen können. Wie kann man nur derart barbarisch sein?* Welche Beweggründe dazu geführt hatten, dass man sie einfach liegen ließ, konnte sie sich genauso wenig erklären. Vielleicht hatten Jockel und Oda es plötzlich eilig mit dem Verschwinden gehabt?

»Den Einstieg zum Geheimgang haben wir ebenfalls entdeckt«, fuhr Lenz fort. »Dank dem Jungen ließ er sich leicht finden. Caspar hat uns zur äußeren Tür geführt. Sie mündete in einen langen Gang. Wir sind ihm gefolgt und im Keller des ›Hirschen‹ herausgekommen. Dort gab es eine Falltür. Verborgen hinter Fässern, Körben und jeder Menge Schmutz. Unglaublich, dass Wernher ihn nicht kannte.«

Lukas gab einen zustimmenden Ton von sich.

Johanna erhob sich von ihrem Schemel neben dem Bett. »Und was wirst du nun tun?«

»Ich habe weitere Männer zusammengetrommelt. Morgen werden wir das teuflische Pärchen suchen. Die Täter müssen geschnappt werden. Wenn sie auch keine Dämonen sind, so steckt doch der Beelzebub in ihnen. Kein normaler Mensch wäre zu so etwas fähig. Im Lager der Fahrenden fangen wir an. Zwar glaube ich nicht, sie dort anzutreffen, aber ich werde Fragen stellen. Allzu weit sind sie hoffentlich noch nicht gekommen.«

Als Lenz sich verabschiedete, dachte Johanna darüber nach, wie launisch doch das Schicksal sein konnte. Bisher hatte sie Wernher wie viele andere darum beneidet, dass das Alter milde mit ihm umgegangen war. Und nun hatte man ebenjenen Leib geschändet, der vermutlich noch viele Jahre rüstig gewesen wäre. Kuno lehrte sie, dass es Gott war, der jedem seinen gerechten Lohn zumaß. Und Pius hätte gewiss dasselbe behauptet. Was hatte Wernher getan, das solch eine Grausamkeit rechtfertigte?

Johanna musterte Lukas prüfend, nachdem Ida die Tür hinter Lenz geschlossen hatte. Das Lid seines guten Auges hatte sich gesenkt. Die wenigen Löffel, die sie ihm eingeflößt hatte, reichten aus, um ihn vollkommen müde zu machen. Sanft legte sie ihre Hand auf sein Herz. Fühlte den beharrlichen Rhythmus unter ihrer Haut. Ein beruhigendes Gewicht senkte sich in ihre Brust. Sein Körper schien sich vom Abgrund des Todes zu entfernen. Er konnte es schaffen. Wenn es auch lange dauern mochte, bis er wieder ganz der Alte war.

Auf dem Heimweg vom »Weißen Rössel« hatte sie seine Mutter aufgesucht. Die Ärmste war bereits in Sorge, da sie nicht wusste, wo Lukas abgeblieben war. Johanna machte ihr klar, wie es um ihn stand und dass er in den nächsten Tagen nicht nach Hause zurückkehren würde. Wenn sie wollte, könnte sie ihn jederzeit besuchen. Die stille Frau hatte ihr lächelnd gedankt und sie gebeten, sich gut um ihren Sohn zu kümmern. Lukas' älterer Bruder, der den kleinen Hof leitete, würde die Flößer benachrichtigen. Bisher vermisste ihn dort niemand, da er sich einige Tage freigenommen hatte. Jetzt würden sie ihn noch länger entbehren müssen. Doch das war nicht die größte Sorge. Im Moment wusste keiner, ob Lukas jemals wieder auf einem Floß stehen konnte. Zuerst musste er vollkommen gesund werden.

Gern hätte sie Caspar noch einmal nach dem Alten geschickt, um ihn um Rat zu fragen, doch nachdem er Jockel und Oda verraten hatte, traute sich der Junge nicht mehr in das Lager der Fahrenden. So hatte sie einen weiteren Mitbewohner, der Johannas Häuschen fast aus allen Nähten platzen ließ. Doch die Sicherheit des Jungen war ihr wichtiger. Auch für sie und Ida war es gewiss besser, sich von dort fernzuhalten. So blieb nur noch, darauf zu hoffen, dass er von selbst kam.

20. KAPITEL

Zwei Tage später erschien Lenz erneut.

Johanna saß auf ihrem Schemel neben dem Bett und spann mit einer Handspindel Wolle. Inzwischen hatte sie das Vlies vollständig gekämmt und die langen Fasern von der kürzeren Unterwolle getrennt. So konnte sie Lukas im Auge behalten und dennoch etwas tun.

Ida und Caspar kümmerten sich um die täglichen Verrichtungen des Haushalts, die deutlich zugenommen hatten. Der Junge war mit Feuereifer dabei, als müsste er sich seinen Platz in dem beengten Raum verdienen. Johanna hatte lächelnd zugesehen, wie er in einer Ecke ein Nest aus Zweigen, Laub und getrocknetem Gras aufgeschichtet hatte. Im Gegensatz zu seiner kleinen Freundin fiel es ihm schwer, auf dem blanken Boden zu schlafen.

Die triumphierende Miene des Schultheißen verhieß gute Neuigkeiten. »Wir haben die Unholde gefasst«, frohlockte er.

Johanna atmete erleichtert auf, während Lenz fortfuhr. »Sie hatten das Lager der Fahrenden bereits verlassen.« Er kratzte seinen grauen Schopf. »Natürlich dachte der Rest nicht im Traum daran, uns zu erklären, wohin die beiden gegangen waren. Doch da sich fast jeder verfügbare Mann im Städtle an der Jagd beteiligte, war es nur eine Frage der Zeit, bis wir sie fanden.«

Ein Grinsen überflog seine Lippen. »Allzu weit waren sie nicht gekommen. Wir erwischten sie auf einem der abgelegenen Höfe in der Nähe von Ippichen, wo sie eine Bäuerin um Essen anbettelten.«

»Was ... geschieht ... mit ihnen?«, fragte Lukas, den Lenz' Erscheinen geweckt hatte.

»Wir haben sie auf die Schiltacher Burg gebracht. Da sie sich immer noch in Unschuld wiegen, will man sie einer Tortur unterziehen.«

»Gütiger Himmel! Hat man keine Beweise bei ihnen gefunden?«, fragte Johanna, der bei dem Gedanken an die bevorstehende Folter ein Kloß im Hals steckte.

Lenz schüttelte den Kopf. »Ihre Taschen waren leer. Was sie im ›Hirschen‹ auch suchten, sie scheinen es nicht gefunden zu haben – oder es wurde sicher versteckt. Auch das wird der Scharfrichter herausfinden. Er wird für morgen erwartet.« Der Schultheiß warf Johanna einen merkwürdigen Blick zu. »Ich dachte, du willst vielleicht dabei sein, wenn wir die Magd verhören. Möglicherweise kannst du sie dazu bewegen zu gestehen, bevor es zum Äußersten kommt …« Er druckste an seinen Worten herum wie ein gackerndes Huhn an einem Ei. »So oder so hast du ein Anrecht darauf. Schließlich wart ihr beide es, die sich um diese Angelegenheit gekümmert haben, während ich das Ganze für die Sache des Priesters hielt.« Seine Augen wanderten zum Bett. Schuldbewusst senkte er die Lider und sprach nicht aus, dass Lukas wohl kaum die Kraft besitzen würde, sich auf die Burg hinaufzuschleppen.

Johanna schluckte. Sollte sie sich das wirklich zumuten? Mitansehen, wie ein anderer Mensch gequält wurde, damit er redete? Andererseits hatte Lenz vermutlich recht. Oda würde womöglich eher plaudern, wenn sie bei dem Verhör dabei war. »Was meinst du?«, wandte sie sich an Lukas.

Er senkte mit einem kleinen aufmunternden Lächeln die Lider. Die dicke schwarze Blase am rechten Auge ging merklich zurück und ermöglichte seinem Lid, sich wenigstens einen Spalt zu öffnen.

»Also gut«, sagte sie zu Lenz. »Aber ich will mit dir hinaufgehen. Wann soll ich bei dir sein?«

Nach dem Frühmahl machte sich Johanna auf den Weg ins »Weiße Rössel«. Milch und Brot lagen wie ein Stein in ihrem Magen. Ihr war nicht wohl bei dem, was sie erwartete, obwohl sie großes Interesse daran hegte zu erfahren, was tatsächlich hinter all dem steckte, das sich im »Hirschen« ereignet hatte. *Was trieb Oda und Jockel zu solch schrecklichen Taten?*, fragte sie sich ein ums andere Mal. Doch ihre Phantasie reichte nicht aus, um die Motive der beiden zu ergründen.

Im Gegensatz zu ihr schien Lenz weniger Skrupel zu haben. Tatendurstig erwartete er sie. Gemeinsam erklommen sie die Steige, verließen durch das obere Tor die Stadt und kamen schnaufend vor der Zugbrücke an, die zum Burgtor führte. Die Wachen, die Lenz kannten, ließen sie ein. Johannas Beklemmung wuchs, als sie den breiten Bogen des Torturms passierten und die Vorburg betraten. Hier gab es Apfelbäume und einen Gemüsegarten, dessen Pflanzen munter wuchsen. Das Tor einer weiteren Mauer führte sie in den großen Innenhof, in dem sich Palas, Bergfried und Stall befanden.

Johanna ließ ihren Blick über das mehrstöckige Wohngebäude schweifen, dessen gemauerte Wände auf halber Höhe in Fachwerk übergingen. Eine überdachte hölzerne Treppe führte hinein. Als sie das letzte Mal betrat, hatte sie der Tochter des Urslingers auf die Welt geholfen. Ein Erlebnis, an das sie nicht gern zurückdachte. Nun geleitete die Wache sie zu dem viereckigen Bergfried, der trutzig auf der gegenüberliegenden Seite des Tores wie eine Fortsetzung der hohen Wehrmauer aufragte. Eine steile hölzerne Treppe führte zum Eingang, der mit einem der oberen Geschosse verbunden war. Dort trat ein stattlicher Hüne aus der Tür.

»Ah, Hauptmann. Ich grüße Euch«, rief Lenz jovial hinauf. Der Mann, dessen breite Brust in gehärtetes Leder gehüllt war, grinste und bat sie mit einem Wink, näher zu kommen. »Gott zum Gruße, Schultheiß. Gut, dass Ihr da seid. Der Scharfrichter ist vor einer Stunde eingetroffen und richtet das Mädchen für die Befragung her. Sie hat sich wie eine Wildkatze gewehrt, als wir sie zu ihm brachten. Inzwischen ist sie wesentlich ruhiger geworden.« Sein Grinsen verbreitete sich.

Lenz folgte seiner Aufforderung. Munter schritt er die Stufen hinauf. Johanna blieb gar nichts anderes übrig, als ihm zu folgen.

Drinnen ging es über steinerne Treppen in das zweite Geschoss des Sockels hinab. Alles in Johanna sträubte sich. Es fühlte sich an, als würde sie in das Innere einer Gruft steigen. Kalte, feuchte Wände engten sie ein. Als sie endlich unten ankamen, war es nicht nur das, was ihr die Haare zu Berge stehen ließ und ihren Magen dazu aufforderte, sein Inneres nach außen zu kehren. Das Verlies weckte die Erinnerung an ihren Aufenthalt in der Schiltecker Burg, der sich in ihre Seele gebrannt hatte. Hart schluckte sie, um sich die Peinlichkeit zu ersparen, vor lauter Furcht auf den Boden zu speien.

»Wo steckte ihr Buhle?«, wollte Lenz wissen, nachdem sie den Fuß der Treppe erreicht hatten.

Der Hauptmann wies auf ein kreisrundes Loch, das sich in der Mitte des Stockwerks befand. »Er hat es sich dort unten gemütlich gemacht«, spöttelte er.

Trotz ihres Unwohlseins wagte es Johanna, neben Lenz an den Rand des Kreises zu treten und hinunterzusehen. *Als würde man in einen Abgrund blicken,* dachte sie. Zu Recht nannte man den Eingang, der lediglich aus einer Öffnung bestand, im Volksmund Angstloch. Eine Leiter lag auf ihrer Höhe an der Wand.

Der Mann folgte ihrem Blick. »Nur durch sie kann man hinein- und herausklettern. Eine Flucht ist unmöglich, nicht wahr, Jockel?«, rief er in die Tiefe. Er holte eine der Talglampen, die an den Wänden in eisernen Halterungen steckten, und hielt sie hinein.

Johanna schluckte erneut. Glücklicherweise hatte sie nie nähere Bekanntschaft mit dieser Art von Kerkern gemacht. Unten raschelte es. Der Lichtkreis fiel auf Jockel, der am Boden hockte, gelangweilt wandte er sich ihnen zu. Sie erinnerte sich an sein Gesicht, obwohl es übel aussah. Offenbar hatte man ihn wie Lukas verprügelt. Seine dunklen Augen blitzten wie Kohlestücke. Und das hasserfüllte Flackern darin sagte ihr, dass er nicht so leicht aufgeben würde.

Dies hatte wohl auch der Scharfrichter vermutet und deshalb mit Oda angefangen. Johanna und Lenz betraten einen fensterlosen Raum, dessen dicke, mit weiteren Talglichtern beleuchtete Mauern einen schier zu erdrücken schienen.

Oda saß auf einem Folterstuhl. Der hölzerne Sitz wirkte so trutzig wie die Burg, deren Eigentum er war. Der Henker hatte sie bis auf ihr dünnes Hemd entkleidet. Allein dies reichte aus, um die junge Frau zu beschämen, die längst nicht mehr so hübsch wie zuvor aussah. Eiserne Bänder fixierten ihre Hand- und Fußgelenke an Armlehnen und Fußteil, und ein starrer Reif um die Stirn presste ihren Kopf an die hohe Rückenlehne. Ihre Hilflosigkeit nahm ihr die letzte Würde, die noch in ihr schlummern mochte. Von diesem Stuhl gab es kein Entrinnen. Auch nicht vor den eisernen Stacheln, die wie Pilze aus Sitz und Lehne sprossen und in ihr weiches Fleisch drückten.

Eine vollkommen andere Oda als diejenige, die sich mit tödlicher Präzision auf sie gestürzt hatte, blickte Johanna entgegen. Das goldene Haar hing in wirren, fettigen Strähnen um ihre Schultern. Ihr Stolz war erloschen, und das Flehen in ihren Augen glich dem eines Hündchens, das kurz davorstand, erschlagen zu werden. Nur, dass es damit nicht getan war.

Wie Johanna musste ihr vollkommen klar sein, dass auf Wernhers Tod und die anschließende Entehrung des Leichnams die Todesstrafe stand. Die Dinge davor konnten ebenso übel sein, zumal der Scharfrichter gerade ein paar klobige Eisen mit einem langen Stiel ins Feuer legte, die böse Wunden hervorriefen, wenn er ihre Haut damit versengte. In den Regalen lagen weitere Foltergeräte, die allesamt nicht dazu geeignet waren, sich entspannt zurückzulehnen. Der Staub und die Spinnweben, die sich in der Folterkammer verteilten, sprachen für den Tecker. Der Raum schien nicht oft benutzt zu werden.

»Ich bringe dir den Schultheißen Lenz und eine weitere Zeugin«, sprach ihr Begleiter den Scharfrichter an.

Der Mann in mittleren Jahren hatte ein grobes Gesicht, in dem unzählige kleine Narben prangten, die Eiterpusteln in seiner Jugend hinterlassen haben mochten. Dies und seine bullige Statur reichten aus, um sich vor ihm zu ängstigen. Seine schwarze Kleidung mit den merkwürdig bunten Streifen verstärkte diesen Eindruck noch. Johanna kam nicht umhin, Oda zu bemitleiden.

Ein paar Schritte von dem Scharfrichter entfernt stand ein Schreiber, dessen schmale Gestalt sich über das Stehpult beugte. Er hielt die Lider gesenkt, als ob er Odas Anblick nicht ertragen könne, und schnitt mit einem Federmesser die Spitze eines Federkiels nach. Ein aufgerolltes Pergament und ein Tintenfässchen standen vor ihm.

»Bist du bereit?«, fragte ihn Lenz.

Der Mann nickte.

»Gut, fangen wir an«, bemerkte er, während der Hauptmann der Wache sich zurückzog. Nervös wischte er sich die Handflächen an seinen Beinlingen ab. Offenbar war ihm nun doch nicht mehr ganz wohl bei dem, was unweigerlich folgte.

»Wie heißt du?«

»Oda«, kam es kleinlaut vonseiten des Folterstuhls.

»Sonst nichts?«

Oda versuchte den Kopf zu schütteln, doch das eiserne Band um ihre Stirn hinderte sie daran. »Nein.«

Lenz stutzte. »Wo bist du aufgewachsen?«

»Überall und nirgendwo.«

Johanna verstand. Sie hatte nie einen festen Wohnsitz gehabt, den sie ihr Heim nennen konnte.

»Die Liste deiner Vergehen ist lang. Gestehst du, Wernher, deinen Dienstherrn, getötet zu haben, ihm den Kopf abgetrennt und somit seinen Leichnam entehrt zu haben? Sowie die Zerstörung der Schankstube und weiterer Räume des ›Hirschen‹, um an seine Reichtümer zu gelangen?«

Während Lenz seine Fragen stellte, überprüfte der Scharfrichter mit ausdrucksloser Miene seine Eisen, die im Feuer zu glühen begannen. Ein unmissverständlicher Wink zu gestehen, bevor es zum Äußersten käme.

»Ich habe den Hirschwirt nicht umgebracht«, sagte Oda mit bebender Stimme.

»Dann verrate uns, was vorgefallen ist«, warf Johanna begütigend ein, die sich ihrer Aufgabe vollkommen bewusst war. »*Bevor* der Scharfrichter dir Gewalt antun muss!«

Oda sah sie lange an. Dann wanderten ihre Augen zu Lenz.

»Sicherst du mir einen schnellen Tod zu, wenn ich erzähle, wie sich alles zugetragen hat?«

Lenz seufzte leise. »Ich kann ein gutes Wort für dich einlegen – wenn du uns keine Mär aufbindest.«

Odas Mund verwandelte sich in einen Strich. »Dann sei es so.«

Johanna stutzte verblüfft. Sie hatte nicht damit gerechnet, dass es so einfach sein würde. Doch die Aussicht auf grausamen Schmerz und die Möglichkeit, sich denselben zu ersparen, hatten gewiss schon manche Zunge gelöst.

Stumm verharrte sie mit Lenz, der konzentriert neben ihr stand. Sogar der Scharfrichter reckte den Kopf, während die Feder des Schreibers bereit war, um niederzuschreiben, was Oda berichtete.

Schon der erste Satz ließ ihnen die Münder offen stehen. »Ich bin Wernhers Tochter.« Ein kurzes höhnisches Lachen drang durch die Folterkammer. »Bloß wusste er nichts davon. Vor vielen Jahren hat er meine Mutter als Schankmagd im ›Hirschen‹ eingestellt. Damals war er noch verheiratet, doch das hinderte den geilen Bock nicht daran, das junge, unerfahrene Ding in sein Bett zu nehmen, wenn gerade niemand hinsah. Sie verliebte sich in ihn und war naiv genug, seinen Lügen zu glauben.«

Johanna holte tief Luft. *Nun kommt all das, was bisher lediglich eine Vermutung war, ans Licht!*

»Als sie ihm gestand, dass sie ein Kind erwarte, hat er sie davongejagt, damit sein Weib keinen Wind von der Sache bekam. Gegen besseres Wissen überließ er eine schwangere junge Frau ohne Familie einfach ihrem Schicksal.« Bitterkeit lag in ihrer Stimme. Johanna konnte sie gut verstehen.

»Meine Mutter hat sich durchgeschlagen, so gut es ging. Oft übernachtete sie im Freien. Als die Wehen einsetzten, war sie wieder einmal auf der Suche nach einer neuen Bleibe. Sie hat mich ohne fremde Hilfe geboren. An einem schmutzigen Wegesrand, wo genau, weiß niemand. Nur zwei Tage später half sie als Tagelöhnerin auf einem Hof, die Ernte einzubringen, während ich am Rand des Feldes schlief. Sie gönnte sich keine Schonung, nahm jede Arbeit an, um uns durchzubringen. Während der warmen Monate arbeitete sie auf den Feldern, im Winter kämmte und spann sie für einen Schlafplatz und Essen auf den Höfen Wolle. So verbrachte ich meine ersten Jahre und half, so gut ich konnte. Doch dann wurde sie krank, und wir mussten uns aufs Betteln verlegen.«

Oda räusperte sich, bevor sie weitersprach, als ob sie einen Kloß in ihrer Kehle befreien müsste. »Um zu überleben, schlossen wir uns den Fahrenden an. Diese verlangten von ihr, dass sie in den Dörfern und Städten, in denen wir haltmachten, als Dirne arbeitete. Sie war immer noch hübsch, obwohl die Männer, die für sie bezahlten, sie vermutlich nicht einmal ansahen. Das verhasste Gewerbe machte sie immer elender. Am Ende war ich es, die für sie übernehmen musste. Ein junges, kaum erblühtes Mädchen, das sich von alten, schmutzigen Kerlen besteigen lassen und das Geld dem Anführer der Fahrenden geben musste.«

Der Scharfrichter zog den Rotz in seiner Nase hoch und spie angewidert ins Feuer. Offenbar gefiel auch ihm nicht, was er hörte.

»Dem Hirschwirt verzieh sie nie, was er uns angetan hatte«, fuhr Oda fort. »Und auch mein Hass auf den Mann, der mich gezeugt hatte, wuchs mit jedem Tag. Aber was sollte ich tun?«

Welch großes Leid den beiden widerfahren ist, dachte Johanna erschüttert. Sie glaubte nicht, dass Oda log. Zu flüssig sprudelten die Worte aus ihrem Mund. Es lag weder Unsicherheit noch Zögern darin. Stattdessen schwang das Gewicht der Wahrheit in jedem Satz, den Wernhers Tochter aussprach. *Gütiger Gott! Nie im Leben wäre ich darauf gekommen!* Sie warf einen Seitenblick auf Lenz. Auch ihn berührte Odas schonungsloses Geständnis.

»Nach ihrem Tod bin ich fortgelaufen. Bald darauf stieß ich auf Jockel und seine Truppe.« Ihr Blick kehrte sich nach innen, und ein kleines versonnenes Lächeln zupfte an ihren Mundwinkeln. »Es dauerte nicht lange, bis ich dem hübschen

Kerl verfiel und sein Liebchen wurde. Er war gut zu mir, und so habe ich ihm alles erzählt. Ich wusste, dass er den Bäuerinnen schöne Augen machte, doch er liebte nur mich und verlangte nie, dass ich für andere die Beine breitmachte. Zusammen mit dem Strickerle, dessen Weib und dem tauben Caspar teilten wir uns eine Hütte. Zum ersten Mal hatte ich so etwas wie eine Familie. Als wir uns Schiltach näherten, war längst ein Plan in Jockel gereift. Ich sollte mich als Magd im ›Hirschen‹ verdingen, und er würde mir dabei helfen, meinen Vater in irgendeiner Weise zu ruinieren. Bestenfalls würden wir ihn ausnehmen, bis er so arm wie eine Kirchenmaus wäre. So würde er für das bezahlen, was er meiner Mutter und mir angetan hatte. Es wäre nicht mehr als gerecht.«

»Blieb nur noch Genefe, die diese Stelle innehatte«, entfuhr es Johanna, der langsam schwante, worauf das Ganze hinauslief.

»Ich wollte ihren Tod nicht«, gab Oda bissig zurück. »Wir spähten sie aus, und als sie an Ostern den ›Hirschen‹ verließ, sind wir ihr gefolgt. Ich versuchte sie zu überreden, ihre Stelle aufzugeben, sich etwas anderes zu suchen. Doch sie blieb stur und drohte damit, ihrem Dienstherrn zu erzählen, weshalb wir sie abgefangen hatten. Da verlor Jockel die Nerven. Er zog sein Messer und stach es in ihren Bauch. Immer und immer wieder stach er zu, bis ihn mein Schreien zur Vernunft brachte. Doch da war es längst zu spät.«

»Du lieber Himmel«, entfuhr es Lenz. »Und dann habt ihr sie neben der Kinzig unter Zweigen versteckt«, griff er ihr vor, obwohl er das nicht hätte tun sollen.

»Ich schwöre, ich wollte das nicht. Nie hätte ich geahnt, dass Jockel zu so etwas fähig ist, aber nun gab es kein Zurück mehr. Doch ich beschwor ihn, niemals wieder ein Messer bei sich zu tragen, sonst seien wir geschiedenen Leute«, bestätigte Oda.

Ein beklemmendes Gefühl stieg in Johanna auf. *Anscheinend hat er gehorcht, sonst wäre Lukas jetzt tot!*

»Wir warteten ein paar Tage, bis ich in den ›Hirschen‹ gegangen bin und den Wirt fragte, ob er eine Magd brauche. Weder schöpfte er Verdacht, noch hat er in meinem Gesicht irgendeine Ähnlichkeit bemerkt.«

Sie prustete. »Alles, was ihn interessierte, war seine Geilheit. Er hat sich von mir um den Finger wickeln lassen und stellte mir nach wie der Teufel dem Weihwasser. So wie einst meiner Mutter. Noch wusste ich nicht, wie wir an sein Geld kommen sollten. Ob es überhaupt viel zu holen gab oder ob sich andere Möglichkeiten auftun würden. Ich stöberte überall herum, und als ich frischen Wein holte, fand ich den Geheimgang hinter den Fässern. Der Eingang lag unter Spinnweben und Schmutz verborgen. Nachts versuchte ich, die Falltür zu öffnen, die irgendwo hinführen musste. Ich brauchte lange, um den Riegel vom Rost vieler Jahrzehnte zu befreien. Schließlich zerbrach er, und ich kam in einen langen Gang, dessen Ausgang sich nur mit viel Mühe bewegen ließ. Ich konnte kaum fassen, was ich endlich erblickte. Ein Durchlass führte von der Stadtmauer in die Wirtschaft hinein. Wernher konnte unmöglich etwas davon wissen, und der Aborterker, den man vermutlich nachträglich angebracht hatte, hielt Neugierige fern. Am darauffolgenden Sonntag, an dem ich eigentlich in der Kirche sein sollte, ging ich zum Lager der Fahrenden und weihte meinen Liebsten ein. Ich zeigte ihm die schmale Tür in der Mauer. Im Keller des ›Hirschen‹ hatte ich Körbe daraufgestellt, damit kein dummer Zufall für ihre Entdeckung sorgte. Und plötzlich keimte eine Idee in uns. In der nächsten Nacht gelangte Jockel zum ersten Mal unbemerkt in den ›Hirschen‹. Er würde einen Dämon spielen, der Wernher in den Wahnsinn treiben und seinen Ruf ruinieren sollte. Deine Kräuter konnten nicht wirken«, wandte sie sich an Johanna, der aufging, weshalb Oda so ablehnend von den Fahrenden gesprochen hatte. Sie wollte den Verdacht von ihnen ablenken. *Das ist ihr gelungen*, dachte sie.

»Die Gäste würden ausbleiben«, sprach Oda in aller Logik weiter. »Dann würden wir sein Geld stehlen und verschwinden. Er wäre vollkommen am Ende. Immer noch hatte ich keines gefunden, aber als er bei der Schlägerei auf dem Marktplatz damit prahlte, dass es ihm so schnell nicht ausgehen würde, waren wir sicher, dass er es irgendwo versteckt haben musste. So beschlossen wir, ihm zu drohen. Zum Glück war Eva inzwischen abgehauen. So hatten wir freie Bahn. Ich hatte ein Laken ausgeschnitten, das Jockel überstreifte, damit man ihn nicht als Menschen erkennen sollte. Bei den Flößern hatte es gute Dienste geleistet.«

Johanna erinnerte sich, dass Lukas etwas von dem weißen Schemen erzählt hatte, der durch das Mauerwerk des Kellers verschwand. Ein einfacher Trick hatte die Männer getäuscht, die sich wie der Hirschwirt in die Irre führen ließen.

»Jockel trug es, als er sich vor meinem Vater aufbaute und mit tiefer Stimme nach seinen Münzen verlangte. Doch dieses Mal verfehlte es seine Wirkung. Möglich, dass es Wernhers Verzweiflung war. Er hatte nichts mehr zu verlieren. Jedenfalls griff er danach, Jockel wehrte sich, die beiden rangen miteinander, und es gelang Wernher, das Laken von seinem Körper zu reißen. Nun, da er wusste, dass kein Dämon vor ihm stand, drohte er damit, den Schwindel auffliegen zu lassen. Jockel drosch auf ihn ein, immer noch begierig darauf, an Wernhers Reichtum zu gelangen. Doch nichts war dem Wirt heiliger als sein Geld. Trotz all der Misshandlungen gab er sein Versteck nicht preis. Am Ende war er tot.«

Ihre Lider senkten sich für einen Moment, dann sah sie direkt in Johannas Augen. »Kurz bevor er starb, sagte ich ihm, dass ich seine Tochter sei. Und dass er es seiner eigenen Kaltherzigkeit zu verdanken habe, dass er jämmerlich krepieren müsse.« Genugtuung schwang in ihrer Stimme mit. »In den folgenden Nächten haben wir das ganze Wirtshaus auf den Kopf gestellt und den Körper des Toten mit der Axt zerstückelt, um ihn nach und nach verschwinden zu lassen.«

Die kratzende Feder des Schreibers brach abrupt ab.

Das war der Zeitpunkt, ab dem Wernher das Wirtshaus nicht mehr verlassen hatte und angeblich krank darniederlag, fasste Johanna in Gedanken zusammen.

Lenz sah Oda mit einer Mischung aus Entsetzen und Abscheu an. Der Henker, der dergleichen wohl gewohnt war, musterte sie kühl.

»Wir fanden alles, nur kein Geld, bis du und dieser Flößer im Haus herumschnüffelten. Nachdem ich dachte, dass du dir das Genick gebrochen hättest, habe ich Jockel beschworen, keinen weiteren Mord zu begehen. So schaffte er den schwer verletzten Flößer vor die Stadtmauer, wo er sein Leben im Verborgenen selbst aushauchen sollte.«

»Das ist ihm nicht gelungen. Lukas lebt noch und ist auf dem Weg der Besserung«, entgegnete Johanna schroff.

Oda warf ihr einen erstaunten Blick zu und zuckte mit den Schultern. Zumindest dies ließ ihre starre Haltung zu. »Während er fort war, suchte ich ein letztes Mal in Wernhers Schlafkammer nach möglichen Schätzen. Kurzerhand zerschlug ich die Lehmspiegel, und – siehe da – zwischen Zweigen und Putz verbarg sich ein hölzernes Kästchen voller Münzen. Gerade noch rechtzeitig. Danach verschwanden wir von diesem unseligen Ort.«

»Du hast deinen eigenen Vater getötet und ihn wie ein Tier ausgeweidet«, stieß Lenz hervor. »Und das alles wegen ein paar Münzen?«

Oda zuckte erneut mit den Schultern. »Zumindest war ich dabei, als er starb, und habe geholfen, ihn zu zerlegen. Er war zu kräftig, um ihn am Stück durch die Geheimtüren zu schaffen.«

Johannas Haare sträubten sich bei der Vorstellung. Zum Glück war Lukas schmal genug, um dort hindurchzupassen. Manchmal hatte es doch etwas Gutes, wenn man nicht ganz so wohlgenährt war.

»Ich bereue es nicht. Er ist mir nie ein liebender Vater gewesen. Stattdessen hat er mich und meine Mutter, ohne zu zögern, dem Verderben preisgegeben. Auch das ist Mord, wenn er auch nicht von eigener Hand geschah.«

Lenz gab einen erstickten Laut von sich. »Mach sie los«, wandte er sich an den Scharfrichter. »Sie soll ihr Zeichen unter das Protokoll setzen, bevor du sie zurückbringst. Hören wir, was ihr Gespiele zu sagen hat.«

»Ich denke, mir reicht, was mir zu Ohren gekommen ist.« Johanna warf Oda einen abschließenden Blick zu. Jockels Geständnis würde sie früh genug erfahren. Sie wollte fort von diesem schrecklichen Ort, sehnte sich nach dem Frieden in ihrem kleinen Häuschen. Danach, zu Lukas zurückzukehren. Noch immer lauerte Angst in ihr, dass er trotz all ihrer Bemühungen sterben könnte.

21. KAPITEL

»Ich frage mich, wer hier der wirkliche Schuldige ist«, überlegte Johanna, während sie Lukas beim Essen zusah. In den neun Tagen, die seit Jockels Überfall auf ihn verstrichen waren, ging es ihm täglich ein wenig besser. Nicht viel, aber dennoch so, dass Johannas Hoffnung behutsam wuchs. Die meiste Zeit schlief er, was wohl das Beste war, um gesund zu werden. Allmählich legte sich ihre Angst, dass er aus einem dieser Schläfchen nicht mehr erwachen würde.

Seit heute bestand Lukas darauf, seine Nahrung mit eigenen Händen zum Mund zu führen. Wenigstens das, wenn sie ihm schon nach wie vor hartnäckig verbot, das Bett zu verlassen. Sobald er seine Notdurft verrichten musste, kümmerte sich Caspar um ihn. Dieses Zugeständnis an sein Schamgefühl hatte sie gemacht, doch es erschien ihr wichtig, dass er sich so wenig wie möglich bewegte.

Den Verband an seiner Brust hatte sie mit Idas und Caspars Hilfe ein einziges Mal gewechselt. Die kleine Wunde heilte gut. Das Wachskügelchen löste sich auf, und – das Wichtigste von allem – kein frisches Blut war nachgeflossen. Jetzt kam es nur noch auf die Rippen an, die in ihrem Bett aus Fleisch und Muskeln so zusammenwachsen sollten, wie es sich gehörte.

»Das kommt auf das Auge des Betrachters an«, beantwortete Lukas ihre Frage nach der Schuld. Er schob einen weiteren Bissen in den Mund. Bedächtig kaute er auf einem Stückchen Brot herum, bis er es endlich hinunterschluckte. Zum ersten Mal nahm er etwas zu sich, dass weder Brei noch Mus war. Johanna konnte nicht sagen, ob es ihm Schmerzen bereitete oder ob er den festen Bissen genoss und jedes Körnchen Geschmack darin auskostete. Auch ihr Kinn schmerzte noch, obwohl Odas Schläge deutlich schwächer als Jockels Knüppel gewesen sein mussten. Die Kratzer auf ihren Wangen waren bis auf ein paar nässende Stellen verheilt. *Hoffentlich bleiben keine hässlichen Narben zurück*, dachte sie. Die Beule an ihrer Stirn war immer noch da. Vermutlich sah sie so hübsch aus wie Lukas mit seinem farbenfrohen Gesicht. Der Rest ihres Körpers hatte sich rasch erholt. Es war ihm gar nichts anderes übrig geblieben. Wer hätte sich sonst um alles gekümmert?

»Oda hat Schreckliches durchgemacht«, fügte Lukas so langsam und bedächtig hinzu, wie es sein Zustand forderte. »Jockel dagegen ist ein Lump, der alles tut, um auf unehrliche Weise an Geld zu kommen. Und was Wernher betrifft, so hat auch er Schuld auf sich geladen. Doch es ist Gott, vor dem er dafür Rechenschaft ablegen muss. Kein Gericht würde ihn dafür bestrafen.«

»Es sei denn, man tut es selbst.« Johannas Lippen verkniffen sich, als sie an Gertrud und Martha dachte. Auch sie hatten ihre eigene Form der Gerechtigkeit verübt.

Jockel war ein härterer Brocken als Oda gewesen. Nach wiederholter Folter hatte er endlich gestanden. Lenz war vorhin da gewesen, nicht nur, um von den neuen Erkenntnissen zu berichten. Ebenso sehr wollte er sich nach Lukas' Befinden erkundigen, dessen Verletzungen ihm schwer im Magen lagen. Auch er fühlte sich schuldig an etwas, das er nicht selbst getan hatte. Doch anders als Johanna hatte er nicht damit angefangen, sondern es versäumt, sich darum zu kümmern.

Jockels Aussage deckte sich mit der von Oda, die er keines Blickes mehr würdigte. Und es gab noch so einiges, was er zu gestehen hatte. Bei der Anwendung der Daumenschrauben war er laut Lenz förmlich ins Plappern gekommen. Seit er sich den Fahrenden angeschlossen hatte, arbeitete er abwechselnd als Bettler, Dieb, Hausierer oder Erntehelfer im Taglohn. Bis er auf Caspar stieß und den Jungen als Geldquelle nutzte. Das Stehlen hatte er jedoch nie gelassen, ebenso wenig das Betteln, das die leichteste Form der Geldbeschaffung darstellte. Durch sein hübsches Gesicht war so manche Bäuerin auf ihn hereingefallen. Wenn seine Schmeicheleien nicht fruchteten, war er böse geworden und hatte gedroht, das Haus anzuzünden.

Das Gebiet der Fahrenden erstreckte sich zwischen Baiersbronn und dem Kniebis, dem Rhein- und dem Renchtal bis zum Kloster St. Blasien, das ein Großbrand verheert hatte und mühevoll wiederaufgebaut wurde. Es war so groß, dass es Monate, oft Jahre dauerte, bis sie wiederkamen. Durch die geraumen Zeitabstände fand niemand einen Zusammenhang zwischen ihm und seinen Diebereien – und sie waren gewiss nicht die Einzigen. Auch war er nicht so dumm, dieselben Opfer zweimal auszuwählen. Er hatte Essen und Kleidung gestohlen, gesponnene Wolle und gewebtes Linnen. Sogar vor dem Eigentum der Kirche hatte er nicht haltgemacht.

Dass Oda ihm über den Weg gelaufen war, hatte er als Glücksfall angesehen. Der Plan, den Hirschwirt bis auf den letzten Pfennig auszunehmen, sollte ihn reich machen. Doch die Metze hatte mit ihrem Geständnis alles verdorben. »Oda schien in seinen Zukunftsplänen nicht vorzukommen«, hatte Lenz erklärt. »Vermutlich hätte er sich ihrer entledigt, sobald er ihrer überdrüssig geworden wäre. Doch dann kamt ihr, und aus dem Geldsegen wurde eine überstürzte Flucht.«

Am Ende erging es Oda nicht eine Spur besser als ihrer Mutter mit Wernher, dachte Johanna bekümmert. In ihrer Verliebtheit hatte sie den gleichen Fehler begangen. Im Grunde war Jockel ein noch schlechterer Mensch als der Hirschwirt.

Hermann III. von Teck hatte Lenz zum Richter bestellt. Morgen würde der Schultheiß mit den Schöffen über das Urteil beraten. Die Geständnisse der beiden reichten aus, um sie anzuklagen. Ohne Schuldbekenntnis war eine Verurteilung nicht möglich. Doch das letzte Wort, was ihre Bestrafung anging, hatte der Herzog.

Was man Oda und Jockel zugutehalten konnte, war, dass sie keinen ihrer Freunde mit ins Verderben gezogen hatten. Obwohl weder Johanna, Lukas oder Lenz glaubten, dass der Strickerle, der Katzensepp, der weiße Bettelbub und ihre Weiber ihr Geld immer auf ehrliche Weise verdienten. Dies traf vermutlich nur auf Sybilla, Sigismund und Caspar zu. Genau würden sie es wohl nie erfahren.

Die Truppe hatte sich davongemacht, nachdem Lenz mit seinen Männern im Lager erschienen war. Allein dies zeigte schon, dass ihr Gewissen nicht rein sein konnte. Sie schienen sich in Luft aufgelöst zu haben. Keiner wusste, wo sie steckten, aber Caspar, dessen Hilfe es zu verdanken war, dass entscheidende Dinge ans Licht kamen, war deutlich wohler zumute, seit sie fort waren. Allerdings blieben auch die Münzen verschollen, die Oda und Jockel dem Hirschwirt entwendet hatten. Wo sie hingekommen waren, verschwiegen die beiden hartnäckig.

»Warum müssen sich Männer und Frauen das Leben immer derart schwer machen?«, nahm Lukas den Faden wieder auf. »Dabei wäre es so einfach, miteinander auszukommen.«

Johanna lächelte reumütig. Was diese Sache betraf, so stand sie sich selbst am ärgsten im Weg. Doch jetzt, da sie wusste, wie viel ihr Lukas bedeutete, war es an der Zeit, reinen Tisch zu machen. Ida und Caspar waren in den Ziegenstall gegangen. Man hörte es knistern und schaben. Sie würden noch eine Weile beschäftigt sein. Solch eine Gelegenheit würde sich so schnell nicht wieder bieten. Tief holte sie Luft. »Wo wir gerade von Männern und Frauen sprechen. Auch ich muss dir etwas gestehen.«

Lukas sah sie fragend an. Jetzt gab es kein Zurück mehr. Sie nahm all ihren Mut zusammen. Ihr Herz klopfte so heftig in ihrer Brust, dass sie die Schläge in ihrem Hals spürte, als sie ihm von dem erzählte, was sich im Winter auf dem kleinen Bergbauernhof abgespielt hatte. Wie sie wütend geworden war und Etzel eins mit der Pfanne übergezogen hatte. Wie Gertrud und Martha ihm den Rest gegeben hatten. Sie verzichtete auf Beschönigungen und ließ nichts aus – auch nicht, was Etzel für ein Ehemann und Vater gewesen war.

»Gütiger Gott«, entfuhr es Lukas.

Johanna senkte die Lider. Sie konnte das Entsetzen in seinen Augen, die er beide seit Kurzem wieder öffnen konnte, nicht mehr ertragen. »Du musst mich jetzt hassen.«

Behutsam schüttelte er den Kopf und schwieg so lange, dass sie es kaum noch aushielt. »Natürlich bin ich bestürzt über das, was sich zugetragen hat, aber ich hasse dich nicht. Im Grunde kannst du nichts dafür.«

»Meinst du?«, fragte sie kleinlaut.

»Gewiss. Es war allein Gertruds und Marthas Entscheidung, die günstige Gelegenheit zu nutzen«, sagte Lukas nachdenklich. »Eigentlich müsste man es Lenz und dem Rat melden.«

»Das war auch mein erster Gedanke. Aber abgesehen davon, dass ich eine Mitschuld an dem Ganzen trage, haben die beiden dies nach den langen Jahren des Leids verdient?«

Lukas verzog zerknirscht den Mund. Zumindest versuchte er es. »Wieder so eine Frage, für die es kaum eine Lösung gibt ...«

»Keine von uns hat vorsätzlich gehandelt. Es hat sich so ergeben – obwohl ich gestehe, das Ganze erst in Gang gebracht zu haben.«

Er legte begütigend eine Hand auf die ihre. »Gräm dich nicht. Ich kenne dich zu gut, um anzunehmen, dass du ihn umbringen wolltest. Dir ist es bestimmt, den Menschen zu helfen – nicht, sie zu töten. Was Etzel betrifft, so könnte es durchaus sein, dass er die beiden eines Tages in seinem Jähzorn erschlagen hätte. Vermutlich habt ihr Schlimmeres verhindert. Man könnte es als Notwehr bezeichnen. Für Gertrud und ihre Tochter gilt meiner Meinung nach Ähnliches wie für Wernher. Gott wird ihr Richter sein.«

»Dann wirst du nichts verraten?«

Er legte die rechte Hand auf sein Herz. Trotz seiner verblassenden Blutergüsse sah er ein wenig feierlich aus. »Bei meiner Ehre und allem, was mir heilig ist, werde ich dies ganz bestimmt nicht tun. Ich werde schweigen wie ein Grab.«

Erleichtert stieß Johanna die Luft aus den Lungen. Nun stand nichts mehr zwischen ihnen. Tief holte sie Atem. Für das, was sie vorhatte, brauchte sie eine große Portion an frischem Mut. »Würdest du mich trotzdem heiraten?«

Lukas riss verblüfft die Augen auf. Von einem Moment auf den anderen wurde er käsebleich. Dann bildeten sich hektische rote Flecken auf seinen Wangen als weitere Verfärbungen in seinem Gesicht. Sie befürchtete schon, er würde in Ohnmacht fallen, doch er hielt sich wacker. »Ich verstehe … nicht …«, stotterte er.

Nun war es Johanna, der das Blut vor Schreck in die Beine sackte. *Er will mich nicht mehr*, schoss es ihr durch den Kopf. *Und keiner außer mir ist schuld daran. Ich habe mit ihm gespielt, und mein ewiges Zögern führte dazu, dass ich ihn endgültig verloren habe.*

Doch so leicht wollte sie sich nicht geschlagen geben. Flehend sah sie Lukas in die sanften braunen Augen. »Es war nicht recht von mir, dich so lange hinzuhalten. Ich hatte Angst, weißt du?«

Verblüffung zeichnete sich in seiner Miene ab.

»Angst davor, dass es mir so wie Alheit, Gertrud oder Martha ergehen könnte. Doch als du so elend darniederlagst, ist mir einiges klar geworden.«

Fragend hob Lukas seine gesunde Braue. Zu mehr schien er nicht imstande zu sein.

»Ich begriff, wie sehr du mir fehlen würdest«, fuhr sie hastig fort, »falls du … sterben solltest. Wie sehr ich deine Gegenwart genieße. Dass du mich nie schlecht behandeln würdest … und dass ich dich liebe.« Noch nie hatte sie dieses eine entscheidende Wort ausgesprochen. Und obwohl es sie Überwindung kostete, fühlte es sich gut und richtig an.

Lukas ließ sich Zeit mit der Antwort. Sie befürchtete schon, er würde gar nichts erwidern. »Ich sollte Jockel wohl dankbar dafür sein, dass er mich so zugerichtet hat«, brach es schließlich scherzhaft aus ihm heraus.

»Dann willst du –«

»Natürlich will ich dich heiraten! Oder dachtest du, ich würde dich so einfach gehen lassen?« Ein zaghaftes Lächeln kräuselte seine Lippen. »Außerdem ist meine Frist nicht um. Bis Martini dauert es noch eine ganze Weile.«

Die Erleichterung strömte wie warmer Sommerwind durch ihre Seele.

»Wie wäre es jetzt mit einem Kuss?«, fragte Lukas keck.

Johanna zögerte keine Sekunde.

»Aber ... Vorsicht ... nicht zu fest«, murmelte er.

Sanft drückte sie die Lippen auf die seinen, gestattete ihrer Zunge, sich in seinen Mund zu schleichen. Dann war die Welt um sie herum vergessen. Ein nie gekanntes Glücksgefühl durchströmte Johanna. Ergriff jede Faser ihres Körpers. All die Schwierigkeiten, die sich ihr in den Weg gestellt hatten, verschwammen zu einem sinnvollen Ganzen. Endlich war sie angekommen.

Als sie sich von Lukas löste, las sie dasselbe in seinem Gesicht. »Ich gebe es nur ungern zu, aber ich möchte vollständig gesund sein, wenn ich mit dir den Bund der Ehe schließe. Es wird noch etwas dauern, bis es so weit ist.«

»Nun, in meinem Bett liegst du ja schon«, wiederholte sie die Worte ihres Großvaters. Eine seltsame Empfindung regte sich in ihr.

Vermutlich würde sie den Alten nie mehr wiedersehen.

Es dauerte vier weitere Tage, bis bekannt wurde, was die Beratung des Gerichts ergeben hatte. Jecklin und Thomas erzählten von den aufwühlenden Neuigkeiten, die ganz Schiltach in Atem hielten. Sie hatten es sich nicht nehmen lassen, Lukas zu besuchen. Wie es ihm ging, hatten sie von seiner Mutter erfahren. In den letzten Tagen hatten regelmäßig Flößer bei ihnen vorbeigeschaut. Ihre betroffenen Mienen waren ein deutliches Zeichen, wie schlimm Lukas aussah, obwohl sich sein Zustand stetig besserte. Auch seine Mutter hatte ihn besucht und ihm versichert, dass sie jeden Tag für seine Genesung betete.

Oda und Jockel blühte ein anderes Schicksal. Sie sollten zur Strafe für ihre abscheulichen Verbrechen mit dem Strang gerichtet werden. Der Herzog hatte das Urteil bestätigt und den beiden verkündet, was sie erwartete. Nicht nur für Johanna und Lukas war es keine Überraschung. Die gesamte

Bevölkerung des Städtle hatte mit einer Todesstrafe gerechnet. Wo vorsätzlich Menschenblut vergossen wurde, blieb dies die einzige Antwort. Da die beiden weder einem edlen Geschlecht angehörten noch angesehene Bürger waren, kam eine schnelle Enthauptung nicht in Frage. Sie konnten von Glück sagen, dass man sie nicht räderte, was bei einem solchen Fall durchaus in Betracht gezogen wurde. Johanna lief ein kalter Schauder über den Rücken. Was für eine grässliche Strafe! Zumindest sie wusste, dass das milde Urteil vor allem durch Oda und ihr rasches Geständnis zustande gekommen war. Und Lenz hatte Wort gehalten.

Allerdings musste zuvor ein neuer Galgen neben der Landstraße nach Wolfach errichtet werden, da der alte marode geworden war. Die Richtstätte wurde nicht oft gebraucht, was für die braven Bewohner des Städtle sprach. Mit dem Aufbau des dreibeinigen Galgens wurden die Schiltacher Zimmermannsmeister beauftragt. Der gemeinsame Dienst sorgte dafür, dass keiner in seiner Ehre verletzt wurde.

Alle vier gingen in den Wald, suchten drei Eichen für Pfosten und zwei weitere für die Querbalken aus. Johanna hatte sich sagen lassen, dass sie darüber hinaus Holz für Riegel und Bogen brauchten, um den Galgen stabiler zu machen. Doch sie verstand nichts davon, und im Grunde hielt sich ihr Interesse dafür in Grenzen. Gleichzeitig wurden Maurer zum Aufbau eines neuen Fundaments verpflichtet.

Dies verschaffte Oda und Jockel viel Zeit, sich auf den Tod vorzubereiten, die Kuno und sein Priesterschüler Balduin gewiss nicht ungenutzt verstreichen ließen. Wenigstens die Seelen der Delinquenten sollten gerettet werden. Nur das Bekenntnis ihrer Schuld, die Vergebung durch den Priester und die darauffolgende Strafe konnte sie von ihren Sünden reinwaschen und vor den ewigen Qualen der Hölle retten. Damit dies gelang, mussten sie beichten und ihre Taten vor dem Herrn bereuen. Erst dann stand ihnen der Himmel nach einer Zeit des Fegefeuers offen. *Ob den beiden Geistlichen das glückt*, überlegte Johanna zweifelnd.

Zumindest Oda hatte den Tod Wernhers und seine Zerstückelung nicht bereut, obwohl sie eingeräumt hatte, dass die Ermordung Genefes Schuldgefühle in ihr verursachte. Möglicherweise besann sie sich im Angesicht des Todes.

Caspar ging mit einer Kiepe auf dem Rücken in den Wald, um frisches Klaubholz zu sammeln. Ida kam dieses Mal nicht mit. Sie half Johanna bei der Herstellung von Ziegenkäse. Da nun beide Ziegen Milch gaben, hatten sie trotz der Zicklein zu viel davon. Johanna hatte sie gesammelt und mit Hilfe von Labkraut und Wärme schneller gerinnen lassen. Dann musste die Masse mehrfach eingeschnitten werden, damit sich die festen von den flüssigen Bestandteilen lösten. Dieser Vorgang wurde ein paarmal wiederholt.

Zwischendurch hieß es immer wieder warten. In einem letzten Schritt trennte man die Käsemasse vom Rest der Molke, indem man sie durch ein Tuch seihte. Es war besser, diese Dinge zu zweit zu tun, damit nichts danebenging. Danach dauerte es seine Zeit, bis der abgetropfte Käse in kleine Schälchen gefüllt und verzehrt werden konnte.

Caspar ließ sie gewähren. Der weiche weiße Käse war eine willkommene Abwechslung ihrer Speisen, besonders wenn man ihn mit unterschiedlichen Kräutern würzte. Er hatte schon eine Weile keinen mehr gegessen und freute sich darauf.

Außerdem nahm er den beiden Frauen gern die schwere Arbeit ab. Lukas, der inzwischen von Zeit zu Zeit das Bett verließ, war außerstande, sich um etwas anderes als um seine Genesung zu kümmern. Und so übernahm Caspar diese Aufgabe. Er war begierig darauf, sich nützlich zu machen, denn diesen dreien hatte er es zu verdanken, dass er Schutz erfuhr und ein Dach über dem Kopf hatte.

Ohne sie hätte er nicht gewusst, wie es weitergehen sollte. Johanna, Ida und Lukas waren auf eine natürliche Weise freundlich zu ihm, als ob er wie selbstverständlich zu ihnen gehörte. Doch er wusste, dass er nicht auf ewig in dem kleinen Häuschen leben konnte. Es war zu beengt, um alle auf Dauer zu beherbergen. Aber er mochte sich nicht von Ida trennen. Zu sehr war ihm die Freundin ans Herz gewachsen.

Zu den Fahrenden konnte er nicht zurück. Die Dinge, die er preisgegeben hatte, waren keine Kleinigkeit. Doch sie waren notwendig gewesen, um ein widerwärtiges Verbrechen aufzudecken, das er trotz der Zugehörigkeit zu ihnen und seiner anfänglichen Sympathie für Jockel und Oda nicht verschweigen durfte. Erst im Nachhinein hatte er ihr wahres Gesicht erkannt. Und es war nicht das, was er gutheißen konnte. Ihr Frevel hätte fast dazu geführt, dass Idas heile Welt zerbrach.

Es reute ihn nicht, dass er die entscheidenden Hinweise geliefert hatte, damit Lukas überleben konnte und die Ränke zweier Mörder ans Licht kamen, die unbarmherzig ihre Ziele verfolgten. Johanna hatte ihm erklärt, dass Jockel einen weiteren Mord begangen hatte. Zwar hatte er den Kopf geschüttelt, aber gewundert hatte es ihn nicht. Das abgetrennte Haupt des Hirschwirts ließ diesen Schluss durchaus zu. Schon der Gedanke daran ekelte ihn.

Er würde den Fahrenden nie wieder trauen, die ihn vermutlich hassten, weil er zwei der Ihren verraten hatte. Er war auf der Hut gewesen, solange sich ihr Lager im Wald befunden hatte. Ständig hatte er mit irgendeiner Form von Rache gerechnet. Glücklicherweise war sie ausgeblieben. Nun, da sie fort waren, brauchte er keine Angst mehr zu haben und konnte einen behutsamen Blick nach vorn richten. Er hatte sich vorgenommen, in Idas Nähe eine neue Bleibe zu suchen. Vielleicht könnte sie ihm sogar bei seiner Arbeit helfen. Obwohl er dies kaum zu hoffen wagte.

Inzwischen war er im Wald angekommen. Die Pflanzen wuchsen so dicht, wie es sich für den Mai gehörte. Er nahm die Riemen der Kiepe von seinen Schultern und stellte sie ab. Vögel und kleine Waldtiere huschten umher, während er emsig Äste vom Boden las, die der Wind von den Bäumen gebrochen hatte. Plötzlich nahm er aus den Augenwinkeln eine Bewegung wahr. Das Herz blieb Caspar fast stehen, als er einen

Geruch bemerkte, der ihm allzu vertraut vorkam. Er erkannte denjenigen, der ihn verströmte, bevor er ihn richtig sah. *Der Strickerle!*, schoss es ihm durch den Kopf. Hastig richtete er sich auf.

Das Gesicht seines einstigen Freundes verzerrte sich vor Wut. Hektisch blickte Caspar sich um. Alles in ihm rief nach Flucht. Dann kam die hagere Gestalt des Katzensepps hinter den Büschen hervor. Die tief liegenden Augen des Mannes musterten ihn wie eine Maus, der ein Schlag mit dem Holzscheit drohte, um sich ihrer lästigen Gegenwart zu entledigen. Nur ein paar Schritte von ihm entfernt tauchte der helle Schopf des weißen Bettelbuben auf. »Verräter«, las er von dessen Lippen.

»Du undankbarer Sauhund! Dreckiger Hundsfott!«, quoll aus den Mündern der Übrigen hervor. »Wenn wir nicht gewesen wären, wärst du verreckt!«

Rasch umringten sie ihn. Furcht nagelte Caspars Füße auf den Boden. Ihre Aggressivität schüchterte ihn ein. Plötzlich fühlte er sich wie ein in die Enge getriebenes Pferd, dessen Flanken vor Angst zitterten. Seine Zunge klebte am Gaumen, als er angestrengt schluckte. Dies war der Tag der Rache, vor dem er sich gefürchtet hatte. Ausgerechnet jetzt, wo er dachte, dass sie eine Flucht vorgezogen hatten und ihn seinem Schicksal überließen. Dass er davongekommen war! Doch ihre gekränkte Ehre schien ihnen wichtiger zu sein. Das unumstößliche Gebot, dass nichts, was in dieser Gruppe geschah, nach außen dringen durfte. Wie hatte er nur so dumm sein können zu glauben, er könnte seiner Strafe entgehen?

Er konnte ihnen nur mit bebenden Knien entgegensehen. Er war kein Schläger. Er war wie die Pferde, die er liebte. Ließ sich in die Enge treiben und erwartete den ersten Streich.

Er kam rascher, als ihm lieb war. Caspar hob die Hände, um sein Gesicht zu schützen, unfähig, sich zu wehren. Ein Schlag traf ihn in den Magen. Zwei weitere an Kinn und Schläfe, als er die Arme reflexartig vor seinen Bauch nahm. Er ging zu Boden und fühlte, wie sich ihre Tritte schmerzhaft in seinen

Leib bohrten. Idas kleines, wildes Gesicht tauchte vor seinem inneren Auge auf. All das Schöne, das er mit ihr erlebt hatte, bis sich zäher Nebel über seine Sinne legte.

Das Letzte, was Caspar dachte, war, dass er hier im Wald einen einsamen, erbärmlichen Tod sterben würde.

22. KAPITEL

·•••·

Voller Unruhe lief Ida zu einem der kleinen Fenster und spähte hinaus. Die Enttäuschung, die ihre Schultern nach unten sinken ließ, legte sich bleiern in Johannas Magen. Offenbar hatte sie nicht gesehen, was sie suchte. Inzwischen lag die geronnene Käsemasse in mehreren Tüchern. Diese hatten sie verknotet und so Beutel geformt, die über einem langen Stiel zwischen den Bänken hingen. Mit einem leisen Platschen tropfte die restliche Molke in flache hölzerne Schalen, die sie daruntergestellt hatten. Es hörte sich wie sanfter Frühlingsregen an, der auf das Dach niederging. Doch draußen herrschte ein milder, trockener Tag, und die Maisonne verbreitete eine fast sommerliche Wärme.

Bisher war die Käseherstellung erfolgreich gewesen. Das Labkraut war eine pflanzliche Alternative zu dem Lab aus den Mägen saugender Kälber, Schafe, Ziegen oder Hasen, das man beim Knochenhauer kaufen konnte. Manche ließen die Milch einfach stehen und warteten, bis sie von allein eindickte. Johanna war dieses Risiko zu groß. Das kostbare Lebensmittel konnte Schimmel ansetzen und verderben.

Doch es war Idas Kummer, der auch ihr keine Ruhe gönnte. Sie rieb die feuchten Hände an ihrer Schürze trocken, während Ida zur Tür eilte und sie mit einem Ruck öffnete. Ihre kleine Gestalt ließ genug Platz, um hinter ihr den Weg, der in den Wald führte, zu mustern. Caspar war schon seit Stunden fort, und noch immer konnte sie ihn nirgends entdecken. *Selbst der Langsamste hat in dieser Zeit eine Kiepe Holz aufgeklaubt*, dachte Johanna bekümmert.

Ihr Blick glitt zu Lukas, der sich wieder ins Bett gelegt hatte, was ihm immer noch Schmerzen bereitete. In seinem Gesicht las sie dieselbe Sorge. Auch er hatte den tauben Jungen, dem er seine Rettung zu verdanken hatte, ins Herz geschlossen. *Hoffentlich ist ihm nichts passiert!* Sie wagte nicht laut auszusprechen, was sie umtrieb. Ida hielt es ohnehin kaum noch aus. Sie hüpfte wie eine Heuschrecke umher.

»Vielleicht solltest du ihn suchen gehen?«, wandte sich Lukas an die Kleine. Und damit hatte er recht. Die Sonne hatte längst ihren höchsten Punkt überschritten.

»Soll ich mit dir kommen?«, fragte Johanna, während sie zwischen Lukas und Ida hin- und hersah.

Ida schüttelte jedoch entschlossen den Kopf. »Ich allein gehen.«

Johanna schenkte ihr ein dankbares Lächeln. Ganz wohl wäre ihr nicht dabei gewesen, Lukas ohne Aufsicht zurückzulassen. Noch brauchte er Hilfe. Sie verließ ihn nur, wenn jemand anderes auf ihn aufpasste. Doch das war in diesem Fall nicht möglich.

Wenige Herzschläge später schlug die Tür hinter Ida zu.

»Ich hoffe, sie findet ihn«, seufzte Lukas. »Ich will mir lieber nicht ausmalen, dass er den Fahrenden in die Hände gefallen sein könnte.«

Johanna verzog bedrückt den Mund. »Daran dachte ich auch, obwohl Lenz der felsenfesten Meinung war, dass sie weitergezogen sind.«

Ein leises Prusten drang über seine Lippen. »Sie haben das Lager verlassen und sind unauffindbar. Das ist nicht dasselbe. Keineswegs muss es bedeuten, dass sie allzu weit gegangen sind. Ich glaube kaum, dass Lenz und die Männer sich die Mühe gemacht haben, den ganzen Wald zu durchkämmen. Sie haben das Lager leer vorgefunden, und damit war es für sie erledigt.« Er rieb sich behutsam über den Fleck an Stirn und Auge. Schon eine ganze Weile juckte es ihn dort fürchterlich. »Wenn diese Fahrenden so gerissen sind, wie ich denke, kennen sie mehr Verstecke, in denen es sich ungesehen verschwinden lässt, als Lenz sich überhaupt vorstellen kann.«

Lukas' Antwort trug nicht dazu bei, dass sich der Knoten in Johannas Magen löste. »Sie könnten sich auch getrennt haben und in kleinen Gruppen weiterziehen ...«

»... um geduldig abzuwarten, bis ihnen Caspar in einem

unbedarften Moment über den Weg läuft«, bestätigte Lukas ihre Vermutung.

Johanna musste sich setzen und sank auf den Schemel, der neben dem Bett stand. »Wir hätten ihn nicht gehen lassen sollen«, sagte sie voller Unruhe. »Es wäre besser gewesen, wenn ich selbst in den Wald gegangen wäre, um Holz zu klauben. Doch offen gestanden war ich froh um seine Hilfe.«

Lukas legte zärtlich eine Hand auf ihre Finger, die sie in ihrem Schoß aneinanderpresste. »Du kannst den Jungen nicht ewig einsperren. Außerdem war er begierig darauf zu helfen.«

»Meinst du?«, fragte sie kläglich. »Es würde Ida das Herz brechen, wenn sie ihn getötet hätten.«

Caspar erwachte mit brüllenden Kopfschmerzen, die direkt aus der Hölle zu kommen schienen. Irgendjemand schlug ihm ins Gesicht. *Es ist noch nicht vorbei*, dachte er entsetzt. *Sie wollen, dass ich aufwache, damit sie mich weiter quälen können.* Entschlossen presste er die Lider zusammen. Weigerte sich, in die Wirklichkeit zurückzukehren. Früher hatte er dieses Spiel oft gespielt. Als kleines Kind war er davon ausgegangen, dass ihn die anderen nicht sehen konnten, sobald er die Augen schloss. Wie eine Schnecke, die sich in ihrem schützenden Haus verkroch. Doch leider gelang es ihm damals ebenso wenig wie heute.

Caspars Kopfschmerzen wurden schlimmer. Das letzte Mal, als er sich so gefühlt hatte, hatte die grässliche Krankheit in ihm geschwelt und sein Gehör zerstört.

Und die Kerle hörten nicht damit auf, ihn zu quälen. Er hielt die Erschütterungen, die sich von seinen Wangen bis in den Schädel fortpflanzten, kaum noch aus. Seine Lider flackerten, öffneten sich, als ob sie einen eigenen Willen hätten.

Grelle Helligkeit stach in seine Augen. Mit träger Langsamkeit hob er die Hand, um sie schützend vor sein Gesicht zu halten. Sein ganzer Arm erschien ihm schwerer als ein voller Hafersack. Es kostete unendliche Mühe, ihn nicht wieder fallen zu lassen, aber der blendende Schmerz in seinen Augen hielt ihn davon ab.

Die Schläge hatten aufgehört. Nur sein Sehvermögen vibrierte noch mit dem Takt seines Herzens. Allmählich klärte sich Caspars Blick. Er äugte in das Gesicht eines Mannes. Wer war es nur? Langsam kam es näher, bis er den üblen Atem roch, der ihm den Magen umdrehte. Ruckartig wandte er sich ab und übergab sich, was mit einer neuen Welle aus Schmerz beantwortet wurde, die sein Gehirn überschwemmte. Zitternd wischte er den Mund mit dem Ärmel ab und stellte fest, dass seine Nase blutete. Er fühlte sich erbärmlich. Der Geschmack bitterer Galle breitete sich in seiner Kehle aus. Bei der Vorstellung, ein weiteres Mal getreten und geschlagen zu werden, verließ ihn jeglicher Lebensmut.

Dann sah er hoch – und endlich erkannte er ihn. Es war der alte Bader, der ihn mit kühlen Augen musterte. Weder Wut noch Hass verzerrten seine Miene. Eher lag der ernste Blick eines Heilers in ihr, der die Schwere seiner Blessuren abschätzte. Jäh ging ihm auf, dass er ihn nicht geschlagen, sondern lediglich seine Wangen getätschelt hatte, um ihn ins Leben zurückzuholen. So rasch, wie er es vermochte, sah Caspar sich um. Die anderen waren fort!

Die Erleichterung darüber ließ ihm fast ein zweites Mal die Sinne schwinden. Doch er riss sich zusammen.

»Alles … Ordnung?«, las er von den Lippen des Mannes. Und: »Glück gehabt.«

Es fiel ihm schwer, den Bewegungen seines Mundes zu folgen. Auch das Denken strengte ihn an, und er fühlte sich wie zerschlagen, was der Sache wohl ziemlich nahe kam.

Der Alte zerrte ihn auf die Beine und schlang seinen Arm um seine Schultern. Dann lief er los, und Caspar blieb gar nichts anderes übrig, als neben ihm herzuhumpeln.

»Wo bringst du mich hin?«, kreischte er los, ohne es zu hören.

Der alte Bader hielt an, damit er ihm ins Gesicht sehen konnte. »Zu Johanna«, sagte er übertrieben deutlich.

Caspar atmete auf. »Dann ist es gut.«

Der Alte grinste, obwohl die Last auf seinen Schultern ihm Mühe bereitete. »Mach dich nicht so schwer.«

Das war leichter gesagt als getan. Caspars Knie waren weich wie Butter. Jeder Knochen tat ihm weh. Er versuchte, dem vorgegebenen Rhythmus zu folgen, doch seine Schwäche ließ sie wie zwei Trunkenbolde wanken. Sein Körper wehrte sich gegen jeden Schritt. Es war äußerst mühsam, so voranzukommen.

Nach einem mühevollen Weg, der Caspar unendlich lang vorkam, stieß ihm der Alte sanft in die Rippen. Er keuchte. Seine Wangen hatten eine ungesunde Röte angenommen. »Komm schon. Beweg deine Beine«, las er von den Lippen ab. »Ich bin nicht stark genug, um dich zu tragen.«

Caspars Augen glitten nach unten, wo sein linkes Fußgelenk merklich anschwoll. *Hoffentlich ist es nicht gebrochen!* Es war zum Verzweifeln. Sie hatten noch nicht einmal die Hälfte des Weges geschafft. Bauch und Kopf taten ihm weh, und mit seinem Gesicht schien etwas nicht in Ordnung zu sein. Vermutlich trug er nun ähnliche Male wie Lukas. Keuchend sah er sich um. Sein Retter atmete ebenso heftig wie er selbst. Es war schwer zu sagen, wer von ihnen beiden erschöpfter war. Wenn der Strickerle, der Katzensepp und der weiße Bettelbub jetzt zurückkamen, würde es keinen der drei Männer große Mühe kosten, sie zu erledigen.

Die Angst mobilisierte seine letzten Kräfte. Er erinnerte sich an die Pferde, mit denen er getanzt hatte. An seinen Großvater, aber er war noch nicht bereit, dorthin zu gehen, wo er war. Er wollte leben, und er dachte an Ida. Er musste sie wiedersehen.

Plötzlich fühlte er ihre Gegenwart. Und bevor er sich darüber klar werden konnte, ob er einem Wunschtraum nachhing, erschien sie wie ein kleiner Waldgeist vor ihnen auf dem Weg. Erschrocken blieb sie stehen, starrte ihn mit großen Augen an. Und dann rannte sie, umschloss seine Mitte so stürmisch, dass sie ihn und den Alten fast umgeworfen hätte. Caspar lachte und weinte zugleich. Den Schmerz nahm er in Kauf. Wichtig war nur, Ida in seiner Nähe zu wissen. Bevor er einen weiteren Gedanken fassen konnte, verdrehte er die Augen und sank in die Knie.

Als er sie wieder öffnete, fühlte er, wie Ida und der Alte ihn stützten. Seine Beine schleiften über den Weg. Er beeilte sich, sie zu gebrauchen, was ihm ein dankbares Lächeln von beiden Seiten einbrachte. Endlich kam das Häuschen in Sicht. Johanna riss die Tür auf, und dann war er drinnen. Die Wärme des Raums schwappte feucht und nach saurer Milch riechend über ihn hinweg. Er konnte weder den Würgereiz unterdrücken noch die Galle, die ihm erneut hochkam. Während er sich fragte, wie viel von dieser bittersauren Flüssigkeit wohl in einem menschlichen Magen steckte, breitete sich das friedliche Gefühl behütender Geborgenheit in ihm aus.

Er sah, wie Lukas zur Seite rückte, fühlte, wie sie ihn auf das Bett legten. Schwäche überzog seine Glieder wie klebriger Honig. Zog und zerrte an seinen Lidern, bis er sich ihr ergab.

Doch dieses Mal dachte er nicht, dass er sterben würde.

»Ich bringe dir den Goldjungen zurück«, erklärte der Großvater, dessen Gesicht aschfahl geworden war, sobald er sich seiner Last entledigt hatte.

Johanna schob ihm freiwillig den Schemel hin, ohne dass er darum bitten musste. Stumm und nach Atem ringend sah er zu, wie sie sich mit Ida um Caspar kümmerte, während Lukas sich ächzend erhob, um genügend Platz zu schaffen. Weit kam er nicht. Mit aller Vorsicht setzte er sich auf eine der Bänke, ohne den Stiel, der den Käse hielt, zu berühren. Ein Ausdruck des Mitgefühls malte sich in seine Miene. Schließlich wusste er am besten, wie man sich nach solch einer Abreibung fühlte. »Kann ich irgendetwas tun?«, fragte er.

Johanna schüttelte den Kopf. »Du hilfst uns mehr, wenn du brav dort sitzen bleibst und zusiehst, wie du selbst wieder gesund wirst.«

Sein mattes Grinsen sagte ihr, dass er es immer noch nicht satthatte, wenn sie ihn derart bemutterte.

Langsam kam Caspar wieder zu sich.

»Er hat viel abbekommen«, stellte Johanna fest. Sie sah ihm in die Augen, deren Pupillen gleich groß waren. Das war gut. Sein Hirn schien keinen Schaden genommen zu haben. Ida schleppte derweil einen Kübel mit kaltem Wasser und Tücher herbei, um Caspars Gesicht zu waschen und seine Stirn zu kühlen.

»Ich konnte ihn vor dem Ärgsten bewahren«, bemerkte ihr Großvater. »Glücklicherweise höre ich noch gut genug. Und so habe ich mitbekommen, wie sie miteinander tuschelten. Der Katzensepp hatte Caspar im Wald gesehen. Ich wusste, dass sie wütend waren. Durch seinen Verrat hat Caspar die Ehre der Gruppe verletzt. So etwas tut man nicht bei den Fahrenden.« Er räusperte sich, noch immer war er sichtlich mitgenommen. »Doch obwohl die Dinge, die wir tun, gelegentlich dem Gesetz widersprechen, ist ein Mord eine schwerwiegende Angelegenheit, die nicht wiederholt werden sollte. Also bin ich ihnen nachgegangen und gerade noch rechtzeitig gekommen. Es hat mich einiges an Mühe gekostet, sie davon zu überzeugen, ihn nicht umzubringen.«

Johanna hörte ihm aufmerksam zu, während sie behutsam Caspars Oberkörper und Bauch betastete. Er zuckte unter ihrer Berührung zusammen, krümmte sich aber nicht. Die Male auf seiner Haut begannen blau zu werden, doch schienen keine Rippen gebrochen zu sein. Sein linker Fußknöchel war merklich angeschwollen. Sie umwickelte ihn mit einem kalten Tuch und nahm sich vor, ihn später mit einem Verband zu stützen. Dann wendete sie sich ihrem Großvater zu. »Warum hast du ihn hierhergebracht?« Es wäre ein Leichtes gewesen, den Dingen ihren Lauf zu lassen.

Ein schiefes Lächeln huschte über das Gesicht des Alten. »Möglicherweise wirst du mir nicht glauben, aber auch ich habe Caspar gern. Hätte ich ihn im Wald liegen lassen, wäre er das Opfer eines Raubtiers geworden. Doch er braucht jemanden, der sich um ihn kümmert. Ich kann es nicht tun. Ich bin alt und werde nicht mehr lange leben. Für mich ist es besser, in den Schutz der Gruppe zurückzukehren und dort zu sterben. Aber ich habe sehr wohl mitbekommen, wie viel dir und der Kleinen an ihm liegt. Ihr werdet ihn nicht im Stich lassen.«

Johanna schluckte den Kloß in ihrem Hals hinunter, der dort bei den Worten des Alten entstanden war. »Wir werden dafür sorgen, dass es ihm gut geht.«

Ihr Großvater nickte zufrieden.

»Hast du keine Angst vor denen, die Caspar das angetan haben? Sie werden sich denken können, dass du ihn in Sicherheit gebracht hast.«

Der Alte zuckte mit den Schultern. »Mir werden sie nichts tun. Man bringt mir eine gewisse Achtung entgegen. Sie brauchen mich hin und wieder, wenn sie krank oder verletzt sind. Das ist ihnen durchaus bewusst.« Schwerfällig erhob er sich. »Es wird Zeit für mich zu gehen. Wir ziehen weit fort, nach allem, was hier geschehen ist. Dahin, wo uns niemand kennt. Caspar braucht keine Angst mehr zu haben.«

Johannas Herz wurde schwer. Sie hatte ihn nicht gemocht, als sie sich kennengelernt hatten. Wenn sie ehrlich war, hatte sie ihn sogar verachtet. Aber nun hatte er zweimal bewiesen, dass auch etwas Gutes in ihm steckte. Das, was sie zu sagen hatte, fiel ihr nicht leicht. Der Mann war ihr immer noch fremd. Doch ihr Weg wäre anders verlaufen, wenn er nicht eingegriffen hätte. »Ich danke dir für das Leben zweier Menschen, die mir sehr am Herzen liegen. Ohne dich wären Lukas und Caspar jetzt tot.«

Seine alte Schlitzohrigkeit trat zutage, als er grinste. »Lobe mich nicht zu sehr. Es gibt so einiges, das dir an mir nicht gefallen würde. Gegen eine kleine Stärkung zum Dank für meine Hilfe hätte ich allerdings nichts einzuwenden, bevor ich mich auf den Weg mache.«

Sie beeilte sich, ihm Brot, Ziegenmilch und etwas von dem frischen Käse aufzutischen, den er mit wässrigen Lippen verstrich.

»Deine Mutter ist mir eine gute Tochter gewesen«, bemerkte er zum Abschied versöhnlich. »Nicht immer, aber oft. Ich bin

mir sicher, du kommst nach ihr. Gehab dich wohl, Enkeltochter. Wir werden uns nicht wiedersehen.«

Johanna hielt mühsam ihre Tränen zurück, als er wie ein
einsamer Wolf in die beginnende Dämmerung entschwand.
Jetzt bedauerte sie, dass sie sich nicht besser kennengelernt
hatten. *Vermutlich hättest du dich nur mit ihm gestritten*, sagte
der Teil in ihr, der gern Unruhe stiftete. Ein kleines Lächeln
stahl sich in ihr Gesicht. Es war nicht auszuschließen, dass sie
diesen Wesenszug von ihm hatte.

Und vermutlich hatte er recht mit dem, was er gesagt hatte.
Er war alt, und ein Großteil seines Lebens war verstrichen.

Dieser Abschied würde für immer sein.

23. KAPITEL

»Gehen wir?«, fragte Johanna.

Lukas nickte. »Wenn du mir ein wenig behilflich sein würdest.« Grinsend legte er einen Arm um ihre Schulter.

»Na, na«, neckte sie ihn lachend. »Du wirst doch keinen Rückfall erleiden.«

»Das denke ich nicht, aber dieses eine Mal ist es mir eine Freude, ein wenig hilfsbedürftig zu sein. Außerdem soll jeder wissen, dass wir zusammengehören.«

Caspar und Ida saßen auf einer der Bänke und musterten sie schweigend. Der Junge strahlte, obwohl er noch immer nicht ganz auf der Höhe war. Sein Gesicht sah seltsam farbig aus, wie ein Regenbogen nach einem heftigen Gewitter. Der Rest seines Körpers heilte gut, bis auf den linken Fußknöchel. Noch immer konnte er nicht richtig gehen, und wenn Ida nicht gewesen wäre, hätte er sich gewiss zu Tode gelangweilt.

Das Mädchen kümmerte sich rührend um ihn. Sie bestrich seinen Knöchel mit der Salbe, die Johanna hergestellt hatte, verband ihn und sorgte dafür, dass er genügend aß und trank. Ihre Gespräche, bei denen beide voneinander lernten, hatten sie fortgesetzt. Es war dem Jungen anzumerken, dass er sich nun wieder unbeschwert auf sie einlassen konnte.

Ida und Caspar winkten zum Abschied, als Johanna und Lukas sich zum Gehen wandten. Heute war der Tag der Hinrichtung, und beide zeigten wenig Interesse, sie zum Marktplatz zu begleiten. Abgesehen davon, dass der lange Weg für Caspar eine Tortur gewesen wäre, wollte er nicht dabei zusehen müssen, wie Oda und Jockel am Galgen endeten. Selbst wenn sie Schlimmes getan hatten, so hatte er doch Schutz und Freundschaft durch sie erfahren. Johanna konnte ihn verstehen. Es war nur natürlich, dass er so reagierte. Auch sie fühlte sich nicht ganz wohl in ihrer Haut. Eine Hinrichtung war etwas Brutales und vor allem Unwiderrufliches, das das

Leben eines Menschen für immer auslöschte, selbst wenn er ein Übeltäter war.

So schlenderten sie allein zum unteren Tor, und Johanna ließ es zum ersten Mal geschehen, dass Lukas in der Öffentlichkeit den Arm um sie legte. Selbst wenn dies aus Gründen der Schicklichkeit eher als Stütze gedacht sein sollte, so blitzte ein gewisser Stolz aus seiner Miene, als er die Menschen der Vorstadt grüßte, die mit ihnen in die Richtung des Marktplatzes schlenderten.

Inzwischen ging es ihm schon wieder recht gut. Noch heute würde er zu Mutter und Bruder zurückkehren, bevor sie jemand der Unzucht bezichtigte. Caspar, der bis zu seiner vollständigen Genesung in Johannas Bett liegen durfte, würde sich über die hinzugewonnene Liegefläche freuen. Ebenso sehr, wie sie sich danach sehnte, es endlich wieder selbst benutzen zu können. Auf dem Boden zu schlafen war nichts, was sie auf Dauer hätte tun wollen.

Ein zärtliches Lächeln huschte über ihr Gesicht, als sie Lukas' Blick streifte. Sie hatten sich vorgenommen, mit dem Priester zu sprechen, sobald das unerfreuliche Ereignis vorüber wäre und die Dinge in Schiltach wieder ihren gewohnten Gang gingen. Noch immer fühlte es sich gut und richtig an, seine Frau zu werden. Sie hatte keine Angst mehr. Einen beschämenden Augenblick lang fragte sie sich, ob die schweren Verletzungen wirklich notwendig gewesen waren, damit sie begriff, wie sehr sie Lukas liebte? Dass er sie nicht enttäuschen würde, zumindest nicht so, wie sie es sich in ihren schlimmsten Träumen ausgemalt hatte. Wie hatte sie nur so blind sein können, ihm Derartiges zu unterstellen?

Elen rief nach ihnen und erlöste sie von ihren Gedanken. Am Rand des Marktplatzes hatte sie ihr Tuch ausgebreitet, auf dem zahlreiche kleine Pastetchen lagen. Sie hatte sich dahintergehockt und pries die »Galgenküchlein« lautstark an. Sie war nicht die Einzige, die das schaurige Ereignis nutzte, um ihre Geldkatze zu füllen. Der Knochenhauer verkaufte frisch gebrühte Galgenwürstchen. Heiß auf die Hand. Eine

Marktfrau lieferte kleine Brötchen dazu. Die Schankmägde der umliegenden Wirtschaften brachten Schalen mit Eintopf, Becher mit Bier und Wein ins Freie, damit die Gäste die Verlesung des Urteils mitverfolgen konnten.

»Was für ein schrecklicher Tag«, sagte Elen mitfühlend.

Johanna nickte zustimmend. »Das kann man wohl sagen.«

»Die beiden wussten, worauf sie sich einließen«, erwiderte Lukas nüchtern. »Sie haben schlimme Verbrechen begangen. Nun müssen sie den Preis dafür bezahlen.«

Elen seufzte und rollte mit den Augen. »Der arme Hirschwirt. Welch grauenhafte Ungerechtigkeit ihm widerfahren ist.«

Was Wernher betraf, so hatte sich die Meinung über ihn in den letzten Tagen gewandelt. Wo er früher ein Schurke gewesen war, der Dämonen heraufbeschworen und Unheil über das Städtle gebracht hatte, war er nun das arme bedauernswürdige Opfer gewissenloser Unholde. Ein Unschuldslamm, das zur Schlachtbank geführt und in seine Einzelteile zerlegt worden war. Inzwischen hatte Jockel dem Scharfrichter die Ablageplätze der Körperteile unter scharfer Bewachung gezeigt. Sie waren gesammelt und anständig begraben worden. Schiltach hatte nie ein größeres Begräbnis gesehen.

»Das mag wohl sein«, erwiderte Lukas, der Elen über seine wahren Gedanken im Unklaren ließ. »Ich für meinen Teil will demjenigen noch einmal in die Augen sehen, der mich fast totgeschlagen hat.« Er kaufte Elen zwei Küchlein ab, die sie mit einem Krug Bier hinunterspülten, den er bei einer der Schankmägde bestellt hatte.

»Auch ihm widerfährt heute Gerechtigkeit«, flüsterte Johanna zwischen zwei Bissen in Lukas' Ohr. Ihr Kinn wies auf Ruprecht, den sie in einer Gruppe junger Gesellen entdeckt hatte. Er hatte dem Bier schon mehr zugesprochen, als ihm guttat. Tatsächlich hatte er nichts mit den Vorgängen im »Hirschen« zu tun gehabt. Erleichterung schwappte durch Johannas Magen, als ihr aufging, dass sie ihr Versprechen gehalten hatte. Genefes Mörder war gefasst. »Ob die Genugtuung über den Tod der beiden lange anhalten wird, wage ich allerdings zu bezweifeln.«

Der Mann tat ihr leid. Die Einsamkeit und die Trauer, die Ruprecht gefangen hielten, waren deutlich in sein Gesicht geschrieben. Seine Liebe zu Genefe war nicht an die Öffentlichkeit gedrungen. Sie würde wohl immer ein Geheimnis bleiben.

Jecklin und Nickel kamen des Weges und freuten sich sichtlich, ihren Kameraden in besserer Verfassung zu sehen. Beide hatten einen Krug Bier in der Hand. Es dürfte nicht ihr erster sein. Sie platzten beinah vor guter Laune und zweideutigen Blicken.

»Bald fährst du wieder mit uns die Kinzig hinab«, bemerkte Jecklin. Seine kräftige Rechte donnerte auf Lukas' Schulter.

Der Schlag rief ein gequältes Lächeln auf seinem Gesicht hervor, in das sich die letzten Schatten der Blutergüsse zeichneten.

»Nicht so fest, du Rüpel«, fauchte Johanna, was Jecklin einen Schritt zurückweichen ließ.

»Wo sie recht hat, hat sie recht«, erwiderte Nickel in gespielter Entrüstung. »Manchmal bist du gefühlloser als ein Ochse, den man ins Horn zwickt.«

»Es wird noch dauern, bis ich wieder arbeiten kann«, presste Lukas durch die Zähne, während er den Schmerz wegzuatmen versuchte. »Meine Rippen machen noch nicht alles mit.«

»Bei dieser Pflege nicht länger als ein bis zwei Wochen.« Nickel grinste über das ganze Gesicht und warf den beiden einen wissenden Blick zu, bei dem Johanna sich beeilte, ihre Lider zu senken.

Der Platz füllte sich zusehends. Sogar aus den umliegenden Berghöfen waren die Leute herbeigekommen, um das seltene Ereignis zu sehen. Knechte und Mägde. Mütter mit Kindern an den Händen und Väter, die ihre Sprösslinge auf den Schultern trugen. Plötzlich fuhr der Schreck in Johannas

Glieder, als ob sie jemand geschlagen hätte. Nur ein paar Schritte entfernt sah sie Gertrud und Martha – und sie kamen direkt auf sie zu!

»Gott zum Gruße, Johanna«, sagte die Bäuerin, die mit ihrer Tochter den Ehemann und Vater erschlagen hatte. »Wie geht es dir? Wir haben uns lange nicht gesehen.«

Johanna schluckte. »Ist wohl auch … nicht mehr nötig gewesen.«

Gertrud schenkte ihr ein kleines Lächeln. »Das war es in der Tat nicht«, sagte sie, ohne mit der Wimper zu zucken. »Es geht uns den Umständen entsprechend gut.«

Es war die reinste Untertreibung. In Wahrheit hatte Gertrud nie so gut ausgesehen. Gewiss musste sie hart arbeiten, um zu überleben. Doch ihre ganze Haltung hatte sich geändert. Ihre Schultern fielen nicht mehr gramgebeugt nach vorn, und ihre Augen strahlten vor Lebendigkeit, wie sie es noch nie zuvor getan hatten. Auch Martha wirkte wie eine Blume, die endlich genügend Regen abbekam. Sie war geradezu erblüht. Der Besuch in der Stadt würde dem hübschen Mädchen den einen oder anderen Verehrer einbringen.

»Das freut mich«, entgegnete Johanna, die sich wieder gefangen hatte. »Sehr sogar!« Und dies entsprach der Wahrheit, obwohl sie sich darüber wunderte, dass die beiden den weiten Weg auf sich genommen hatten, um ausgerechnet an einer Hinrichtung teilzunehmen. Das Todesurteil schien sie nicht zu schrecken. Vermutlich hatte Etzels Behandlung dafür gesorgt, derlei Gefühle im Keim zu ersticken.

Die Tabor eines Trommlers erklang in der Ferne, als sich Gertrud und Martha von ihnen verabschiedeten. Das Durcheinander aus Stimmen und in der Luft wogendem Gelächter verstummte allmählich. Vom oberen Tor her begann sich eine Schneise zu bilden. Schließlich öffnete sie sich wie der Schlund eines Fabeltiers, das seine lange Zunge entrollte, und förderte Lenz und die Stadträte, Kuno, den Priester, und seinen Lehrling Balduin zutage. Hinter ihnen kamen die beiden Delinquenten. Man hatte ihre Hände schimpflicherweise auf dem Rücken zusammengebunden, zum Zeichen, dass sie ein unehrliches Verbrechen begangen hatten.

Wachmänner von der Burg umringten Oda und Jockel und ließen sie nicht aus den Augen. Die beiden sahen fürchterlich aus. Die lange Zeit, die sie in Gefangenschaft verbracht hatten und auf das Unausweichliche warteten, musste eine weitere Tortur für sie gewesen sein. Schmutz klebte an ihrer Haut und den Kleidern, und die strähnigen, fettig glänzenden Haare machten sie zu solch traurigen Gestalten, wie sie nur der Kerker hervorbrachte.

Odas Schönheit war verblasst, und der hübsche, stolze Jockel hatte eine Menge Federn gelassen. Zuletzt kam der Scharfrichter, dem die Leute ängstlich aus dem Weg gingen, damit er sie nicht berührte. Der Mann, der offensichtlich dergleichen gewohnt war, nahm es mit stoischer Ruhe hin.

Der Zug hielt vor dem Rathaus, wo wie durch Zauberhand Herzog Hermann III. an eines der Fenster trat. Johanna hob überrascht die Brauen. Sie hatte den Tecker noch nie gesehen. In ihren Gedanken war er eine imposante Erscheinung gewesen. Doch nur die hoheitsvolle Miene, die er zur Schau stellte, wurde dem gerecht. Sein Körper wirkte feist und teigig. Darüber konnte auch das teure Tuch nicht hinwegtäuschen, in das er sich kleidete. Eine ungesunde Röte bedeckte sein Gesicht, dessen Wangen an einen Feldhamster mit gefüllten Backentaschen erinnerten. *Ganz anders als sein Schwager*, fuhr es Johanna durch den Sinn. Reinhold von Urslingen mit seiner muskulösen Gestalt glich viel mehr einem stolzen Ritter als dieser dem Überfluss zugeneigte Mann.

Mit bedeutungsschwangerer Stimme wandte er sich an die Delinquenten, die zu ihm aufsehen mussten. »Hiermit ergeht das Urteil an Jockel, den Fahrenden, und Oda, zuletzt Magd in Schiltach, die beide zu den landschädlichen Leuten gezählt werden«, las er von einem entrollten Pergament ab, das er in Händen hielt. »Beide werden beschuldigt, Wernher, den Wirt des ›Hirschen‹, ermordet und seinen Leichnam zerstückelt zu haben. Jockel wird ebenfalls zur Last gelegt,

Genefe, die Magd des Hirschwirts, schändlich erstochen zu haben. Des Weiteren werden ihm Diebstahl und Erpressung in großer Zahl zur Last gelegt. Den Flößer Lukas hat er halb tot geschlagen. Und die Heilerin Johanna hat durch Oda beträchtlichen Schaden erlitten. Die Vergeltung dieser schweren Sünden kennt nur eine Strafe: den Tod. Man wird sie am Halse aufhängen, bis derselbe eintritt. Ein ehrenvolles Ende wird ihnen verwehrt. Zur Abschreckung für andere sollen sie so lange am Galgen hängen, bis ihr Fleisch verrottet und ihre Knochen zur Erde fallen. Danach werden ihre Überreste gleich Hunden unter dem Galgen in ungeweihter Erde verscharrt.«

Also haben sie ihre Taten nicht bereut, dachte Johanna. *Oder ihre Schuld war zu groß, um sie auf dem Friedhof zu bestatten.*

Die Menge brüllte zur Bestätigung.

»Das Urteil wird mit sofortiger Wirkung vollstreckt«, fügte der Herzog hinzu, nachdem sich die Zuschauer beruhigt hatten.

Johanna sah, wie Oda den Blick senkte. Tränen liefen über ihre schmutzigen Wangen. Jockel starrte mit verbissener Miene geradeaus. Sein Aussehen hatte gelitten, aber seine Würde schien er sich nicht nehmen zu lassen. Ein Muskel an seinem Kinn zuckte, als sein Blick zufällig auf Lukas traf. Johanna fühlte, wie er sich neben ihr versteifte. Die beiden Männer hielten sich mit den Augen fest, dann war es vorbei. Eine der Wachen stieß Jockel an, Lenz und den Stadträten zu folgen, die sich in Bewegung gesetzt hatten. Im Stillen zollte Johanna ihm Respekt. Es musste ihn enorme Beherrschung kosten, nicht wie ein winselnder Jämmerling zu erscheinen. Jetzt, wo sich das Blatt zu seinen Ungunsten gewendet hatte.

Schließlich verließ ein langer Zug das Städtle, um auf der Landstraße nach Wolfach zum Galgenbühl zu gelangen. Schon von Weitem war der neu errichtete dreibeinige Galgen zu sehen, der wie ein Wächter abseits des Weges auf einer Erhöhung stand. Eine hohe Leiter lehnte an einem der Querbalken, und die Stricke baumelten bereits zu Schlingen geknotet herab.

Johanna schluckte, als sie das mächtige Tötungswerkzeug erblickte. Unwillkürlich stellte sie sich vor, wie es sein musste, in dem Wissen darauf zuzugehen, dass dort das eigene Leben ein gewaltsames Ende finden würde. *Es muss fürchterlich sein!* Lukas, der nun selbstständig neben ihr herging, nahm stumm ihre Hand. Auch ihm war nicht wohl zumute.

Es dauerte lange, bis alle dort angekommen waren und die Menschen die Hinrichtungsstätte umrundet hatten. Der Scharfrichter trat vor, und Schweigen löste das Gemurmel ab, lediglich von den leisen Gebeten Kunos und Balduins durchbrochen. Die Leute starrten gebannt in die Richtung des Henkers. Selbst die Kinder, die zu klein waren, um vom Boden aus etwas sehen zu können und deshalb ihren Vätern auf den Schultern saßen, verhielten sich mucksmäuschenstill. Es schien, als ob keiner auch nur den geringsten Laut verpassen wollte, den einer der Verurteilten von sich gäbe.

Freundlich, aber bestimmt packte der Henker Odas Arm. »Es wird Zeit, Mädchen«, sagte er, als ob es sich um einen gewöhnlichen Spaziergang handelte.

Oda nickte und schluchzte auf. Sie kniete sich vor Kuno, der ihr ein kleines goldenes Kreuz vor die Lippen hob. Andächtig küsste sie es wie ein letztes Flehen, trotz all ihrer Vergehen in den Himmel aufgenommen zu werden.

Niemand rief etwas oder lachte. Hier und da sah Johanna beklommene Gesichter. Eine Mischung aus Blutgier und Grauen breitete sich unter den Zuschauern aus. Mit zitternden Beinen kletterte Oda vor dem Scharfrichter die Leiter hinauf. Ein aufgerolltes Seil hing über seiner Schulter, und als sie oben ankamen, verstand Johanna, welchem Zweck es diente. Der Mann band ihr den Rock an den Knöcheln zusammen, damit niemand daruntersehen konnte. Rasch kletterte er wieder nach unten. Ein klägliches Wimmern war von oben zu hören, dann zog der Henker die Leiter weg. Oda krümmte sich und wand sich wie ein Wurm an dem Seil, das ihren Hals zuschnürte. Johanna wollte den Blick abwenden, doch es gelang ihr nicht. Dann sah sie, wie der Mann rasch Odas Füße ergriff und sich mit seinem vollen Gewicht daranhängte. Ein grässliches Geräusch ertönte, als ihr Hals brach.

Und endlich begriff Johanna, dass dies der schnelle Tod war, den Lenz ihr versprochen hatte. Unendliche Erleichterung breitete sich in ihr aus. Die junge Frau, die so viel durchlitten hatte und sie dennoch, ohne zu zögern, getötet hätte, war von ihrer Qual auf Erden befreit.

Jockel kam als Nächster dran. Er verzichtete auf die Hilfe des Himmels und kletterte stolz die Leiter empor. Als der Henker ihm die Schlinge um den Hals gelegt hatte und sich nach unten wandte, sah er trotzig auf die Umstehenden herab. »Da steht ihr nun, ihr braven Bürger von Schiltach, und ergötzt euch am Anblick eines Todgeweihten, für den ihr nie mehr als Verachtung übrighattet.« Seine Stimme überschlug sich fast. Er wusste, dass ihm nicht viel Zeit zum Reden blieb. »Und wisst ihr was? Auch ich habe auf euch dumme, einfältige Leute herabgesehen, die ihr auf meine Gerissenheit hereingefallen seid. Nur ein überlegener Geist ist dazu fähig, und ich bereue nicht eine einzige Tat, die ich unter euch verübt habe. Ihr habt nichts anderes verdient. Meinetwegen könnt ihr in der Hö–«

Kuno schrie auf, und der Scharfrichter beendete die kleine Rede, bevor Jockel sie alle verfluchen konnte. Flink zog er die Leiter weg, nachdem er selbst wieder festen Boden unter den Füßen spürte.

Anders als Oda zappelte Jockel baumelnd an dem Seil, bis er jämmerlich erstickte. Noch bevor es so weit war, wandte Johanna sich ab. Der Gerechtigkeit war Genüge getan, und es gab zwei Unholde weniger, vor denen man sich fürchten musste.

Doch es war keine Zufriedenheit, die sich bei ihr einstellte.

Zwei Wochen später gingen Johanna, Lukas, Caspar und Ida den Berg hinauf. Der Junge humpelte zwar noch etwas, konnte aber ansonsten wieder laufen. Lukas fühlte sich inzwischen kräftig genug, um mitzukommen. Wie die anderen trug er etwas in seinen Armen. Doch es war nur wenig, und seine Rippen schmerzten zu sehr, um ein Floß zu besteigen. Immerhin stand dem bis in ein paar Wochen nichts weiter im Wege. Das Aufgebot hatten sie bestellt. Es war Balduin anzusehen, wie wenig ihm dies gefallen hatte. Kuno hingegen hatte es begrüßt. In Zukunft würde der Priesterlehrling sich ein neues Objekt der Begierde suchen müssen, wenn er keinen Ärger mit Johannas Verlobtem haben wollte. In vier Wochen würden sie heiraten, und Lukas würde in das kleine Häuschen einziehen.

Doch zuvor musste sich einiges ändern. Sie waren auf dem Weg zu Pius, bei dem sie die letzten Tage verbracht hatten. Der Einsiedler war nicht bei der Hinrichtung gewesen, aber die Leichname der beiden Verurteilten hingen immer noch gut sichtbar am Galgen.

Pius erwartete sie schon. »Nun, dann werde ich ab heute wohl kein Einsiedler mehr sein«, sagte er zur Begrüßung.

»Immerhin wird dein neuer Nachbar nicht in deiner Höhle wohnen.« Lukas zwinkerte ihm zu.

Es war nicht leicht gewesen, Pius davon zu überzeugen. Doch schließlich hatte er eingesehen, dass dies für alle das Beste war. In den letzten Tagen hatten sie Clewins Wagen von Zweigen und Überwucherung befreit und ihn – Lukas ausgenommen – ins Freie geschleppt. Die Tierchen in seinem Innern hatten sie vertrieben und ihn sauber und wohnlich gemacht. Die bunten Farben an seiner Außenhaut waren verblasst, aber er würde Caspar ein neues Heim bieten, denn Johannas Häuschen war zu klein, um nach ihrer Heirat auf Dauer alle zu beherbergen.

Der Wagen stand nun so weit von der Lichtung entfernt, dass sich weder Pius bedrängt noch Caspar einsam fühlte. Soweit dies überhaupt möglich war, denn Johanna glaubte fest, dass Ida es keinen Tag versäumen würde, ihren Freund zu besuchen. Darüber hinaus bot ihm der Mönch Zuspruch und Schutz. Und womöglich würde Pius sich freuen, nicht mehr so einsam im Wald zu wohnen, sobald er sich an Caspars

Gesellschaft gewöhnt hatte. So war allen gedient. Mit der Zeit würden die Leute wissen, wo der Pferdebändiger zu finden war. Ida könnte ihn zu seinen Aufträgen begleiten, und zur Not wären sie da, falls man ihn übers Ohr zu hauen versuchte. Caspar und Ida hievten einen frisch gestopften Strohsack in den Wagen. Johanna steuerte eine Decke und ein Kissen bei, die sie erübrigen konnte, und Lukas ein paar Vorräte, damit Caspar die nächsten Tage über die Runden kam.

Auch das gemeinsame Mahl, das sie zur Einweihung genossen, hatten sie den Berg hinaufgeschleppt. Es wurde ein fröhlicher Nachmittag mit Scherzen und Gelächter. Sogar Ida grinste ein ums andere Mal, wenn Lukas etwas Spaßiges von sich gab.

Johanna freute sich mit ihr. Das Mädchen hatte Fortschritte gemacht, und dies war vor allem Caspar zu verdanken. Anscheinend konnte er nicht nur Pferde bändigen. Vielmehr aber erschien es ihr so, als ob sich da zwei getroffen hatten, die sich gegenseitig brauchten. In Caspars Gegenwart war der Kokon geplatzt, dessen Starre Ida umhüllt hatte. Wahrscheinlich würde sie immer wieder an diesen Rückzugsort zurückkehren, aber nun dachte und arbeitete sie mit. War gewillt, ein Teil der Gemeinschaft zu sein und nicht nur andere dabei zu beobachten.

Johanna sandte ein stummes Dankgebet gen Himmel. Nicht immer verstand sie diesen fernen Gott, der dort in seinem unsichtbaren Reich thronte. Manchmal war sie nicht einmal sicher, ob es ihn überhaupt gab oder ob es das Schicksal war, das über ihr Leben entschied. Doch sie war zutiefst erleichtert darüber, es wieder unbeschwert genießen zu dürfen, fernab von aller Sorge, tödlichen Verbrechen und Dämonen.

Sogar ein neues Leben an Lukas' Seite ist nun möglich! Etwas, das sie noch vor Wochen für undenkbar gehalten oder zumindest bezweifelt hatte, dass es jemals dazu kommen konnte. *Vielleicht dauert es nicht lange, bis ich sein Kind unter dem Herzen trage?* Dann schoss ihr etwas in den Sinn. Ein katzenhaftes Lächeln breitete sich auf ihrem Gesicht aus.

Lukas hob fragend die Brauen, doch sie blieb ihm die Antwort schuldig. Dies war nicht für jedermanns Ohren bestimmt. Sie würde sich frisches Wachs besorgen und es zu runden, fingerdicken Gebilden formen. Aber dieses Mal würde sie nichts davon hergeben. Oh nein! Ein einziges Mal würde sie egoistisch sein und diese Dinge für sich behalten, damit Lukas und sie die erste Zeit ihrer Ehe zwanglos auskosten konnten.

Idas nackte Fußsohlen hießen den weichen Waldboden will-kommen. Das Moos, das wie ein warmer Teppich die harten Schwielen kitzelte. Die kühle, feuchte Erde. Heute war sie allein unterwegs. Ein kleines Lächeln erhellte ihr Gesicht, während sie ihre Umgebung nicht aus den Augen ließ. Erst danach würde sie Caspar besuchen. Ihren Freund, der ihr so sehr ans Herz gewachsen war, als hätte er schon immer dort gewohnt.

Stirnrunzelnd bemerkte sie, dass sie etwas anderes fühlte, wenn sie an Johanna dachte. Auch sie war eine Freundin. Doch es war eher die Zuneigung zu einer Mutter oder Schwester, die sie für Johanna empfand. Ihre Gedanken glitten zurück in die Vergangenheit. Die Erinnerung an ihre Eltern war nur noch ein schwacher blasser Schemen, der sich wie Nebel auf-zulösen begann. Sie war zu klein gewesen, als man sie trennte. Vielleicht lag es auch daran, dass sie ihr kaum Beachtung ge-schenkt hatten. Jedenfalls hatten sie keinen nachdrücklichen Eindruck hinterlassen. Ihre Schwester hingegen schon, denn diese stand ihr deutlich vor Augen – bis zu dem Tag, an dem auch sie sie verließ. Ida zog die Schultern bis zu den Ohren, als ihr die Träume in den Sinn kamen, die sie in jenen grauen-vollen Kerker zurückversetzten, den sie mit ihr geteilt hatte.

Sie verdrängte den Gedanken und konzentrierte sich auf ihr heutiges Ziel. Es zog sie zu einer ganz bestimmten Stelle. Seit Caspar sie ihr gezeigt hatte, war sie nicht mehr dort gewesen. Sie wollte wissen, ob es der Wölfin gut ging. Ob sie immer noch auf der Lichtung wohnte oder mit ihrem Gefährten wei-tergezogen war.

Ohne Mühe fand sie die kleine Schneise, von einem soliden Saum aus Büschen und Bäumen umringt. Behutsam kroch sie durch das Unterholz und linste zwischen den Zweigen hindurch. Dieses Mal lag die Wölfin vor dem Erdhügel und blickte träge auf etwas, das im Gras dahinwuselte. Ida glaubte, ihren Augen nicht zu trauen, als sie vier Welpen erkannte, die dort umherpurzelten. *Also doch!* Sie hatte tatsächlich Junge bekommen. Ein großes Loch im Hügel wies darauf hin, dass dies der Eingang zu ihrer Wurfhöhle war. Frisches Gras wuchs wie die Haare eines Säuglings auf der blanken, aufgeworfenen Erde.

Ida blieb still hocken und betrachtete die spitzen Öhrchen, die hübschen Gesichter und die zarten Körper. Drei der Jungen hatten ein grau geflecktes Fell wie ihr Vater. Nur ein einziges war so weiß wie seine Mutter.

Die Wölfin wirkte hager und ausgezehrt. Die kleinen Geschöpfe, die unbeholfen im Gras tollten, saugten alle Kraft aus ihr heraus. Man hätte die tapsigen Wolfskinder niedlich finden können. Tief in ihrer Seele rührten sie Ida sehr, doch gleichzeitig stieg eine schier unerträgliche Eifersucht in ihr auf. Das spielerische Ringen, die leichten Bisse, die tierischen Laute, mit denen sie gerade ihre Mutter eroberten. All das hatten *sie* miteinander getan, bevor es diese kleinen Nichtsnutze gab.

Plötzlich richteten sich die Augen der Wölfin auf sie. Sie schimmerten wie flüssiges Gold im Licht des milden Frühlingstages. Das Tier hatte Ida längst bemerkt. Ihr Gefährte war glücklicherweise nicht da. Wahrscheinlich jagte er, um frische Nahrung zu besorgen. Stolz hob die Wölfin den Kopf. *Sieh, was für hübsche Kinder ich geboren habe*, schien sie zu sagen. Doch Ida gebührte kein Anteil daran. Davon zeugte schon ihre Haltung. *Komm nicht näher!* Sie begriff, dass sie den unsichtbaren Kreis, der über der Lichtung lag, nicht durchbrechen durfte.

Idas Atem entwich wie bei einer Sterbenden. Sie fühlte sich verstoßen. Als ob sie zum zweiten Mal einen wichtigen Teil der Familie verloren hatte. Und noch immer tat es weh. Doch ihre wölfische Freundin war dem Ruf der Wildnis gefolgt und hatte ein Rudel gegründet. Sie durfte ihr dabei nicht im Weg stehen.

Sie zwang sich, noch eine Weile sitzen zu bleiben. Abschied zu nehmen von dem, was sie loslassen musste. Gern hätte sie sich ein letztes Mal an den warmen, pelzigen Körper der Wölfin gedrückt. Aber dies würde das Tier nicht mehr zulassen. *Ich hoffe, du bist glücklich*, dachte Ida voller Wehmut.

Die Wölfin sah sie an, hielt ihre Augen gefangen, bis Ida verstand. Es war der Zweck ihres Daseins. Die Vollendung ihres Lebens, das sich in ihren Kindern widerspiegelte.

Allmählich entspannten sich Idas verkrampfte Muskeln, während ihre Gedanken zu dem kleinen Häuschen wanderten, in dem sie seit vielen Monaten wohnte. Sie war nicht allein! Und wenn sie ehrlich war, hatte sie sich in dieser Zeit ebenfalls verändert. Es war nicht nur ein Gefühl. Sie hatte in Johanna tatsächlich eine Mutter gefunden. Vielleicht würde Lukas so etwas wie ein Vater werden. Jedenfalls würden sie demnächst eine vollständige kleine Familie sein, in der sie hoffentlich ihren Platz haben würde. Trotz ihrer jungen Jahre begriff sie, dass es auch hier eine Grenze gab. Keinesfalls durfte sie sich zu sehr zwischen die beiden drängen.

Langsam erhob sich Ida und wandte der Wölfin und ihren Jungen den Rücken zu. Sie würde nicht mehr zurückkehren.

Caspars liebes Gesicht tauchte vor ihrem inneren Auge auf. Sie erinnerte sich an sein Lächeln. Seine einfühlsame, unaufgeregte Art. Seinen Umgang mit Pferden. Den Wagen des Spielmanns, in dem er nun wohnte. Bei ihm gab es keine Grenzen, die sie fernhielten. Caspars Gegenwart tat ihr wohl. Und seine Freundschaft gab ihr die Kraft, die sie brauchte.

Und dieser Gedanke ließ sie zuversichtlich in die Zukunft blicken.

Glossar

Aspergill – Weihwassersprengel

Bienenauge – mittelalterliche Bezeichnung für Zitronenmelisse

Cotte – langärmliges Schlupfkleid (Unterkleid)

Drudenfüße – fünfzackiger Stern; wurde als Abwehrzauber gegen Dämonen eingesetzt

Floßtafeln – Glieder eines Floßes aus zusammengefügten Baumstämmen gleicher Länge, auch Gestöre genannt

Gamber – schwenkbarer Balken zum Stauen und Öffnen eines Wehrs

Kummet – Geschirr für Zugtiere

Ortscheit – Teil des Gespanns von Zugtieren, auch Zugbaum genannt

Sakramentshäuschen – aufwendig geschmückter Aufbewahrungsort für konsekrierte Hostien

Scharbock – Skorbut

Surcot – ärmelloses Überkleid

Tabor – Trommel

unehrliches Verbrechen – heimtückische, verächtliche Tat

Vorplätz – beweglicher, vorderster Teil eines Floßes. Mit Hilfe eines Ruders gab der Fahrer die Richtung vor.

Waldknoblauch – mittelalterliche Bezeichnung für Bärlauch

Wiede – Holzseil

Zeidler – Imker

Liebe Leserin, lieber Leser,

wie schön, dass Sie meinen Roman gelesen haben! Herzlichen Dank dafür! Ich hoffe, Sie hatten spannende Stunden und klappen mein Buch mit einem Gefühl von Zufriedenheit zu. Die Handlung des Romans ist eine fiktive Geschichte vor dem historischen Kontext zweier Ereignisse, die sich tatsächlich in Schiltach zugetragen haben. Die mysteriösen Geräusche im Wirtshaus und der Verdacht einer dämonischen Bedrohung lehnen sich daran ebenso wie an Berichte über den weißen Bettelbuben und den Katzensepp an, die in der Umgebung von Schiltach ihr Unwesen trieben. Allerdings liegen zwischen beiden Ereignissen zweihundertfünfzig Jahre, und ich habe mir die dichterische Freiheit erlaubt, meine ganz eigene Geschichte aus all diesen interessanten Persönlichkeiten und tatsächlichen Begebenheiten zu erzählen. Den Geheimgang des »Hirschen« gibt es übrigens wirklich. Ein weiteres Detail, das meine Phantasie angeregt hat.

Noch ein Wort zu den hier wiedergegebenen Arzneien, die aus alten Kräuterbüchern und Rezepten von Kräuterkundigen stammen. Den Spitzwegerich-Honig dürfen Sie gern probieren, aber lassen Sie den Huflattich weg. Zu viel davon kann zu Leberschäden führen. Im Mittelalter war diese Wirkung nicht bekannt. Ansonsten habe ich die Rezepte so wiedergegeben, wie sie niedergeschrieben sind und über Generationen verabreicht wurden.

Mein ganz besonderer Dank gilt wie immer meinem Mann Jochen für die Unterstützung und Geduld für jedes meiner Buchprojekte. Dasselbe gilt für Ilona Hurst, vor allem für ihre Freundschaft und ein offenes, unvoreingenommenes Ohr. Heiko Kraus danke ich für die schnelle, unkomplizierte Hilfe beim Lesen meines Manuskripts, den Austausch darüber und die konstruktive Kritik. Sie hat mir sehr geholfen.

Katrin Bamberg danke ich für ihr Kräuterwissen, die schöne Kräuterwanderung und das Vermitteln dazugehöriger Literatur, die mich ganz in die Welt von Kräutermedizin und Kochkünsten eintauchen ließ.

Meiner Agentin Diana Itterheim danke ich für ihre tatkräftige Unterstützung, damit diese Geschichte ihren Weg in die Verlagswelt finden konnte.

Ein herzliches Dankeschön geht auch an das Team von Emons und Christiane Geldmacher für die angenehme, unkomplizierte Zusammenarbeit während des Lektorats und die wundervolle Betreuung dieses Projekts. Ich freue mich wirklich sehr, dass ein weiteres Buch mit Johanna und Lukas entstehen durfte.

Heidrun Hurst
DIE KRÄUTERSAMMLERIN
Broschur, 336 Seiten
ISBN 978-3-7408-0637-8

Schiltach im Kinzigtal, 1343: Heilerin und Kräutersammlerin Johanna entdeckt im Wald ein totes Mädchen, offenbar ein Opfer von Wölfen. Doch einige der Verletzungen passen nicht zum Biss eines Raubtiers. Johanna beschließt, der Sache auf den Grund zu gehen, und findet in dem jungen Flößer Lukas einen Verbündeten. Haben die Leprosen, die zurückgezogen im Wald leben, etwas damit zu tun? Oder der geheimnisvolle Einsiedler? Und was hat es mit dem fahrenden Spielmann auf sich, der immer wieder unerwartet auftaucht? Als ein weiteres Mädchen verschwindet, werden die Nachforschungen für Johanna lebensgefährlich …

www.emons-verlag.de